Scarlet
스칼렛

www.bbulmedia.com

그날에
우리

강선애 장편 소설

SCARLET ROMANCE STORY

그날에 우리

Contents

제1장

우린 달라졌을까

늘 그랬듯이 인천공항은 사람들로 붐볐다. 주말도 공휴일도 아닌 평일이었는데. 게이트를 나서며 혜리는 자신을 향해 다가오는 오빠 혜성을 보고 손을 흔들었다. 그는 혜리에게 다가오더니 양팔을 벌리고는 혜리를 껴안아 주었다.

"왜 이래? 징그럽게."

"징그럽다니. 오빠한테."

"우리 일주일 만에 보는 거거든요?"

감격에 젖었다는 듯이 껴안고 있는 혜성을 떠밀고 혜리는 캐리어 두 개를 그의 품으로 밀어 넣었다. 대체 뭐가 그리도 반갑다는 것인가. 자신보다 일주일 먼저 귀국한 것뿐이면서.

주차장으로 내려가는 에스컬레이터에 서서 선글라스를 끼고, 들고 있던 재킷을 걸쳤다. 봄이라지만 아직 쌀쌀한 기운이 느껴졌다. 주차장에 내려와 대기하고 있던 차에 짐을 싣고 앞좌석에 올라탔다.

"한국에 온 기분은 어때?"

"글쎄, 뭐. 기분이랄 게 있나?"

퉁명스럽게 대답한 혜리가 도로 위를 달리는 차 창밖을 바라보았다. 어쩐지 올 때부터 날씨가 심상치 않더라니, 어느새 비가 내리고 있었다. 차창을 두드리며 내리던 비는 창밖의 세상이 보이지 않을 정도로 무섭게 쏟아져 내렸다.

"우와. 비 봐라. 앞이 안 보이네."

투정 섞인 음성으로 윈도우 브러시를 움직이며 혜성이 음악 재생 버튼을 눌렀다. 빗방울 소리와 함께 'Kiss the rain'이 스피커를 통해 흘러나왔다.

혜리는 살짝 창문을 내리고는 문틈으로 흘러 들어오는 바람에 눈을 깜빡였다. 깜빡이는 눈꺼풀은 어느새 무거워져 잠을 청하고 있었다.

듣기 좋은 빗방울 소리와 차 안에서 흐르는 피아노의 선율, 머릿결을 흐트러트리는 바람…….

혜리가 눈을 떴을 때는 혜성이 구했다는 서울의 오피스텔 앞이었고, 해는 기울어 붉게 타오르고 있었다. 오피스텔을 구했다고 했을 때는 믿지 않았는데, 내부는 생각보다 넓고 좋았다.

"생각보다 넓네."

"그렇지?"

"어떻게 구한 거야?"

"오빠가 좀 능력이 되지."

혜성이 능력이 된다고 능청스럽게 말하는 것이 곧이곧대로 믿기진 않았다. 혜리는 캐리어를 들고 들어가 안을 구석구석 살폈다. 방 하나는 자기가 쓰고, 하나는 혜성이 쓰고, 하나는 옷들을 넣어 둘 방이면 되겠다.

캐리어를 옷 방으로 정해 둔 곳에 놓아두고 지쳤다는 듯이 소파에 가서 털썩 앉은 혜리는 TV를 켰다. 화면에서는 요즘 잘나간다는 아이돌들이 짧은 핫팬츠를 입고 나와서 춤을 추고 있었고, 채널을 돌리니 잘생긴 남자 주인공과 여자 주인공이 나오는 로맨스 드라마가 나왔다.

"오빠, 나도 다시 방송할 수 있을까?"

리모컨을 들고 채널을 이리저리 무의미하게 돌리던 혜리가 말했다.

"뭐, 다시 방송이 하고 싶다고 해서 어느 정도 찬성해서 한국에 오긴 했지만, 괜찮겠냐? 그렇게 오래 쉬었는데. 배우…… 정말 다시 하려고?"

"내가 할 수 있는 게 없잖아."

"그렇긴 하지."

혜성이 고개를 끄덕거리며 다가왔다.

"그런데 뭐, 어떤 거 할지 구체적으로 계획은 세운 거야? 연기를 해도 뭔가 네 얼굴 먼저 알릴 수 있는 게 있어야지. CF? 드라마? 영화?"

혜성의 물음에 혜리가 잠시 한숨을 쉬며 글쎄, 하고 대답했다. 지금 TV에서 나오는 저들처럼 무대에 선다면 어떤 것을 할 수 있을까? 이젠 나이도 서른인데. 시간을 조금만 아니, 6년 전으로만 돌린다면 지금까지 계속 방송을 해 왔을 텐데.

혜리는 한때 잘나가는 톱스타였다. 정확히 6년 전만 해도 그랬다. 배우라는 직업을 가지고 있었고, 찍는 드라마와 영화마다 성공했고, 흔히 말하는 시청률의 보증수표였다. 길거리에 그녀의 얼굴이 안 붙은 곳이 없었고, CF도 안 찍은 게 없었고, 전광판, 화보, 포스터 모두가 그녀의 것이었다.

캐스팅 1위, 인터뷰 섭외 1순위. 6년 전은 혜리의 전성기였다. 그러나 지금은 달랐다. 한순간 사랑을 택해 조용히 자취를 감추고 미국으로 떠났다.

사랑하면 다 해결될 거라고 생각했다. 인기는 한순간이고, 사랑은 오래갈 거라고 철없이 믿고 모든 것을 버렸다.

망할 사랑…….

그 사랑을 택한 것을 뼈저리게 후회했다. 사랑한다는 달콤한 속삭임에 넘어가지 말걸, 기다려 달라는 그 말에 그렇게 오래 기다리지 말걸.

한국에 돌아오기 전, 3년 동안 미국에서 방황했다. 우울증에 시달려 약도 먹고, 술도 마시고, 하루 종일 집에만 있기도 하고. 그러다가 문득, 다시 방송을 하고 싶다는 생각이 들었다.

재기하겠다고 돌아온 혜리는 막상 어디서부터 시작하고, 무엇을 해야 할지 모르겠다. 자신은 더 이상 잘나는 톱스타 조혜리가 아니니까. 어디에든 명함을 내밀 수 있는 젊은 20대가 아니라, 서른 살의 조혜리니까.

오랜만에 백화점 쇼핑을 나간 혜리는 매장을 이리저리 둘러보던 참이었다.

"고객님, 찾으시는 물건 있으십니까?"

"아뇨. 잠시 구경 좀 하고요."

사무적으로 말하는 직원에게서 고개를 돌린 혜리가 피식, 웃어 보이며 옷을 골랐다. 하긴, 언제 이런 자유를 만끽할 수 있으랴. 예전 같았으면 "어머! 배우 조혜리씨죠?" 하고 단번에 알아보았을 텐데. 지금은 아무도 자신을 알아보지 못한다는 현실에 씁쓸하기만 했다.

옷걸이를 손으로 의미 없이 넘기며 옷을 고르던 혜리는 가방에서 울리는 진동에 핸드폰을 꺼냈다. 국제전화 발신자. 이 시간에 국제전화로 전화할 사람은 딱 한 명. 그녀의 유일한 친구 최수미.

"응. 어쩐 일이야?"

— 나인 줄 어떻게 알았어?

"보나 마나 뻔하지."

— 뭐야. 재미없게. 요즘 보이스 피싱인가 뭔가 한국에 많다는데, 의심도 없이 받긴.

"돈 빼 가라 그래. 나 거지니까."

혜리의 대답에 전화 건너편에서 웃음소리가 들려왔다.

— 한국엔 잘 갔어?

"잘 갔지. 수미 넌 잘 지내지?"

— 뭐, 나야. 늘 바쁘지.

"오늘은 쉬는 날인가 봐?"

— 응. 오늘 오프라서 마트에 나왔어. 냉장고에 있는 게 없더라.

전화를 받으며 혜리가 매장을 나와 천천히 걸었다. 에스컬레이터 근처 쉬어 가는 공간에 의자가 놓인 게 보였고, 혜리는 자리를 이동해서 의자에 앉았다.

— 지금 뭐 해?

"쇼핑. 백화점 나왔는데, 뭘 사야 할지 모르겠네."

— 우와. 팔자 좋네.

"팔자는 무슨. 이제 곧 기획사랑 이것저것 알아봐야지."

— 다시 연기하려고?

"할 수 있는 게 그것뿐이잖아……."

축 처진 혜리의 목소리에 수미가 같이 한숨을 내쉬었다. 고등학교 때 캐스팅돼서 20대 초반까지 사람들의 시선을 한 몸에 받았는데, 30대가 돼서 무얼 할지 모르는 친구를 보니 막막한 마음이 드는 모양이다.

20대에 사랑을 해서 결혼하고, 이혼하고 방황하며 허무하게 보낸 혜리. 한때 모두의 사랑과 시선을 받던 시절까지도 모두 지켜봐왔던 그녀의 친구는 잠시 대답 없이 침묵을 지켰다.

"그래도 한국에 오니까 좋다. 사실, 나 영어 잘 못하잖아. 미국에 있을 때 얼마나 답답했다고."

— 그러게. 마음이라도 편하면 됐지, 뭐. 그런데 약은 잘 먹고 있는 거야?

"그냥."

— 애 봐! 아직은 그 약 먹어야 돼. 알지?

갑자기 잔소리로 이어지는 전화에 핸드폰을 멀리 귀에서 떼었다가 다시 댄 혜리는 감흥 없이 응응, 하며 대답을 했다.

— 내 말 제대로 듣고 있니?

"그럼."

— 약 제대로 안 챙겨 먹으면 나중에 너 후회한다. 정말로 불…….

수미의 말이 끝나기도 전에 혜리가 전화를 끊어 버렸다.

❖◆❖

혜성은 전화를 끊고 핸드폰을 테이블 위로 툭, 던져 버렸다. 아니, 아무리 불경기라지만 연예계마저 불경기란 말인가?

"왜 핸드폰에 화풀이야?"

커피를 마시며 옆으로 온 혜리가 혜성을 보며 물었다.

"너 정말 한물갔나 보다, 야."

자리에 앉자마자 악담을 하는 혜성을 노려본 혜리가 입을 삐죽였다. 자기가 능력이 안 돼서 캐스팅 하나 못 건지고는 누구보고 한물갔다고 하는 것인가.

"오빠 맞아? 그렇게 캐스팅 자리가 없대?"

"어. 없대."

"옛날에 일했던 지선 언니한테도 연락해 본 거야?"

"그쪽에서도 자기네 신인 밀기 바쁘대."

그가 으쓱하며 말했다. 그나마 예전에 일했던 연예기획사 쪽의 아는 사람 통해서 이리저리 혜리의 컴백에 대해 이야기 중이었지만, 혜리를 받아 준다는 곳은 아무 데도 없었다. 기획사들도 자기네 신인이며 배우들 밀기에 바빴고, 혜리의 나이상 노출이 들어간 시나리오들만 날아들 뿐이었다.

"너…… 벗을래?"

"뭐? 미쳤어?"

"그렇지?"

심각하게 뭔가 생각하는 듯하더니 기껏 한다는 이야기가 노출 찍자라니! 저것도 오빠라고. 혜리는 먹던 커피를 내뿜을 뻔했다.

"들어온 시나리오들이 다 하나같이 그렇고 그래서."

별 감흥 없이 두꺼운 여러 개의 시나리오들을 테이블 위로 던지며 혜성이 한숨을 내쉬었다. 그의 낮은 한숨 소리에 혜리가 슬쩍 눈치를 보았다. 꼭 혜성의 탓만 할 게 아니다. 그가 내민 시나리오들처럼 차라리 노출이 더 쉬울지도 모른다. 지금 자신의 모습을 보면.

"그리고……."

"응?"

"네가 노출을 찍기엔 너무 몸이 아니지 않냐?"

우이씨. 저걸 그냥. 방금 전까지 혜성에게 미안해하던 마음이 연기처럼 금세 사라진 혜리가 입을 삐죽거렸다. 그럼 그렇지, 그럴 줄 알았다. 오빠라는 게 어쩜 저리도 하는 말마다 얄미울 수가.

"뭐, 괜찮은 시나리오가 하나 있기는 한데……."

"아, 있어? 있는데 왜 말을 안 해?"

나무라는 혜리의 말에 혜성이 머뭇거리다가 테이블 위로 툭, 두꺼운 시나리오를 던졌다.

"이게 뭐야?"

"너한테 들어온 영화 시나리오."

혜리는 시나리오를 집어 들어 스윽 책장 넘기듯이 훑어봤다. 보통은 시나리오의 일부만 주는데, 이건 두꺼운 것을 보니 영화의 전체적인 이야기가 들어간 것 같았다.

"구름 위의 별에게?"

제목을 읽고 고개를 갸웃거렸다.

"이거 코믹이야?"

"아니."

"그럼 사극?"

"아니. 로맨스라는데?"

제목 짓는 센스하고는.

"감독이 누군데?"

"스티븐 리."

"외국 사람이야?"

"아니, 한국 사람이래."

제일 앞장에 있는 제목과 감독의 이름을 다시 유심히 들여다보았다. 아무리 봐도 제목과 감독의 이름이 매치가 되지 않는다. 외국 이름을 쓰는 한국인 감독에다가 애니메이션 같은 유치한 제목이라니.

"근데 내용이 별로야? 왜 나한테 바로 추천 안 했어?"

"뭐, 내용이 그런 건 아니고."

살짝 뜸 들이던 혜성이 어깨를 으쓱이며 말했다.

"내용이 어떤데?"

"잘나가는 여배우와 조감독의 사랑 이야기래. 재밌겠지?"

"아니. 별로."

잘나가는 여배우와 조감독의 사랑 이야기. 뭐 이딴 내용이 다 있단 말인가. 다시는 돌아보고 싶지 않은 시간을 담은 내용이다. 꼭 같지는 않겠지만 이미 설정만으로도 충분하다.

그런 걸 영화로 찍을 수 있을까? 혜리는 고개를 내저으며 시나리오를 테이블 위에 툭, 던졌다. 그러고는 애써 혜성과 마주친 눈을 외면했다.

"내용이 별로야. 다른 거 없어?"

"없어."

단호한 혜성의 말에 혜리가 고개를 들었다. 설마, 노출 빼고 들어온 시나리오가 저거 하나 딸랑이라고? 말도 안 돼.

"제목이 마음에 안 들어. 무엇보다 내용도 별로야."

"네가 찬밥 더운밥 가릴 처지는 아니거든? 한국이랑 미국 왔다갔다 하면서 6개월 동안 얻어 낸 게 이거 하나냐. 거기다 요즘 잘나가는 감독이라는데, 네가 튕기면 안 되지. 너 나이를 생각해라. 네 나이 서른이야. 잘나가던 여배우가 아니라, 이젠 한물간 여배우. 길거리 나가도 못 알아……."

"그만!"

무슨 독설을 작정하고 하나. 귀를 틀어막으며 소리쳤다.

"그리고 금액도 괜찮단 말이야. 여기 오피스텔 다음 달에 돈 내려면, 이거 해야 하지 않겠어?"

"뭐? 이거 전세 아니었어?"

"전세는 무슨, 돈이 어디 있어? 월세지."

너무도 당연하다는 듯이 대답하는 혜성을 보며, 혜리가 기가 막힌다는 얼굴로 쳐다봤다. 그럴 줄 알았다. 오빠를 믿은 자신의 잘못이었다. 어쩐지 한국에 오기 전부터 오피스텔이 괜찮고, 어쩌고 하더라니.

머리가 아프다는 듯이 한 손으로 관자놀이를 누르며 고개를 저은 혜리가 시나리오를 집어 들었다. 지금의 자신을 돌아보면 괜찮은 시나리오가 언제 들어올지 모른다. 그렇지만 하필이면 잘나가는 여배우와 조감독의 사랑 이야기라니. 아무리 생각해도 내용이 마음에 들지 않았다.

"역시, 안 되겠지?"

시나리오를 다시 가져가며 혜성이 낮은 한숨을 내쉬었다.

방으로 들어온 혜리는 시나리오를 툭, 침대 위로 던졌다. 혜성의 손에서 다시 빼앗아 들고 들어오긴 했는데, 막상 하겠다는 용기가 나질 않았다.

그의 말대로 이젠 나이 때문에 노출 빼고는 할 수 있는 역할이 많지 않은데, 자신을 알아보는 사람들도 없는데. 무엇보다 영화 내용 때문에 망설여졌다.

"하필 내용이 이럴 게 뭐야."

꼭, 내 이야기 같잖아.

한참을 누워 있던 혜리가 핸드폰을 집어 들어 영화감독의 이름을 검색했다. 스티븐 리. 그런데 사진이 없다. 따로 정보도 보이지 않았다. 화면을 손가락으로 내린 그녀가 미간을 찌푸렸다.

눈에 띄는 기사 몇 개가 있었다. 작년 칸 영화제에서 신인 감독상을 수상했다는 것. 그러나 그가 직접 받지 않고 대리인이 수상하여 아직까지 스티븐 리의 얼굴이 제대로 공개되지 않고 있다는 것과 영화 촬영장에서도 그에 대해 모두 쉬쉬한다는 이야기였다.

"베일에 싸인 인물? 뭐야."

기사를 읽으며 코웃음을 치고 다른 기사들도 보았다. 이번에는 영화계의 떠오르는 블루칩이란다. 천만 관객의 주인공.

자리에서 벌떡 일어난 혜리가 눈빛을 반짝거렸다. 얼굴을 한 번도 공개석상에서 보이지 않았으며, 단 하나의 영화로 천만 관객을 넘어선 감독이라니. 시나리오는 썩 마음에 들지 않지만 감독에 흥미가 생겼다.

계약을 결심한 혜리는 혜성과 함께 영화감독의 사무실이 있다는 강남으로 향했다.

강남의 한 빌딩에 위치한 사무실로 들어선 그들은 내부를 두리번거리며 살폈다. 전에 영화가 흥행했다더니 신인 감독의 사무실이라기엔 넓고 쾌적하고, 좋아 보였다.

여직원의 안내에 따라 소파에 앉은 두 사람은 눈만 깜빡이며 멋쩍은 듯 앞에 놓인 차를 마셨다.

"조금 이따가 실장님 오실 거예요."

"감독이 아니라요?"

"네. 감독님은 지금 일본에 계셔서요."

여직원의 말에 혜리는 고개를 끄덕이고 입술을 삐죽였다. 잘나가도 한참 잘나가는 감독인가 보다. 일본에 가 있다니, 출장인가? 아니면 여행?

"그럼 계약은……?"

"실장님이 하실 겁니다."

"아, 네."

당연하다는 여직원의 말에 다시 혜리는 고개를 끄덕였다. 자신은 긴장해 있는데, 옆에 매니저로 따라온 오빠 혜성은 마치 제집처럼 사무실을 두리번거리더니 책을 만져 보질 않나, 이것저것 살펴보기에 바빴다.

"오빠, 좀 앉아!"

정말 도움이 안 된다.

"와, 여기 신기한 책들 많아."

갑자기 책에 관심을 보이는 그를 뒤로하고 다시 차를 마시고 있는데, 아까 여직원이 말한 실장이라는 남자가 들어왔다. 깔끔한 검은색 슈트를 입은 남자는 그들의 앞에 와 인사를 하고 명함을 내밀었다.

"SW 영화 제작사 실장, 김우진입니다."

"아, 안녕하세요. 조혜리입니다."

"이렇게 만나서 영광입니다. 예전에 조혜리 씨 팬이었습니다."

"감사합니다. 저도 좋은 시나리오 맡게 돼서 ……영광입니다."

두 사람은 악수를 한 뒤 테이블을 사이에 놓고 마주 앉았다. 책에 관심을 보이던 혜성도 다가와 혜리의 옆에 앉았고, 그들의 앞으로 우진이 계약서를 내밀었다.

"천천히 읽고 사인 부탁드립니다."

친절한 그의 말에 계약서를 훑어본 혜리는 어색한 미소를 짓고 펜을 만지작거렸다. 너무 오랜만에 계약하는 거라 그럴까? 심장이 두근거리고 손이 떨렸다. 어쩌면 진짜 자신의 이야기가 될 수 있는 영화. 잘할 수 있을까? 사인을 하기 전 많은 생각이 스쳐 지나갔다.

우진과 눈을 한 번 마주치고, 사인을 한 혜리는 깊은 한숨을 내쉬었다.

"계약금은 빠른 시일 내에 주신 계좌번호로 입금될 겁니다. 나머지는 영화가 완성된 후에 지급될 겁니다."

"아, 감사합니다."

"저희가 감사하죠. 잘 부탁드리겠습니다."

우진과 다시 악수를 하고 사무실을 나온 혜리는 기지개를 쭉 폈다. 사인을 하고 나니, 뭔가 자신이 해냈다는 기분이 파도처럼 밀려왔다.

뒤에 있는 혜성을 바라보고 사무실을 올려다보았다. 너무 쉽게 계약이 된 것 같아 살짝 불안감이 들었지만, 그래도 다시 일어설 수 있는 첫 계단을 밟았다 생각하니 뿌듯했다.

혜리가 계약을 한 다음 날, 감독이 사무실로 출근했다. 그가 들어오자마자, 결재 서류를 들고 우진이 뒤를 따라 들어갔다.

"말씀하신 대로 배우 섭외 완료했습니다."

"여배우는 누가 하기로 했습니까?"

"조혜리 씨요."

"뭐라고요?"

등받이 의자에 편하게 기대어 앉았던 그가 벌떡 몸을 일으켰다. 이름을 잘못 들었나 싶어 자세를 고쳐 앉으며 결재 서류를 내려다보았다. 배우 조혜리의 사인이었다. 믿을 수가 없다. 진짜 조혜리가 이 영화를 하다니.

"진짜였습니까?"

"뭐가 말입니까?"

"조혜리가 하겠답니까? 이 영화를? 감독이 나인데?"

"네. 계약서에 사인하셨고 계약금은 조금 전에 이체했습니다."

"뭐라고요?"

"뭐가 잘못되었습니까?"

우진의 말을 듣고 믿을 수 없다는 얼굴로 그가 계약서와 우진의 얼굴을 번갈아 보았다. 얼마 전, 마음에 드는 여배우를 찾을 수 없어 고심하던 그는 우진에게 추천을 부탁했다.

그런데 우진이 추천한 배우가 혜리였다. 처음엔 잘못 들은 줄 알았다. 조혜리라니. 미국에 있던 그녀가 한국에 왔다고?

한국에 와서 재기를 하려고 한다는 이야기를 들었다며 그녀를 추천한 것이었다. 영화 스토리상 이미지에 딱 맞기도 하고, 본인이 조혜리의 팬이었다나? 컨택을 하겠다는 말에 고개를 끄덕이면서도 이렇게 될 거라곤 상상도 못 했다.

영화 제작은 들어가야 하는데, 그의 영화에 출현해 보고 싶다는 여배우들도 줄을 섰는데, 그중에 딱 마음에 드는 배우도 없었고, 영화에 맞는다고 생각되는 배우도 없었다. 무엇보다 이 영화는 남자 배우보다 여자 배우의 관점에 초점을 둔 영화였기 때문에 당연히 여배우의 역할이 중요했다.

한때 잘나갔던 톱스타 여배우와 하찮은 조감독의 사랑.

그가 영화에서 그리고 싶은 것은 두 남녀의 사랑과 심리적 변화였다. 어떻게 사랑했으며, 어떻게 헤어지고, 어떤 생각이 공존했는가.

그렇기에 남녀 배우 모두 중요했지만, 그가 알지 못하는 여자의 시선에서 여자의 심리를 그려 줄 여배우의 역할이 무엇보다 중요했다.

그런 이유로 여배우를 찾지 못하다 결국, 출장 전에 우진에게 여배우들 목록을 주고 이 중에 잘 골라 봐라 하며 떠났더니, 진짜로 조혜리를 택할 줄은 몰랐다. 거기다 그녀가 이 영화를 하겠다고 사인하고 갔다니.

　"감독 이름은 뭐로 계약했습니까?"

　"예? 그거야 당연히 스티븐 리로 했습니다만."

　"아. 됐어요, 그럼."

　긴장이 풀린 듯 그가 다시 등받이 의자에 기대어 앉았다. 아아, 스티븐 리였지. 이선우가 아니라. 순간 저도 모르게 당황했다.

　"입금까지 했다고요?"

　"예. 조금 전에 계약금 입금했습니다."

　"일 처리하고는 참……."

　빠르군, 하는 말을 뒤로 삼키며 그는 우진에게 나가 보라는 손짓을 했다.

　조혜리와 다시 만난다니. 그는 들고 있던 펜을 또르르 습관적으로 굴리며 계약서를 바라보았다. 이미 계약금까지 송금했다는 우진의 말을 떠올리며 그는 고개를 저었다. 이럴 땐 정말 일 처리가 빠르기도 하지. 그렇다면 이미 뇌놀리기엔 늦었다는 건데.

　"스티븐 리가 나인 줄 알면 아주 기겁하겠군."

　결재 서류에 사인을 하고 서류철을 탁, 덮은 그가 중얼거렸다.

❖❖❖

　"넌 무슨 애가 하루 종일 집에만 있냐?"

TV 앞에서 깔깔대며 과자를 먹고 있는 혜리를 향해 혜성이 베개를 던졌다.

"왜 이래?"

"영화 캐스팅되었으면 운동도 좀 하고, 얼굴도 좀 가꾸고 그래야지. 네가 무슨 20대인 줄 알아?"

"왜 자꾸 내 나이 가지고 그러는데? 그래. 나 이제 서른이다."

자리에서 벌떡 일어난 혜리가 발끈하며 그에게 다시 베개를 던졌다. 영화 촬영 들어가려면 아직도 멀었건만, 벌써부터 닦달이라니. 매니저를 시키는 게 아니었다.

잔소리를 하는 혜성을 향해 원망의 눈총을 쏴 주고는 다시 리모컨을 집어 들어 채널을 돌렸다. 아, 재방송만 해 주는 방송들. 재미가 없다.

"영화 들어가면 나 메이크업 그런 건 어떻게 해?"

"네가 준비해야지."

"뭐?"

"지금 우리가 코디 구할 돈이나 있어?"

너무도 당연하다는 듯이 말하는 그를 보며 혜리는 기가 막혔다. 그럼, 영화를 찍는 내내 자신은 코디도 없이 혼자 메이크업하고 고치고, 개인 스태프라고는 저 철없고 막말하는 오빠 하나인데 그를 거느리고 일을 하라는 말인가?

"진짜로 코디 없이 하라고?"

"그럼 무슨 돈으로 코디 구해?"

"계약금 안 들어왔나?"

"돈이 벌써 들어와? 대본 리딩도 안 하고, 아직 인사도 안 했는데?"

혜성의 말에 혜리는 그저 입을 삐죽였다. 할 말이 없다. 그러게 계약한 지 며칠이나 되었다고. 아직 정식으로 감독도 만나지 못했고. 게다가 지금 발로 뛰고 있는 것은 혜성이 맞으니까. 빈털터리가 되니 오빠에게 구박만 당하는 신세가 되어 버렸다.

"그런데 오빠. 혹시 그 스티븐 리인가 하는 그 감독 얼굴 본 적 있어?"

"아니."

"오빠도 못 만났어?"

"어."

"대체 어떤 사람이기에 영화계의 블루칩 어쩌구 떠들어 대? 검색해도 안 나오고."

"검색해 봤어?"

"당연하지."

"그래? 나중에 보면 깜짝 놀랄 거야."

"왜?"

"그런 게 있어."

궁금증만 남겨 놓은 그의 대답을 들으며 혜리는 테이블 위에 놓인 뻥튀기에 자연스럽게 손을 뻗었다. 그런데 분명히 잡았던 뻥튀기 봉지가 순식간에 사라졌다.

"뭐야!"

혜성의 손에 들린 뻥튀기를 보며 그를 향해 날카로운 눈빛을 쏘아 주고 다시 뻥튀기를 향해 손을 뻗었다.

그러나 혜성이 재빠르게 뻥튀기 봉지를 높이 올려 버렸다. 공중에서 손을 휘젓던 혜리가 미간을 찌푸리며 누워 있던 몸을 일으켰다.

"대체 왜 이래?"

"자!"

갑자기 주머니에서 작은 종이를 내밀더니 혜리의 이마에 척 붙였다. 떼어 보니 유명 헬스클럽의 회원증이었다.

"오늘부터 군것질 금지야."

"아니 왜? 아직 영화 시작도 안 했고, 인사도 안 했는데."

"시작도 안 했지만, 길거리 나가 봐라. 일반인들도 너보다 날씬하면 날씬했지 뚱뚱하진 않다."

"돈 없다며? 헬스장도 비싼 데구만. 이건 어떻게 끊었대?"

"내 돈 털었다. 왜?"

못마땅한 얼굴로 종이를 테이블에 올려놓으며 투덜거렸다. 그의 돈으로 헬스장 회원권을 끊었다니, 분명 나중에 배로 받아먹을 것이 분명했다.

하필이면 이제 곧 여름인 이 시기에 한국에 들어오다니. 한숨이 푹푹 나온다. 독설을 퍼붓고 돌아선 혜성을 향해 입을 삐죽여 주고, 그가 식탁 위에 놓은 뻥튀기 봉지를 보며 안타까운 시선을 보냈다.

아, 이제 뻥튀기마저 먹지 못하다니.

"그리고 이건 네 다이어트 식단."

"뭐야. 이것만 먹고 살라고?"

종이를 받아 든 혜리가 기겁해서 쳐다봤다. 이게 사람 먹는 음식이던가. 한 끼에 고구마 1개, 야채 샐러드, 삶은 달걀 1개라니. 식단을 보고 경악을 금치 못한 혜리는 눈으로 쭉 한 달 치 식단표를 보았다.

저것도 양에 안 찰 텐데, 어떤 때는 두유 1잔일 때도 있다. 이게 사람이 먹는 식단표가 정녕 맞단 말인가?

"정말 이것만 먹으라고?"

"당연하지. 요즘 연예인들 다이어트 다 이 정도는 하거든?"

"나 쓰러지면 어떻게 해."

"그럴 일 없어. 걱정 마."

얄미운 그의 말에 혜리는 끓어오르는 화를 꾹 누르며 다이어트 식단표를 손에 쥐었다. 두고 보자, 조혜성! 언젠가 다시 옛날 그 명성을 되찾거든, 자신에게 예전처럼 꼬리를 흔들던 때가 오게 되리라.

영화 크랭크 인(crank in)을 하기 전에 감독과 스태프, 출연하는 배우들끼리 만나서 이야기를 하는 간단한 대본 리딩이 있는 날이었다. 대본 리딩은 서울에 있는 한 호텔에서 하기로 했고, 혜리도 참석하기 위해 아침부터 분주했다.

"옷 뭐 입지? 조금 화려한 드레스? 원피스? 정장이 나은가?"

"옷 편하게 입으라는데?"

"편하게?"

편하게라니. 아무리 카메라가 있는 공식석상이 아니라 그저 스태프들과 완성된 대본을 보며 인사를 하는 자리라도 편하게라니. 게다가 오랜만에 컴백 비슷하게 얼굴 드러내는 자린데. 그래서인지 더 떨리고 어떻게 준비를 해야 할지 감이 오지 않았다.

"편하게 어떻게? 이렇게는 너무 튀나?"

꽃무늬 원피스를 입고 나오며 혜리가 혜성의 앞에서 패션쇼를 선보였다. 그녀의 옷을 위아래로 훑던 혜성이 고개를 내젓더니 한 마디 던졌다.

"튀어. 그리고 너무 노티 나."

그의 한마디에 혜리가 입술을 삐죽이며 결국 청바지에 얇은 남 방을 입고 나왔다. 그래도 선글라스 정도는 껴 줘야겠지? 선글라스 를 챙겨 넣으며 방에서 나온 혜리는 얄밉게 핸드폰을 만지작거리는 혜성을 노려보았다.

남은 오랜만에 얼굴 내보이는 거라 설레고, 떨리고 그런데 오빠 란 인간은 매니저이면서 소파에 편하게 앉아 핸드폰 게임이나 하고 있다니.

"참, 너 호텔에 데려다주고 난 바로 공항 간다."

"공항엔 왜?"

"다시 미국에 갔다 올 일이 생겨서."

"그럼, 난?"

태평하게 비행기 티켓을 펄럭이며 이야기하는 그를 보며 황당하 다는 듯이 물었다. 그럼, 난? 나는 매니저도 아무것도 없이, 6년 만 에 처음으로 얼굴 내미는 자리에서 인사하고 뻘쭘하게 앉아 대본 리딩하란 말인가?

"장난이지?"

"혼자 잘할 수 있지?"

벌떡 자리에서 일어나며, 그가 혜리의 어깨를 다독이면서 물었 다. 잘할 수 있냐고? 이게 지금 잘할 수 있는 얼굴로 보이나? 갑자

27

기 현기증이 몰려오는 느낌이 들었다. 한마디 말도 없이 있다가 갑자기 중요한 이 날에 웬 미국행?

"금방 오는 거지?"

"노력할게."

씨익, 웃어 보이는 혜성을 보며 혜리는 잠시 멍한 얼굴을 하고 바라보았다. 아, 왠지 불길하다. 뭔가 느낌이 안 좋다.

호텔에 도착한 혜리는 앞좌석에서 문고리만 잡고 망설였다. 다시 연예계로 돌아오기까지 6년. 철없던 스물네 살. 연예계의 자리가 모두 그녀의 것이라고 해도 과언이 아닐 정도의 전성기.

평생 언제 다시 누릴지 모르는 인기를 버리고, 한 사람을 택하고 사랑을 택했다. 그리고 그 사랑이 아무것도 아니라는 것을 느끼기까진 고작 3년. 다친 마음을 추스르는 데 3년. 그렇게 이곳으로 다시 돌아오기까지 6년이 걸렸다.

그녀의 컴백이 될 영화.

"정말로 나 혼자 들어가야 한다고?"

"어. 비행기 시간 늦겠어."

불안한 혜리와 달리 혜성은 빨리 내리라는 듯이 시계만 보며 재촉을 했다. 그의 재촉에 원망의 눈초리를 쏘아 주고 조수석 문을 연 혜리는 높은 호텔 건물을 올려다보았다.

그때였다. 검은색의 밴이 멈추어 서더니, 블루 계열의 깔끔한 옷을 입은 남자가 차에서 내렸다. 혜리는 저도 모르게 그 남자의 얼굴로 시선을 돌렸다. 남자는 차에서 내리면서 선글라스를 착용하더니, 뒤따라오는 남자와 함께 호텔 안으로 들어갔다.

"난 간다."

잠시 시선을 빼앗긴 사이 혜성이 시동을 다시 걸더니 손을 흔들고 사라졌다. 짧은 한숨을 내쉬고 그녀도 선글라스를 썼다.

호텔 안으로 들어선 그녀는 조금 전 들어간 남자가 안내데스크 앞에서 이야기 나누는 것을 보았다. 보아하니 종이에 사인을 해 주는 것 같다. 연예인인가? 가만히 보던 그녀도 안내데스크로 향했다.

"어떻게 오셨습니까, 손님?"

"아, 네. 저기 10층에서 영화……."

"관계자분이십니까? 여기 성함 쓰시고 사인해 주십시오. 신분증 한번 보여 주시겠습니까?"

영화 관계자라. 뭐 맞는 것도 같고. 얼떨결에 고개를 끄덕거리고 신분증을 내밀었다.

사인까지 하고 엘리베이터 앞에 선 그녀는 앞에 서 있는 블루 계열로 말끔하게 옷을 입은 남자를 유심히 보았다. 짝수 층 엘리베이터가 멈추어서 올라탔는데 그와 동시에 10층을 누르려던 그녀의 손가락이 공중에서 멈추어 섰다.

같은 층이라니. 저렇게 차려입은 걸 보니 역시 연예인이었나?

생각도 잠시 엘리베이터가 10층에 서고, 그와 나란히 같은 홀에 들어섰다. 그녀와 함께 이름 모를 남자가 같이 들어서자, 제작사 실장이라던 우진이 반갑게 다가와 두 사람을 맞았다.

"어떻게 주연 배우끼리 같이 오시네요?"

그의 말에 놀란 혜리가 고개를 돌렸다. 주연 배우라니? 그럼 이 남자가 파트너?

"이쪽은 조혜리 씨. 이쪽은 요즘 잘나가는 배우죠. 박형준 씨."

"반갑습니다. 저보다 선배시라고요."

"아, 네."

얼떨결에 그와 인사를 나눈 혜리는 그제야 선글라스를 벗는 그와 얼굴을 마주하며 인사를 나누었다.

인사를 나누고 막 몸을 돌리는데 이게 웬걸? 출연진 배우로 보이는 사람이 한 명 더 있었는데, 예쁘장하게 생긴 여자가 공주님 같은 원피스를 입고 있는 게 아닌가. 옆에 있는 형준도 그렇고.

순간, 혜리는 자신의 옷차림을 확인하고 주먹을 불끈 쥐었다. 조혜성. 이 원수 같은 인간. 뭐시라? 편하게 입으라고? 아침에 입은 원피스가 노티 난다고 하더니. 이런 굴욕이 있나. 6년 만에 인사하는 자린데.

"조혜리 씨. 저쪽으로 앉으시죠."

우진이 자리를 안내하며 매너 있게 의자를 빼 주었다. 고맙다는 제스처를 건네며 혜리가 자리에 앉아 주변을 두리번거렸다. 아무래도 어색하다. 아는 사람도 없고, 아는 것도 없는 이 자리.

"이게 완성된 대본입니다."

"아, 네."

"오빠분은 오늘 안 오시나 봐요?"

"일이 있어서요."

"그렇군요. 참, 감독님은 개인 일정이 있어서 조금 늦어지신답니다. 인사들 하고 이야기들 편하게 나누시다 보면 오실 겁니다."

우진의 말에 대본을 받아 넘겨 보다가 제일 첫 장으로 시선을 두었다.

≪제목: 구름 위의 별에게 감독: 스티븐 리≫

아무리 봐도 감독이 영화 제목을 잘못 지은 것 같다. 유치하게. 대본 한 장을 더 넘기면서 문득 베일에 싸여 있다는 그 감독의 얼굴이 궁금해졌다. 대체 어떻게 생겼을까? 공식석상에서는 한 번도 얼굴을 드러내지 않았다는 그의 모습은.

제 2 장
잘못된 만남

　대본을 받아 든 혜리는 미간을 찌푸렸다. 읽으면 읽을수록 기분
이 나쁘다. 어쩜 이렇게 대본을 쓸 수가 있지? 익숙한 것들이 너무
많은 대본은 그녀를 매우 불편하게 했다.

　삐딱하게 의자에 허리를 기댄 혜리는 대본을 읽다가 주위를 둘
러보았다. 사람들은 모두 대본을 살펴보고, 친한 사람들끼리 이야
기하느라 바빴다.

　자신이 아는 사람이라고는 한 명도 없는 이 공간에서 어색하게
앉아 있는 신세라니. 갑자기 일이 생겼다며 호텔 앞에서 자기만 내
려 주고 홀랑 사라진 조혜성이 원망스러울 뿐이었다.

　영화 관계자들이 모두 모이자 서로 돌아가며 인사를 했고, 그중
에서 당연히 주연 배우를 맡게 된 혜리와 형준에게 시선이 쏠리는
것은 어쩔 수 없었다. 6년 만에 주연 배우로 복귀하는, 한때 만인
의 연인이라 불렸던 혜리와 최근 주가를 올리며 단번에 톱스타로

올랐다는 형준.

그리고 베일에 싸여 있다던 감독 스티븐 리의 작품이라, 모두의 관심이 쏠릴 수밖에 없었다. 그냥 대본만 받고 조금 읽고 끝나는 자린 줄 알았던 혜리의 생각과 달리 영화 관계자들도 꽤 와 있었고, 그중에는 기자들도 있었다.

"조금 조심스러운 질문이지만 조혜리 씨, 한때 남부럽지 않은 인기를 누렸었는데요. 갑자기 떠났던 이유와 그동안 무얼 하셨는지 여쭤 봐도 됩니까?"

"그냥, 그땐 어렸고…… 제 시간이 필요했어요. 남들처럼 놀고, 공부도 하고 그랬어요."

당연히 물어 올 거라 생각했던 질문에 혜리는 당황하지 않고 웃으며 대답해 주었다. 어렸던 것은 맞았지만, 놀고 공부하고, 그렇게 지내지는 않았다. 하지만 최대한 평범하게 대답하는 게 최선의 대답이었다.

"그러면 이제 다시 연예계 복귀하시는 겁니까?"

"네."

"복귀하시는 데 다른 이유가 있으십니까?"

"그냥 제가 할 수 있는 게 이것뿐인 거 같았고, 연기가 그리웠어요."

"감독님은 만나 뵈셨습니까? 방송에서도 시상식에서도 얼굴 공개 안 하는 분이라던데. 배우들은 봤겠죠?"

"죄송해요. 저도 아직……."

"그렇군요. 그럼 한 가지 더 묻겠습니다. 영화는 어떤 내용인가요?"

기자의 질문에 순간 혜리가 당황했다. 당연한 질문임을 알면서도 잠시 입술을 달싹이며 망설였다. 한때 잘나가던 톱스타 여배우와 조감독의 사랑 이야기라.

"영화 내용은 개봉하면 그때 확인하시죠!"

옆에 있던 형준이 웃으며 장난스럽게 끼어들었다.

"하하하. 그래야 하나요? 영화 내용이 궁금하다면 개봉하면 극장에서 확인하시라고 말씀드려야겠네요. 참! 조혜리 씨 저도 예전부터 팬이었는데, 다시 조혜리 씨의 모습을 보다니 기쁘군요. 앞으로 좋은 활동 부탁드립니다. 형준 씨도요."

집요하게 물어 올 줄 알았던 기자는 의외로 혜리에게 행운을 빈다면서 악수를 청했다. 혜리도 기자와 악수를 하고 웃어 보였다. 옆에 있던 형준의 도움이 아니었으면, 대답도 못 하고 땀만 삐질 흘릴 뻔했다.

기자에게 인사를 하고 뒤돌아서서 어깨를 으쓱이는 형준을 보며 혜리도 미소 지었다. 어쩌면 오랜만의 복귀가 그렇게 나쁘지만은 않을 것 같다는 생각도 들었다.

짧은 인터뷰를 마친 뒤 대본 초반부를 읽다가, 다음 영화 일정에 맞추어 연락을 주겠다는 우진의 말을 듣고 사람들과 인사를 나눈 혜리는 한숨을 내쉬며 의자에 앉았다. 그녀를 기억해 주는 사람들도 있고, 마치 신인 배우 보듯이 대하는 사람들도 많고, 오랜만이라 긴장도 많이 해서인지 맥이 탁 풀렸다.

홀에는 사람들이 거의 다 빠져나가서 영화 스태프들만 몇 명 남은 상태였다. 핸드폰의 시계를 본 순간 시간을 잘못 본 줄 알았다. 벌써 저녁 7시라니. 힘겹게 의자에서 일어나 홀을 빠져나왔다.

그나저나 감독은 영화 첫 리딩 현장인데, 코빼기도 비추지 않았다. 개인 일정이 바빠서 늦는다더니 결국 오지 않았다. 감독이 있기는 한 건가? 조감독만 보이던데. 슬슬 의심도 들었다. 그놈의 베일의 싸인 감독 얼굴 한 번 못 보고 촬영 시작하고 촬영 끝내는 건 아닌지.

투덜대며 가방에 넣었던 선글라스를 꺼내 다시 끼려는데, 손이 미끄러져 선글라스가 바닥에 떨어졌다.

"여기."

"감사합……."

떨어진 선글라스를 누군가 주워 주기에 고맙다고 인사를 하려던 혜리가 순간 멈추었다.

"……이선우?"

자신에게 선글라스를 건네는 남자를 보며 혜리가 당황한 얼굴로 머뭇거렸다.

"오래만이야."

"뭐야. 너……."

"이것부터 받지."

선글라스를 받으라는 듯이 손으로 가볍게 흔드는 그를 보며 어리둥절했다. 앞에 있는 남자, 이선우. 꿈에도 다신 만나고 싶지 않았던 남자. 지난 6년간 후회의 시간을 주었던 남자. 그 남자가 눈앞에 서 있다. 그것도 너무도 태연하게.

"뭐야, 당신?"

"뭐긴 나도 여기 볼일이 있어서. 그나저나 정말 한국에 왔네?"

웃으며 말하는 그를 보며 혜리는 어이가 없었다. 어떻게 당신은 아무렇지 않을 수가 있지? 자신은 지금 당황스럽고 혼란스러운데.

"내가 한국에 못 올 이유라도 있어?"

"그러게. 없지, 참."

어깨를 으쓱거리는 그를 보며 알 수 없는 화가 났다. 어쩜 저렇게 예나 지금이나 얄미울 수가 있지?

"어? 감독님?"

뒤에서 우진이 테이프를 들고 뛰어오며 선우를 불렀다.

"어떻게, 만나셨네요?"

우진이 선우와 혜리를 번갈아 보며 말했다. 누굴 만났다는 거지? 어리둥절한 혜리가 우진을 바라보자, 우진이 선우에게 들고 온 테이프를 건네며 말했다.

"여기가 이번 작품 찍어 주실 스티븐 리 감독님이세요."

뭐? 지금 누가 누구라고?

놀란 혜리가 눈을 동그랗게 뜨며 선우를 바라보았다. 아무리 봐도 우진이 손으로 가리키는 쪽은 선우가 분명한데. 지금 이선우가 베일에 싸인 어쩌고 하던 감독이라는 것인가?

"말도 안 돼."

어이없다는 듯이 작게 중얼거렸다.

'뭐가 말이 안 돼?' 라는 듯 그가 무언의 답을 보내며 어깨를 으쓱하더니 웃어 보였다. 이건 장난일 것이다. 장난이어야 한다. 혜리는 작게 고개를 저었다. 그가 이번 영화의 감독이라니.

"처음 뵙겠습니다. 이번 영화를 찍게 될 감독 스티븐 리입니다."

그가 확인 도장을 찍어 주듯이 손을 내밀며 악수를 청했다. 그가 내민 손을 보고, 옆에 선 우진을 본 혜리는 믿을 수 없다는 얼굴을 했다. 거짓말이다. 거짓말이라고 말해 줘야 한다. 우진에게 간절한 눈빛을 보냈지만, 우진은 웃으며 "감독님." 하고 눈치 없이 부르기까지 했다.

"조혜리 씨?"

선우의 은근한 재촉에 어쩔 수 없이 악수를 한 혜리는 마지못해 웃어 보이며 그와 악수를 했다.

"다행입니다. 이번에 감독님께서 개인 일정으로 대본 리딩에 참석 못 하셔서 아쉬워 하셨는데, 주연 배우라도 이렇게 뵙다니."

눈치 없는 우진이 웃으며 서로를 소개시키려고 했다.

"김 실장. 홀에 들어가서 마무리 잘 되었나 봐 줘요."

"아, 네. 홀에 들어가려던 참이었지. 두 분 마저 이야기 나누시고, 그럼."

우진이 사라지자, 혜리와 선우는 바로 붙어 있던 간격을 멀리 떨어트리며 어이없다는 얼굴로 서로를 바라보았다.

"거짓말. 당신이 감독이라고?"

"그렇다는데?"

"뭐? 베일에 싸여서 공개석상에 얼굴 안 보여 준다던 그 감독이라고?"

"맞아."

어이없다는 혜리의 반응에 선우가 가볍게 웃으며 대답했다.

"그렇게 됐어. 정말 오랜만이야. 여기에서 만날 줄은 몰랐는데."

"당신 알고 있었지? 이 영화에 내가 출연한다는 거."

"아아. 우리 김 실장이 네 팬이라고 적극 추천해서 말이야."

뻔뻔한 그의 대답에 이가 갈렸다. 어떻게 얼굴색 하나 안 변하고 말을 할 수가 있지? 김 실장인지 뭔지가 추천했으면 말렸어야지.

"그걸 말이라고……."

"한국엔 언제 들어왔어? 이번에 다시 연예계 활동을 할 생각인가?"

"관심 꺼."

손에 들고 있던 선글라스를 다시 끼려고 할 때였다. 그가 그녀의 손을 덥석 잡았다.

"왜 이래?"

"앞으로 같이 촬영할 사인데. 서로 예의는 좀 차리지."

"예의?"

어이가 없었다. 같이 촬영을 할지 말지도 모르는데 무슨 예의? 오늘 가서 조혜성에게 절대로 이 영화 못 한다고 이야기할 것이다. 결코! 절대로! 이선우가 하는 영화는 찍을 생각 없다고.

"누가 찍는대?"

"찍어야 할걸?"

"뭐?"

"솔직히 드라마는 물론 영화 제의도 안 들어오고, 당장 뭐라도 해야 하지 않나? 6년 전의 스타를 누가 기억해 주겠어?"

그냥 지나가려고 했는데 그가 그녀의 속을 긁고 말았다.

"당신 말 다 했니?"

"아니."

"뭐? 영화계의 블루칩? 혜성처럼 나타난 감독? 웃기고 있네. 한때는 누구 밑에서 졸졸 쫓아다니며 심부름만 하던 조감독 주제에."

"지금은 상황이 바뀌었지 않나? 하여간에 그 성깔은 하나도 안 변했군."

"누가 할 소린데! 그 싸가지에 밥맛없는 성격 안 변한 건 당신도 마찬가지거든?"

나쁜 자식! 말하는 싸가지하고는.

두 주먹을 불끈 쥐고 그를 노려보았다. 하필 한국에 돌아와서 처음으로 재기하기 위해 찍을 영화가 이선우의 영화일 게 뭐람. 그것도 6년 만에 만난 전남편의 영화라니.

그래, 시나리오를 받았을 때부터 이상했다. 의심을 했어야 했다. 하지만 '스티븐 리'라는 감독이 그일 거라고는 상상조차 못 했다. 그저 공식석상에 얼굴을 드러내지 않았다고 하기에 궁금하기만 했었을 뿐.

"미안하지만, 나 이 영화 안 해."

"그래? 안 한다고?"

"그래. 오늘부로 파기할게. 그 계약."

"과연 그렇게 될까?"

능글능글한 웃음이 가득 머문 얼굴로 그가 되물었다. 뭐야, 저 기분 나쁜 웃음은? 설마, 자기 영화가 아니면 재기할 수 없을 거라는 자신감인가?

"우리 쪽에선 계약금 준 걸로 아는데."

"계약금이라니?"

순간 머릿속이 하얗게 변했다. 계약금이라니? 그런 건 아직 받지도 않았는데.

"아, 형이 이야기 안 했나 봐? 형 통장으로 넣었던데."

그의 말에 혜리는 순식간에 머릿속이 하얗게 변하는 것을 느꼈다. 그러니까 계약금을 조혜성 통장에 넣었다는 말인가? 대체 언제?

"계약서 쓴 다음 날, 바로 입금한 걸로……."

툭.

선우의 말이 끝나기 전에 혜리가 가방을 놓쳤다. 맙소사. 갑자기 오전에 자신을 호텔 앞에 내려 주며 미국에 볼일이 있다고 사라진 혜성의 얼굴이 떠올랐다. 그래, 뭔가 불길하다 했다.

"설마, 몰랐어?"

"알았으면 내가 그 돈 돌려줬겠지. 당신이 감독인 걸 아는데, 당신 작품을 왜 찍어?"

"못 찍을 건 또 뭐야."

저걸 말이라고. 혜리는 머리가 아프다는 듯이 손으로 이마를 짚었다. 이선우가 감독이라는 것도 황당한데, 오빠라는 사람이 계약금을 받고도 말을 안 했다니. 한숨을 내쉬며 미간을 찌푸린 그녀의 머릿속에 며칠 전 대화가 떠올랐다.

'그런데 오빠. 혹시 그 스티븐 리인가 하는 그 감독 얼굴 본 적 있어?'

'아니.'

'오빠도 못 만났어?'

'어.'

'대체 어떤 사람이기에 영화계의 블루칩 어쩌구 떠들어 대. 검색해도 안 나오고.'

'검색해 봤어?'

'당연하지.'

'그래? 나중에 보면 깜짝 놀랄 거야.'

설마. 그 깜짝 놀랄 거라는 말이 이거였던가? 혜성은 처음부터 알고 있던 것이다. 스티븐 리 감독이 이선우라는 것도, 그녀가 받은 시나리오를 이선우가 쓴 것이라는 것도. 오빠라는 사람이 어쩌면 이렇게 도움이 안 된다는 말인가. 선우와 자신이 어떻게 헤어졌는데.

"형은 어디 갔는데?"

"미국."

혜리의 짧은 대답에 선우가 어깨를 으쓱했다. 돈을 받은 장본인은 미국으로 튀었다는 이야기다. 난처해하는 혜리를 잠시 바라보던 그가 물었다.

"자, 어쩔 거야. 계약금은 형이 들고튀었고, 계약을 파기하려면 계약금의 3배를 위약금으로 물어야 하는데 그만한 돈은 없을 테고. 찍어야 하지 않겠어?"

"들고튀긴 누가 들고튀어? 오빠 잠깐 미국에 볼일 있어서 간 거야. 돌아오는 대로 돈 돌려줄게. 계약이나 파기해."

"그러지 뭐."

태연스럽게 대답하는 그를 보며 두 주먹을 불끈 쥐고 돌아섰다. 조혜성, 가만 안 둘 것이다. 정말로 알면서도 입 닦고, 돈마저 가지고 도망간 거라면 절대로 용서하지 않을 것이다.

거짓말이다. 이건 거짓말일 것이다. 택시를 타고 오는 내내 전화

41

를 걸어 보았지만, 혜성은 받지 않았다.

— 전화기가 꺼져 있어 음성 사서함으로 연결됩니다. 연결된 후에는…….

혜성에게 건 전화는 계속 음성 메시지만 나올 뿐이었고, 혜리는 조금씩 초조해지기 시작했다. 비행기 안이라 전화를 받을 수 없는 거라고 아무리 최면을 걸어 보아도 불안감은 감출 수가 없었다.

"조혜성, 제발. 오빠……."

여전히 음성 메시지만 나오는 전화기를 붙들고 혜성을 애타게 불렀다. 계약금 돌려주고, 계약 파기할 테니 기다리라고 선우에게 자신 있게 말은 했는데, 혜성이 정말로 잠수 타 버리면 모든 게 끝이다.

그녀는 다급히 전화를 끊고 다른 번호로 전화를 걸었다.

— 음, Hello…….

"수미야!"

— 음, 혜리?

목이 잠겨 있는 수미의 목소리가 수화기 너머로 들려왔다. 지금이 밤 10시니, 미국 LA는 아마 새벽 6시쯤 되었을 것이다.

이렇게 잠을 깨울 생각은 없었는데, 수미에게는 정말 미안하게 생각한다. 하지만 한시가 급한 것을 어쩌랴. 분명 혜성은 수미에게 갈 것이다. 그럴 거라고 생각했다. 둘은 연인 사이니까.

"새벽부터 미안. 급해서 그래."

— 무슨 일인데.

여전히 잠에 취한 수미의 목소리가 들려왔다.

"우리 오빠, 거기 갈 거야. 가면 어디 못 가게 꼭 붙잡아 줘."

― 대체 그게 무슨 소리야. 한국에 있는 혜성 오빠가 왜 여길 와.

"하아, 돈 들고 튄 거 같아."

― 응?

"말하자면 길어. 일단, 오면 꼭 연락해 줘. 알겠지?"

― 어, 그래.

통화를 끊고 혜리는 자신의 머리를 헝클었다. 조혜성, 잡히면 가만 안 둘 것이다. 오빠고 뭐고.

그로부터 혜성에게 수많은 전화와 메시지를 남겼지만 그의 전화기는 여전히 꺼져 있는 상태였다. 미국으로 간다고 한 지 벌써 3일째였다. 도착하고도 남았을 시간이며, 메시지를 보고 듣고도 남았을 시간이었다.

― 오빠! 어디야? 전화 좀 받아. 나 진짜 미국 간다?

― 야! 조혜성! 미쳤지? 이선우 작품을 찍게 해? 전화 받아. 계약금 어쨌어!

― 오빠, 나랑 이야기 좀 하자. 뭐라고 안 할게. 돈만 돌려주고 계약만 파기하면 돼. 그럼, 아무 일 없던 것처럼 해 줄게.

전화기를 붙잡고 화도 내고 달래도 보았지만, 중요한 건 그의 전화기가 여전히 꺼져 있다는 것. 그래서 매일 같은 여자의 음성 메시지만 나온다는 것. 하는 수 없이 다시 미국에 있는 수미에게 전화를 걸었다. 설마, 그녀에게도 안 가진 않았겠지. 적어도 연락은 했을 것이다. 그렇게 믿고 싶었다.

"수미야, 바빠?"

— 아니. 괜찮아. 요즘 나한테 많이 전화한다. 도대체 무슨 일인데? 그렇잖아도 며칠 전에 새벽에 전화받고 다시 전화한다는 걸 바빠서 깜빡했네.

"괜찮아. 그보다 우리 오빠 거기 안 갔어?"

— 혜성 오빠? 한국에 있는 거 아니야?

"너 새벽에 전화 건성으로 받았구나? 미국으로 튀었어."

— 미안, 미안. 내가 수술 때문에 피곤했거든. 근데 미국으로 튀다니? 무슨 소리야?

"내가 영화를 계약했는데……."

— 응.

하아, 하는 한숨과 함께 혜리가 머리카락을 쓸어 넘겼다. 이 이야기를 다시 해야 하다니. 수미의 목소리를 듣자니, 혜성이 아직 찾아가거나 연락한 것은 아닌 것 같은데.

"계약한 영화 감독이 스티븐 리래."

— 그래? 처음 듣는 감독이네. 뭐, 외국인이야?

차라리 외국인이었으면 좋았겠다. 그게 한국인이고, 아는 사람이라는 게 더 문제일 뿐.

"그게, 이선우야."

— 뭐? 누구라고?

"그 감독이 이선우라고. 오빠가! 조혜성이 날 이선우 작품에 엮고 계약금 받아서 지금 미국으로 도망쳤다고. 연락이 안 돼. 계약금 돌려주고 파기해야 하는데 전화기가 계속 꺼져 있다는 음성만 나와. 정말 너한테 안 갔어?"

— 말도 안 돼.

"그렇지?"

수미의 말에 맞장구치며 실소를 터트렸다. 이건 꿈이라고 말하고 싶었다.

"정말 안 갔어?"

— 왔으면 내가 먼저 연락 줬겠지.

"제발 부탁인데, 오빠가 비밀로 해 달라느니 뭐 그랬다고 마음 약해져서 숨겨 줄 생각 말고 연락 줘. 응?"

수미에게 간절히 부탁을 하고 전화를 끊었다. 전화를 끊고 시계를 보았다. 새벽 2시를 조금 넘긴 시각. 침대 위에 쓰러지듯 누워 버린 그녀가 아무것도 없는 하얀 천장을 바라보았다. 잠을 자야 하는데 잠이 오지 않는다.

과연 혜성을 찾을 수 있을까?

찾아야 하는데, 꼭 찾아야 계약금을 돌려주고 계약을 해지할 수 있는데. 이미 선우에게 당당하게 그리 말했는데 혜성이 잠수를 타 버렸다.

설마설마했지만 진짜로 전화도 안 받고 연락도 두절된 상태에다 가 돈까지 들고 잠수 탈 거라고는 생각도 못 했다. 적어도 다시 한 국 땅을 밟기 전까지.

"아, 정말. 오빠……."

원망스런 이름을 부르며 눈을 꼭 감았다. 그날 호텔 로비에서 만 난 이선우의 모습이 떠올랐다. 자신과 상황이 완전히 바뀌어 버린 전남편. 충무로의 떠오르는 블루칩 감독. 단 하나의 작품으로 천만 관객을 넘고, 칸 영화제에서 신인 감독상을 받은 사람이라니.

6년 전과 상황이 완전히 바뀌었다. 6년 전에 그녀는 아쉬울 것이 없는 사람이었다. 캐스팅 때문에 드라마 제작자들이 싸우기도 했고, CF 한 번 찍으면 그 제품은 거의 완판이었다. 그녀의 사인한 장, 사진 한 장이 아쉬워서 울고 매달리는 팬들이 셀 수 없이 많았다.

그에 비해 선우는 그녀가 찍던 드라마의 조감독이었다. 말이 조감독이었지, 그 당시엔 조감독 대우도 못 받고 잔심부름만 하던 그였다. 드라마 감독 밑에서 쩔쩔매고, 배우들 비위 맞추기나 하는 정말 별 볼 일 없는 사람이었다.

그런데 잘나가던 톱스타는 아무도 알아보지 못하는 신인 배우나 다름없게 되었고, 누구 밑에서 쩔쩔매던 조감독이었던 그는 충무로의 떠오르는 샛별이 되어 있었다.

"사람 일은 한 치 앞을 못 본다더니."

딱 그 말이 자신을 두고 하는 말인 것 같다. 옆에 던져둔 핸드폰을 다시 집어 든 혜리는 문자를 쳤다.

[오빠, 제발 문자라도 줘.]

역시나 오늘밤도 제대로 된 잠은 포기해야겠다.

전화를 끊고 돌아선 수미는 한숨을 짓고는 태연하게 앉아 있는 혜성을 바라봤다.

늦은 새벽에 걸려 왔던 혜리의 전화가 끊긴 뒤, 혜성이 수미의 집 초인종을 다급히 누르며 그녀를 불렀다. 자초지종은 추후에 설명하겠다며 잠을 재워 달라던 그는 지금 수미가 일하는 병원 휴게실에 앉아서 피자를 먹고 있었다.

"오빠! 대체 이게 무슨 일이에요?"

"역시, 혜리지? 다시 전화 와도 나 없다고 해."

"네네. 못 봤다고 했는데 자초지종이나……."

아니다. 자초지종이 문제가 아니었다. 그러고 보니, 굳이 자초지종을 들을 필요가 없네. 혜리가 이미 열 받아서 다 말해 버렸으니. 그녀의 말대로라면 이번 작품을 찍는 감독이 이선우라는 것인데. 모르고 계약을 했다는 것인가?

"혜리 말 사실 아니죠?"

"왜 아니야. 벌써 알아 버렸네."

"지금 피자 먹을 때가 아니거든요? 어떻게 혜리를 이선우 작품에 계약을 하게 해요? 오빠 제정신이에요?"

수미의 외침에 혜성이 먹던 피자를 내려놓았다. 그의 앞으로 다가간 수미가 맞은편에 의자를 빼고 앉아서 그를 보았다.

"일부러 그런 건 아니죠?"

"뭐, 꼭 일부러는 아닌데……."

"그렇죠? 일부러는 아니죠?"

수미의 말에 눈치를 슬쩍 보던 혜성은 옆에 놓인 콜라를 한 모금 마시고 입을 뗐다.

"아주 고의가 아니라고 할 수는 없어."

그의 말에 수미가 맙소사를 외치며 자신의 머리를 지그시 눌렀다. 새벽에 혜리가 전화했을 때만 해도 잠결에 받은 탓에 급한 일은 아닐 거라 생각했다. 그런데 조금 전 혜리에게 다시 전화가 왔을 때, 혜성이 자신에게 애절한 얼굴로 없다고 해 달라며, 모른다고 하라고 부탁했을 때부터 이상한 느낌이 있긴 있었다.

그런데 그가 이런 대형 사고를 쳤을 줄이야.

"오빠 정말 제정신인 거죠?"

"물론, 제정신이지."

아, 말이나 못하면.

"일부러 그랬다고요? 정말?"

"원래 일부러 그러려던 건 아니고. 혜리가 소속사가 없잖아. 예전에 알던 연예계 관계자들 다 만나 봤는데, 요즘엔 연습생들도 자리가 없어서 못 나온대. 혜리가 6년 전에 인기 있을 때하고는 다르잖아?"

"그렇죠."

진지하게 말하는 혜성의 말에 수미는 저도 모르게 고개를 끄덕이며 동조하고 있었다. 그렇지, 이미 시대가 다른데. 혜리를 받아 주겠다는 곳이 어디 많겠는가.

"그렇다고 컴백하자마자 노출을 찍을 수도 없고."

"혜리 성격에 절대 안 하죠."

"그래서 아는 사람 통해서 시나리오를 받았는데, 그 감독 이름이 스티븐 리인 거야. 나도 외국인인 줄 알았지."

"그럼 오빠도 모르고 그런 거란 거죠?"

믿고 싶다는 수미의 말에 혜성이 고개를 저었다.

"아니. 시나리오 준 사람이 그러더라고. 그 사람 진짜 이름이 '이선우'라고. 처음엔 설마설마했지. 그런데 생각해 보니까 그렇게 나쁠 건 없더라고. 시나리오도 딱 혜리 이야기고, 두 사람 부부였으니까 호흡도 나쁘지 않을 거 같고……."

"오빠!"

그의 말에 수미가 펄펄 뛰며 소리쳤다. 이선우가 혜리랑 어떤 관계인지 알면서 그랬다는 것인가? 이 남자가 정녕 조혜리의 하나뿐인 오빠가 맞으며, 정녕 자신의 남자 친구가 맞단 말인가.

"대체 정신이 있는 거예요, 없는 거예요? 혜리랑 선우 씨 이혼했어요."

"알지. 아는데 방법이 없잖아."

"방법이 없다고 이혼한 전남편이 감독인 영화를 찍게 해요? 혜리가 왜 이혼했는지 정말 몰라서 그래요? 어떻게 혜리가 다시 재기하기로 마음먹었는지, 그 마음 먹기까지 얼마나 힘들었는지 보고도 이런 짓을 해요?"

"솔직히 합의 이혼이라지만, 혜리의 너무 일방적인 통보였잖아. 선우는 혜리한테 있었던 일 하나도 모르고 이혼한 거니까. 남녀 관계라는 게 한쪽만 힘든 것도 아니고. 선우도 사정이라는 것이 있을 수 있잖아. 아까도 말했듯이 같이 작품을 했던 적도 있으니 나쁘지만은 않다는 거지."

"만나서 서로 상처 주고받지나 않음 다행이게요?"

"설마 그러겠냐. 애들도 아니고."

그의 말에 수미는 기가 찼다.

"혜리가 그 영화를 잘도 한다고 하겠어요. 자존심도 세고, 선우 씨를 좋아한 만큼 상처도 컸는데."

"그러니까 혜리한테 무슨 일이 있었는지 알면 선우가 얼마나 마음 아프겠냐."

"마음 아프긴."

혜성의 말에 콧방귀를 끼며 고개를 돌린 수미가 걱정이 담긴 한숨을 내쉬었다.

"어쨌든 과거는 과거고, 지금은 선우도 꽤 유명한 감독이 되었고, 주연 배우가 혜리라는 거 알면서 그 녀석도 여자 주인공 혜리가 맡는 거 쿨하게 받아들인 모양이니 이젠 두 사람 몫이지. 지금 맨땅에 헤딩하는 혜리한테 좋은 기회잖아."

혜성의 말에 더 반박하려던 수미가 입을 다물었다. 선우의 사정이라는 게 뭔지는 모르겠으나 그가 혜리한테 일말의 변명 없이 이혼한 건 사실이고, 그걸 말하는 건 제3자가 아닌 선우의 몫이니까. 어쩌면 혜성의 말대로 지금 상황이 완전히 뒤바뀌긴 했지만 선우는 혜리가 다시 성공하는 데 좋은 계기가 될 수 있을지도 몰랐다.

"아까 혜리가 오빠가 돈 받고 사라졌다 하던데, 그건 뭐예요?"

"그쪽에서 계약금을 미리 줬거든. 생각보다 빨리 줬어. 그것도 좀 많이…… 이선우가 돈을 많이 벌긴 했나 봐."

"그 돈 어디 있는데요. 그대로 가지고 있죠?"

"없지. 당연히."

"오빠!"

"아우, 귀청이야. 오피스텔 보증금으로 썼어."

"오빠, 거짓말이죠? 그래도 어느 정도는 남았을 거 아니에요."

"남았긴 했는데, 몇 백?"

아무렇지 않게 말하는 그를 보며 수미가 제발, 이라는 말과 함께 그의 팔을 붙잡았다. 이럴 수는 없다. 남자 친구라고 혜리가 그렇게 불같이 날뛰는 거 모른다고 딱 잡아떼 주었건만 그가 그녀에게 이렇게 배신감을 안겨 줄 수는 없었다. 그 돈을 오피스텔 보증금으로 썼다니. 혜리가 알면 거품 물고 쓰러질지도 모른다.

❖❖❖

혜리는 그 후로도 여러 번 혜성에게 전화를 걸었다. 아주 제대로 마음먹었는지 전화기는 며칠째 꺼져 있다는 음성뿐이었다.

계약금이 얼마인지도 모르는 상황이고, 그 계약금이 하늘로 솟았는지 땅으로 꺼졌는지 알 수도 없는 상황이었다. 돈을 받은 오빠가 연락이 두절되었으니.

수미에게 전화가 오길 바랐지만, 바쁜 건지 정말로 혜성이 가지 않은 건지 연락이 없었다. 그렇다고 계속 전화가 오기만을 기다릴 수도 없고. 이대로라면…… 선우가 하는 영화를 찍어야 한다.

절대로 그럴 수는 없다.

침대에 누워 천장만을 바라보던 혜리가 몸을 일으켜 혜성이 있던 방으로 향했다. 그리고 서랍이라는 서랍은 모두 열기 시작했다. 뭔가 있을 것이다. 통장이든, 아니면 계약서든 뭔가 있을 것이다.

"제발, 뭐라도 나와라."

간절한 마음으로 방 안을 온통 뒤적였다.

선우는 책상에 앉아서 서류를 의미 없이 훑어보았다. 예나 지금이나 성격은 하나도 변한 것이 없었다. 서류를 쭉 넘겨 보던 그가 잠겨 있는 책상 서랍에 열쇠를 꽂고 서랍을 열었다. 서랍을 여니, 뒤집어진 액자와 작은 앨범이 들어 있었다.

꺼내 든 액자엔 혜리와 그가 다정하게 껴안으며 행복하게 웃고 있는 사진이 끼어져 있었다. 그리고 액자 밑에 있던 먼지가 조금 쌓인 갈색의 가죽 케이스 앨범에는 「Wedding」이라고 쓰여 있었다. 액자를 가만히 바라보던 그는 피식 웃고는 사진을 손끝으로 쓸어 보았다.

'우리 이혼하자.'

그때의 혜리는 금방이라도 울 것 같은 표정으로 말했다. 이혼하자고. 마치 못 하겠다고 대답하면 금방이라도 울음을 터트릴 것 같은 얼굴이었다. 흔들리는 눈동자를 바라보며, 그는 '그래, 그러자.' 그렇게 대답했던 것 같다.

이유는…… 다시 생각해 보아도, 몇 번을 생각해도 모르겠다. 왜 떠나고 싶어 했는지. 왜 이혼하고 싶어 했는지. 왜 자신이 싫어졌는지. 지금도 이해할 수 없고, 차마 묻지 못했다.

어쩌면 다시 만났을 때, 묻고 싶었는지도 모른다. 그때 왜 이혼하자고 했는지. 왜 그런 마음이 생겼는지.

사진을 만지작거리던 그때였다. 인터폰이 시끄럽게 정적을 깨며 울렸다. 잠시 회상에 젖었던 그가 의자를 조금 끌어당기며 인터폰을 받았다.

— 감독님, 배우 조혜리 씨가 통화를 원하십니다.

인터폰에서 들리는 목소리에 잠시 머뭇거리던 그가 연결하라고 말하고는 저편의 목소리가 바뀌길 기다렸다.

— 나야.

"알아."

— 저기…… 계약금 말인데, 얼마인지 물어도 될까?

"왜, 갚으려고?"

생각보다 빠른 혜리의 전화에 선우가 애꿎은 액자를 탁, 엎어 버리며 물었다.

— 되도록이면 빨리 갚을게.

"그럴 돈은 있어?"

그가 마치 혜리의 상황을 잘 알고 있다는 듯이 말했다.

— 맞아. 그게 얼마든 지금은 돈 없어. 그렇지만 오빠 찾는 대로, 상황 되는 대로 갚을게. 얼마야?

"오천."

여전히 선우가 액자에서 시선을 떼지 못하며 대답했다. 오천만 원. 결코 적은 돈이 아니었다. 게다가 혜리처럼 유명하지도 않은 배우에게 주기엔 너무도 큰 액수였다. 전액도 아니고, 계약금만 따지기엔.

— 뭐? 얼마라고?

수화기 너머로 혜리의 목소리가 한층 더 크게 들려왔다. 생각보다 많은 액수에 혜리가 당황한 듯했다.

— 당신, 그렇게 돈 많이 벌었어?

"뭐, 아쉽지 않을 만큼."

— 좋겠네. 누군 바닥 치고 있는데…….

"……."

— 하긴, 칸에서 상도 받고, 유명하던데.

그녀의 말에 선우가 미간을 좁혔다.

"그래서?"

— 그렇다는 거야. 돈은 최대한 빠른 시일 내에 갚을게.

"정말로 계약을 파기하겠다고?"

— 응.

"위약금이 3배인데도?"

— 그래.

그녀의 대답에 선우가 짧게 한숨지었다. 지금 그녀의 상황에서는 계약금도 못 갚을 것이다. 그런데 위약금까지 해서 3배를 갚겠다고? 그가 헛웃음을 지었다.

"조혜리 아직 죽진 않았나 봐? 갚을 능력이 되고?"

그의 빈정거림에 잠시 수화기 너머에선 아무런 대답이 없었다.

"왜 대답이 없어?"

— 틀린 말이라서.

"뭐?"

— 조혜리 다 죽었거든. 어쨌거나, 계좌번호랑 나중에 말해 주면…….

"왜 싫은데?"

그가 엎어 놓았던 액자를 똑바로 세우고는 손가락으로 툭툭 치며 물었다. 도대체 찍기 싫은 이유가 무어란 말인가? 두 사람이 결혼했던 것도, 이혼했다는 사실도 아는 사람이 없는데.

"왜 싫으냐고."

— 그렇게 궁금해?

혜리의 물음에 손가락으로 액자를 건드리던 움직임이 멈추었다.

— 시나리오가 별로야. 그리고…….

"그리고?"

— ……무엇보다 감독이 별로야.

그녀의 대답에 선우가 다시 한 번 액자를 탁, 엎어 버렸다.

"계약은 위약금을 돌려주면 그때 해지하는 걸로 하지. 무엇보다 우리 쪽에서도 배우를 다시 골라야 하니까."

— 고마워.

그녀의 대답과 함께 통화가 끊겼다.

"뭐? 시나리오도 감독도 별로라고?"

그는 자신의 책상 위에 놓인 시나리오를 보면서 중얼거렸다.

"……나도 배우가 마음에 안 들었다고."

불만스럽다는 듯이 혼자 씩씩거리며 통화 내내 툭툭 건드렸던, 뒤집어진 액자를 바라보았다. 그가 엎어 버린 액자를 집어서 반쯤 열린 서랍에 신경질적으로 넣어 버리고는 열쇠로 잠가 버렸다.

제3장

이유를 모른 채

수미는 안절부절못하면서 왔다 갔다 하기를 반복했다.

혜성이 사고를 쳤다. 분명 혜리는 한국에서 발만 동동 구르고 있을 것이다. 그러나 남자 친구이자, 그녀의 오빠인 혜성은 미국에 와서 마치 자기 세상처럼 놀러 다니기에 바빴다. 게다가 오늘은 홈 TV로 영화를 보겠다며 햄버거를 사 가지고 들어왔다.

"넌 오늘 일 안 해?"

"네. 누구 때문에 오프 냈어요."

"나? 나랑 놀아 주려고?"

저 생각 없이 말을 뱉는 그의 입을 막아 주고 싶다. 시한폭탄을 던져 놓고도 그는 마냥 태평했고, 수미는 병원 진료와 수술만으로도 하루가 너무도 벅찼다.

혜리에게 자초지종을 설명하고 싶었지만, 그럴 틈도 없었고 시차 때문에 시간도 맞지 않았다. 게다가 일을 저지른 사람은 가만히 있는데 수습하려니 짜증나기 시작한 터였다.

"오빠는 혜리가 걱정도 안 되세요?"

"애도 아니고 잘 하겠지."

"진지하게 이야기 좀 해요. 오늘도 얼렁뚱땅 넘어간다면 나 오빠랑 헤어질 거야."

TV를 끄고 그의 눈앞에 떡 하니 앉은 수미가 무섭게 그를 노려보았다. 눈치를 보던 혜성이 슬금슬금 자세를 고쳐 앉았다.

"자, 전화해요."

수미가 핸드폰을 툭, 그의 앞으로 던져 놓으며 말했다.

"어딜?"

"혜리한테요."

"지금은 때가 아니지."

"그럼, 오빠가 말하는 때는 언젠데요? 혜리가 다시 돌아 버리기 전에 전화해요."

수미의 억압에 못 이겨 버튼을 누르던 혜성이 에이, 하면서 다시 핸드폰을 소파 위로 던졌다.

"못 하겠어."

손을 내저으며 말하는 그를 보며 수미가 다시 핸드폰을 내밀었다.

"조금만…… 기다려 봐."

핸드폰을 받아 든 그가 자세를 고쳐 앉으며 진지하게 말했다. 순간 그에게 핸드폰을 내밀었던 수미의 손이 허공에서 멈칫거렸다.

"나도 생각이 있어서 영화 계약한 거지, 그냥은 아니라고."

"뭔데요?"

"설마, 내가 처음부터 혜리한테 선우 시나리오를 넘기고 하라고 하기야 했겠어? 당연히 처음에야 선우 영화인 거 알고 거절했지. 그런데 시나리오를 끝까지 읽고 마음이 조금 바뀌었어."

"대체 무슨 내용인데요?"

"잘나가는 톱스타와 조감독의 사랑 이야기."

혜성의 말을 듣고, 수미의 표정이 굳어졌다.

"그 사람…… 미친 거 아니에요?"

그녀는 혜성을 바라보며 중얼거렸다.

"어떻게 자기 이야기를 영화로 만들 생각을 해요? 오빠는 그걸 혜리한테 줬다고요? 혜리가 영화나 드라마 아무것도 캐스팅 안 돼도 그렇지, 어떻게 그런 시나리오를 줘요?"

"화내지 말고 들어."

"어떻게 화를 안 내요? 혜리, 3년 동안 제정신 아니었어요. 혜리가 먹은 우울증 약만 수십 통이었다고요. 제가 혜리 사람 만들려고 얼마나 노력했는데……."

수미가 금방이라도 울 듯한 목소리로 혜성에게 원망을 쏟아 냈다. 혜리가 지내 왔던 시간, 그동안 옆에서 가장 오랫동안 지켜봐 온 두 사람이었다.

그런데 혜성이 그런 어처구니없는 일을 저지르다니. 당연히 주면 안 되는 시나리오였다. 줘서는 안 되는 거였다. 누군가 준대도 말려야 하는 거였다. 정말이지 이해할 수가 없다.

이제 와서 두 사람의 관계를 영화로 찍어서 만천하에 공개라도 할 셈인가.

"두 사람 다 제정신 아니에요. 그걸 영화로 만들겠다는 선우 씨나 그걸 혜리한테 찍으라고 준 오빠나."

수미의 말에 혜성이 가볍게 어깨를 으쓱했다. 틀린 말은 아니었
다. 자신의 사랑 이야기를 영화로 만들 생각이라는 선우의 시나리
오를 보고, 처음엔 그도 적잖이 당황했었으니까.

"그런데 그 시나리오, 혜리는 다 읽었대?"

"몰라요."

모른다. 며칠 전 혜리와 한 통화를 마지막으로 통화한 적이 없었
으니. 그동안 자신의 일 때문에 미처 전화하지 못한 탓도 있었지
만, 분명히 혜성이 여기에 있다는 것을 혜리가 모를 리가 없는데
이상하게 혜리에게서도 전화가 없다. 오히려 더 불안하게.

"난 전화해서 혜리한테 그 영화 찍지 말라고 할 거예요."

"왜 네가 화를 내고 그래?"

"화 안 내게 생겼어요? 오빠 혜리 친오빠 맞아요?"

"알았어. 조금 있다가 전화할게."

조금 전까지만 해도 홈 TV를 보겠다며 싱글벙글 웃으며 장난기
가득했었는데, 웃음기가 사라지고 진지하게 말하는 그를 보며 수미
가 마주했던 의자에서 일어났다.

"그 시나리오를 준 건…… 혜리도 읽어 보라고."

"……."

"거기엔 두 사람 이별이 엔딩이었거든."

"이별이 엔딩이라니 그게 무슨 소리예요?"

"그 시나리오엔 말이야. 혜리가 사랑했던 시간이 있더라고. 그
냥, 한 번쯤 조혜리가 그때의 시간을 돌아보았으면 했지. 역시 혜
리 그 녀석, 시나리오 끝까지 보지도 않았겠지?"

몸을 일으켜 돌아서던 수미는 잠시 숨을 들이켰다.

"당연하죠."

"이선우가 감독이라는 이유로 길길이 날뛰기만 하고 보지도 않았을 거야."

웃음기 섞인 혜성의 말을 들으며 수미는 물을 찾으러 주방으로 갔다.

혜리에게 가장 행복했던 시간 그리고 잔인했던 시간. 어쩌면 두 사람은 진짜로 이혼한 게 아닌지도 모른다. 수미가 알고 있는 그들의 이혼은 혜리의 일방적인 통보였으니까. 자신의 모든 것을 걸었던 사랑에 대한 상처와 외로움을 느껴야 했던 가혹한 무게.

"그런데 말이야. 혹시, 혜리가 이혼할 때 선우한테 왜 이혼하는지 이야기해 줬어?"

"그걸 어떻게 이야기해요. 혜리 성격에 절대로 못 했을 텐데."

"그렇지?"

"당연하죠."

"그럼 당연히 이선우는 모르겠네. 헤어진 이유를……."

혜성의 말에 주방에 있던 수미는 짧게 한숨지었다. 그들은 이혼했고, 시간은 3년이나 지났다. 그런데 이제 와서 이혼한 이유가 중요할까?

❖ ❖ ❖

선우는 혜리의 사인이 들어간 계약서를 만지작거렸다.

'시나리오가 별로야. 그리고…… 무엇보다 감독이 별로야.'

감독이 별로라니. 아직 그녀가 자신이 찍은 영화를 보지 못했나 보다. 칸에서 신인 감독상까지 받을 정도로 완벽했는데.

"쳇. 하기 싫으면 하지 말라지 뭐."

순간 그녀가 한 말이 떠올라 기분이 나빠져 계약서를 휙 뒤집었다. 아니, 아쉬울 사람이 누군데, 고맙다고는 못 할망정. 영화를 찍자고 했지 누가 다시 시작해 보자고 했나? 뒷걸음부터 치는 그녀를 생각하며 못마땅하다는 얼굴로 선우가 미간을 찌푸렸다.

"부탁해도 모자랄 판에."

불만스럽게 투덜거린 그가 등받이 의자에 기대었다.

가끔 생각해 보면 어디서 어긋났는지 모르겠다는 생각이 들었다. 그도 결혼 생활을 하는 내내 많은 노력을 했다. 많은 사람들이 탐내는 톱스타와 비밀리에 결혼을 했기에 그만큼 빨리 성공하고 싶었다.

카메라를 좋아했고, 카메라에 담긴 모든 게 좋았다. 방송 PD나 그런 것보다는 영화를 만들고, 영화감독이 돼서 혜리를 주인공으로 다시 서게 하고 싶은 것도 있었다. 그래서 무작정 미국의 영화로 유명하다는 대학교에 등록하고, 영화에만 집중했다.

3년간 공들여 찍은 영화를 미국의 유명한 영화제에 출품하게 되었고, 작품 만드는 내내 정신이 없었다. 영화는 최우수상 후보까지 올랐고, 품평회 때문에 다른 것을 신경 쓸 겨를이 없었다.

그래서 혜리의 전화는 매번 받지 못했다. 부재중 전화가 여러 통 왔지만 문자 한 통, 전화 한 번 할 시간이 없었다. 거의 밤을 새우며 작업을 했었으니까.

일주일 넘게 열렸던 영화제가 끝나고, 그의 작품이 영화제에서 최우수상 수상이 결정되었으니 참석하라는 연락을 받았다. 꿈만 같은 결과였다. 그가 그토록 바라고 그렸던 영화감독 데뷔. 한걸음에 혜리에게 달려가 기쁜 소식을 알리고 싶었다.

그제야 혜리에게 전화를 걸었을 때는 그녀가 전화를 받지 않았다. 집으로 돌아간 그는 침실에 누워 있는 혜리를 발견했고, 짜증이 묻은 투로 물었다.

'집에 있으면서 왜 전화를 안 받았어?'

그렇게 물었던 것 같다. 그리고 그날 저녁, 축하파티를 열자며 그녀를 부르는데 그녀가 다가와 그렇게 말했다.

'우리 이혼하자.'

금방이라도 울어 버릴 것 같은 눈으로. 이유라도 물으면 목소리가 흩어질 것 같은 입술로. 파르르 떨면서.

왜였을까? 그때 이유를 물을 수 없었던 것은.

그녀의 말에 그냥 그렇게 하자고 했다. 네가 원하면 그렇게 하자고. 반은 홧김이었지만 더 이상은 묻지 않았다. 그래서 이혼했다. 생각해 보니, 그때 이혼한 이유를 정말 모른다. 법원에 접수된 이혼 사유야 성격 차이였지만.

생각에 잠겨 있는데 핸드폰 진동이 울리며 액정에 불이 깜빡였다. 모르는 번호였다. 게다가 외국에서 걸려 온 전화.

"이 형이 진짜."

이렇게 국제전화로 당당하게 걸려 올 전화는 딱 하나밖에 없다. 혜리의 계약금을 들고뛰었다는 그녀의 오빠 조혜성. 핸드폰 액정에 손가락을 얹어 받을까, 말까 고민하던 선우가 전화를 받았다.

"형!"

— 어. 난 줄 어떻게 알았냐? 잘 지내냐?

"형 때문에 잘 못 지내거든요? 조혜리가 애초에 못 할 거 같으면, 형이 거절했어야죠. 매니저는 폼으로 합니까? 내가 퇴짜 맞잖아. 기분 나쁘게."

— 이게 다 서로를 위해서 그런 거지. 혜리는 재기하고 넌 영화 찍고. 너도 배우 못 찾아서 힘들었다며.

"저도 이 영화 하겠다는 여배우들 줄 섰다고 좀 전해 주실래요?"

수화기 너머로 들려오는 혜성의 말에 선우는 투덜대며 엎어 놓았던 계약서를 툭툭 건드렸다.

하기 싫은 건 이쪽도 마찬가지였다. 분명히 아쉬운 쪽은 저쪽인데 까이는 건 이쪽이었다.

— 혜리는 왜 못 하겠다는데? 감독이 너라서?

"감독도 별로고 시나리오도 별로라던데요."

— 맞는 말이긴 하지, 뭐.

"형!"

누구 때문에 얽히기 싫은 사람과 일하기로 마음먹은 건데. 선우는 속으로 혜성의 말을 듣는 게 아니었다며 후회를 했다. 계약이

63

결정되고, 미국에 가기 전에 자신을 찾아왔던 혜성을 떠올렸다. 혜리가 다시 일어서는 것을 도와 달라고, 배우의 길을 걸을 수 있도록. 진지하게 말하는 혜성의 부탁을 차마 거절하지 못했다.

혜성만 아니었다면, 배우를 다른 사람으로 구했을 것이다.

— 솔직히 시나리오가 뭐냐, 그게. 너하고 혜리 이야기잖아. 로맨스를 찍고 싶으면 좀 화끈한 걸 찍든가.

"그래서 제가 처음에 배우 조혜리는 안 된다고 말씀드렸잖아요. 그리고 그거는 모티브라고 하는 겁니다. 전부 저희 이야기는 아닙니다. 저도 제 사생활 존중하는 사람이거든요? 설마, 영화로 제 과거를 까발리고 싶겠어요?"

— 잘났다, 인마.

"형은 언제까지 미국에 계실 건데요. 설마 진짜로 그 돈 가지고 튀시는 건 아니죠?"

— 조만간 돌아갈 거다.

그 말을 끝으로 혜성이 전화를 끊었다. 끊겨진 핸드폰을 바라보며 선우가 고개를 내저었다. 누구 때문에 자기가 곤란해졌는데, 곤란하게 한 쪽이 오히려 더 큰소리라니.

정말로 혜리가 계약을 해지하면, 캐스팅은 물거품으로 돌아가는 거다. 그럼 영화는 시작하기도 전부터 사람들의 입에 오르내릴 것이다. 여배우를 교체하네, 마네 하면서.

이건 뭐, 조혜리가 영화를 해도 걱정, 안 해도 걱정.

혜리는 부스스한 머리를 묶고 커피를 들고 TV를 켜고 앉았다.

조혜성이 잠적한 지 4일째였다. TV에서는 개그프로가 재방송

중이었고, 시청자들의 웃음소리가 스피커를 통해 흘러나왔다. 정말로 웃긴 이야기였고, 웃어야 하는 부분이었다. 하지만 혜리는 연기가 올라오는 커피를 들고 그저 멍하니 바라볼 뿐이었다.

멍하니 앉아 있는데 협탁 위에 있던 핸드폰이 소란스럽게 울려댔다. 액정에 뜬 번호를 보고 미간을 찌푸린 그녀가 커피 잔을 내려놓으며 전화를 받았다.

"어디야?"

까칠하게 전화를 받은 혜리가 물었다.

— 미안. 여기 미국.

"미국인 거 아는데, 어디야? 수미네?"

— 어.

혜성의 대답에 혜리는 기가 막혔다. 이럴 줄 알았다. 조혜성이 튀어 봤자 갈 데가 수미네밖에 더 있겠는가.

"다른 거 말 안 할게. 돈은?"

지근거리는 머리를 감싸 쥐며 물었다. 그래, 양심이 있으면 돈을 쓰지는 않았겠지. 그 며칠 사이에 설마 그 돈을 다 썼을 리는 없다고 판단했다. 적은 액수도 아니었고. 적어도 그렇게 믿고 싶었다. 치밀어 오르는 화를 꾹 눌러 참으며 인내심 있게 다시 물었다.

"돈은 하나도 안 쓴 거지?"

그러나 수화기 너머에서는 대답이 없었다.

"오빠. 내 말 듣고 있어?"

불안감에 다시 물었다.

"조혜성 씨, 오빠!"

조금 전보다 한층 높아진 톤으로 그를 다급하게 불렀다. 설마,

아니겠지. 그 돈을 일주일도 안 되는 사이에 썼을 리가 없지.

— 그거…….

"…….."

— 오피스텔 보증금 채워 넣었어.

"뭐? 뭐라고?"

— 너 사는 오피스텔. 그거 전세로 바꾸면서 보증금 모자란 거 냈다고.

짧은 탄식과 함께 혜리가 고개를 돌려 오피스텔을 빙 둘러보았다. 그러니까 이 오피스텔의 전세 보증금을 그 돈으로 채웠다는 것인가? 혜리는 조심스럽게 테이블 위에 놓았던 커피 잔을 들어 입에 대었다가 내려놓았다. 이미 차갑게 식어 버린 커피의 맛은 씁쓰름했다.

— 여보세요? 듣고 있나?

이번에는 대답이 없는 혜리에게 혜성이 물었다. 아, 그런데 아무런 말이 나오지 않는다. 머릿속이 커피처럼 차갑게 식어 가는 것 같았다.

그녀는 생각을 정리했다. 오피스텔의 전세금을 영화 계약금으로 채웠고, 계약을 해지하려면 위약금까지는 아니어도 적어도 원금은 돌려주어야 했다. 어떻게든 돈을 돌려주고 계약을 해지할 거라고 큰소리쳤는데. 그랬는데…….

— 야, 조혜리. 기절했나?

한참 머리를 굴리던 혜리는 수화기 너머에서 들리는 목소리에 한숨지었다. 여기서 화를 내야 하나? 대체 뭘 어떻게 해야 할까? 당장 이 오피스텔을 뺀다고 해도 다시 배우를 하려면 어쨌거나 살

곳이 필요하다.

"그걸 전부 쓴 거야?"

— 조금 남았어. 몇 백?

"몇 백?"

너무도 태연하게 대답하는 혜성의 말에 혜리는 더 이상 말이 나오지 않았다.

"돈은 그렇다 치고, 대체 무슨 생각으로 이선우가 쓴 시나리오를 나한테 줘?"

— 말했잖아. 들어오는 게 없었다고.

"없으면 안 하면 되잖아!"

— 왜 화를 내고 그래. 선우 그 자식은 다 알고 있었어. 너 한국에 오는 것도, 다시 배우 한다는 것도. 알면서 너한테 영화 맡긴 거라고.

"알고 있었다고?"

알고 있었다는 말에 혜리가 당황했다.

'그나저나 정말 한국에 왔네.'

호텔에서 마주친 날, 그는 태연하게 말했다. 마치 그 만남이 우연이라는 듯이, 그리고 그녀가 한국에 온 걸 확인하는 듯이.

"알고서도 나랑 계약했다고? 그 영화를?"

— 어.

"두 사람 다 미친 거 아니야? 오빠 이선우 작품인 거 알았으면, 그쪽에서 줘도 거절했어야지. 이선우도 왜, 내가 작품 안 들어온다니까 불쌍했대?"

— 왜 이렇게 비관적이야. 대본은 읽어나 봤어?

"읽을 가치도 없어."

테이블 앞에 놓인 대본을 바라보며 화를 냈다. 앞에 한 두세 장 읽었던가? 자신과 선우의 첫 만남, 그리고 처음 사랑을 시작했을 때 이야기가 있었던 것 같다. 리딩 때 읽으면서도 찜찜했는데, 선우가 감독이라는 것을 알고 나서부터는 아예 펼쳐 보지도 않았다. 어차피 찍지도 않을 영화인데.

— 다 읽고 나서나 거절해.

"됐어. 이 오피스텔을 빼든, 대출을 받든 해서라도 영화 안 할 거야."

— 고집은.

"이게 고집이야? 수미한테 폐나 끼치지 말고 얼른 한국에 오지?"

— 어떻게 알았냐. 수미한테 있는 거.

"안 봐도 비디오지. 오빠 네가 미국에 있을 데가 있기나 하니?"

그렇게 말하며 전화를 끊었다. 처음엔 감독이 이선우라는 것에 기분이 나빴고, 그다음엔 돈을 들고 사라진 혜성을 원망하고, 그에게 화가 났다. 하나뿐인 동생의 매니저 일을 하면서 가장 가까이 있었고, 가장 자신을 잘 알고 있는 그가 어떻게 선우와 자신을 다시 엮을 생각을 했을까?

그런데 며칠 지나고 나니, 화가 좀 누그러져서일까? 영화 계약금으로 오피스텔 보증금을 채워 넣었다는 말에 화가 나지 않았다. 도대체 왜 감독이 이선우인 영화를 자신에게 맡겼는지 제대로 따져 물었어야 했는데. 전화를 끊고 나서야 후회감이 밀려들었다.

✤✤✤

며칠이 지나도 해결 방법은 떠오르지 않았다. 혜성은 내일 비행기로 올 거라고 연락을 했지만 그가 돌아온다고 해도 돈은 없었다. 그렇다고 당장 이 오피스텔을 빼면, 머무를 곳이 없어진다.

"후우."

길게 한숨을 내뱉은 그녀는 핸드폰을 계속 만지작거렸다. 액정에 있는 선우의 사무실 번호에 엄지손가락을 올렸다가 떼면서 전화를 걸까, 말까 고민 중이었다. 에이, 말자. 핸드폰을 테이블 위에 내려놓은 그녀는 옆에 있는 영화 대본을 바라보았다.

'왜 이렇게 비관적이야. 대본은 읽어나 봤어?'

혜성의 말이 떠올라 대본을 집어 들고는 종이를 손으로 넘기며 피식, 바람 빠진 웃음을 냈다. 이걸 읽고 찍으라고? 말이 되는 소리.

"망신당할 일 있나."

혼잣말로 중얼거리며, 대본을 내동댕이칠 기세로 손을 들었던 그녀는 읽었던 부분의 뒷부분을 슬쩍 넘기며 눈으로 훑었다. 눈에 잘 들어오지 않았지만, 그래도 읽었다. 적어도 작품을 거절할 때, 선우에게 어떤 장면이 별로고 어떤 게 마음에 안 든다며 정확히 짚어 주며, 알려 주고 싶은 오기에서랄까.

의미 없이 대본을 넘기던 혜리는 한참 후에야 반쯤 읽은 대본을 덮고, 핸드폰을 집어 들었다. 짧은 신호 끝에 상대방이 전화를 받았다.

"이선우, 아니, 스티븐 감독님 좀 부탁합니다. 조혜리라고 하는데요."

자신의 이름을 대자, 곧 상대방이 전화 연결을 해 주었다.

"지금 어디야?"

그렇게 물은 그녀는 대본을 손에 꼭 쥔 채 물었다.

"가도 돼?"

통화를 끝낸 뒤 대본을 내려놓고 옷을 입으며 외출 준비를 했다. 문을 잠그고 나온 그녀는 다시 한숨을 내쉬고, 골목을 나와 찻길로 향했다. 이럴 때 차라도 있었으면 하는 마음이 들었지만 아쉬운 대로 택시를 세워 차에 올라탔다.

"돈이라도 구했나 보지?"

일방적으로 끊긴 전화기를 보며 그가 코웃음을 쳤다. 돈을 벌써 구한 건가? 불만스럽다는 듯이 수화기를 내려놓으며 그가 계약서를 바라보았다.

정말 택시를 타고 달려온 건지, 전화를 끊은 지 얼마 되지도 않아 자신의 사무실에 도착한 혜리를 보고 선우가 기대었던 등받이 의자에서 일어나며 어깨를 으쓱였다.

"빨리 왔네."

"당연하지."

"앉아. 뭐 마실래? 커피? 하긴 커피 좋아하지."

문 앞에 서 있는 혜리를 향해 앉으라는 제스처를 하고는 밖에 있는 우진에게 커피를 부탁했다. 아, 한 잔은 진하게, 라는 말을 덧붙인 뒤 문을 닫은 그가 혜리를 보며 물었다.

"여전히 커피 진한 걸 좋아하나?"

"기억하네."

"뭐, 이혼한 지 얼마나 됐다고."

선우의 말에 피식 웃어 버린 혜리가 소파에 앉았다. 그의 말대로 혜리는 커피를 진하게 먹는 편이었다. 카페를 가도 에스프레소 투 샷을 주문했으니. 수미는 커피를 진하게 먹으면 안 좋다고 잔소리했었는데. 그의 기억력에 새삼 웃음이 났다.

"어떻게, 벌써 돈이 준비된 거야?"

마주 앉으며 묻는 그를 보며 혜리가 핸드백을 꾹 쥐었다. 준비가 안 되었다는 걸 알면서.

"아직."

"그러면 나한테 볼일이 있는 건가? 왜? 영화 할 마음이라도 생겼어?"

여유 가득한 그가 혜리를 향해 물었다. 마치 선택권은 네가 아니라 나에게 있다는 듯이. 하지만 혜리는 쉽게 대답할 수가 없었다. 두 번은 엮이고 싶지 않은 사람, 다시는 뒤돌아보고 싶지 않은 사람. 그 사람이 앞에 있다.

대답을 망설이고 있는데, 노크 소리와 함께 커피가 그들 앞에 놓여졌다. 따뜻한 김이 올라오는 커피 잔을 들고 마시라는 듯이 선우가 건네며 물었다.

"내 영화가 그렇게 마음에 안 들어?"

"응."

"감독이 나라서?"

"맞아. 그것도 그렇고, 시나리오가 별로야. 로맨스가 그게 뭐니? 나하고 당신 이야기 써? 왜? 자서전을 쓰지?"

"그건 그냥 모티브야. 너하고 내 이야기 같아? 그게 전부?"

"그럼. 잘나가던 톱스타와 조감독의 사랑 이야기가 당신하고 내 이야기 아니면 뭔데?"

뻔뻔하게 모티브라고 말하는 선우의 대답에 혜리가 발끈했다. 전부는 아니지만, 어느 정도는 읽고 왔다. 첫 만남부터 중간에 나오는 데이트 장면까지, 완벽하게 두 사람의 이야기였다. 이게 어딜 봐서 모티브라는 말인가. 모티브의 뜻이나 알고 쓰는 것인가.

"그렇게 로맨스를 찍고 싶었으면 좀 찐하게 가지 그랬니? 옷도 벗고, 그게 더 흥행할 거 같은데."

"벗고 싶어?"

"뭐라고?"

팔짱을 낀 채 묻고 있는 그를 보며 황당한 얼굴로 되물었다.

"원하면 넣어 줄게."

"누가 힌대?"

"하려고 온 거 아니야? 돈은 아직 준비가 안 되었고."

칼자루를 쥔 자의 여유로움인가? 얄미운 그의 말에 혜리가 입술을 깨물었다.

"시나리오 수정해 줘. 그럼 할게."

"내용을 수정하라고? 싫어. 난 그 시나리오가 매우 마음에 들거든."

"정말로 그 영화를 찍겠다고?"

"그럼 내가 장난하는 줄 알았어? 장난해서 내 돈 버리고, 영화 들어간다고 홍보하고, 광고 내고 그러겠나?"

"그 영화가 당신하고 내 이야기라는 걸 사람들이 알면?"

"알 사람 아무도 없어. 우리 결혼했다가 이혼한 거 수미 씨하고 혜성이 형만 알지 아무도 모르잖아. 안 그래? 결혼 생활도 미국에서 했고."

당당한 그의 말에 혜리는 짧은 한숨을 내쉬었다. 그렇다. 두 사람이 결혼을 했다가 이혼을 한 것도 아는 사람은 혜성과 수미뿐. 부모님이 일찍 사고로 돌아가셨던 그녀는 일가친척이라고는 없이 가족은 오직 오빠인 혜성뿐이었고, 고아원에서 자란 선우 역시 가족이 없는 것은 마찬가지였다. 두 사람이 결혼할 때도 증인이자 하객은 혜리 친구인 수미와 오빠 혜성뿐이었다.

"사람들이 우리 사이를 알까 봐 겁나? 어차피 이혼했고, 너나 나나 남남이고, 게다가 우리가 같이 살았다는 증거도 없는데 뭐가 그렇게 걱정이야. 설마, 아직도 나한테 미련이라도 남았나?"

어처구니없는 그의 말에 혜리가 코웃음을 쳤다.

"말이 되는 소리를 해."

이혼을 누가 먼저 하자고 했는데. 미련 따위는 없다.

"걱정이 돼서 하는 말이야. 혹시라도 영화로 우리 사이가 밝혀지면 망신당할 텐데, 괜찮겠어? 나보다 잘나가는 감독님인데."

"뭐, 욕을 먹어도 혼자 먹겠어? 결혼이나 이혼이나 둘이 같이 했는데."

"그렇게 망신당하는 게 소원이라면……."

숨을 들이켠 혜리가 이어 말했다.

"하자. 그 유치한 영화."

혜리의 대답에 커피를 마시던 선우의 손동작이 멈추었다. 세상 모든 걸 잃어도 자존심 하나로 산다고 생각했던 여자. 그래서 자신의 영화는 죽어도 못 하겠다고 버틸 줄 알았던 그녀가 대답했다.

자신의 영화를 하겠다고.

마주 앉은 혜리를 물끄러미 바라보던 선우가 자리에서 일어났다. 그리고는 자신의 책상에서 계약서를 들고 와서 그녀 앞에 흔들었다.

"진짜 할 거야?"

"그래."

"이거 무효 아니어도 돼?"

막 찢을 기세로 계약서를 잡은 그가 재차 확인하며 물었다. 그의 물음에 혜리가 잠시 망설이자, 그가 눈썹을 살짝 꿈틀거리더니, 가볍게 웃으며 계약서를 내려놓았다.

"역시 안 되겠지? 나하고 작품 하는 건."

"하겠다니까."

"조혜리한테 들어오는 작품이 그렇게 없나 보네. 아니면 돈이 없는 건가?"

그의 말과 동시에 혜리가 자리에서 벌떡 일어났다.

"재수 없는 자식! 나쁜 놈."

그녀는 자신의 백 속에 넣어 두었던 시나리오를 꺼내 바닥에 던지며 화를 냈다.

"안 해, 이 영화! 나 안 찍어."

"왜 이렇게 화를 내? 그냥 물어본 건데."

"너 나 가지고 장난하니? 왜, 놀려 먹으니까 좋아? 옛날에는 촬영장이든 데이트할 때든 내가 너무 잘나가서 부담스럽고 그랬는데, 이젠 아무도 못 알아보는 배우라서 편해? 막 대해도 내가 영화 찍겠다고 하니까 그래?"

차가운 시선으로 자신을 노려보며 입술을 잔뜩 깨물고 있는 혜리를 보며 선우가 바닥에 던져졌던 시나리오를 집어 들었다.

"진정하고 앉아."

"내 말 못 들었니? 나 영화 안 해. 당신이랑 할 이야기 없어."

미련 없이 돌아서며 혜리가 문을 향해 걸어갔다. 선우는 바로 뒤쫓아 막 문을 열고 나가려는 그녀의 팔을 낚아채듯이 잡았다. 혜리가 팔을 흔들었다.

"이거 놔."

그가 잡은 팔을 뿌리치려 했지만 힘으론 역부족이었다.

"안 놀릴게. 기분 나빴다면 사과 할게. 좀 앉아."

"됐어."

"영화 이야기도 하고, 묻고 싶은 것도 있으니까 앉아."

진지해진 그의 말에 혜리가 그의 눈을 응시했다. 이번에는 장난이 아닌 것 같았다. 그녀가 조금 진정을 하고 손에 힘을 빼자, 선우도 잡았던 손을 놓았다. 그가 잡았던 손의 온기가 사라짐과 동시에 혜리는 잠시 머뭇거리다가 소파로 향했다.

"영화는 한 달 뒤쯤부터 크랭크 인에 들어갈 거야."

마주 앉은 그가 조금 전과는 다르게 진지한 목소리로 영화에 대한 것을 설명해 나가기 시작했다.

"앞부분만 읽었나 본데 시나리오는 사실 좀 수정될 거야. 나도 고치고 싶은 장면들이 좀 있거든."

"어느 부분?"

"그건 추후에 알려 줄게. 참, 그리고 말이야. 영화 들어가기 전에 궁금한 게 있어."

어느새 차갑게 식어 버린 커피 잔을 바라보던 혜리가 고개를 들어 바라보았다.

"뭐가?"

"이건 지극히 개인적인 건데, 우리가 이혼한 사유 말이야. 정확히 뭐였지?"

생각하지 못한 그의 물음에 그를 똑바로 바라보던 혜리의 까만 눈동자가 흔들렸다. 뭘까? 왜 갑자기 그게 궁금한 걸까? 그것도 영화에 넣고 싶은 걸까? 잠시 미세하게 굳어졌던 혜리가 시선을 피하며 대답했다.

"잊었어? 치매야? 성격 차이였잖아."

"성격 차이라……."

혼잣말로 중얼거린 그가 온기를 잃어버린 커피를 마시더니 쓰네, 하고 다시 중얼거렸다. 그의 반응에 혜리는 잠시 고개를 돌려 쓴웃음을 지었다. 가장 보편적인 이유였다. 어느 부부든, 어느 연인이든 누구나 헤어질 때 쓰기 좋은 이유. 성격 차이.

"갑자기 그건 왜."

뭐가 궁금한데, 라는 표정으로 묻는 그녀에게 그가 어깨를 으쓱였다.

"그냥, 아무리 생각해도 모르겠어서 말이지. 연애 1년, 결혼 생

76

활 3년, 그래도 잘 지냈다고 생각했는데 어떤 점에서 우리가 안 맞았었는지."

"그게 이제 와서 뭐가 중요해."

"아니 뭐, 이유가 정확히 뭐였는지 궁금해서."

왠지 쓸쓸하게 들리는 그의 말에 혜리는 입술을 꾹 깨물었다. 우리가 이별했던, 그에게 이혼을 고했던 그 순간. 그 순간이 상처로 남아 다시 제 가슴을 할퀴는 것만 같아서.

그를 바라보며 혜리가 숨을 들이켰다. 그날 자신은 아팠는데, 그도 이혼하면서 자신처럼 아팠던 걸까? 자신의 가슴에 남은 상처처럼 그의 마음에도 상처가 생겼을까? 서로에게 상처로 남았던 그날의 그 순간, 잠시 그때를 떠올리며 혜리가 고개를 저었다.

이혼 사유를 묻던 선우의 물음 뒤로 잠시 침묵이 생기나 싶더니, 그가 아무 일 없었다는 듯이 영화 이야기로 화제를 전환했다.

"이제 영화 이야기나 제대로 하자. 다음 주쯤에 인터뷰 하나 잡을 생각이야. 이름 있는 신문사하고 잡지사 몇 군데, 기자들도 꽤 될 거야. 너하고 주연 남자 배우 박형준, 그리고 여자 조연 저번에 봤지? 아이돌 그룹 해피 멤버 김지유 씨하고 같이 하게 될 거야. 알아 둬. 연락은 혜성이 형 통해서 할게."

"……그래."

"참, 이건 내 명함. 다음부터 개인적인 연락은 회사를 통해서 하지 말고, 직접 해."

그가 지갑에서 명함을 꺼내 그녀에게 내밀며 말했다. 그의 명함을 받아 들며 고개를 작게 끄덕인 혜리가 자리에서 일어섰다.

"이만 가 볼게."

그녀의 인사에 선우는 대답 없이 끄덕였다. 그러고는 사무실 문을 열어 조심히 가라는 듯이 손짓하고 사무실 안으로 들어갔다. 그의 사무실에서 밖으로 나온 혜리가 현관문을 열고 나오자마자 차가운 바람이 온몸을 스치고 지나갔다.

"이럴 땐 오빠가 도움이 안 된다니까."

쌀쌀한 날씨에 버스정류장까지 걸어갈 생각을 하니 막막함에 불만을 토로했다. 집에서 택시를 타고 나올 때는 몰랐는데, 재킷 안으로 싸하게 들어오는 찬바람을 맞으니 자동차의 필요성이 절실했다.

딩동— 딩동—

요란하게 초인종이 울렸지만, 혜리는 소파에 누워서 TV 볼륨을 더 높였다. 마치 TV 소리 때문에 초인종 소리가 안 들린다는 듯이. 결국 초인종을 열심히 누르던 상대는 결국 비밀번호를 누르고 요란하게 들어왔다.

"야! 있으면서 왜 문을 안 열어?"

"뭐가 반갑다고 열어 줘?"

혜성이 투덜대며 커다란 트렁크를 질질 끌고 들어와 소리쳤다. 정말, 뻔뻔하기 짝이 없는 건 누구랑 똑같아서는. 높였던 볼륨을 줄이며 혜성을 노려보았다.

"최소한 미안한 얼굴은 해야 하는 거 아니야?"

뭐가 좋은지 싱글벙글 웃으며 들어오는 그를 보고 한숨지었다. 미안한 얼굴로 들어올 거라고 기대한 자신이 잘못 생각한 거다.

"참, 한 명 더 왔는데."

"뭐?"

고개를 돌리는 순간, 혜성의 뒤에서 수미가 짜잔, 하며 나타났다.

"너 뭐야?"

"뭐긴. 나도 한국에 왔지."

"여행?"

"여행은 무슨. 한국에 있는 선배가 불임클리닉 하는데, 이번에 논문 준비하거든. 좀 도와 달라고 해서."

"얼마나?"

"한 6개월? 좀 더 길면 1년 정도 생각은 하고 있어."

현관문을 닫으며 자연스럽게 들어온 수미가 트렁크를 내려놓고는 고개를 두리번거렸다.

"생각보다 괜찮네. 나 방 빌려줄 거지?"

수미의 말에 혜리가 절로 한숨을 내뱉으며 손가락으로 작은 방을 가리켰다. 원래 옷 방으로 쓰려던 방이지만, 그렇게 작지 않아서 그럭저럭 수미가 머무는 동안 쓸 수 있을 것이다.

어쩜 커플이 능청스러운 건 저리도 똑같은지. 다른 것 같다가도 혜성과 같이 있으면 왠지 모르게 수미도 그에게 물들어 가는 것처럼 보였다.

수미가 작은 방으로 들어가고, 혜성이 자신의 방에 짐을 가져다 놓고 혜리의 앞에 와서 왔다 갔다 했다.

"뭐 하는 거야. 정신 사납게."

눈앞에서 왔다 갔다 하는 그를 보며 소리쳤다.

"돈은 어떻게 하기로 했어?"

그가 미안한지 작은 목소리로 눈치를 보며 물었다.

"궁금해?"

"수미도 왔는데 머물 곳이 없어지면 그렇잖아."

말이나 못 하면. 수미 핑계를 대며 옆에 앉는 그를 어처구니없다는 얼굴로 바라보았다. 오빠만 아니면 옆에 있는 쿠션으로 머리를 한 대 때리고 싶었다.

"다음 주에 연락 올 거야. 알아서 인터뷰 잡아 놔."

"뭐야. 하기로 한 거야? 이 집 안 빼는 거야?"

"그럼, 나가 앉을래?"

"진짜로 영화를 찍기로 했다는 거지?"

"어쩔 수 없잖아. 지금 찬밥 더운밥 가릴 때도 아니고."

반색하며 들러붙는 그를 노려보며 소리쳤다. 혜리의 대답에 혜성이 눈을 반짝이며 그럴 줄 알았다는 표정으로 인터뷰 잡아 놓겠다며 고개를 끄덕였다.

"나 들어가서 쉴게."

"그래, 그래. 오빠가 저녁 맛있게 해 놓을게. 쉬어."

혜성을 뒤로하고, 혜리는 방으로 들어와 침대에 털썩 누웠다. 멍하니 천장을 바라보고 있는데 문득 선우가 한 말이 떠올랐다.

'우리가 이혼한 사유 말이야. 정확히 뭐였지?'

'그냥, 아무리 생각해도 모르겠어서 말이지. 연애 1년, 결혼 생활 3년, 그래도 잘 지냈다고 생각했는데 어떤 점에서 우리가 안 맞았었는지.'

'아니 뭐, 이유가 정확히 뭐였는지 궁금해서.'

그가 한 말을 떠올리며 혜리가 눈을 감았다. 그러고 보니 자신도 이혼하자고 하던 날 선우가 왜 붙잡지 않았는지, 왜 그는 이혼하자는 말에 바로 동의했는지 이유를 묻지 않았다.

"그러네. 나도 모르네."

감았던 눈을 뜨고, 천장을 응시한 그녀가 중얼거렸다. 서로 왜 헤어지는지 이유를 모른 채 이혼을 한 것 같다. 두 사람 다.

제4장
우리가 헤어졌던 그날

갓 내린 커피를 잔에 따라 혜성에게 건네며 마주 앉은 선우가 한
쪽 팔을 소파에 걸치면서 기대어 앉았다.

"형, 얼굴 보니까 완전 멀쩡하네요."

"왜? 한 대 맞았을까 봐?"

"혜리 성격에 가만히 안 있을 줄 알았죠, 뭐."

선우의 말에 가볍게 어깨를 으쓱인 혜성이 커피를 마시며 주위
를 두리번거렸다. 작년에 칸에서 받았다는 트로피도 보였고, 그 외
에 다른 영화제에서 받은 트로피도 몇 개 보였다.

혜리와 선우가 결혼했다가 이혼했다는 것을 빼면, 선우는 감독으
로서 뭐 하나 빠지는 것 없이 괜찮은 비즈니스 상대였다. 그래서였
다. 선우를 선택한 것은. 혜리가 다시 주목받기에 좋은 기회라고
생각했다.

물론, 당연히 두 사람의 관계를 생각하면 시나리오를 쓴 사람이

선우고, 감독도 선우라는 말을 들었을 때 거절했어야 했다.

하지만 두 사람이 아직 풀어내지 못한 부분은 두 사람의 개인적인 문제고, 선우의 실력이라면 혜리가 다시 재기하는 데 큰 어려움은 없을 거라고 판단했다.

"그나저나 넌 무슨 수로 혜리를 설득한 거야?"

"네? 형이 설득한 거 아니었어요?"

"내가? 지금도 집에서 날 죽일 듯이 보는데, 무슨."

그가 고개를 저으며 혜리의 얼굴을 떠올렸다. 선우의 사무실로 간다는 말에 혜리는 눈길 한 번 주지 않고 자기 방으로 들어가 버렸다.

이왕 영화를 시작하기로 한 거 뭐라도 제대로 준비를 해야 하는데, 정작 하겠다고 대답한 사람은 영화에 관심이 없어 보였다.

"네가 설득한 게 아니라고?"

"저야말로 당황했어요. 목에 칼이 들어와도 절대로 저랑은 영화 안 하겠다고 할 줄 알았는데."

"그러게."

선우의 말에 동조하며 혜성이 웃었다. 당장 오피스텔을 내놓아서라도 영화를 거절할 줄 알았다. 무엇보다 자존심 하나는 센 녀석이니까. 자신이 한국에 돌아와서도 길길이 날뛰며 절대로 못 하겠다고 하는 말을 들을 줄 알았는데.

의외였다. 혜리가 한다고 했을 때는.

아직 제대로 된 소속사도 없었고, 들어오는 작품도 없었다. 혜리가 배우로서 작품을 찍어 성공한다는 보장은 사실 없었다. 그녀가 연예계를 떠난 지 6년이나 지났고, 그동안에 각광받은 스타들은 많았다.

별처럼 쏟아져 나오는 스타들 사이에서 다시 살아남기란 쉽지 않을 거라는 것을 혜성도 혜리도 잘 알고 있었다. 시대도 많이 변했고, 관객들이 작품을 보는 시각도 깊고 다양해졌다. 긴 휴식기를 가진 그녀가 거기에 부응할 수 있을까. 6년은 결코 짧은 시간이 아니었다.

그걸 혜리도 알아서 그랬을까?

"뭐, 둘이 결혼하고 이혼했던 건 개인적인 문제고, 서로에 대해 알 만큼 아니까 영화 촬영은 어렵지 않겠네."

"그런가?"

고개를 갸웃거리며 선우가 커피 잔을 내려놓았다. 서로에 대해 알 만큼 안다, 라. 모르는 것은 아니지만 둘이 정말 뼛속까지 알 만큼 깊은 사이였던가.

"그런데요, 형. 형은 우리 이혼 사유가 뭐라고 생각해요?"

"글쎄. 성격 차이 아니었나?"

"형도 그렇게 생각해요?"

미간을 찌푸리며 선우가 물었다. 성격 차이. 대체 어디서 얼마나 벌어진 성격 차이였을까?

"그건 왜?"

"그냥, 갑자기 궁금해서요."

얼마 전 서랍에서 웨딩 앨범을 봤던 일을 떠올리며 대답했다. 이번에 혜리를 만나기 전까지만 해도 좋은 추억만 있다고 생각했는데, 막상 만나고 나니 추억만 있지는 않다는 생각이 들었다.

이혼하자고 해서 이혼을 해 줬다. 그렇기 때문에 앙금이 남을 것도 없다고 생각했는데 그녀를 마주했을 때는 느낌이 달랐다. 여전히 자신을 미워하는 걸 보니 이혼의 이유가 궁금해졌다. 무엇 때문에 싫어진 건지.

"그럼 넌 왜 헤어졌는데. 너도 성격 차이 아니었나?"

혜성의 물음에 선우가 망설이다가 혜성과 마주하며 입을 열었다.

"미안해서요."

"뭐?"

"나랑 결혼하기 전에는 반짝반짝, 그 누구도 넘보지 못하는 별이었잖아요. 그 별이 가장 반짝일 때 제가 따 왔는데, 아무래도 제가 그 별을 욕심내서 반짝임을 잃은 거 같아서요."

한 시대를 대표하는 아이콘. 하루에 몸이 열 개라도 모자랄 정도로 인기를 누렸던 혜리. 늘 밝은 모습이었고, 항상 웃음이 떠나지 않는 그녀였다. 그래서 별처럼 빛났다. 그런데 언젠가부터 그 별이 빛을 잃어 가는 것을 느꼈다. 역시 스타였던 그녀에겐 자신의 사랑만으로는 부족했던 것일까?

"그래서 이혼한 거죠, 뭐. 조혜리한테는 이혼 사유가 성격 차이인지 몰라도 난 아닌 거 같아요. 적어도."

"붙잡을 생각은?"

"……못 붙잡은 거죠."

혜성의 말에 선우가 씁쓸한 표정으로 웃어 버렸다. 이혼을 말하던 그날의 혜리의 얼굴이 떠올랐다. 마른 몸에 창백한 얼굴, 빛을 잃은 눈동자, 금방이라도 울 것 같은 표정.

그래서 차마 이유를 묻지 못했다. 갑자기 왜 이혼이 하고 싶은 것인지. 왜 자신이 싫어졌는지. 우리가 헤어지는 이유가 정말 무엇인지.

"뭐, 넌 감독으로 성공했으니 그럼 됐지."

그의 말에 그런가, 하며 중얼거렸다. 잘되라고 기껏 놔줬더니, 이제 와서 자신의 작품을 찍겠다니.

생각해 보면 우스웠다. 6년 전, 가진 것이라고는 열정뿐이었던 조감독과 눈부시게 빛나던 톱배우였던 것이 이젠 상황이 완전히 바뀌었다.

"어차피 넌 그때 혜리랑 이혼하든 안 하든 영화제 최우수상 받고 잘되었을 거지만."

"네? 형 몰랐어요?"

3년 전 영화제 이야기를 꺼내는 혜성의 말에 선우가 기대었던 몸을 일으키며 물었다.

"저 그때 그 작품 수상 취소됐는데."

"아, 그래? 최우수상 후보에 올랐다고 들었는데, 상 받은 게 아니야?"

"최우수상 결정은 되었는데 제가 수상을 포기했어요. 대신 다른 작품으로 영화제 나갔잖아요."

뜻밖의 선우의 말에 혜성이 놀란 눈으로 그를 바라보았다. 지금까지 혜성은 선우가 3년 전 작품으로 칸에서까지 상을 받은 줄로만 알고 있었다. 그런데 최우수상이 결정되었음에도 수상을 포기했다니, 왜?

✢✢✢

방문 밖에서 부산하게 들려오는 소리에 일어난 혜리가 문을 열고 나와 하품을 연신 해 댔다. 선우가 썼다는 시나리오를 마저 보다가 늦게 자서 잠을 얼마 못 잤다. 중간중간 눈에 거슬리는 장면들이 조금 있어서 집중이 안 돼서 읽는 데 힘이 들었다.

"아침부터 뭐 하는 거야."

"아, 나 볶음밥 만들고 있는데 먹을래?"

"어디 가려고?"

"말했잖아. 아는 선배 논문 준비 도와주러 왔다고. 밥 먹고 선배 다니는 병원에 가 봐야 돼."

프라이팬 가득히 담긴 볶음밥을 접시에 옮겨 담으며 수미가 앉으라는 손짓을 했다. 식탁에 앉은 혜리는 팔목에 끼워진 고무줄로 머리를 질끈 묶으며 숟가락을 집어 들었다.

"오늘부터 나간다고?"

"응."

"진짜 이 집에 오래 있을 생각이야?"

"왜, 귀찮아?"

"귀찮긴."

입으로는 그렇게 말하면서 혜리는 애꿎은 볶음밥을 숟가락으로 휘휘 저었다. 그녀의 모습에 수미가 코웃음을 치며 밥을 한술 떴다.

"귀찮아도 참아 줘. 방을 얻자니 머무는 시간이 짧고, 호텔에 묵자니 돈이 아깝잖아. 온 김에 너 건강 체크도 좀 하고."

"나 건강하거든?"

"아니거든? 약은 잘 먹고 있지?"

"그래. 네 잔소리 귀찮아서라도 약은 꼬박꼬박 잘 먹는다."

말이 끝나기 무섭게 수미가 앞치마 주머니에서 약통을 두 개나 더 꺼내 놓았다. 앞에 놓인 약통을 보며 혜리가 한숨을 쉬었다. 수미가 머무른다고 할 때부터 알아봤다. 다른 게 귀찮은 게 아니라, 저게 귀찮은 이유였다. 옆에서 건강을 챙긴다며 잔소리를 할 그녀를 떠올리며 고개를 저었다.

"이 약은 이제 안 먹어도 되거든?"

두 개의 약통 중에 하나를 다시 수미에게 반납하며 대답했다. 다 나은 지가 언젠데, 하며 투덜거렸다.

"정말 이젠 이 약 필요 없어?"

"그래, 이제 멀쩡하잖아. 카메라 앞에 서도, 이선우를 만나도."

"그거야 그렇지만."

걱정이 된다는 얼굴로 수미가 선뜻 약통을 넣지 못하자, 혜리가 웃으며 더 가까이 수미 쪽으로 약통을 밀었다.

"그땐 그냥 내가 제정신이 아니었다고 생각해. 계속 우울증 약 복용할 정도는 아니야."

"그럼, 이건 먹어 둬. 영양제 같은 거니까."

수미의 성화에 어쩔 수 없이 나머지 약통을 받아 든 혜리가 불만스런 얼굴을 했다.

"다 네 몸을 위해서다."

수미의 말에 혜리가 피식 웃어 버리고는 밥을 한술 떴다.

"누가 했는지 밥 맛있네. 나 영화 촬영 들어가면 밥 걱정 안 해도 되겠다."

"내가 네 식모로 왔니? 일하러 왔지."

"내 건강 챙겨 준다며."

"그건 당연한 거고, 내가 의사니까. 영화 들어가기 전에 병원에 와."

"왜?"

"검진받자."

검진을 받으라는 말에 혜리의 얼굴이 미세하게 굳어졌다. 숟가락을 식탁에 내려놓은 혜리가 약통을 들고 자리에서 일어났다.

"더 안 먹고?"

"배불러. 영화 들어가려면 다이어트 해야 돼."

병원 예약을 해 놓는다는 수미를 뒤로하고 혜리가 방으로 들어갔다. 화장대 옆 한쪽 서랍을 연 그녀가 약병을 던져 놓듯이 툭, 내려놓았다. 서랍 안에는 조금 전 수미가 준 약통 말고도 다른 약통들이 가득 차 있었다.

"이거 다 먹어서 뭐 하냐."

중얼거리며 서랍을 탁, 닫아 버렸다. 미국에 있을 때부터 수미가 약을 꼬박꼬박 챙겨 먹어야 한다며 잔소리했지만, 그녀의 말을 한 귀로 듣고 한 귀로 흘린 그녀였다. 화장대 앞에서 거울을 보며 넋을 놓고 앉아 있는데, 밖에서 외출한다는 수미의 목소리가 들려왔다.

영화에 대한 인터뷰는 상암동에 있는 한 방송국에서 하기로 했다. 첫 인터뷰를 방송국에서 한다는 말에 부담감이 있었지만, 주연 남자 배우의 스케줄상 먼 곳까지 이동하기 힘들다는 말에 혜리가 방송국으로 가기로 했다.

아직은 이렇다 할 스케줄이 있진 않았으니, 한가한 그녀가 움직여야 했다. 방송국에 가기 위해 메이크업을 하고, 밖으로 나왔는데 어디서 차를 빌려 왔는지 혜성이 차 뒷문을 열어 주며 타라는 제스처를 했다. 오늘도 택시로 이동하겠구나 하며 이동 수단에 대한 것은 포기하고 있었는데.

"이 차는 어디서 난 거야?"

"지선 누나한테 빌렸어."

"지선 언니?"

"어. 참 너 촬영 들어가면, 지선 누나가 코디네이터 보내 준대."

"정말?"

지선은 예전에 혜리가 배우를 하고 있을 때 같이 일하던 소속사 언니였다. 지금은 이름 있는 소속사의 실장으로 들어가서 일을 한다고 하더니, 파워가 있긴 있나 보다. 혜리에게 신경을 써 줄 수 있을 정도면.

"너 소속사 찾을 때까진 도와준대. 잘됐지? 차도 당분간은 빌려 주기로 했다."

"진짜 고맙다. 언니는 잘 지내나?"

아무런 조건 없이 차도 빌려주고, 메이크업 도와줌 코디도 보내 준다는 말에 내심 고마우면서도 미안했다. 이런 건 얼굴이라도 보고 고맙다고 인사해야 하는데. 배우인 자신보다 지선이 더 바쁘다고 하니. 혜성의 말로는 지선은 요즘 연습생들을 관리하고 교육하느라 바쁘다고 했다.

다행히 혜리가 머무는 오피스텔에서 상암동은 생각보다 가까웠다. 대중교통을 이용하거나, 택시를 이용했다면 아슬아슬하게 도착할 시간이었는데, 차를 끌고 오니 확실히 시간의 여유가 있었다.

"차에서 좀 쉬고 있어."

인터뷰 시간까지 시간이 좀 남자, 혜성이 주차장에 차를 대고 혜리에게 쉬고 있으라고 했다. 그러고는 차에서 내려 유유히 주차장을 벗어났다.

방송국에서 촬영이 있는 것도 아니었기에 딱히 머무를 만한 곳이 없었다. 그렇다고 남의 대기실에 가서 있기도 뭐하고, 방송국 안에서 왔다 갔다 하다가 기자들이나 다른 사람들 눈에 띄는 것도 왠지 꺼려졌기 때문이다.

휴대폰으로 시간을 확인하고 목쿠션을 목에 두르고 눈을 감았는데, 핸드폰에 진동이 울렸다. 낯선 번호였다. 잠시 망설이던 혜리는 전화를 받을까, 말까 하며 손가락을 꼼지락거렸다. 그러는 사이에 전화가 끊기고, 다시 바로 진동이 울렸다. 계속 울리는 진동에 망설이던 손가락을 움직여 전화를 받았다.

"여보세요?"

— 나야.

선우의 전화였다. 그의 목소리에 잠시 귀에 대었던 핸드폰을 떼어 액정에 뜬 번호를 다시 확인한 혜리가 응, 하고 대답했다.

— 왜 이렇게 전화를 안 받아? 아직 인터뷰 시작 안 한 것 같은데.

"미안. 모르는 번호라."

— 내 번호 저장 안 했나 보지?

그의 물음에 뜨끔한 그녀가 그제야 핸드백을 뒤적거리며 그의 명함을 찾았다.

— 내 명함은 소장하라고 준 거 아니거든. 어디야? 방송국 도착했어?

"응."

— 옆에 누구 있어?

"아니. 없는데?"

— 그런데 왜 이렇게 말이 짧아.

불만스럽다는 목소리로 선우가 말했다. 그의 말에 혜리가 선우의 명함을 만지작거리며 그랬나, 하고 중얼거렸다.

"당신도 와?"

— 난 이번엔 못 가고 다음 주에 공식 발표회 때만 갈 거야.

"베일에 싸여 있다는 감독이 드디어 얼굴을 보여 주나 보지?"

— 미안하지만 참석하는 건 맞는데, 얼굴 공개할 생각은 없거든?

"외모에 자신이 없나 보지?"

혜리의 말에 수화기 건너편에서 선우의 웃음소리가 들려왔다.

— 이거 왜 이래. 내가 영화 찍으면 여배우들이 나한테 선물공세하고 장난 아니었어.

선우의 자신감에 혜리가 어깨를 으쓱이며 핏, 하고 웃어 버렸다.

"그런데 무슨 일이야? 인터뷰에서 하면 안 되는 거라도 있어?"

— 아니. 없어. 그냥……

"응?"

— 인터뷰 잘 하라고. 조혜리가 공식적으로 얼굴 알리는 거니까.

공식적인 자리라. 그의 말에 혜리가 어두컴컴한 주차장 밖을 바라보았다.

이 어둠을 나가면 빛이 보이는 걸까? 다시 밝은 세상으로 나가는 걸까? 피식 웃어 버린 혜리가 아직 끊기지 않은 휴대폰을 바라보며 말했다.

"고마워."

당신이 찍는 영화를 선택한 게 잘한 일인지 모르겠지만.

선우와의 전화가 끝나고 어디 갔다가 왔는지 혜성이 테이크아웃한 커피를 들고 나타나 그녀의 앞에 내밀었다.

"카페 다녀왔어?"

"어. 너 긴장 풀라고. 커피 좋아하잖아."

그가 주는 커피를 받아 들며 혜리가 바람 빠지는 소리를 내며 웃었다. 그랬던가, 자신이 커피를 그렇게 좋아했나? 저번에 선우의 사무실에 갔을 때도 그렇고. 커피를 먹는 건 습관적인 거라 미처 생각하지 못했는데.

"수미가 보면 완전 잔소리하겠다. 나보고 커피 좀 그만 마시라고 했는데."

"참, 수미는?"

"일 갔어. 오늘부터 아는 선배 다니는 병원엔가 가야 한다고."

"아, 그래?"

그가 건조한 음성으로 대답하고는 시계를 보았다.

"시간 됐다. 가자."

혜성의 에스코트를 받으며 혜리가 차에서 내렸다. 얼마 만에 오는 방송국이던가. 방송국에 자신을 기억하는 사람들이 있을까?

엘리베이터를 타고 로비가 있는 1층 버튼을 눌렀다. 로비에서 신원 확인 후에 출입증을 받아야 한다고 했다. 인터뷰 장소는 주연 남자 배우인 형준이 있는 대기실이라고 했다. 혹시나 오픈된 곳에서 하면 어쩌나 하고 고민했었는데, 다행히도 형준 혼자 쓰는 대기실이라고 하니 안심이 되었다.

1층 데스크에서 출입증을 받고 엘리베이터 앞에 선 혜리가 숨을 크게 들이마셨다.

아직 인터뷰는 시작도 안 했는데 방송국에 온 것만으로도 떨렸다. 너무도 많이 변해서 낯설기만 한 곳, 자신보다 훨씬 예쁘고 젊은 배우들이 많은 곳.

엘리베이터 문에 비친 선글라스를 낀 자신의 모습을 바라본 혜리가 입꼬리를 말아 올리며 웃어 보였다. 자신감 갖자. 속으로 스스로에게 주문을 걸듯이 외치고 엘리베이터에 올라탔다.

"이선우한테 전화 왔었어."

"너한테? 직접?"

"응."

"언제?"

"오빠 커피 사러 간 사이에."

"뭐라는데."

혜성의 물음에 혜리가 고개를 돌려 선글라스를 살짝 올리며 대답했다.

"뭐, 그냥. 별말 없었어."

그녀의 대답에 혜성이 그러냐며 싱겁게 말하는 순간, 엘리베이터가 형준의 대기실이 있는 7층에서 멈추어 섰다. 좁은 복도를 지나 형준이 있다는 대기실의 앞으로 걸어간 혜리가 한층 긴장된 표정으

94

로 문 앞에 섰다.

인터뷰는 생각보다 길지 않았다. 주연 배우인 형준의 인터뷰와 혜리의 인터뷰를 각각 하고, 영화에 대한 이야기를 전반적으로 다루었다. 유명한 잡지 기획 에디터 실장이 직접 나와 인터뷰를 했고, 대기실 안에서 사진 몇 컷을 찍은 게 전부였다.

"조혜리 씨와 박형준 씨, 영화에서 보면 남자가 연상이고 여자가 연하던데, 실제로는 그 반대잖아요. 아직 영화는 안 들어갔지만 호흡은 어떠실 거 같아요?"

"아직 맞춰 보진 않았는데, 잘 맞을 거 같아요."

혜리가 형준을 바라보고는 웃으며 대답했다.

"사실, 제일 궁금한 건 감독님이잖아요. 공식석상에 얼굴을 안 드러내셔서 여러 가지 추측이 난무하거든요. 너무 잘생겨서 얼굴을 공개 안 하는 거다, 못생겨서 안 하는 거다, 심지어 외계인이 아니냐는 등의 이야기도 많던데. 두 배우분은 감독님 보셨을 거 같은데 어떠신가요?"

"배우 뺨치게 잘생기셨죠."

옆에 앉은 형준이 어깨를 으쓱하며 대답하자, 에디터 실장이 눈빛을 반짝이며 혜리를 바라보았다.

"조혜리 씨가 보기에도 잘생기고, 멋지시던가요?"

"글쎄요. 그런 거 같기도 하고 아닌 거 같기도 하고."

"네?"

"제 스타일은 아니시더라고요."

반쯤 농담 섞인 혜리의 대답에 실장이 웃으며 인터뷰를 마치겠다고 했다. 오늘 한 인터뷰는 짧은 영화 소개와 함께 실릴 예정이라고 했다.

인터뷰를 했던 실장이 나가고, 형준의 대기실에서 나온 혜리가 짧은 숨을 내쉬었다. 이제야 긴장감이 좀 풀리는 느낌이었다.

대기실 앞에서 혜리가 두 팔을 벌려 쭉 기지개를 폈고, 그런 그녀의 뒤에서 누군가 차가운 것을 얼굴에 가져다 대었다. 놀란 혜리가 뒤를 돌아보니 형준이 웃으며 오렌지주스 병을 가볍게 흔들었다.

"지루했죠?"

"네? 아니, 괜찮았어요."

"전에 리딩 때는 잠깐 봐서 자세히 못 봤는데, 미인이시네요."

"농담이겠지만 고마워요."

형준이 내민 주스 병을 받아 들며 혜리가 웃었다.

"혹시 다음 스케줄 있으세요?"

"아뇨."

있을 리가 없다. 지금 있는 스케줄이라고는 이 영화 하나뿐이니까. 요즘 대세라는 앞에 있는 남자는 다르겠지만. 혜리가 형준을 향해 어색하게 웃어 보이자, 그가 대기실 문을 열며 제스처를 보냈다.

"그럼 잠시 쉬었다가 가실래요? 영화 찍으려면 친해지기도 해야 하고."

그의 말에 고개를 끄덕이며 다시 대기실 안으로 들어간 혜리는 조금 전 인터뷰 때 앉았던 의자에 앉으며 대기실을 두리번거렸다. 너무 오랜만이라 대기실이라는 곳이 이렇게도 어색할 수가 없다.

"선배님이라고 불러야 할까요?"

"편하게 해요."

"실례지만 나이가……."

"아, 서른이요. 올해."

"그럼 제가 두 살 아랜데, 누나라고 불러도 되죠?"

나이를 말하면서 다소 민망하긴 했지만, 넉살 좋게 웃는 형준의 말에 혜리가 고개를 끄덕였다.

아, 그런데 아무리 대세남이라지만 두 살 아래라니. 이선우는 대체 무슨 생각인 걸까. 영화로 보나, 대본으로 보나, 나이는 분명히 여자가 연하로 나오는데 말이다. 실제로 봐도 자신이 훨씬 더 늙어 보이는구만. 전혀 몰랐던 형준의 나이를 듣고 혜리가 어색하게 웃어 보였다.

사실 주연 배우인 형준에 대해 검색 정도는 해 봤어야 하는데, 그동안 아무 생각이 없었던 건 사실이다. 선우에게 영화를 찍겠다고 하고는 그 뒤로는 될 대로 되라는 마음이었다고 해야 하나.

"대본은 어디까지 보셨어요?"

"한 반 정도?"

"우와, 많이 보셨다. 전 초반 부분만 조금 봤는데."

하루에 몸이 열 개라도 모자란 형준과 달리, 혜리는 남는 게 시간이었으니까.

"사실, 제가 누나에 대해 잘 몰라서요. 검색을 좀 해 봤는데 거의 전설이셨더라고요."

"전설은 무슨. 그냥 한때 지나가는 이야기죠."

"지금 제 인기는 정말 누나에 비하면 새 발의 피던데요, 뭐. 와,

드라마도 시청률 50%가 넘고."

입이 닳도록 말하는 형준의 칭찬에 혜리는 어색하고 민망하면서도 기분이 좋았다.

"오랜만에 찍으려니까 긴장되시죠?"

"뭐 그렇죠."

어느새 형준의 말에 편하게 대답하며 혜리가 어깨를 으쓱였다.

"에이, 말씀 놓으세요. 그런데 시나리오가 좀 특이하지 않아요? 감독님이 중간중간 수정은 하신다는데, 궁금해서 마지막 장면만 먼저 봤거든요. 영화는 결말이 중요하잖아요."

"아, 마지막?"

마지막 장면이 뭐였더라? 끝 부분은 아예 펼쳐 보지 않아서. 기억을 더듬으며 혜리가 고개를 갸웃거렸다.

"여자 주인공이 남자 주인공한테 헤어지자고 하잖아요. 앞부분에서 엄청 사랑하다가. 이유가 없어서 궁금했거든요."

형준의 말에 혜리가 마시던 오렌지주스를 내려놓고, 고개를 들어 눈을 동그랗게 뜨며 형준을 바라보았다.

마지막 장면이 그렇게 끝난다고? 영화의 마지막 장면이 해피엔딩이 아니라, 이별이라고? 이유도 나오지 않은?

"진짜 모르셨어요? 그래서 전 되게 궁금했는데, 왜 갑자기 두 사람이 뜨겁게 사랑하다가 헤어졌을까."

"……사랑이 식었나 보죠."

"에이. 그러기엔 영화에서 두 사람이 너무 보기 좋았는걸요. 유명한 여배우와 아무것도 없는 조감독, 단지 배경이나 그런 걸 떠나서 두 사람이 정말로 좋아 보였다고요. 그래서 전 그 영화 마지막을 바꿔 달라고 하고 싶었어요. 그렇게 이유도 없이 헤어지는 걸로 영화가 끝나면 얼마나 허무해요."

영화의 마지막이 아쉽다며 한탄을 하는 형준의 이야기를 들으며, 그에게 마지막을 고하던 날이 떠올랐다. 왜, 하필 영화의 엔딩이 이별을 고하는 장면이란 말인가?

"아무리 유명한 스티븐 리 감독님 작품이라고 해도 기승전결이 완전 엉망인데, 그렇게 생각하죠? 역시 영화는 해피엔딩이어야……."

그 순간 자리에서 벌떡 일어난 혜리 때문에 형준이 하던 말을 멈추고 놀란 얼굴로 쳐다봤다.

"생각해 보니까 다른 약속이 있었네."

"아, 그러시구나. 저도 10분 있으면 토크쇼 있어서 자리 옮겨야 하는데."

혜리가 미안하다는 얼굴을 하자 형준이 웃으며 시간을 확인하는 듯하더니, 대기실 문을 열어 주었다.

"아, 그럼 다음에 봐요. 오늘 그래도 영화 들어가기 전에 친해진 것 같아서 다음 촬영 때는 편할 거 같은데."

"나도 그래요."

"다음 주에 공식 제작발표회죠? 그때 뵙겠습니다."

예의 바른 형준의 인사에 웃으며 대기실을 나온 혜리가 핸드백에서 휴대폰을 꺼내 혜성의 번호를 찾았다.

"오빠, 어디야? 내 대본 어디에 있어?"

— 대본? 무슨 대본?

"이선우가 쓴 유치한 거."

— 집에 있지.

혜성의 대답에 알았다고 대답하며 혜리가 전화를 끊었다.

대본을 처음부터 차근차근 읽어야겠다는 생각에 마지막은 아예 보지도 못했다.

자신이 읽은 대본은 두 남녀가 촬영장에서 만나 조금씩 마음을 열고, 몰래 데이트를 하고 사랑을 나누는 것까지였다. 그런데 마지막 장면이 이별이라니. 이런 생뚱맞은 일이 있나.

1층 로비로 내려오라는 혜성의 문자에 혜리는 엘리베이터를 기다리며 작게 손을 말아 움켜쥐었다. 왜일까? 그 순간 그 상황이 떠오른 것은.

'우리 이혼하자.'

3년 전, 선우에게 이별을 고하던 그 말. 이젠 모든 걸 놓아 버리고 싶다는 목소리로. 아이러니하게도 형준이 영화의 마지막 장면을 이야기하는 순간 데자뷔처럼 자신이 한 말이 떠올랐던 건 무엇 때문이었을까?

집으로 돌아온 혜리는 방으로 뛰어 들어가 대본을 넘겨 맨 끝 장을 붙잡았다.

영화의 끝이 이별이라고? 보통 동화든, 영화든 끝은 해피엔딩이어야 한다. 그래야 사람들이 끝을 알면서도 기대를 하고 보게 되니까. 공주님은 행복하게 살았습니다, 라는 결말을 기대하는 것처럼.

형준의 말처럼 영화의 마지막은 해피엔딩이 아니라 이별이었다.

무슨 생각으로 이선우는 여기에 이런 장면을 끼워 넣은 것일까? 보고 있던 대본을 덮고, 침대에 그대로 누운 혜리가 천장을 바라보다가 눈을 감았다.

3년 전, 그날의 일이 떠올랐다.

"……선우 씨, 어디야?"

— 어. 잠깐만.

선우의 목소리가 멀어지는가 싶더니, 수화기 너머 멀리서 그의 목소리가 들려오는 것 같았다.

— 아니지. 신 16에다가 17을 인서트(Insert, 삽입)하라고. 거기다가 음악을…….

영화제에 참가할 예정인 그는 한창 영화 마무리에 바쁜 듯했다. 하지만 계속 수화기 너머로 그를 부르는 혜리의 목소리에 선우가 다시 전화를 받았다.

— 뭐라고?

"좀, 와 주면 안 돼?"

— 수미 씨 불러.

"……선우 씨, 나……."

— 어, 미안.

다시 시끄러운 소리와 함께 선우의 목소리가 멀어져 갔다. 누군가에게 소리를 치는 선우의 목소리가 수화기 너머로 들려왔고, 혜리는 계속 선우를 불렀다.

— 뭐라고? 방금 뭐라고 했지?

"아니야."

통화는 그게 끝이었다. 선우의 반문 뒤로 혜리는 아니라는 대답과 함께 전화를 끊었다.

그리고 그 통화를 마지막으로 이 주일 후, 두 사람은 이혼하기로 했다. 혜리의 이혼하자는 말과 함께.

"대본 찾았어?"

문을 벌컥 열고 혜성이 들어와 물었다.

"응."

"뭐야, 그런데 갑자기 대본은 왜 찾았어?"

"오빠……."

"왜 그렇게 부르냐. 겁나게."

"무슨 생각으로 이선우 영화를 나한테 준 거야?"

진심으로 묻고 싶다. 정말로 작품이 없어서 그랬는지.

"그야, 그 녀석 실력을 믿으니까."

혜성이 사뭇 진지한 목소리로 대답해 주었다. 이선우의 실력이라. 이제 영화 두 편 찍은 감독이 뭐가 실력이 좋다고. 그러니까 시나리오가 개판이지.

"아무래도 이 영화 망할 거 같아."

"뭐야, 그게."

"영화 대본 마지막에 여자 주인공하고 남자 주인공이 어떤지 알아?"

혜리의 질문에 혜성이 물끄러미 쳐다보았다.

"둘이……."

작게 속삭이듯 말한 혜리가 문에 기대어 있는 혜성을 바라보며 말을 이었다.

"헤어졌어."

"……."

"로맨스는 끝났어."

혜리가 혜성의 눈을 마주하며 말했다.

"새드엔딩이라고."

이선우가 오지 않았던 그날, 헤어짐을 결심하기로 한 그날처럼.

✥✥✥

영화 '구름 위의 별에게'의 공식 제작발표회가 있는 날이었다. 그리고 그사이에 혜리의 복귀 질문도 함께 받을 예정이었다. 선우는 역시 얼굴을 드러내지 않았다.

혜리는 이번 영화가 어떤 것인지, 그런 간단한 질문에 짧게 대답만 하면 된다는 말에 크게 신경을 쓰지 않고 있었는데, 이건 웬걸, 기자들이 눈앞에 가득 차 있었다.

눈이 부실 만큼 카메라 플래시가 사방에서 터졌고, 서로 앞다투어 묻는 기자들의 질문에 정신이 하나도 없었다. 지금까지 선우가 인터뷰라고 말한 것들은 거의 일대일로 얼굴을 마주 보고, 사진 몇 장 찍는 게 전부였기에 이렇게 기자들이 많을 거라고는 생각하지 못했다.

기자들의 질문이 한꺼번에 쏟아졌고, 그동안 활동하지 않아서 이런 큰 자리가 낯선 혜리는 기자들의 질문에 당황해서 그만 자리에서 얼어 버렸다.

공식석상에서 다른 사람들에게 정식으로 활동한다고 알리는 것은 6년 만이자, 한국에 오고 처음이었다.

그동안 영화와 감독에만 관심이 있었지, 그녀에게 관심을 갖는 사람은 많지 않았다. 그런데 자신을 향해 쏟아지는 플래시 세례와 쏟아지는 질문들, 그리고 수많은 인파에 매우 당황하고 있었다.

영화에 대한 이야기를 나눈 뒤엔 혜리의 복귀에 대한 질문도 있었다. 그리고 요즘 CF, 영화, 라디오, 드라마까지 안 나오는 방송이 없을 정도로 유명한 형준의 인기만큼이나 그에게 쏟아지는 질문도 많았다.

제작발표회에조차 얼굴을 내비치지 않는 능력 있는 신인 감독, 한때 전성기를 누렸던 혜리, 초 단위로 몸값이 바뀐다는 형준까지. 이 세 사람으로 인해 영화에 대한 관심은 생각보다 뜨거웠다.

"조혜리 씨는 오랜만에 연기하는데 어떠십니까?"

"떨리는데요. 상대역이 형준 씨라 마음도 놓여요."

"박형준 씨는 조혜리 씨랑 어떠실 거 같으십니까?"

"생각보다 잘 어울리는 커플이라고 생각하는데요."

형준의 재치 있는 입담에 제작발표회는 화기애애한 분위기로 이어졌다.

대기실로 들어온 혜리가 그대로 의자에 주저앉았다. 그녀가 의자에 앉자마자, 대기실로 들어온 선우가 미간을 찌푸리며 그녀를 바라보았다.

"왜 이렇게 긴장해?"

"신경 꺼."

선우를 향해 고개를 돌려 외면하고는 한쪽에 서 있는 혜성을 향해 손짓했다.

"오빠, 차에서 내 약 좀 가져다줘."

"그래."

관자놀이를 손으로 누르며 혜성에게 약을 부탁하고 계속 옆에 팔짱을 낀 채 서 있는 선우를 보았다. 가뜩이나 긴장해서 숨이 턱 막힐 지경이었는데 왜 자꾸 옆에 서 있담. 사람 불편하게.

"삼십 분만 쉬어. 그 뒤에 그냥 간단하게 형준이랑 너랑 사진만 찍을 거야. 크랭크 인 들어가기 전에 홍보자료로."

"응."

"아까는 멋지더라. 기자들한테 인사할 때."

그가 다시 뭐라고 할 줄 알았던 혜리의 짐작과 달리 선우가 혜리에게 생수병을 건네며 말했다.

"그런데 말이야. 영화…… 마지막이 왜 새드엔딩이야? 로맨스인데? 주인공 남녀가 헤어지고 끝나는 건 좀 우습잖아."

"그래서 바꾸려고."

대기실을 나가려던 그가 멈추어 서더니 뒤돌아 혜리를 향해 대답했다.

"해피엔딩으로."

선우가 반쯤 열린 대기실 문에 기대며 말했다. 그의 대답에 잠시 놀란 눈으로 혜리가 바라보자, 그가 입꼬리를 올려 웃었다.

"로맨스엔 역시 해피엔딩이잖아. 쉬어라."

그가 대기실 문을 닫고 뒤돌아서서 나가는 것을 본 혜리가 생수병을 만지작거렸다.

'그날, 이선우 네가 왔다면 우린 해피엔딩이었을까?'

혼자 남은 대기실에서 씁쓸하게 웃으며 생각했다. 무슨 일이 있어도 이선우는 그날 왔었어야 했다고.

제 5 장

아직도 네가 신경 쓰이는 건

영화는 크랭크 인에 들어갔다. 혜리는 시청률이 잘 나오고 있는 드라마에 출연 중인 배우 역할이었고, 형준은 그 드라마를 찍는 조감독 역할이었다. 또, 혜리와 함께 드라마 출연 중인 배우는 아이돌 가수인 김지유가 맡게 되었다.

"어머! 감독님, 안녕하세요."

밴에서 내리며 김지유가 커피를 캐리어에 담아 가지고 선우에게 다가오며 인사를 했다.

"저번에 인터뷰 때 인사 못 드려서 정말 죄송해요. 하필이면 컴백 무대하고 겹쳐서."

"아니야. 괜찮아. 김지유 씨는 방송 끝나고 온 건가?"

"네. 방송 막 끝나고 빛의 속도로 달려왔어요. 참, 더우시죠? 감독님 드시라고 커피 사 왔어요. 얼음 가득 넣어서."

지유가 선우를 비롯해 스태프들에게 커피를 돌렸고, 한쪽에 앉아 있던 혜리는 선글라스를 살짝 내리며 지유의 행동을 보았다.

저 목소리는 일부러 내는 거야, 아니면 원래 저런 거야. 선우에게 콧소리를 내며 웃고 있는 지유를 보며 혜리가 고개를 내저었다. 그러고는 혜성이 사다 준 아이스커피를 마시다 말고 자리에서 일어나 선우를 향해 걸어갔다.

"감독님, 대본 수정은 되셨어요?"

수정 대본이라고 나온 대본의 뒷부분은 그대로였다. 해피엔딩이라면서. 혜리는 탐탁지 않은 얼굴로 따지듯이 물었다.

"아직입니다."

쳐다보지도 않고 대답하는 그를 보며, 혜리가 그의 앞에 아이스커피를 흔들어 얼음 소리를 내면서 다시 물었다.

"얼굴은 보고 대화하시죠. 조금 전 콧소리 내던 저 어린애한테는 얼굴 보면서 잘만 웃어 주더니만."

"왜? 너도 얼굴 보고 웃어 줘?"

"됐고, 해피엔딩이라면서 왜 마지막은 안 고치는데."

"생각 중이야."

선우의 대답에 혜리가 쳇, 소리를 내며 돌아서려 했다.

"그리고 말이야."

돌아서려는 혜리를 향해 선우가 한마디 덧붙이자 고개를 돌렸던 혜리가 선우를 바라보았다.

"촬영장에서는 내가 감독인데."

감독인데 뭘 어쩌라는 건가. 미간을 찌푸린 혜리가 선글라스를 손가락으로 올리며 그를 보았다.

"갑과 을의 관계인데, '감독님'이라는 호칭은 좀 써 주지 그래?

이왕이면 존댓말도 덧붙이면 좋고."

선우의 말에 혜리가 입술을 꾹 깨물었다. 그래, 감독으로서 존경받고 싶다 이건가?

"그러죠."

"아, 그리고 하나 더."

또 뭐가 문제야. 막 다시 돌아서려는데 선우가 또다시 혜리의 걸음을 멈추게 했다.

"김지유 씨 좀 본받아 봐라. 커피를 네 것 하나만 달랑 사 오냐. 치사하게."

선우의 말에 혜리가 흥, 하며 콧방귀를 뀌었다.

"먹고 싶으면 당신이 사 오지 그래. 돈은 내가 아니라, 감독님이 더 많을 텐데."

그렇게 쏘아붙이고는 돌아서서 저 멀리 스태프들에게 커피를 돌리며 꺄르르르 웃는 지유의 모습을 보았다. 저 웃음소리가 여기까지 들린다. 대체 뭐가 저리도 좋은 걸까. 저렇게 웃는 게 마음에 든다는 건가.

조금 전, 지유에게는 웃어 주며 대답하던 선우의 얼굴을 떠올리며 혜리는 불만스런 얼굴로 선글라스를 고쳐 쓰고 자신의 자리로 돌아갔다.

'큐' 사인과 함께 촬영이 시작되었다. 영화의 초반부에서 배우와 조감독은 어디까지나 비즈니스 관계로 보였고, 그들이 조금씩 가까워지기 시작한 것은 영화상에서 드라마가 중반부에 들어갈 때였다.

"사인 좀 해 주세요."

종이와 펜을 건네는 형준을 보며 혜리가 그를 물끄러미 바라보며 망설였다.

"조감독님이시죠?"

"네, 맞습니다."

"벌써 드라마 촬영 중반부인데 조감독님하고 저, 사적인 대화 지금이 처음인 거 아세요?"

"그렇습니까?"

"사인은……."

펜을 똑딱이며 이름을 적으려던 혜리가 그를 바라보며 물었다. 설마, 조감독이 자기 사인을 받으려는 건가, 하는 눈으로 바라보자 그가 멋쩍은 듯 눈을 돌리며 대답했다.

"은비."

"네?"

"제 조카입니다."

"아아, 은비."

혜리의 대답과 함께 형준이 쑥스러워하는 얼굴을 했고, 저 멀리서 들리는 선우의 OK 사인과 함께 촬영이 끝났다.

"다음 신 갈 겁니다."

스태프의 말에 혜리와 형준이 자리를 정리하며 일어났다. 혜리가 일어나는 것을 도와주며 형준이 혜리의 앞에 종이 한 장을 내밀었다.

"이게 뭐예요?"

"진짜 사인해 주세요. 저도 벽에 걸어 놓게."

"장난하지 말아요. 나보다 더 유명하면서."

형준의 품에 다시 종이를 내밀며 대본을 챙겨 자리를 정리했다. 조금 전, 촬영 장면에서 사인을 한 종이를 집어 들며 촬영된 것을 확인하고 있는 선우를 바라보았다. 조카에게 줄 거라며 사인을 받는 형준의 모습과 그 예전 선우의 모습이 겹쳐 보였다.

드라마 촬영이 시작되고 촬영이 반 이상 진행되고 있었지만, 선우는 그때까지도 혜리에게 사적인 말은커녕 인사도 건네지 않던 사람이었다.

그래서 촬영하는 내내 선우를 유심히 보았는지도 모른다. 뭐 저렇게 연예인에 관심도 없이 일만 열심히 하는 사람이 다 있나. 왔으면 왔냐는 인사라도 건넬 텐데, 그런 것도 없이 그는 그저 드라마 촬영에만 관심 있는 사람처럼 보였다.

그렇게 자신에게 무관심하고, 드라마가 끝나는 날까지 말 한마디 건네지 않을 줄 알았던 사람이 말을 걸어왔다. 사인을 해 달라고. 조카의 이름을 대면서.

"언니, 메이크업 좀 정리해 드릴게요."

"아아, 응."

한참 동안 선우를 보고 있던 혜리가 정신을 차리고 코디네이터를 향해 고개를 끄덕였다. 오늘부터 지선의 소속사에서 출근하기로 한 코디네이터가 웃으며 메이크업 도구를 가져와 혜리의 화장을 고쳐 주었다.

영화 촬영은 계속 되었다. 영화 속의 두 남녀는 조금씩 대화를 하면서 서로를 알아 가고 있었다.

"여기, 커피."

혜성이 사 온 아이스커피를 형준에게 내밀며 혜리는 간이 의자에 앉았다.

"역시, 파트너인 누나 밖에 없다니까."

형준이 좋아하며 커피를 받아 들고는 손으로 부채질을 했다. 여름이 다가오는지 날씨가 꽤 더웠다. 일기예보에 비가 온다고 했는데, 하늘을 보니 비가 올 것 같지는 않았다.

"커피 하나 남는데 감독님도 드려요?"

혜리가 모니터링을 하는 선우를 향해 물었다. 힐끗 쳐다본 선우가 다시 카메라를 만지작거리더니 대답했다.

"됐습니다."

마치 그의 대답이 치사해서 안 먹는다는 투로 들렸다. 그의 거절에 혜리는 커피를 한쪽 테이블 위에 놔두고 털썩 앉으며 입술을 삐죽였다.

먹기 싫으면 말라지. 기껏 생각해서 하나 더 사다 달라고 한 커피인데. 어린애가 사 온 건 목에 잘만 넘어가고 내가 사 온 건 넘어가지도 않나 보지.

한참을 투덜거리고 있는데, 선우의 옆에 지유가 착 달라붙어서 같이 모니터링 하는 모습이 눈에 띄었다.

"보면 아나."

그들을 바라보던 혜리가 중얼거렸다,

"네? 뭐가요?"

그녀의 중얼거림에 형준이 기울였던 몸을 일으키며 물었다.

"아니야. 아무것도."

112

혜리의 대답과 함께 형준이 지유와 선우를 바라보았다.

"김지유 씨 엄청 열심히 하는 것 같지 않아요?"

"그런가? 그런 것 같기도 하네."

혜리의 눈엔 그렇게 열심히 하는 것 같아 보이지는 않았지만, 형준의 말에 영혼 없는 대답을 해 주고는 다시 두 사람을 바라보았다. 뭐가 좋은지 김지유는 까르르르르, 숨넘어가게 웃고 있고 이선우는…… 좋단다.

"식사 왔습니다!"

왠지 모르게 기분이 나빠지고 있는 차에 스태프 하나가 큰 소리로 밥 차가 왔다며 소리쳤다. 요란하게 등장한 밥 차는 'LOVE PINK'라는 화려한 글씨가 적힌 커다란 핑크색 플래카드를 휘날리며 등장했다.

"저게 뭐야?"

요란한 밥 차의 등장에 혜리가 형준을 향해 물었다.

"아아, 김지유 씨 아이돌이잖아요. 팬들이 영화 잘 찍으라고 밥차 선물해 줬대요. 우리도 밥 먹으러 가죠."

형준의 말을 듣고 자리에서 일어난 혜리가 지유를 보았다. 자신이 활동하던 6년 전만 해도 팬들이 밥 차를 쓰는 건 상상도 못 했는데. 팬들이 쏘는 밥 차라니. 아이돌이 좋긴 좋은가 보다.

형준을 따라 밥 차 앞으로 가서 밥을 푸고 고개를 두리번거렸다. 같이 있던 혜성이 어딜 갔는지 보이지 않는다. 밥 좀 같이 먹으려 했더니.

이리저리 살펴보니 스태프들은 친한 사람들끼리 먹는 듯했고, 선우의 옆에는 역시나 김지유가 착 달라붙어 있었다. 무슨 껌 딱지도 아니고.

'차에 가서 먹어야 하나.'

혜성이 보이지 않으니 식판을 들고 차로 향하는데 갑자기 그녀의 팔을 누군가 끌었다.

"우리도 저기 가요."

형준이 선우와 지유가 앉아 있는 테이블을 가리키며 말했다.

"아니야. 됐어. 난 차에 가서 먹을래."

"에이. 그래야 다들 친해지죠. 가요."

차로 가겠다는 혜리의 말을 무시하고 형준이 혜리의 팔을 이끌어 선우와 지유가 있는 테이블로 향했다.

"감독님, 저희도 앉아도 되죠?"

이미 식판을 테이블 위에 놓고 의자를 끌어 앉으며 형준이 넉살 좋게 물었다.

얼떨결에 따라온 혜리는 식판을 들고 멀뚱히 서 있었다. 지금이라도 차에 가서 먹는다고 말을 할까? 고민하는데 형준이 앉으라는 듯이 의자를 빼 주며 의자를 손바닥으로 톡톡 쳤다.

"조혜리 씨도 같이 밥 먹죠."

망설이고 있는데 선우가 혜리를 향해 앉으라는 듯이 눈짓하며 말했다. 역시나 합석은 불편하다. 못 이기는 척 앉은 혜리는 깨작 깨작 젓가락으로 밥알을 세다시피 하며 먹기 시작했다.

"많이 좀 먹어요. 설마 다이어트 하시는 건 아니죠?"

"아니. 먹고 있어."

고개를 젓는 그녀의 숟가락 위에 형준이 반찬을 얹으며 말했다. 그가 얹은 반찬을 보며 혜리는 선우와 지유를 번갈아 보았다.

두 사람 다 형준의 행동에 크게 신경 쓰지 않는 것 같았고, 혜리는 반찬이 얹어진 숟가락을 물끄러미 바라보았다. 그녀가 바라만 보자, 형준이 얼른 먹으라는 식으로 손짓을 했다.

"그런데요. 선배님."

지유가 깍듯이 '선배님'이라는 호칭을 쓰며 혜리를 바라보면서 물었다.

"그때요. 왜 떠나셨어요?"

"그때라니?"

"갑자기 훅, 잠수 타셨다면서요. 한참 전성기고 인기 많았다고 들었는데. 어디서 뭐 하셨어요?"

아무것도 모르는 듯 천진난만한 얼굴로 묻는 지유를 보며 혜리는 시선을 돌려 선우를 바라보았다.

젓가락질을 하다가 동작을 멈춘 그의 시선이 혜리와 딱 마주쳤다. 한 사람을 많이 좋아해서 인기도 배우의 꿈도 버렸다고 말할까?

하필, 저 아이는 저 질문을 이선우와 있을 때 물을 게 뭐람. 아이돌만 아니면 저놈의 못된 주둥이를 확! 꿰매고 싶다. 대답을 망설이던 혜리가 애써 웃으며 지유를 향해 입을 열었다.

"어머, 바쁘다더니 내 인터뷰 못 봤나 봐. 공부했다고 한 것 같은데."

"그렇구나. 전 또 사랑의 도피라도 한 줄 알았죠."

지유의 말과 동시에 혜리와 선우가 테이블 위로 조용히 젓가락을 내려놓았다.

"아아. 남자만 있으면 그런 거라도 하고 싶다. 정말, 지옥 같은 스케줄에 죽을 거 같다니까요."

지유의 혼잣말을 듣고 아무것도 모르고 질문한 거라는 생각에 내심 마음이 놓이긴 했지만, 입맛을 잃어버린 혜리는 젓가락을 그대로 놓은 채 멍하니 앉아 있었다.

오늘 촬영분의 마지막 부분이 시작되었다. 여자 주인공이 남자 주인공에게 좋아한다고 고백하는 장면이었다. 그런데 같은 장면에서 계속 혜리가 NG를 내며 좀처럼 감정을 잡지 못했다.

"컷!"

혜리를 향해 선우가 소리쳤다.

"조혜리 씨, 똑바로 못 합니까?"

짜증 섞인 그의 목소리가 들렸고, 혜리가 긴 머리카락을 손으로 쓸어 넘겼다. 잘하고 싶다. 그런데 자꾸만 감정이 안 잡히는 걸 어쩌란 말인가.

"조금만 쉬었다가 갈게요."

"쉬었다가 하면 잘할 수는 있어요?"

팔짱을 끼고 그녀에게 다가와 묻는 선우의 질문에 혜리가 주먹을 움켜쥐었다. 사람들 다 보는데 저렇게 큰 소리로 말할 건 무어란 말인가.

"그렇게 해서 재기가 되겠어?"

옆에 있던 형준이 스태프들 쪽으로 걸음을 옮기자 그가 목소리를 낮춰 물었다.

"감정이…… 내 마음대로 안 되는 걸 어떻게 해."

"잘 좀 잡아 봐. 예전에 나한테 했던 것처럼."

뒤돌아서 가는 그의 등을 바라보며 혜리가 주먹이 올라오는 것을 간신히 참고 대본을 집어 들었다.

장난인 듯 아닌 듯 하는 고백이라. 거기에 설레는 여자 주인공의 마음을 표현하라니.

"대본을 거지같이 썼으니까 내가 몰입이 안 되지."

조금 전, 잘해 보라는 식으로 자신을 바라보던 선우의 얼굴을 떠올리며 혜리가 작게 중얼거렸다.

무슨 일이 있어도 감정 잡는다. 선우를 향해 코웃음을 친 혜리가 다시 촬영 세트로 향했다. 감독의 큐 사인과 함께 다시 촬영이 재개되었다.

"조감독님, 저 어때요?"

"뭐가 말입니까?"

"여자로."

"예쁘시네요."

"그게 다예요? 저 여자로 안 보여요? 왜요?"

촬영장 안에서 바쁘게 움직이는 조감독을 따라다니며 여주인공이 물었다. 이만하면 되지 않느냐고. 다들 자기 얼굴 한 번 못 봐서 난리인데.

"어디가 마음에 안 드는데요?"

"마음에 안 드는 게 아니라, 제 꿈에 방해가 되는 건 별로라서요."

"조감독님 꿈이 뭔데요."

"영화감독이요."

"그거랑 저랑 만나는 거랑 무슨 상관인데요?"

조감독의 뒤를 졸졸 쫓아다니며 물었다. 남들은 얼굴 한 번 못 보고, 말 한 번 못 나누어서 난리인데. 하루에 30분 자는 것도 행복할 정도로 정신없는 스케줄을 소화하고 있을 정도로 인기 있는 그녀인데, 뭐가 싫다는 것인가.

"대체 내가 어디가 마음에…… 엄마!"

결국, 그를 졸졸 쫓아다니다가 촬영장에 있는 전기선에 힐이 걸리면서 혜리가 넘어졌다. 그런 그녀를 형준이 빠르게 잡아 부축했다.

"이런 게 마음에 안 듭니다. 여자가 칠칠치 못해서."

투덜거리며 그녀의 허리를 부축하는 남자 주인공의 얼굴을 트랙 업(Track up, 피사체를 향하여 전진하며 촬영하는 것) 하면서 감독의 OK 사인이 떨어졌다.

"수고하셨습니다."

드디어 OK 사인이 떨어지고 형준의 품에 여전히 안겨 있던 혜리가 그를 향해 민망한 얼굴로 웃어 보였다. 남자 주인공과의 사랑 이야기가 나오면 스킨십 후의 반응이 문제였다. 멋쩍기도 하고, 아무렇지 않은 척하기도 애매하고.

혜리는 방금 전 촬영 신을 돌려 보는 선우를 보고 안도의 한숨을 내쉬었다. 이번에도 NG를 내었으면 스스로에게 화가 났을 것이다. 이 정도밖에 연기하지 못하는 자신에게 화가 나서 촬영하다가 뛰쳐 나갔을 것이다.

오늘 촬영분이 종료되고, 스태프들이 철수하기 위해 촬영세트를 정리했다. 옷을 다 갈아입은 혜리가 배우들과 스태프들에게 인사를 나누려고 차 밖으로 나왔다.

"참, 감독님이랑 지유 씨 시간 되세요? 저희 식사하러 갈 건데."

예정에 없던 형준의 말에 혜리가 자신을 손가락으로 가리키며 형준을 바라봤다. 지금 '저희'라고 말한 사람들에 자신도 포함된다는 건가. 우리가 언제 밥을 먹기로 약속을 했었던가.

혜리는 금시초문이라는 얼굴로 형준을 바라보았지만 형준은 혜리를 쳐다보지도 않고 말하고 있었다.

"어쩌죠? 전 다음 스케줄이 있어서."

"그럼, 감독님은요?"

"나도 시나리오 마저 정리해야 해서."

스케줄이 있다는 지유 다음으로 선우도 저녁을 거절했다. 그리고 자신을 향해 바라보는 형준을 보며 혜리는 대답을 하지 않고 서 있었다.

저녁을 같이 먹자고 약속한 것은 아니었다. 분위기상 선우와 지유는 빠지고 형준과 단둘이 가게 된다는 것인데, 그건 역시 바람직한 모습은 아닌 것 같았다. 그래도 사람들 보는 눈이 있는데.

"난……."

생각을 정리한 혜리가 막 입을 열 때였다.

"아쉽지만, 누나랑 둘이 가야겠네요."

그가 혜리를 쳐다보고 웃어 보이며 말했다. 저녁을 먹으러 가겠다고 한 적은 없었는데, 여기서 거절을 하면 그것도 이상해질 것 같은 느낌이 들었다.

형준의 차를 타고 혜리가 저녁을 먹으러 갔고, 촬영 장비들을 정리하던 선우는 간이 의자에 털썩 앉아 버렸다.

"같이 먹을 걸 그랬나?"

혜리의 어깨를 감싸며 다정하게 차에 올라타던 형준의 모습이 떠올랐다. 밥만 먹는 건데, 둘이 뭘 하겠다는 것도 아니고. 그런데 혜리에게 잘해 주는 형준의 모습이 영 걸렸다.

"설마 다른 마음 있는 건 아니겠지?"

"뭐가?"

"아, 형? 형은 저녁 먹으러 안 가셨어요?"

"내가? 내가 왜? 두 주인공들이 같이 먹는다는데 빠져 줘야지."

혜리의 짐을 챙기러 온 혜성이 능청스럽게 대답하자 선우가 자리에서 일어나며 혜성을 바라보았다.

"형은 매니저 아니에요? 자기 배우가 막, 외간 남자랑 밥 먹으러 가는데 걱정 안 해요?"

"왜 그래야 하는데? 나한테 감독이랑 배우들이랑 같이 밥 먹으려 했는데, 같이 먹으려 한 사람들이 시간이 안 된다고 해서 둘이 가는 거라고 했는데."

혜성의 말에 할 말을 잃은 선우가 다시 의자에 앉으며 고개를 끄덕였다. 그렇지, 바빠서 못 간다고 한 쪽은 자신이었지.

"왜? 둘이 가까이 지내니까 질투라도 나냐?"

"아니거든요."

혜성의 말에 애써 아닌 척 선우가 대본을 넘겼다.

혼잣말로 수정할 데가 어디였더라, 하면서 아무 의미 없이 대본을 넘긴 그가 움직이던 손을 멈추었다. 확실히 이걸 혜성의 말대로 질투라고 하긴 뭐했다. 알 수는 없지만 기분이 묘하게 거슬리긴 했다.

"혜리 연기는 어때?"

혜성이 옆으로 다가와 앉으며 혜리의 연기를 걱정했다. 그래도 공백 기간이 6년이다. 스물넷, 한참 이름을 날리고 오라는 곳 많던 시절 갑자기 사랑이 전부라며 잠수를 탔던 혜리. 선우와 미국으로 떠나서 살지만 않았어도 아직까지 그때의 전성기를 계속 이어 가고 있었을지도 모른다.

"뭐, 봐 줄 만하죠."

"많이 별론가 보네."

"별로라고 안 했는데요?"

"봐 줄만 한 게 별로지 뭐야. 그래도 잘 찍어라. 안 그럼 둘이 세트로 욕먹는다."

등받이 없는 간이 의자에 기대어 앉겠다고 허리를 쭉 펴는 혜성을 보며 선우가 그를 향해 고개를 내젓고는 대본을 넘겼다. 조혜리에게 마지막은 해피엔딩이라며 큰소리 뻥뻥 쳤는데, 사실 그 마지막이 생각나지 않는다. 아무것도.

촬영은 그다음 날에도 계속되었다. 오늘은 야외 촬영을 해야 하는 날이었는데, 날씨가 아침부터 영 좋지 않았다.

"감독님. 날씨가 너무 안 좋은데, 괜찮을까요?"

"일단 당장 비가 내리는 건 아니니까 그대로 진행합시다."

"네, 알겠습니다. 자! 촬영 들어갑니다."

어제 뉴스에도 비가 온다는 얘기는 없었는데, 구름이 끼는 게 불안하기는 했다. 하지만 야외 촬영 신이 미루어지면 그다음 촬영도 밀리게 되어 있다.

현재 영화 촬영만 하는 혜리와 달리 형준과 지유는 따로 스케줄이 많은 사람들이라, 야외 촬영 날짜를 다시 잡으려면 서로 시간을 조율해야 하는 상황이었다.

　"촬영 시작합니다."

　"자자! 스탠바이!"

　카메라와 장비들이 분주하게 움직였다.

　"이번 촬영은 딥 포커스(Deep focus, 카메라가 가까운 곳에서 아주 먼 곳까지 모두 초점이 잘 맞도록 찍는 것)로, 자전거를 타고 가는 뒷모습하고, 앞으로 오는 장면 두 가지를 찍을 겁니다."

　선우의 목소리에 혜리와 형준이 자전거에 올라탔다. 먼저 두 사람이 나란히 자전거 데이트를 하는 장면이었다. 뒷모습을 먼저 찍어 천천히 멀리 가는 장면과 앞모습을 따로 찍어 멀리 갔다가 돌아오는 장면으로 연출하려는 모양이었다.

　"휴우."

　"왜요?"

　"자전거를 너무 오랜만에 타서 그런가. 긴장되네."

　브레이크를 힘껏 잡고 올라타 있는 혜리가 고개를 갸웃거렸다. 도대체 자전거 티고 데이트하는 신이 웬 말이란 말인가. 두 사람 모두 캡 모자를 눌러쓰고, 사람들에게 들키지 않고 타야 하는 장면이었다.

　모자를 눌러쓰고 자전거 핸들을 붙잡은 혜리가 페달을 밟았다. 그런데 핸들이 마음과는 다르게 지그재그로 흔들리는 것이 아닌가.

　"어, 어?"

　급격히 흔들리는 핸들을 꺾은 혜리가 넘어지기 전에 간신히 형준이 붙잡아 주었다.

"아무래도 레슨 받아야겠는데요?"

"자전거를?"

안도의 한숨을 내쉬며 혜리가 물었다. 지금 촬영을 시작해야 하는 이 순간에 자전거 레슨을 받으라는 건가? 누가 누구에게서? 눈으로 질문을 던지며 형준을 바라보는데, 그가 의미심장한 눈웃음을 치며 고개를 끄덕였다.

"에이, 촬영 길지도 않은데. 탈 수 있어."

"그래 보이지 않는데요? 이런 실력으로는 2m도 못 갈 거 같은데."

맞는 말이었다. 지금 페달 한 번 밟고 앞으로 넘어질 뻔했는데, 왕복으로 뒷모습, 앞모습 모두 찍는다는 건 무리였다.

"예전엔 잘 탔는데……."

"예전 언제요?"

"고등학교 때인가?"

자신 없는 목소리로 혜리가 말하자, 형준이 쿡쿡대며 웃었다. 고등학교 때라면 10년도 넘은 일인데. 그 이후론 자전거를 안 타 보았다는 이야기가 된다.

"두 사람 뭐 합니까?"

서로 마주 보며 웃고 있는 두 사람을 향해 선우가 소리쳤다. 카메라 앵글은 아까부터 촬영준비가 되어 있는데, 둘이 장난이나 치고 있다니. 불만스러운 얼굴로 그가 혜리와 형준을 바라보며 다시 소리치려 할 때였다.

"감독님! 저희 자전거 2인용 커플 자전거로 바꿔 주시면 안 될까요?"

"안 됩니다."

"에이, 그런 게 어디 있어요? 커플 자전거가 훨씬 자연스럽고 좋을 텐데 말입니다."

"그럼, 화면에 담기 힘들어요. 그냥 원래대로 1인용으로 나란히 타는 걸로 갑니다."

바로 선우에게 퇴짜를 맞은 형준이 혜리를 향해 어깨를 으쓱였다.

"그러면 연습할 시간이라도 주세요."

"자전거 못 탑니까?"

"에이, 설마요. 제가 자전거를 너무 오랜만에 타서요. 누가 요즘 촌스럽게 자전거 데이트를 하겠어요. 자동차가 있는데. 안 그래요?"

고개를 저으며 절대로 못 탄다는 식으로 형준이 자전거 핸들을 흔들었다. 그의 말에 선우가 다가와 한숨을 내쉬며 물었다.

"조혜리 씨도 못 타요?"

"저는······."

짜증이 묻은 선우의 만에 혜리가 자신이 못 타는 거라고 말을 하려고 하는데, 형준이 끼어들며 선수를 쳤다.

"같이 연습하려고요. 데이트 장면인데 호흡은 맞춰 봐야죠. 딱, 삼십 분만 주세요."

"십 분."

"너무 냉정하시다."

"박형준 씨, 지금 날씨 안 좋은 거 안 보입니까? 빨리 촬영 못

하면 비 맞고 촬영해야 해요. 아니면 접든가."

"좋습니다. 이십 분이요."

하늘을 바라본 형준이 선우와 협상에 들어갔다. 이십 분이라는 말에 선우가 어쩔 수 없다는 얼굴로 오케이를 하고 뒤로 물러났다. 두 사람은 자전거를 끌고가 조금 떨어진 곳에 자리를 잡았다.

"아무래도 우리 벼락치기로 해야겠는데요. 레슨."

여전히 불안한 듯 핸들을 붙잡고 있는 그녀를 보며 형준이 웃으며 말했다.

"자, 핸들 잡고 불안하면 브레이크도 살짝 잡고요. 갑니다."

"손 놓지 말아요."

자전거를 뒤에서 붙잡는 형준을 뒤돌아보며 혜리가 의심스러운 듯 말했다. 어린아이 세발자전거 배우는 것도 아닌데. 자전거라는 걸 오랜만에 타려니 페달 밟는 스텝이 마음처럼 되지 않았다.

"브레이크를 너무 세게 누르면 잘 안 가요. 천천히 잡고 페달을 밟아야……."

폭풍같이 잔소리를 쏟아 내던 형준이 자전거를 뒤에서 잡고 있던 손을 놓자, 혜리가 혼자 자전거를 타기 시작했다.

"간다. 지금 가고 있어요."

"역시, 레슨 선생님이 실력이 좋군요."

아이처럼 즐거워하며 자전거를 타는 혜리를 향해 그가 흐뭇하게 웃었다. 이제 촬영에 바로 들어갈 수 있겠다, 싶을 정도가 되어 촬영장으로 돌아왔다.

"연습이 뭐 이리 오래 걸립니까?"

"호흡을 맞춘 거라니까요, 감독님."

기다림에 지쳤다는 듯이 말하는 선우와 달리 형준은 기지개를 펴며 자전거에 올라탔다. 혜리도 자전거에 올라타며 페달에 발을 올렸다.

"자, 들어갑니다. 액션!"

처음에는 두 사람이 자전거를 타고 천천히 가다가 조금씩 속도를 맞추어 가며 다정하게 서로를 마주 보는 장면을 찍어야 했다. 그러기엔 딥 포커스(Deep focus)가 중요했기에 선우는 카메라 렌즈를 돌려 가며 두 사람의 모습을 연인처럼 표현하려고 애쓰는 중이었다.

"지금부터는 아까보다 조금 더 속도를 낼 겁니다만 정면으로 보이는 신이기 때문에 두 사람 표정이 중요합니다."

뒷모습을 찍고 나자 멀리서 두 사람이 나란히 다가오는 장면을 찍기 위해 촬영 장비 위에서 카메라를 높이 올리고, 렌즈를 돌렸다. 혜리와 형준의 모습이 클로즈업되었다.

아직 앞모습을 찍는 것이 아니기에 초점을 맞춘다고 두 사람을 렌즈에 담고 있는데, 형준이 혜리의 머리카락을 정리해 주는 모습이 보였다.

'왜 이렇게 다정해.'

카메라를 움직이며 자리를 잡고 있는데, 아래서 선우를 부르는 소리가 들려왔다.

"감독님, 김지유 씨 왔습니다."

"아, 그래요."

"그런데 김지유 씨 몸이 좀 안 좋은가 봐요."

스태프의 말에 선우가 높은 트랙 위에서 내려와 인사를 하는 지유의 앞으로 다가갔다. 큰일이다. 오늘은 혜리와 형준의 자전거 데이트 장면이 끝나면 지유가 비를 맞으며 우는 장면을 찍을 예정인데.

금방이라도 비가 쏟아질 것 같았던 하늘은 다행히 아직 비는 오지 않고 흐리기만 했다. 선우는 하늘을 한 번 바라보고 지유에게 걱정스런 얼굴로 물었다.

"오늘 촬영 괜찮겠어요? 미룰까?"

"아니에요, 감독님. 오늘 갑자기 몸이 안 좋아지는 바람에……. 크게 아픈 건 아니에요. 촬영할 수 있어요."

미안하다는 듯 지유가 고개를 숙이며 말하자, 선우는 고개를 끄덕거렸다.

"정말 괜찮겠어?"

"조금 이따가 약국 가서 약 사 오면 되요."

한쪽 의자에 앉으며 지유가 혜리와 형준이 촬영하는 것을 구경했다. 다시 촬영을 하려는데, 스태프가 다가와 그에게 비가 안 올 경우를 대비해 물을 뿌릴 살수차가 대기해 있다고 보고를 했다.

"이 부분 30분이면 되니까, 지유 씨 준비해 주고요."

선우가 사인을 보내며 촬영에 들어갔다. 형준과 혜리가 카메라가 잡을 수 있을 정도의 속도로 서로 마주 보며 천천히 자전거를 탔다.

그때였다. 갑자기 혜리의 자전거가 흔들리더니 중심을 잃고 쓰러졌다. 그 바람에 혜리가 미처 브레이크를 잡지 못하고 흔들리는 핸들에 당황하다가 넘어졌다.

"조혜리 씨 괜찮아요?"

"누나, 많이 다치셨어요?"

"아, 괜찮아요."

보조로 있던 스태프와 형준이 놀라 묻자 혜리가 손을 저으며 자리에서 일어나 괜찮다는 제스처를 보냈다.

"다시 촬영 들어갑니다."

혜리가 일어나는 것을 보고 선우가 소리쳤다. 그러고는 하늘을 한 번 더 바라보았다. 아무래도 금방 비가 쏟아질 것 같은 게 예감이 좋지 않았다.

조금만 더 촬영하면 되는데, 비가 오면 자전거를 타는 장면은 나중에 다시 또 찍어야 하는 상황이 생길 수가 있다. 마음이 조급해진 그가 외쳤고, 아직 자전거를 세우지 못한 혜리가 형준과 무어라고 이야기하는 모습이 보였다.

"두 사람 뭐 해요?"

선우가 확성기를 붙잡고 소리쳤다.

"감독님! 조혜리 씨가 조금 다친 거 같은데요?"

형준의 말에 그가 촬영 장비에서 내려왔다. 형준과 혜리가 서 있는 곳으로 다가가 선우가 혜리의 다리를 보았다. 아무래도 넘어지면서 다쳤는지 무릎이 심하게 쓸려 피가 나고 있었다.

"괜찮다는데, 자꾸……."

"약 사 올게요."

형준이 피가 흐르는 혜리의 다리를 보고 약국을 가겠다고 돌아서자, 선우가 그의 팔을 붙잡았다.

"됐어."

"네?"

"시간 없으니까. 조혜리 씨 걷는 데는 지장 없죠? 그럼 촬영 끝나고 소독하고, 일단은 깨끗한 물 있으니까 생수로 피만 닦아 내고 촬영부터 끝냅시다."

선우의 말에 혜리가 쓰러진 자전거를 일으켜 세우며 고개를 끄덕였다.

"감독님이 그렇게 하자는데 그렇게 해야죠. 어차피 클로즈업해도 제 얼굴 찍는 거지, 다리 찍는 거 아니잖아요."

"에이, 그래도 감독님."

"괜찮아요, 형준 씨."

뭐라고 덧붙이는 형준을 말리며 혜리는 옆에 있던 코디네이터가 건네주는 생수병을 열어 무릎을 씻어 냈다. 상처가 난 자리에 물이 닿자, 쓰라렸지만 내색하지 않으려고 입술을 깨물었다.

많이 다치지 않았느냐, 괜찮냐는 말을 하지 않은 선우에게 서운함이 밀려왔지만, 그의 말대로 촬영이 남았고 지금은 일을 하고 있는 중이니까.

"언니, 다리에 상처가 많이 난 거 같아요."

"괜찮아."

코디네이터인 미선이 피를 닦으며 걱정스러운 표정으로 물었지만 혜리는 다시 카메라 쪽으로 돌아가는 선우의 뒷모습만 바라보았다.

자전거를 타는 촬영은 30여 분 만에 끝났고, 잠시 쉬는 시간이 주어졌다. 이제는 지유와 형준의 촬영이었다. 지유가 형준에게 고백했다가 거절당하고 비를 맞으며 우는 장면이었다. 촬영에 들어가기에 앞서 살수차가 대기하고 있었다.

"잠깐 쉬었다가 갑시다."

자리에서 일어난 선우가 어디론가 향했다.

"감독님, 어디 가시게요?"

"편의점 좀."

"뭐 필요하신 거 있으시면 저한테……."

"됐습니다."

스태프의 말을 자르며 선우는 모자를 눌러 쓰고 공원 입구 쪽으로 향했다. 그가 멀어지는 것을 지켜보던 스태프가 고개를 갸웃거렸다.

"편의점은 저쪽인데."

가까운 편의점과는 반대 방향으로 가는 그를 본 그는 다른 편의점을 가려나 생각하며 주변을 정리했다.

"소독약하고, 일회용 거즈, 상처에 바르는 연고 같은 것들 좀 주세요. 아, 그리고 검은 봉지에 좀 담아 주시겠습니까?"

약국에 온 선우가 미간을 찌푸리며 말했다. 하여간에 조혜리, 칠칠맞기는. 자전거가 빨리 달리는 것도 아니었는데, 그걸 못 타고 넘어지나.

"어머! 감독님."

"김지유 씨?"

"뭐 사러 오셨어요?"

"뭐…… 피로회복제 그런 거요."

"그렇구나. 오늘 커피를 못 사 와서 죄송해요."

"김지유 씨는 뭐 사러 왔습니까?"

"전, 아까 말씀드린 거 때문에…… 약 좀 사려고요."

지유가 웃으면서 말을 얼버무리는데, 약사가 소독약과 거즈를 담은 봉지를 내밀었다.

봉지를 받아 든 선우가 먼저 가겠다며 약국을 서둘러 나섰고, 약국에서 나서자마자 봉지 안을 들여다보았다. 검은 봉지에 담아 달라고 말하기를 잘 한 것 같았다.

검은 봉지를 들고 다시 촬영장으로 가니 혜리가 간이 의자에 앉아 있는 게 보였다. 이걸 혜리에게 바로 주자니 그렇고, 혜성에게 주어야 하나 하며 혜성을 찾는데 혜리의 앞으로 형준이 다가가는 것이 보였다.

그런데 이게 웬걸. 형준이 무릎을 굽히더니 혜리의 다리에 난 상처에 약을 발라 주고 반창고를 붙여 주는 모습이 보였다.

"어? 감독님 오셨어요? 촬영 준비 다 됐습니다."

"이거 조혜리 씨 매니저 찾아서 전해 줘요."

"이게 뭡니까?"

"묻지 말고, 조혜리 씨 매니저한테 꼭 주기나 해요."

조감독의 품에 봉지를 던지듯이 넘긴 그가 까칠하게 말하고는 카메라 쪽으로 향하며 투덜댔다. 저렇게 소독해 주고, 약 발라 주고, 반창고까지 붙여 줄 남자가 있는 줄 알았으면 괜히 헛걸음해서 약국까지 가진 않았을 것이다.

촬영 때 괜히 차갑게 군 것 같아 미안해서 사 왔더니. 그가 고개를 돌려 혜리와 형준을 바라보았다. 형준이 아프냐고 묻는지 혜리가 고개를 저으며 웃고 있었다.

"비는 왜 안 내리는 거야."

구름만 잔뜩 끼고 비가 오지 않는 하늘을 보며 화풀이하듯 말했다. 아까부터 금방이라도 비가 내릴 것 같았던 하늘은 여전히 비를 내려 줄까, 말까 하며 그를 약 올리는 것 같았다.

제 6 장

어쩌면 우리는

"아, 쓰읍."

종아리와 무릎에 붙였던 반창고를 떼어 내고, 깨끗한 반창고로 붙이기 위해 연고와 소독약을 꺼낸 혜리가 미간을 잔뜩 찌푸렸다.

상처는 적어도 일주일은 넘게 갈 것 같았다. 종아리 한쪽을 길게 내리그은 상처를 보고 한숨지은 그녀가 호호 입김을 불었다.

"자."

그녀의 앞에 다가온 혜성이 봉지를 던지듯이 내밀었다.

"뭐야?"

"연고랑 소독약."

"사 왔어?"

"어? 어. 그럼. 사 왔지."

얼버무리듯 대답한 그가 소파 한쪽에 몸을 기울이며 눕더니, 소독을 하고 있는 혜리를 보았다.

촬영 조감독이 오더니 그의 앞으로 봉지를 내밀며 선우가 전해 주라고 했다는 것이었다. 받아서 열어 보니, 대용량 소독약과 일회용 거즈, 상처에 바르는 약까지 한가득 들어 있었다.

저 멀리서 카메라를 돌려 보는 선우가 보였지만, 뭐라 알은체도 못 하고 조감독에게 봉지를 받아 든 그는 선우를 떠올리며 고개를 저었다.

'자식, 지가 줄 것이지.'

하여간에 예나 지금이나 표현력이라고는 하나도 없어서 쓸모가 없는 녀석이었다. 그런 녀석이 어떻게 시나리오는 쓰고, 감독이 된 건지. 아이러니였다.

테이블 위에 놓인 봉지를 보며 그가 한숨지었다. 본인이 자기 손으로 주면 될 것이지. 그걸 못 줘서. 건너, 건너. 게다가 자기가 산 걸 모른 척하라는 건 또 뭐야.

"그러게 자전거 좀 잘 타지."

"나도 걸려서 넘어질 줄 몰랐지. 너무 오랜만에 타서 감이 없었단 말이야."

"그런데 그 약은 뭐냐. 네가 샀어?"

"아니. 형준 씨가."

"걔 너한테 관심 있대?"

"설마, 아니거든? 나보다 두 살이나 어린 애가 뭐가 아쉬워서."

반창고를 붙인 혜리가 테이블 위에 올렸던 긴 다리를 내리고 인상을 찌푸렸다. 여름인데 덧나는 건 아닌지 모르겠다.

"아니면 말고."

혜성이 몸을 움직여 고쳐 누우며 말했다.

"좋아하는 사람 있대."

"아, 그래?"

그가 혜리를 보며 어깨를 으쓱였다. 하도 혜리한테 잘하기에 관심 있는 줄 알았더니, 아니었나?

"응급실이라도 가지."

"뭘, 이거 가지고 응급실은 무슨. 뼈가 부러진 것도 아니고. 누군 걱정도 안 하던데."

선우를 떠올리며 혜리가 입술을 삐죽였다.

'시간 없으니까. 조혜리 씨 걷는 데는 지장 없죠? 그럼 촬영 끝나고 소독하고, 일단은 깨끗한 물 있으니까 생수로 피만 닦아 내고 촬영부터 끝냅시다.'

테이블 위에 놓인 약을 보니, 촬영장에서 선우가 했던 말이 떠올랐다. 나쁜 자식, 냉정한 인간. 속으로 욕을 삼키며 신경질적으로 약상자에 약들을 넣었다. 누구처럼 약은 못 사다 줄망정 그 상황에서 촬영하는데 지장 없냐니.

자존심에 괜찮다고는 했지만, 사실 아파 죽는 줄 알았다. 생수로 피를 씻어 낼 때는 어찌나 따갑던지. 울컥해서 눈물이 날 뻔했다. 이혼해서 남남이지만, 그래도 감독이면 배우를 챙겨 줘야 하는 것 아닌가.

정말 촬영만 아니었으면, 스태프들만 없었어도 선우에게 따졌을 것이다. 네가 뭐가 그리 잘났냐고, 늘 그런 식이냐고. 사람이 아프면 아픈지 괜찮은지 먼저 물어야 하는 게 순서 아니냐고.

"선우가 걱정하는 거 같더라."

혜리의 눈치를 살피던 혜성이 한마디 던졌다.

"걱정? 개나 주라 그래. 걱정 같은 소릴 하고 있어. 걱정하는 인간이 내 다릴 보고도 촬영 먼저 하자고 그래? 배우가 다치면 걱정부터 하고 소독이라도 하라고 해야지. 참내. 촬영장에선 완전 찬바람이 쌩, 하고 불더만. 뭐가 그렇게 마음에 안 든대? 커피나 사 오고, 감독님, 감독님 하고 어린애가 부를 땐 잘만 웃어 주면서."

혜성에게 불같이 화를 내며 촬영장에서 있었던 일을 떠올린 혜리가 열 받는다며 손으로 부채질을 해 댔다.

"나쁜 자식."

씩씩대며 자리에서 일어난 혜리가 정수기 쪽으로 향하더니, 찬물을 받아 단숨에 들이켰다. 이선우는 변한 게 하나도 없다. 옛날이나 지금이나. 카메라만 알고, 카메라가 더 중요한 사람이라는 것이.

❖❖❖❖

지전거를 타는 촬영이 있었던 날 저녁부터 비가 내리더니 며칠째 비가 계속되는 바람에 영화 촬영이 미루어졌다. 덕분에 쉬고 있는 혜리는 하늘에 구멍이라도 뚫린 듯 쏟아지는 비를 창문 너머로 바라보며 감상에 젖어 있었다.

"모처럼 휴가네?"

"어? 오늘 안 나갔어?"

"선배가 오늘 휴가래. 나도 같이 쉬는 거지 뭐. 선배도 없는데 남의 병원 가서 뭐해."

약상자를 들고 나오며 수미가 혜리의 옆으로 왔다.

"그래도 상처가 깊지는 않네. 오빠가 하도 걱정하기에 크게 다친 줄 알고 걱정했더니."

"크게 다치긴. 타박상 정도인데 뭘."

"딱지 올라온 거 보니 금방 낫겠다."

"그렇지? 촬영 다시 들어갈 때쯤엔 다 나아서 티 안 나겠지?"

"응."

면봉에 약을 묻혀 바르고, 반창고를 바꾼 수미가 고개를 끄덕였다. 다리에 상처가 깊네, 혜리가 자전거 타다가 넘어져서 굴렀네, 하며 혜성이 걱정을 하기에 혜리의 다리 상처를 살폈는데 생각했던 것만큼은 아니었다.

"촬영은 할 만해?"

"응. 재미있어."

"선우 씨는?"

"뭐가?"

"아니, 뭐. 안 불편하냐고."

수미의 말에 선우를 떠올린 혜리가 그런가, 하고 중얼거렸다. 불편했나? 불편했던가? 그랬던 것 같기도 하고, 아닌 것 같기도 하고. 불편하기보다는 뭐랄까, 가끔 신경 쓰이는 정도?

"그냥 거슬려."

선우를 계속 생각하던 혜리가 낮게 중얼거렸다.

"뭐가?"

"이선우, 말이야. 아무리 우리가 이혼했어도 그렇지. 사람 차별

하는 거 같아."

"너한테?"

"어. 누구한테는 특별대우에 신경 써 주고, 누군 다치든 말든 그저 카메라가 중요하고, 촬영이 우선이고."

혜리의 말에 수미가 고개를 갸웃거렸다. 지금 혜리가 하고 있는 걸 뭐라고 해야 할까? 질투? 관심? 미련? 옆에서 선우의 욕을 하고 있는 혜리를 본 뒤 시선을 옮겨 여전히 양동이로 쏟아 붓듯 쏟아지는 창밖의 비를 보며 턱을 괴었다.

"아, 비 억수로 쏟아진다."

"그러게."

"비 오니까 아무것도 못 하겠다."

"기분도 꿀꿀한데 쇼핑이나 할까? 오늘?"

"그럴까?"

수미의 제안에 눈빛을 반짝이며 대답한 혜리가 신이 난 표정을 지으며 자리에서 일어났다. 계속 집에만 있으니 몸이 처지는 것 같았는데, 가볍게 스트레칭을 하고 외출 준비를 하기 위해 방으로 들어갔다.

수미와 쇼핑을 다녀오니 외출했던 혜성이 언제 왔는지 주방에서 맥주 캔을 들고 나오고 있었다.

"어디 갔다 와?"

"우리? 쇼핑."

"살맛 났구먼."

"당연하지. 촬영도 없겠다. 수미도 쉬겠다. 오랜만에 쇼핑 좀 했다. 오빠는?"

"난 친구 만나러. 참, 선우한테 연락 왔는데."

그의 말에 혜리가 가방에서 핸드폰을 꺼내 액정을 바라보며 고개를 갸웃거렸다.

"연락 안 왔는데?"

"너한테 말고, 나한테. 내일부터 촬영 들어간다더라."

"이렇게 비가 오는데?"

"내일은 안 온대. 게다가 내일은 실내 촬영이라 날씨하고는 무관하대."

그의 말에 혜리가 별 감흥 없이 아아, 해 버리고는 냉장고에서 맥주 캔을 하나 따서 마셨다. 밖에 비는 엄청 쏟아지는데, 날씨가 습하고 더워서인지 목이 탔다.

"참, 너 소속사 정해질 것 같다."

"어디?"

"지선 누나네."

"언니네? 당분간 사람 안 받을 계획이라며."

"그렇긴 한데 될 것 같다고 연락이 와서. 너 촬영장에 데려다주고, 난 바로 지선 누나네 회사로 가야 할 것 같아."

거의 긍정적이라는 혜성의 말에 혜리가 고개를 끄덕이며 알겠다는 표현을 했다.

아직까지 소속사를 정하지 못해 코디네이터도 지선이 옛날에 같이 일했다는 의리로 보내 주고, 차도 빌려주었는데. 지선의 회사라면 차라리 잘되었다. 아예 모르는 사람들과 지내는 것보다는 알고 있던 사람들이 지내기는 조금 더 편할 것이다.

방으로 들어온 혜리가 침대 위에 누워 하얀색 도배지로 칠해진 천장을 가만히 바라보았다.

"소속사라⋯⋯."

작게 중얼거린 그녀가 피식 웃었다. 오랜만에 지선을 볼 생각을 하니, 왠지 가슴이 두근거렸다. 진짜 배우로 다시 시작하는 기분이라고 해야 할까?

아직 날씨는 계속 흐렸지만, 실내 장면이었기 때문에 촬영이 시작되었다. 촬영은 어느 레스토랑에서 형준과 혜리가 밥을 먹으며 데이트를 하는 장면이었다.

"레스토랑은 딱 세 시간 빌렸으니까, 그때까지 NG 없이 갑시다."

선우가 모자를 꾹 눌러쓰고 두 사람을 향해 촬영 콘티를 설명했다. 한쪽 의자에 앉아 메이크업을 받던 혜리가 선우의 설명을 들으며 고개를 간간이 끄덕였다.

형준이 의상을 갈아입기 위해 자리를 뜨자 그 뒷모습을 보던 선우가 입을 열었다.

"혜성이 형은?"

"잠깐 일 있어서."

"매니저가 너무 한가한 거 아니야?"

"나 소속사 알아보는 것 때문에 지선이 언니 만나러 갔거든?"

"드디어 소속사 구하는가 보네."

그가 손에 들고 있던 선글라스를 끼며 말하자, 혜리가 선우를 올려다보며 물었다.

"웬 선글라스?"

"몰랐어? 나 얼굴 없는 감독이잖냐."

그의 대답에 혜리가 입을 삐죽이며 얼굴 없긴 무슨, 감독이 뭐 대단한 거라고, 하고 작게 중얼거렸다. 언제는 비주얼이 된다더니. 어이없다는 표정을 지으며 거울을 보았다.

"오늘은 레스토랑 신만 찍을 거야."

"왜? 비도 안 오는데?"

"내가 일이 있어서."

그 말을 뒤로 돌아선 선우가 조감독에게 준비하라는 제스처를 보내고, 카메라가 있는 곳으로 향했다.

그의 뒷모습을 보던 혜리는 거울을 보며 완성된 메이크업을 살피고는 핸드폰을 열어 액정을 보았다. 지선의 소속사와 계약을 할 것 같다고 갔던 혜성은 연락이 없었다. 일이 잘 안 되나? 간 지 꽤 된 것 같은데.

"조혜리 씨, 촬영 들어갑니다."

"네."

앞으로 다가온 조감독을 따라 혜리가 자리에서 일어나 테이블로 향했다. 레스토랑 신에 맞게 슈트를 입고 온 형준이 혜리를 향해 가볍게 손을 흔들었다.

"멋있게 입었네요."

"이렇게 입으라는데요?"

어깨를 가볍게 으쓱인 그가 의자를 빼 주며 혜리에게 앉으라고 손짓했다. 의자에 앉으며 혜리는 촬영을 하고 있는 선우를 쳐다보았다.

실제로 그들이 연애하던 때엔 이런 레스토랑은 꿈도 못 꾸었다. 숨어서 데이트하고, 전화로 이야기하고. 요즘이야 시대가 바뀌고 연예인들도 공개 연애가 많아졌다지만, 자신이 활동하던 때엔 그런 게 없었다.

"메뉴 주문부터 하는 건가?"

"미리 주문해서 그런 거 안 해도 된다는데요?"

"그래?"

앞에 놓인 물 잔을 들어 마시고 있는데, 음식이 나왔다.

"어차피 다정하게 먹는 부분이니까, 먹다가 사인 들어가면 그때부터 대사 치면 됩니다. 지금은 자연스럽게 이야기해도 돼요."

선우의 지시에 혜리는 막 나온 음식들을 살피며 형준을 향해 미소 짓다가 잠시 입술을 깨물었다.

"랍스터네?"

"네. 여기 이게 맛있다고 해서 감독님이 주문했대요."

"감독님이?"

형준의 말에 잠시 선우를 본 혜리는 씁쓰름하게 웃어 버리고는 포크를 집어 들었다.

"왜요? 안 좋아하세요? 메뉴 바꿀까요?"

"아니야. 괜찮아. 먹기만 하면 되는데."

랍스터 위에 치즈가 뿌려져 있고, 그 옆에 새우와 스테이크가 함께 들어 있는 접시를 바라보던 혜리의 눈썹이 미세하게 떨렸다.

형준이 다정하게 치즈가 가득한 랍스터를 먹기 좋게 잘라 혜리의 접시 위에 올려 주었다. 선우의 큐 사인이 들어가고, 형준과 혜리가 대사를 치는 장면이 시작되었다.

"먹어요."

"고마워요. 이런 데 비쌀 텐데."

"이 정도 데이트는 해야죠."

다정하게 웃으며 형준이 음식을 권했고, 혜리가 랍스터를 입에 넣으며 그를 향해 미소 지었다.

"일부러 이런 데 안 와도 되는데. 그리고 사람들 시선도 있잖아요."

"걱정 말아요. 그래서 아는 형한테 부탁해서 사람들 없는 시간으로 예약한 거니까."

"아아, 그래서 사람이 없구나."

혜리가 고개를 돌려 주변을 살피며 대답했다.

"컷! 조혜리 씨, 입에 음식을 물고 대사 하면 어떻게 합니까? 카메라에 잡히잖아요."

"죄송합니다."

오물거리던 음식물을 휴지에 뱉어 버린 혜리가 고개를 숙여 인사했다. 물 잔을 들어 물을 마신 혜리의 표정이 영 좋지 않았다.

"왜요?"

"아니야. 형준 씨, 미안."

고개를 젓고 돌아선 혜리가 다시 촬영에 들어가려는데, 그들이 먹고 있던 음식이 치워지고 새 음식이 나왔다. 아무래도 형준이 접시에 랍스터를 덜어 준 장면부터 다시 촬영해야 하는 것 같았다.

"자, 촬영 다시 들어갑니다."

감독의 사인에 혜리와 형준은 다시 촬영에 집중했다. 접시에 다정하게 랍스터를 잘라 덜어 주고, 혜리가 받아먹고, 다정하게 대화하는 장면까지 촬영은 쭉 이어졌다.

카메라가 돌고 새로 음식을 내와 같은 장면을 찍는 것만 여러 번, 뭐가 그리도 마음에 안 드는지 선우는 계속 NG만 외쳤다.

"5분만 쉽니다."

조감독의 외침에 따라 코디인 미선이 메이크업을 정리해 주겠다며 다가왔고, 잠시 화장실을 가겠다던 혜리가 자리에서 일어나다가 휘청거렸다.

"어? 언니!"

"……괜찮아."

"안색이 안 좋아요. 왜 그래요?"

맞은편에 앉았던 형준도 놀라 물었다. 하지만 혜리는 테이블을 짚고 일어난 채로 눈을 감고 서 있기만 했다. 테이블에서 손을 떼면 쓰러질 것 같았다. 온몸에 힘이 하나도 안 붙는 것 같고, 다리가 후들후들 떨려오기 시작했다.

"언니?"

미선의 부름에도 가만히 서 있던 혜리는 작게 기침을 했다. 목이 까슬거리고 불편했다. 목구멍 안이 간질거리는 것 같더니, 이내 잦은 기침이 나왔다.

테이블을 짚고 서 있던 혜리가 이마를 만지려 손을 뗄 때였다. 몸이 휘청이더니, 중심을 잃고 쓰러졌다. 그 바람에 옆에 있던 의자가 넘어지면서 큰 소리가 났다.

"조혜리 씨!"

그녀를 부르는 소리와 함께 사람들이 놀라 달려왔다.

"왜 그래?"

"감독님, 조혜리 씨가 이상해요. 구급차 불러야 하는 거 아니에요?"

놀라 달려온 선우가 혜리의 몸을 살폈다. 이마를 잔뜩 찌푸린 그녀가 계속 콜록거리며 가쁜 숨을 내쉬었다.

"혹시 음식 알레르기 아니에요?"

한 스태프의 말에 선우가 고개를 돌렸다. 음식 알레르기라고? 그녀에게 그런 게 있었던가?

"알레르기라는 게 그렇게 심해?"

"저희 누나가 알레르기 심하거든요. 응급실도 막 실려 가고 그러던데."

"구급차 부를까요?"

주변에 선 사람들이 계속 가쁜 숨을 내쉬는 그녀를 보면서 이야기했다. 한 스태프가 핸드폰을 꺼내 구급차를 부르려고 하는 것 같았다. 가만히 보고 있던 선우가 혜리를 번쩍 안아 들더니 소리쳤다.

"내가 병원에 데려가죠. 일단 오늘 촬영은 접습니다."

"조혜리 씨 매니저한테 연락해야 하는 거 아닙니까?"

"제가 할 테니, 조감독님 뒷수습 좀 부탁드려요."

혜리를 안아 든 선우가 레스토랑을 빠져나가며 뒷주머니에서 차 키를 빼서 차 문을 열고 혜리를 조심스럽게 태웠다. 어느새 얼굴 전체에 붉은 기가 맴돌고, 울긋불긋한 반점이 올라와 있었다.

"조혜리. 정신 차려 봐."

그가 혜리의 얼굴을 매만지며 이름을 불렀다.

"……한국 병원으로 가 줘……. 콜록."

"괜찮아? 알레르기가 있으면 있다고 말을 해야지. 그걸 왜 미련하게 먹어!"

"촬영이잖아."

"촬영이면 먹고 죽는 것도 먹을래? 미련하게. 나한테 말했으면 메뉴 바꾸었잖아!"

"……콜록, 나 괜찮으니까. 한국 병원으로 가."

"가까운 병원으로 가."

가쁜 숨을 내쉬는 그녀를 보고, 담요를 덮어 준 그가 말하자 혜리가 고개를 젓더니 담요를 덮는 그의 손을 잡았다.

"……수미가 거기에 있어."

"알겠으니까, 조금만 참아."

차 뒷문을 닫으며 그가 신경질적으로 대답했다. 음식 알레르기가 있으리라고는 생각하지도 못했다. 아니, 있는 줄도 몰랐다. 그는 차 뒤에서 정신도 못 차리고 계속 기침을 하며 가쁜 숨만 내쉬는 혜리를 보며 액셀을 거칠게 밟았다.

"네, 형 어디에요? 촬영장 말고, 한국 병원으로 좀 와 주세요."

점점 정신을 잃어 가는 혜리가 어디론가 전화를 걸고 있는 선우의 뒷모습을 보고 눈을 감았다.

❖❖❖❖

혜리가 응급실로 실려 왔다는 이야기에 수미가 급하게 계단을 내려왔다. 선우의 차를 타고 가고 있으니, 빨리 가 보라는 혜성의 전화에 놀란 수미가 응급실에 누워 있는 혜리에게 달려갔다.

"어떻게 된 거예요?"

"레스토랑 신 촬영을 하는데, 갑자기 호흡곤란 일으키며 쓰러졌어."

"뭐 먹었어요?"

"그냥…… 랍스터하고 스테이크."

"뭐라고요? 랍스터요?"

황당한 얼굴로 따져 묻는 수미를 보며 선우가 얼버무리듯 대답했다. 그는 정확하게 무엇 때문에 혜리가 저렇게 아픈 건지 아직도 상황 파악이 되지 않고 있었다.

"비켜 봐요. 윤 선생, 바이탈은?"

"다행히 정상으로 돌아오고 있어요. 지금 수액 놓았으니까, 안정을 취하시면 될 겁니다."

"고마워요."

응급실 담당 의사에게 고맙다는 말을 하고, 수미가 뒤를 돌아 선우를 노려보았다.

"선우 씨, 미쳤어요? 혜리 알레르기 있는 거 몰라요?"

수미가 선우를 향해 소리쳤다.

"혜리 갑각류 알레르기 있단 말이에요. 얼마나 심각한지 몰라요? 혜리 갑각류 입에도 못 대요. 아나필락시스 반응까지 있단 말이에요!"

"아나…… 뭐?"

"심하면 쇼크까지 오는 거예요."

"……몰랐어."

"어떻게 몰라요? 3년이나 같이 산 부부인데!"

미안하다는 얼굴을 하는 그를 보며 기가 막혔다. 그냥 연애만 한 것도 아니고, 3년이나 같이 살았다. 그런데 어떻게 모를 수가 있나. 씩씩거리던 수미는 뒤에 누워 있는 혜리를 한 번 보고 이마를 짚었다.

"미안해. 저렇게까지 심할 줄은……."

"그걸 말이라고 해요? 세상에서 제일 무서운 게 음식 알레르기에요. 혜리 조금만 늦었으면, 기도 막혀서 죽을 뻔했다고요."

수미의 말에 선우가 고개를 숙였다. 정말 몰랐다. 어떻게 저렇게 중요한 부분을 모를 수가 있을까? 수미의 말대로 3년이나 같이 살았는데. 그녀를 만나고 지금까지 음식 알레르기가 있다는 걸 오늘에야 알았다.

"정말 몰랐어요?"

"미안해."

그의 사과를 들으며 수미가 간이 의자에 털썩 주저앉았다. 어떻게 두 사람이 같이 살았던 것일까?

"……시끄러워. 그만해. 선우 씨는 잘못 없어."

언제 깨어났는지, 혜리가 몸을 일으키며 낮게 중얼거리며 말했다.

"혜리야, 너 괜찮아? 정신 들어?"

놀란 수미가 자리에서 벌떡 일어나 혜리의 상태를 살폈다.

"별것도 아닌 걸로 호들갑 떨지 마."

"입은 살아 가지고. 이제 괜찮은가 보지?"

"좀, 조용히 하자. 네 병원 아니거든? 너희 선배 병원이라며. 응급실 사람들 다 쳐다본다."

혜리의 말에 수미가 잠시 응급실을 둘러보았다. 그렇잖아도 사람들이 힐끔힐끔 쳐다보는 시선이 느껴졌다.

간이 의자에 털썩 앉은 수미가 한숨을 지었고, 그 옆에 뭐라고 말도 못 하고 서 있는 선우가 보였다. 자리에서 일어난 혜리가 부었다가 가라앉은 팔을 주무르며 선우를 바라보았다.

하긴, 그가 자신이 어떤 알레르기가 있는지 모를 수도 있었다. 그와 만나고 사는 동안 갑각류는 입에 대지도 않았으니까.

"미안하다."

선우의 사과에 혜리가 작게 고개를 저었다. 그가 미안해할 일은 없었다. 그저 말을 안 한 자신의 잘못이니까.

"괜찮으니까 신경 쓰지 마."

"정말 몰랐어."

"한 번도 말 안 했잖아. 어쨌든 고마워. 데려다줘서. 나 괜찮으니 가 봐."

미안한 얼굴로 자신을 바라보는 선우를 보았다. 그리고는 그를 향해 얼른 가 보라며 손짓해 보였다. 자신이 그렇게 쓰러지는 바람에 촬영장이 엉망이 되었을 것이다. 수습도 못 히고 왔을 텐데.

"그래, 그만 가 볼게. 쉬어."

그가 병실을 나가고 혜리가 물을 찾았다. 목이 아직도 간질간질한 게 불편했다.

순간적으로 몸이 부으면서 기도가 간지럽고 숨이 탁, 막히는 순간 이대로 죽는구나 싶었다. 정신을 잃기 전 자신의 이름을 부르던 선우의 얼굴이 떠올라 씁쓸하게 웃었다.

"조금 이따가 병실로 갈 거야. 오늘은 하루만 입원해서 있다가 퇴원하자. 상태 좀 보고."

"그래."

힘없이 혜리가 링거 바늘이 꽂힌 팔을 보고 대답했다.

"주사 다 맞고, 약 먹고 나면 괜찮아질 거야. 아직 몸은 부어 있긴 한데……."

"미안."

"미안한 줄 알면서 그걸 먹어? 알레르기 있으면 자기가 조심했어야지."

그러게. 그 순간 그가 골라 준 랍스터가 왜 그렇게 먹고 싶었을까? 아니, 먹고서도 괜찮을지도 모른다는 생각을 했던 걸까? 알레르기 있는 음식을 고른 그를 보며 못 먹을 걸 알면서도 먹고 싶은 오기였을까?

"촬영 중이었고 양도 적었어. 그래서 이렇게 심하게 알레르기가 올라올 거라고 생각 못 했어."

"진짜! 아휴."

속 터진다는 듯이 수미가 손으로 부채질하며 혜리의 링거 양을 조절했다.

"그런데 정말로 선우 씨 몰라? 너 갑각류 알레르기 있는 거 몰랐어?"

"응. 몰라."

"정말 모른다고? 너희 부부였던 건 맞니?"

"맞아. 다만, 내가 그땐 조심하느라고 안 먹었거든. 데이트할 때도 그렇고. 이번엔 선우 씨 잘못 아니야. 그러니까 이선우 너무 몰아세우지 마."

걱정하는 수미를 보며 웃어 보이고는 몸을 돌려 누웠다.

연예인이라는 이유로 1인실에 입원해 하룻밤을 보낸 혜리는 수미의 성화에 못 이겨 아침부터 피검사 등 이것저것 검사를 해야 했다. X—ray까지 찍고 들어온 혜리가 지친 표정을 하며 침대 위로 누웠다. 그때였다. 드르륵, 문이 열리더니 혜성이 들어왔다.

"몸은 어때?"

"알레르기는 어제 다 나았는데, 수미 때문에 죽을 거 같아. 아침부터 무슨 검사란 검사는 다 하게 하는지."

힘들다는 얼굴로 손을 휘휘 저으며 귀찮다는 듯이 말했다. 그녀의 옆으로 온 혜성은 병실을 둘러보더니, 손에 들고 있던 음료수 박스를 한쪽에 내려놓았다.

"내가 무슨 중증 환자야? 두 시간 있다가 퇴원할 건데."

"뭐, 예의상."

팔짱을 끼고 의자에 앉아 무게를 잡는 혜성을 보며, 혜리가 이상하다는 얼굴로 쳐다봤다.

뭔가 할 말이 따로 있는 것 같은데. 어제 소속사 일이 잘 안 되었나? 안 되었다면 어쩔 수 없지만, 그가 저렇게 무게를 잡으니 조금 불안하긴 했다.

"할 말 있어? 어제 소속사 얘기 잘 안 되었나 보지?"

"아아, 그거? 잘 됐어. 너 몸 나으면 한번 오래. 계약서에 사인하자고."

"정말? 나 그럼, 이제 소속사 정해지는 거야?"

"그래."

"조 매니저, 능력 좋은데?"

혜리의 칭찬에 그가 어깨를 으쓱이며 우쭐했다.

"아이, 그러게. 선우 이 자식은 왜 메뉴를 랍스터로 골라서."

"내가 말 안 했잖아."

"알고 있지 않았나? 왜, 예전에 미국에서 바비큐랑 조개랑 막 사다가 파티 할 때, 그때도 해산물 많이 있었잖아."

"그땐 내가 손도 안 댔잖아."

"그랬나?"

고개를 끄덕이며 혜리가 혜성이 사 온 음료수를 따서 마셨다. 아침에 검사를 받으러 가는 길에도 수미는 어떻게 선우가 모를 수 있느냐며 계속 타박을 했다.

그의 편을 들어 주던 혜리도 나중에는 수미의 말을 듣고만 있었다. 혜성 역시도 혜리가 알레르기가 있다는 것을 모른 선우가 잘못했다고 생각하는 것 같았다.

생각해 보면 선우의 잘못만은 아닌데. 말을 한 적이 없었으니까. 그저 자신이 조심하면 된다고 생각했고, 왠지 자신의 단점을 드러내는 것 같아 말하고 싶지 않았던 자존심도 있었으니까.

"선우 녀석이 미안한지 퇴원하기 전에 시간 되면 온다는데."

"됐어. 무슨 병문안이야. 환자도 아니고. 조금 이따가 퇴원할 거라니까."

"그럼 전화라도 주든가. 엄청 미안해하던데."

"알겠어."

남은 음료를 들이켜며 혜리가 대답했다.

신경 쓰지 말라고 말을 했는데, 선우는 어제 일이 신경이 쓰였나 보다. 병문안까지 온다고 하는 것을 보면.

미안한 것은 오히려 그녀인데. 왠지 촬영을 망친 것 같아서 기분이 영 찜찜한 터였다.

병원에서 퇴원한 혜리가 씻고 들어와 거울 앞에 앉는데, 핸드폰이 요란하게 울리며 전화가 왔다. 액정에 뜬 이름을 확인한 그녀가 통화 버튼을 눌렀다.

"응."

— 퇴원했어?

병문안을 온다고 했으면서 결국 모습을 보이지 않은 이선우였다.

"응."

— 뭐야, 대답이.

"뭐가?"

— 왜 이렇게 단답형이야.

불만스러운 목소리가 수화기 너머로 들려왔다.

— 그래도 내 번호는 저장했나 보지? 바로 대답하는 게.

"저장하라며."

— 몸은 좀 어때?

"알레르기 한 번 난 거 가지고, 뭘."

선우의 걱정스런 목소리에 혜리가 민망한 듯이 얼굴에 스킨을 바르며 말했다. 알레르기 반응이 조금 심하게 오긴 했지만, 왠지 별것도 아닌 걸로 소란을 피운 거 같아 창피할 뿐이었다.

"촬영은 다시 해야 하지?"

— 아니야. 그날 찍은 걸로 대충 편집했어.

그의 말에 고개를 끄덕인 혜리가 하긴, 이라며 받아쳤다. 못 먹는 랍스터를 많이 먹기는 했다. 먹는 신만 찍고, 또 찍고. 생각해 보니 자꾸 NG를 외치던 그에게 뭐가 그렇게 마음에 안 든 건지 물어봤어야 했는데.

— 병원에 더 입원했어야 하는 거 아니야?

"입원은 무슨. 안 해도 되는 거, 괜히 해서 쓸데없는 검사만 엄청나게 했는데."

투덜거리며 통화를 하면서 침대 위로 몸을 던졌다. 하여간에 아픈 데는 하나도 없었지만 최수미의 성화에 못 이겨 검사는 이것저것 많이 했다. 덕분에 하루 동안은 정말로 환자가 된 기분일 정도로.

— 저기…….

"응?"

— 미안하다.

"됐어. 병원에서도 했잖아."

— 진심이야. 너에 대해 그만큼 몰랐다는 걸, 이번에야 알았어.

진지한 그의 사과에 혜리가 천장만 바라보며 눈을 굴렸다.

수화기 너머 선우도 핸드폰만 들고 있는 혜리도 서로 말이 없어 잠시 두 사람 사이에 침묵만 흘렀다.

길게 이어질 것 같았던 정적을 깬 것은 혜리의 방문을 두드리는 노크 소리였다.

— 이만 끊는다. 모레 촬영장에서 보자.

"어? 어."

대답과 함께 전화가 끊겼고, 노크를 하던 수미가 방문을 활짝 열고 혜리를 불렀다.

"뭐 해? 과일 먹으라는데."

"통화 중이었어.

"누구?"

"이선우."

침대에서 내려온 그녀가 어깨를 으쓱하며 방 밖으로 나가자 수미도 뒤따라 나왔다. 테이블에 앉아 있는 혜성이 두 사람을 향해 포크를 들고 흔들었다. 마트에 잠깐 나갔다 온다던 수미가 수박을 사 온 것이었다.

"선우 씨가 뭐래?"

"그냥…… 미안하다고."

"당연히 미안해해야지. 너 죽다가 살아났는데."

"죽다 살기는. 하여간에 오버야."

혜리가 포크로 네모 모양으로 썰려 있는 수박을 집어 들며 말했다. 그러자 수미가 마주 앉더니 팔짱을 끼고 혜리를 쳐다봤다.

"애 좀 봐. 기껏 살려 놨더니 선우 씨 편드는 거."

"편드는 게 아니라……."

반박을 하던 혜리가 말끝을 흐렸다. 딱히 이선우의 편을 드는 것은 아니다. 그냥 뭐랄까? 자신도 잘한 게 없다는 생각이 들어서일까? 수박을 먹던 혜리가 포크를 내려놓고 한숨지었다,

"수미야."

"응?"

"나는 이선우라는 사람에 대해 얼마나 알고 있을까?"

"글쎄? 3년은 같이 살았고 1년은 연애했으니까, 어느 정도 알고 있지 않을까?"

"그럼, 넌 오빠에 대해 뭘 아는데?"

"조혜성은 채식보다는 육식주의자고, 짖는 개 무서워하고, 음식이나 다른 알레르기는 없고, 여름이든 겨울이든 스킨십 좋아해서 달라붙는 거 좋아하고, 여동생 끔찍이 위하고, 기념일은 나보다 더잘 챙기고. 더 설명 필요해?"

수미의 말에 고개를 저으며 웃어 버린 혜리가 자리에서 일어났다.

"왜? 더 안 먹고?"

"어. 별로 입맛이 없네."

손을 저으며 방으로 들어온 혜리가 화장대 앞에 있는 의자에 털썩 주저앉았다.

이선우라는 사람과 1년을 연애하고, 3년을 같이 살고, 3년 동안 헤어져 살았다. 수미의 말대로 4년이라는 시간을 함께했는데, 기억이 나지 않는다.

그가 무얼 좋아했더라? 첫 키스는 언제였지? 어떤 색을 좋아했던가? 그도 자신처럼 음식 알레르기가 있었나?

생각을 하던 그녀가 침대 위에 던져 놓았던 핸드폰을 만지작거리다가 선우에게 문자를 보냈다.

[있잖아. 당신은 못 먹는 음식이나 알레르기 같은 거 없어?]

[없어. 알잖아.]

그에게 빠르게 답장이 왔다. 잘 알지 않느냐는 그의 답장에 액정을 바라보던 혜리가 갑자기 울음을 터트렸다.

"아니, 몰라. 이젠 기억이 안 나."

그가 무얼 좋아했는지, 무얼 싫어했는지. 정확하게 기억나지 않는다. 세세하게 기억하는 수미와 달리 자신은 선우에 대해 그가 영화를 좋아하고, 감독이 꿈이었다는 것 외에 잘 기억나는 게 없다.

제7장

진짜 사랑하지 않았는지도 몰라

조감독의 일만 성실히 하던 선우와 가까워진 것은 드라마가 끝나 갈 무렵이었다.

조카에게 줄 사인을 받으며 멋쩍어하는 그의 모습에 웃음이 나왔고, 묵묵히 일을 하면서 카메라에 관심이 많은 그를 보며 호기심이 들었다. 그래서 그에게 커피 한잔 제안한 것도 혜리였고, 관심을 표현한 것도 혜리가 먼저였다.

"조감독님, 커피 좋아하세요?"

"싫어하진 않습니다."

"그럼, 조금 있다가 끝나고 저랑 커피 마시지 않으실래요?"

"제가 왜……."

"그냥요."

"죄송하지만 전 배우하고는 마시지 않습니다."

단칼에 거절당했던 혜리는 어이가 없었다. 보통 이런 경우 잘나

158

가는 배우가 마시자고 하면 좋아하면서 약속시간을 잡아야 하는 거 아닌가?

"나, 까인 거니?"

거절당한 게 억울하고 황당해서 그다음 날도, 그 다음 다음 날에도 혜리는 선우에게 커피 마실 것을 제안했다.

결국 끈질긴 혜리의 제안에 선우는 촬영이 끝나고 조용한 카페에서 커피만 마시기로 약속을 했다. 촬영이 끝나고 매니저와 코디를 따돌리고 선우와 한적한 카페로 간 혜리는 머그잔에 든 커피를 들고 오는 그를 보며 흥미롭게 웃었다.

"감독님은 뭘 좋아해요?"

"감독 아닙니다. 조감독이지."

"정정하죠. 조감독님은 뭘 좋아해요?"

"정확히 뭘 묻는 겁니까?"

"그냥 좋아하는 거요. 음식이나 취미나 동물이나 그런 거."

"등산 좋아하고, 카메라 좋아하고, 개는 좋아하는데 고양이는 별로고. 됐습니까?"

그의 대답에 턱을 괴고 바라보던 혜리가 웃어 보이며 더요, 하고 대답했다. 그에 대해 더 알고 싶다.

"나이는요? 혈액형은 뭐예요?"

"저기요. 조혜리 씨."

"네."

"저 조혜리 씨랑 인터뷰하거나 그런 거 하러 온 것도 아니고, 취조당하러 온 것도 아닙니다. 하도 귀찮게 커피 마시자고 해서……."

"이선우 씨."

갑작스럽게 이름을 부르는 바람에 선우가 말을 멈추고 혜리를 바라보았다.

"저는 조혜리예요. 나이는 스물셋이고, 혈액형은 AB형, 생일은 8월 16일이에요."

너무도 해맑게 말하는 혜리를 보며 선우는 말문이 막혔다. 이 상황은 무언가. 자신도 그녀처럼 소개를 해야 하는 것일까?

"그럼 제가 오빠네요."

"몇 살인데요?"

"그쪽보다 두 살 많습니다. 그리고 전 연예인이랑 차 안 마십니다. 오늘을 제외하고."

빈틈을 주지 않고 잘라 버리는 그의 말에 혜리가 입술을 삐죽였다. 그렇지만 배우들에게 잘 보이려 하는 대부분의 스태프들과 달리 자기 일을 열심히 하고, 자신에게 전혀 관심 없어 보이던 남자가 조카에게 줄 사인을 받으러 왔을 때의 얼굴은 잊을 수가 없었다.

그 모습이 귀엽기도 하고, 재미있기도 하고, 인상 깊게 남기도 하고. 그래서일까? 촬영 때마다 그에게 말 걸고 싶고 눈길이 가고 있었던 것은.

한 번도 연애라는 것을 제대로 해 본 적은 없다. 그렇다고 제대로 된 사랑을 해 본 적도 없다. 고등학교 때 데뷔를 해서 남자란 드라마 상대가 전부였다.

시집을 빨리 간 친구는 고등학교 때부터 만나던 남자와 학교를 졸업하고 바로 간 친구도 있고, 대학을 들어가서 남자 친구가 생긴 친구들도 많았다. 그런 이야기를 할 때마다 연애를 하면 어떤 느낌일까 궁금했다. 정말로 설렐까? 가슴이 큰북을 치는 것처럼 두근거리고 벅찬 느낌일까?

"이선우 씨, 저랑 연애할래요?"

"하아, 농담은 그만하고 이제 일어나죠."

"왜 싫은데요?"

자리에서 막 일어나는 그의 옷깃을 붙잡고 혜리가 물었다. 다들 자신과 연애를 못 해서 난리다. 얼굴 한 번만 보려고, 사인 한 번만 받으려고 회사 앞에 줄을 지어 기다리고 있는 사람들 중에 남자가 절반 이상이었다. 그런데 왜?

"전 연예인이랑 그런 거 안 한다고요."

"그럼 세 번이요! 세 번만 저 만나고 아님 말아요."

얼굴을 가까이 들이대며 손가락 세 개를 흔들어 보이는 그녀를 보고 선우는 고개를 내저었다.

"너무 어려서 모르나 본데, 그럴 리 없으니 연애 상대라면 주변에서 찾아봐요. 잘생기고 잘나가는 배우들 많을 테니."

"내기할래요?"

자신만만하게 웃으며 혜리가 말했다.

혜리의 고백 이후였다. 촬영장에서 혜리는 선우가 움직일 때마다 눈동자를 굴려 그의 움직임을 살폈고, 선우는 그녀의 시선을 애써 외면했다.

간혹 가다가 눈이라도 마주치면 혜리는 천진난만한 얼굴로 그를 향해 웃어 보이거나, 남들 모르게 손을 가볍게 흔들며 인사를 건넸다.

인사하는 걸 안 받을 수도 없고, 눈이 마주치는 걸 외면해도 소용이 없고. 선우는 감독의 옆에서 카메라를 바라보며 한숨지었다.

혜리 같은 배우는 주변에 널리고 널렸다. 잘나가고, 인기 있고, 예쁘고. 그런 흔한 여배우들과 다를 바 없는 혜리가 잠깐의 흥미로 자신에게 끌렸는지 아니면 호기심인지 모르겠지만 그건 그의 관심 밖이었다. 호기심은 잠깐일 테고, 드라마가 끝나면 볼 일 없을 테니까.

그러던 어느 날이었다. 그가 혜리에게 두 손을 들게 된 계기가 된 날이. 그에겐 여느 때처럼 방송이 우선이고, 카메라가 먼저였다. 그건 변함없었다. 스태프들에게 캔 커피를 돌리고 있는 혜리의 모습이 보였고, 그는 그녀를 힐끗 한 번 쳐다보고 말았다.

"안녕하세요. 이선우 조감독님."

"네."

늘 그랬듯 그녀의 인사를 가볍게 받아치고, 그는 촬영 준비에 한창이었다. 스탠바이를 외치는 소리와 함께 그가 감독의 옆에 서서 배우들의 연기를 지켜보았다. 오늘 촬영은 오픈 세트(Open set, 야외에 세우는 구조물)에서 촬영하는 장면이었다.

드라마상에서 요리사로 나오는 혜리는 하얀 앞치마를 두르고, 같은 레스토랑에서 일하는 사장과 사랑을 나누는 모습을 연기했다. 냄비에 물을 끓여 요리 준비를 하는 장면이었는데, 생각 없이 뜨거운 냄비를 맨손으로 들려던 혜리가 뜨거움에 놀라 냄비를 그대로 떨어트리며 놓쳐 버렸다.

"앗!"

그녀의 외침과 함께 뜨거운 물이 쏟아지고 손을 데었는지 혜리가 팔을 흔들며 어쩔 줄 몰라 했다. 그 바람에 스태프와 배우들이 놀라 모두 혜리에게 다가왔다.

"조혜리 씨 괜찮아요?"

괜찮냐고 물었지만, 혜리는 고개를 저을 뿐 어찌할 바를 몰라 했다. 손이 화끈거리고 따끔거리는 게 어떻게 해야 할지 몰랐다. 그런 그녀가 손을 꼭 쥐고 있는데, 갑자기 누군가 그녀의 손을 잡아끌더니, 소주병에 든 소주를 손에 붓는 게 아닌가. 놀라 쳐다보니 선우였다.

"아!"

"가만히 있어 봐요."

"아, 아파……."

"조금만 참죠. 하여간에 눈을 뗄 수가 없다니까."

그가 작게 중얼거리며 말했다. 이마를 잔뜩 찌푸린 혜리가 그의 말을 듣고 그를 바라보았다. 아픈 건 아니었는데 차가운 느낌에 놀라 뺀 혜리의 손을 다시 끌어온 그가 소주를 더 붓더니 손수건으로 손을 감쌌다.

"일단 병원으로 가죠."

"조혜리 씨 매니저 차 준비 되었다는데요. 바로 병원으로 가면 될 거 같아요."

"저, 괜찮은데……."

사람들이 몰려서 걱정을 하자 민망한 혜리가 손에 묶인 손수건을 바라보며 고개를 저었다. 많이 덴 것 같지도 않고, 조금 쉬었다가 다시 촬영하면 될 것 같은데.

"병원 안 가도 될 거 같아요."

"그래도 병원 갔다 오는 게 나을 거 같으니 말 들어요."

"조금 쉬었다가 촬영하면 될 거 같아요. 이렇게 조감독님이 응급 처치도 해 주셨고."

"이렇게 하고 촬영할 겁니까? 어서 다녀와요."

그의 말에 엉거주춤 자리에서 일어난 혜리가 매니저의 에스코트를 받으며 대기 중인 차로 갔다. 매니저가 문을 열어 준 차에 막 올라타려던 혜리가 선우를 보더니 소리쳤다.

"조감독님!"

"뭡니까?"

"저 걱정하신 거 맞죠?"

"……."

"손수건은 나중에 돌려 드릴게요."

그렇게 말하고는 웃으며 차에 올라탔다. 열 번 찍어 안 넘어가는 나무 없다고 했다. 아직 도끼질을 열 번까지 하지는 않았는데, 남은 도끼질은 쉬엄쉬엄해도 될 것 같았다.

그가 달려와 걱정하며 손수건을 감쌀 때의 표정을 잊을 수가 없었다. 흐뭇한 표정을 지은 혜리가 팔에 묶인 손수건을 보며 중얼거렸다.

"천천히 돌려줘야지."

드라마는 막바지 촬영에 접어들었다. 선우는 혜리에게 조금씩 마음을 열었고 두 사람은 촬영이 끝나면 비밀리에 만나 이야기를 했다.

어느 날은 조용한 카페에서, 어느 날은 차 안에서, 어느 날은 가로등 하나 있는 한강 공원 벤치에 앉아 캔 맥주를 하나씩 마시며 이런저런 이야기를 했다.

"그래서요? 정확하게 되고 싶은 게 영화감독?"

그녀의 질문에 선우가 작게 고개를 끄덕였다.

"어릴 때 영화라는 걸 처음 봤죠. 현실 같은데 완벽한 현실은 아니고, 현실에서는 볼 수 없는 매력을 느끼는 순간 이거다 싶었죠. 그리고 어느 날이었어요. 방송국에서 일하는 아는 형 따라 갔다가 직접 카메라를 지휘하는 감독을 보고 나도 카메라를 잡고 싶다고 생각을 하게 된 거죠."

"우와, 멋지다."

눈을 반짝이며 혜리가 그를 바라보았다.

"나한테 배우는 얻어걸린 직업이었는데. 친구 따라 강남 간다는 말 있잖아요. 친한 친구 중에 배우를 하고 싶다는 친구가 있었거든요? 물론, 걔네 집은 아버지가 의사라 제 친구도 의사가 되길 바라셔서 반대가 심했지만. 혼자 오디션 보러 못 간다고 같이 가자고 해서 갔다가 친구는 떨어지고 제가 붙은 거예요. 전 재미로 봤는데."

"그럼 그 친구는 아직도 배우의 꿈을 꾸고 있습니까?"

"아니요. 깔끔하게 접고 지금은 의대 다니고 있어요. 나름 적성이 맞는다나?"

"그럼 조혜리 씨는 지금 그 얻어걸린 꿈이 적성에 맞아요?"

"잘 모르겠어요. 어떨 때는 재미있고, 어떨 때는 도망치고 싶고."

빈 맥주 캔을 흔들며 혜리가 웃어 보였다. 사실, 적성에 맞는 것까지는 아니지만 그럭저럭 맞춰 가고 있다는 생각은 든다. 얼어걸린 직업이긴 하지만, 이것마저 안 하고 있었으면 자신은 고등학교 졸업하고 백수로 지내고 있었을지도 모른단 생각이 들었다. 선우처럼 뭔가 되고 싶다는 생각이 든 적이 없었으니까.

"나중에요. 진짜 멋있는 영화감독이 되면 저를 제일 먼저 캐스팅해 주셔야 해요?"

"그건 그때 가서……."

"약속해요."

혜리가 손가락을 내밀고 재촉하며 허공에 손가락을 흔들자 선우가 고개를 끄덕이며 손가락을 걸었다.

고등학교 졸업하자마자 감독이라는 꿈을 키우기 위해 무작정 방송국 일에 뛰어들었다. 아르바이트부터 시작해서 지금의 조감독까지 5년 동안 노력했는데, 진짜 영화감독으로 성공하려면 몇 년을 더 있어야 할지 모른다. 어쩌면 아주 먼 훗날의 이야기가 될 수도 있고.

"뭐, 성공해서 진짜 영화감독이 되면."

혜리가 내민 손가락에 손을 걸며 그가 대답했다.

❖ ❖ ❖

그들의 만남은 더 많아졌고, 혜리와 선우는 몰래 데이트를 즐겼다. 혜리가 찍은 드라마의 시청률이 대박 나는 바람에 혜리는 더 유명해졌고, 선우는 감독이 되기 위해 일이 끝나면 도서관에 가서 공부를 하기에 바빴다.

그러던 어느 날이었다. 선우가 룸을 잡아 놨으니 아는 형의 레스토랑으로 오라고 했다. 촬영을 마치고 부랴부랴 레스토랑으로 향한 혜리는 선우에게 자랑할 거리가 생겨 기분이 좋은 상태였다.

드라마 제의가 들어왔는데 원작 소설로도 유명한 작품이었고, 작가도 꽤 실력 있어서 시청률이 보장되는 것이었다. 그런 작품에서 가장 먼저 혜리에게 제의를 했고 망설일 것 없이 하기로 결정까지 난 상태였다. 회당 페이도 꽤 좋은 편이었고.

"어? 선우 씨! 많이 기다렸어요?"

"아니. 여기 일하는 형하고 할 이야기가 있어서."

"그렇구나."

"기분 좋아 보이는데 무슨 일 있어?"

"밥 먹고 조금 이따가요. 그런데 무슨 일로 레스토랑이에요? 정장도 입었네?"

평소와 사뭇 다른 분위기에 혜리가 웃으며 말하고는 있는데, 문이 열리고 그가 먼저 주문한 음식들이 나오더니 테이블에 세팅되었다.

함성을 지르며 혜리가 선우를 바라보았다. 정장도 입고 근사한 레스토랑에서 밥을 먹다니. 오늘이 무슨 날이었던가? 잘 기억이 나지 않는다. 그의 생일도 아니고, 자신의 생일도 아니고, 기념할 만한 일도 없는데.

"오늘 무슨 날이에요?"

"그냥, 먹자."

그가 친절하게 고기를 썰더니 접시를 바꾸어 놓아주었다. 그의 친절이 어색하기도 하고, 쑥스러웠지만 혜리는 기분이 좋았다.

무슨 일인지는 모르지만 이게 얼마 만에 제대로 된 데이트인가? 매일 모자 푹 눌러쓰고 한밤중에 만나거나, 차 안에서 대화만 하고. 커피도 어떨 때는 매니저가 사다 주고.

"저기 할 말이 있는데."

"어? 저도요. 할 말 있는데."

"뭔데?"

"선우 씨 먼저요. 무슨 일인데요?"

그녀의 물음에 순간 그가 머리를 긁적이며, 혜리의 앞에 작은 케이스 하나를 내밀었다. 그가 내민 케이스를 보며 혜리가 눈을 깜빡였다. 크기로 보아 반지 케이스인데.

"실은 내가 미국에 가야 할 것 같아. 미국에 있는 대학교 시험에 붙었는데, 거기에서 카메라 공부도 하고 싶고, 정식으로 감독이 되기 위한 공부도 제대로 해 보고 싶어서."

"그런데요?"

"우리가 이제 만난 지 1년 정도밖에 안 되었지만……. 나 미국에 가면 아주 오래 걸릴지도 몰라."

"얼마나 오래 있을 건데요? 한국에 안 와요?"

"가끔이야 올지도 모르지. 하지만 거기에서 마음잡고 공부하려면 5년은 있을 거 같아."

5년이라는 말에 혜리는 다음 질문을 찾지 못하고 눈동자만 굴리고 있었다. 그다음은 뭐라고 해야 하지? 그럼, 저 반지 케이스는 무어냐고? 여기서 헤어지자는 것일까? 머릿속을 한가득 복잡한 생각으로 채우고 있었는데, 선우가 마저 말을 이었다.

"그래서…… 나랑 같이 갈래?"

뜻밖의 제안에 혜리의 눈동자가 커졌다.

"조금 이를지 모르지만, 나랑 결혼해 줄래?"

"……결혼이요?"

"같이 가서 살게 되면 동거하는 건데, 난 그건 싫고 조금 이를지 몰라도 동거보단 결혼이 더 나을 거 같고. 긴 시간을 떨어져 지내게 되면 처음엔 보고 싶고, 애틋한 마음이야 들겠지만 시간이 계속 지나면 그 마음이 식을지도 몰라. 너랑 헤어지진 못 할 거 같고."

덤덤하게 말을 잇는 것 같았으나 그의 이마에 맺힌 땀과 자꾸 시선이 아래로 향하는 것이 그녀의 눈에 보였다.

"그래서 내가 내린 결론은…… 결혼해서 나랑 같이 미국에 갈래?"

전혀 생각하지 못한 갑작스런 제안이었다. 진지한 그의 얼굴을 보아 절대로 장난으로 한 말은 아니란 걸 표정만으로도 알 것 같았다.

하지만 결혼이라니. 혜리는 앞에 놓인 반지 케이스를 물끄러미 바라보며 어떤 답도 내리지 못하고 있었다. 더구나, 조금 전 새로운 드라마를 하겠다고 구두 계약까지 하고 온 상태였다.

"너무 갑작스러운 거 알아."

"언제 가는데요?"

"빠르면 두 달, 늦어도 세 달 안에 떠날 거야."

"결혼식은요?"

"호화롭게 하진 못해. 미국에서 간단하게 정말 조촐하게 할지도 몰라."

그의 말에 혜리가 입술을 깨물었다. 그래도 결혼식은 화려하게 하고 싶었는데. 친한 친구들도 부르고, 하객들도 많이 불러서 북적 거리는 결혼식을 원했는데. 단 한 번도 간단하고 조촐한 결혼식은 꿈꿔 보지 않았다.

선우의 말을 들으며 혜리의 눈동자가 흔들렸다. 여기서 같이 못 가겠다고 하면, 그와 헤어져야 하는 것일까? 비밀 연애라도 잠깐씩 밖에 보지 못했지만 그래도 좋았는데. 얼굴 한 번 보고, 목소리 듣 는 게 좋았는데.

"넌 잘나가는 톱스타고, 인기 있고, 예쁘고 어려서 나 말고 멋지 고 능력 있는 다른 남자들 충분히 만날 수 있을 거야. 쉬운 결정 아니라는 거 알아. 다른 유명한 배우들처럼 호화로운 결혼식도 못 해 줄 거고, 손에 물 한 방울 안 묻히게 한다는 그런 거짓말도 못 해. 생각했던 것보다 힘들 수도 있고. 하지만 고민하고 또 고민해 봐도 널 두고 가고 싶지는 않아."

"선우 씨."

"나도 이기적인 거 알아. 아는데, 같이하고 싶은 마음이 커서 이 렇게 너한테 청혼하는 거야."

그의 말의 혜리가 고개를 숙였다.

"당장 대답하라는 거 아니야. 생각해 봐."

혜리가 고개를 끄덕이고 선우가 말을 덧붙였다.

"아까 할 말이 있다고 하지 않았어?"

"아니에요. 생각해 보니 별로 중요한 거 아니에요."

혜리가 고기를 하나 집어 먹으며 고개를 저었다. 어느새 그녀는 마음속으로 두 가지 마음을 저울질하고 있었다. 그와 결혼해서 영원히 평범하지만 행복하게 살고 싶은 마음, 배우로서 원하는 드라마를 찍고 싶은 마음.

언제 또 원하는 작가와 원하는 역할이 그녀에게 들어올지 모르는 일이었다. 쉽게 주어지는 기회가 아니었기에 망설여졌다. 그렇다고 드라마를 찍자니, 선우와 오랜 시간 떨어져 있어야 할지도 모르고 눈에서 멀어지면 마음에서도 멀어진다고, 헤어지게 될지도 모르는 일이었다.

아직까지 그와 헤어지는 것은 생각해 본 적이 없는데…….

"뭐어? 뭘 한다고?"

"결혼."

"그래서 지금 두 달 뒤에 선우 씨랑 결혼해서 미국 간다고?"

"응."

당연한 듯 말하는 혜리를 보며 수미는 기가 찼다.

"오빠, 얘 미쳤나 봐요."

"그러게. 누가 아니라냐. 네가 미국에 아는 사람이 있어, 누가 있어? 이선우인지 뭔지 직업도 제대로 없는 놈이랑 어딜 가? 뭘 해?"

혜성이 화를 내며 말했지만 혜리는 생각을 바꿀 생각이 없었다. 이미 정했다. 선우와 함께하는 길을 택하기로.

"조혜리! 너 지금 나이가 몇 살인지 알아? 결혼은 무슨 결혼이야? 드라마 하기로 했다며, 그건 어쩔 건데?"

"그렇잖아도 거절했어. 생각해 보니까 나랑 안 맞아."

"거절을 했다고? 하고 싶다고 회사 대표한테 졸랐다며."

"그거야 선우 씨가 미국 간다는 말을 듣기 전이고."

옆에서 하는 이야기는 어디로 들었는지. 씨알도 안 먹히는 혜리를 보고 혜성이 한숨지으며 머리를 감쌌다. 연애하는 것까지는 좋았다.

연예인이니까 사생활 보호차원에서. 하는 비밀 연애도 괜찮았다. 아직 나이도 어린데 연애야 하면 할수록 느는 게 있을 거고 나중에 작품 찍을 때도 도움될 거라는 생각에 말리지 않았다.

그런데 결혼이라니. 뜬금없이 결혼해서 미국 가서 살 거라는 혜리의 말에 혜성은 말문이 막혔다. 저 철없는 것을 어떻게 해야 하나.

"수미 너도 내년에 미국 간다며. 그럼 나랑 만나서 놀고 그럼 되지. 외롭지는 않겠네."

"너랑 나랑 입장이 같니? 난 교수님 추천으로 공부하러 가는 거잖아. 오래 있는 것도 아니고 딱 1년 있는 건데, 무슨."

"에이. 지내다가 보면 나랑 놀고 그런 게 좋아서 눌러앉을 수도 있지. 이참에 오빠도 미국 같이 갈래? 오빠도 수미랑 떨어지면 생각나고 그럴 거 아니야."

"됐다."

이미 혼자만의 모든 계획을 세워 둔 듯 묻는 혜리의 말에 혜성은 고개를 저었다.

"왜? 오빠 수미 안 사랑해?"

"여기서 그 이야기가 왜 나오냐."

"수미 넌?"

"난 지금이 딱 좋은데? 뭐, 1년 떨어져 있다고 헤어질 거 같지는 않고. 애틋한 것도 좋지."

어깨를 으쓱이며 말하는 수미를 보고 혜리가 입술을 삐죽였다. 자신은 드라마와 결혼. 함께하는 것과 떨어져 지내는 것 중에 선택하라고 해서 선택한 것뿐이다.

"내가 충고 하나 하는데, 사랑은 너무 열정적이어도 안 된다."

"왜?"

"그 열정이 언제 팍, 식을지 모르잖아."

수미가 혜리의 어깨를 두드리며 말했다.

"뭐, 네 선택이니까. 그런데 두 달 뒤에 결혼은 너무 빠르다. 선우 씨나 너나 제대로 된 가족이 있니 뭐가 있니."

"그렇지?"

최대한 결혼식은 간소하게 지인들 몇 명만 초대해서 하기로 했다. 혜리 자신도 딱히 부를 가족이라고는 없었으니까. 어릴 때, 부모님이 사고로 돌아가시고 일가친척이라고는 연락되는 사람이 없었다. 그래서 둘은 결혼식은 조촐하게 치르고 대신 웨딩촬영을 멋지게 하기로 했다.

일은 정말 일사천리로 진행되었다. 다행히 계약 기간이 얼마 남지 않았던 소속사와는 재계약 없이 정리를 하고, 남은 계약 기간에 대해서는 위약금으로 대신하기로 했다.

계속해서 들어오는 CF나 드라마 등등의 캐스팅 제의는 더 이상 받지 않아서 일과 관련된 것들은 문제없이 정리되었다.

웨딩촬영은 선우가 아는 사람에게 비밀리에 부탁해서 미국 여러

지역을 돌며 찍었다.

결혼식은 단출했다. 가족이라고는 수미와 혜성이 전부였다.

둘만의 결혼식을 올리고 미국에 집을 얻어 살림을 차린 둘은 좋기만 했다. 둘만의 세상, 둘만의 공간, 둘만의 시간. 선우는 대학교에 들어가 영상 공부를 했고, 그가 학교를 마치고 돌아올 때까지 혜리는 그를 기다리며 하루를 보냈다.

얼마 있다가 수미도 학교에서 교수님의 추천으로 1년간 미국에서 공부를 하게 되어 미국으로 왔고, 혜리를 혼자 둘 수 없는 혜성도 혜리가 있는 곳 근처로 이사를 오게 되었다.

그래, 딱 1년, 아니 1년 반쯤은 좋았던 것 같다. 선우를 기다리는 것도, 내조를 하는 것도, 그와 함께하는 것 자체가 좋았다.

"어?"

TV를 틀고 채널을 돌리던 혜리의 손가락이 멈추었다. 한국 드라마를 방영해 주는 프로그램이 나오자 저도 모르게 리모컨을 잡은 손이 멈춘 것이었다. 그것도 하필이면 혜리가 선우와 한국을 떠나기 전 찍으려고 했던 그 드라마였다.

"한국 드라마네? 저거 시청률 높다더니 여기서도 보여 주네."

"응, 그러네."

커피를 들고 온 선우가 혜리의 옆에 앉으며 말했다.

"다시 드라마나 영화 하고 싶으면 해."

"아니, 괜찮아."

"혹시라도 우리 결혼이 알려질까 봐 그런 거면 걱정 말고."

"무슨 소리야?"

"그냥, 네가 놔 달라고 하면 놔준다고."

"선우 씨!"

혜리가 옆에 있는 쿠션을 그에게 던지며 소리쳤다. 모든 것을 포기하고 그에게 왔는데 저런 소리라니.

"여배우에게 결혼은 치명적인 약점이 될 수 있다는 거 몰라? 그러니까 다시 배우가 하고 싶으면 하라고."

"안 해. 이제."

그녀가 선우의 무릎에 누우며 중얼거리듯 말했다. 지금은 드라마를 보고 영화를 보고 자신이 찍던 CF에서 다른 배우가 나온 것을 보면 흔들리긴 할 것이다. 하지만 시간이 지나면 무뎌지겠지. 지금 당장은 그와 함께하는 것을 후회하지는 않으니까.

"선우 씨, 빨리 유명한 감독 되면 좋겠다."

"왜?"

"그럼 지금처럼 학생은 아니니까 능력도 생기고, 돈도 벌고 하면 우리 닮은 아이도 갖고 그럴 거 아니야."

그와 눈을 맞추며 혜리가 말하자 선우가 그녀의 머리카락을 쓸어 넘기며 웃었다.

"난 애들 많이 키울 건데?"

"응? 얼마나?"

"많이 낳아서 축구부 만드는 건 어때?"

"뭐? 축구부?"

놀란 혜리가 자리에서 벌떡 일어나 물었다.

"북적북적하고 좋잖아. 축구부까지는 아니어도 널 닮은 딸 셋, 날 닮은 아들 셋쯤?"

"우와. 당신 돈 많이 벌어야겠다. 그러려면 진짜 유명한 감독 돼야겠네."

다시 그의 무릎에 미끄러지듯 누우며 혜리가 웃었다. 그를 닮은 아들 셋, 자신을 닮은 딸 셋. 낳아서 키우느라 고생은 좀 하겠지만 상상만 해도 좋은 것 같았다. 자신도 제대로 된 가족이라고는 혜성 뿐이었으니까.

꿈같은 사랑은 계속되고 행복도 오래갈 거라고 믿었다. 하지만 어느 순간부터 혜리는 마음이 지쳐 가는 것을 느꼈다. 대학을 졸업한 선우는 영화제에 참석하기 위해 단편 영화를 만든다고 집에 거의 안 들어오는 일이 많았다. 전화를 걸어도 고작 몇 마디하고 끊기 일쑤였고, 얼굴도 오래 보지 못했다.

그렇다고 아르바이트를 하는 혜성을 방해할 수도 없고, 병원에서 일하느라 바쁜 수미를 매번 불러 놀아 달라고 할 수도 없는 노릇이었다.

"그래서? 오늘도 늦는다고?"

― 늦을지 못 들어갈지 모르겠네.

선우와의 전화를 끊은 혜리는 한숨을 짓곤 커피를 마시며 TV를 켰다. 이젠 TV도 재미가 없다. 커피를 마시던 그녀가 컵을 내려놓고 소파에 비스듬히 누웠다.

"아, 왜 이러지?"

배를 문지르며 고개를 갸웃거렸다. 아침부터 배가 아픈 것 같기도 하고, 뭔가 묵직한 느낌도 들고. 그렇다고 화장실 갈 배는 아닌 거 같은데.

"변비인가?"

계속 배를 문지른 혜리가 중얼거렸다. 생리할 날도 아닌데, 허리도 약간 아픈 게 주기보다 좀 빨리 오려나 싶어 계속 배를 매만졌다. 그런데 시간이 지날수록 불편감은 더해 갔고, 통증도 심해졌다.

소화제라도 찾으려고 자리에서 일어난 혜리가 아, 소리를 내며 그만 주저앉았다. 배가 너무 아프다. 테이블 위로 팔을 뻗어 핸드폰을 찾았다. 재다이얼을 눌러 선우에게 전화를 걸었다. 한참의 신호 끝에 선우의 목소리가 들렸다.

"……선우 씨."

— 어. 또 왜? 오늘 늦는다니까.

"그게 아니라, 배가……."

배를 꾹 움켜쥔 혜리가 선우의 이름을 불렀다. 태어나서 배가 이렇게 아파 본 적이 없었다.

"……선우 씨, 어디야? 아직도 일해? 많이 늦어?"

— 어. 잠깐만.

혜리의 질문에 선우의 목소리가 멀어지는가 싶더니, 수화기 너머 멀리서 그의 목소리가 들려오는 것 같았다.

— 아니지. 신 16에다가 17을 인서트하라고. 거기다가 음악을…….

며칠 후 있을 영화제에 참가하기로 한 그는 한창 영화 마무리에 바쁜 듯했다. 그래서 그가 바쁜 것도 알고, 집에 들어올 상황이 아니라는 것도 안다. 하지만 배가 너무 아픈걸. 혜리가 다시 다급하게 선우를 불렀다. 그녀의 목소리에 선우가 다시 전화를 받았다.

— 뭐라고?

"나, 아파······. 좀 와 주면 안 돼?"

— 지금? 지금 좀 그런데. 수미 씨 불러.

그의 말끝으로 수미 씨 의사잖아, 라는 목소리가 들려왔다. 마치 그가 와도 해결해 줄 수 없다는 듯이.

"······선우 씨, 나······."

— 어, 미안.

다시 시끄러운 소리와 함께 선우의 목소리가 멀어져 갔다. 누군가에게 소리를 치는 선우의 목소리가 수화기 너머로 들려왔고, 혜리는 계속 선우를 불렀다.

— 뭐라고? 방금 뭐라고 했지?

"아니야."

전화를 끊은 혜리가 숨을 내쉬고, 수미에게 전화를 걸었다. 혜리의 전화에 놀란 수미가 구급차를 보내겠다고 했고 그대로 주저앉은 혜리는 울음을 터트렸다.

'······선우 씨, 나······ 당신이 와 주면 안 돼?'

그렇게 말했는데, 그는 듣지 못한 것 같았다. 의사가 아니어도 그가 옆에 있어 주길 바란다고 말했는데.

혜리가 구급차에 실려 병원에 도착했을 때는 거의 정신이 없는 상태였다. 응급실로 뛰어 내려온 수미가 맥박을 체크하고 그녀를 살피더니 수술실로 올리자고 신호를 보내고 혜리는 긴급 수술에 들어갔다.

한참 후에야 깨어난 혜리는 옆에 서 있는 수미를 보며 힘겹게 숨을 내쉬었다. 수미에게 전화를 걸었던 것까지는 기억이 나는 것 같은데, 그다음이 정확하게 기억이 나지 않는다. 간간히 그녀의 이름을 불렀던 것 같기도 하고.

"정신 들어? 조혜리!"

"……응."

"큰일 날 뻔했어."

수미의 말에 혜리가 배를 손으로 더듬었다. 맹장이었나? 딱히 배를 가른 것 같지는 않고. 팔에 꽂힌 링거를 보고 자리에서 일어나려던 혜리가 아, 소리를 내며 고개를 다시 베개로 떨어뜨렸다.

"아직 일어나지 마. 간단한 수술이긴 해도 오래 쉬어야 하니까."

"수술? 배는 안 아픈데."

"그런 수술 아니야."

"뭔데? 그럼?"

혜리의 질문에 잠시 뜸들이며 수미가 자리에서 일어나 링거 양을 조질했다. 빨리 대답하지 않는 수미의 행동에 혜리가 수미의 가운 옷깃을 잡았다.

"뭔데 그래? 맹장 아니야?"

"맹장이 아니라…… 유산이야."

"……응? 뭐?"

잘못 들은 건가 싶었다. 유산이라니, 그동안 임신했다고 느껴질 만한 몸의 변화가 없었는데. 게다가 선우가 요즘 집에 들어오다 안 들어오다 해서 거의 잠자리도 없었고.

"무슨 소리야. 나 저번 달에도 생리했는데?"

"혹시 양이 적지는 않았고? 몸에 전혀 다른 거 못 느꼈어?"

"못 느꼈어. 나야 워낙에 생리 주기도 일정하지 않고, 소량으로 하니까."

한 번도 임신이라는 것을 의심할 만한 일이 없었다. 평소보다 피곤하긴 했지만 따로 활동하거나 그럴 일이 없고, 최근에 짜증나기도 하고 외롭기도 하고 그런 마음의 변화가 있기는 했지만 그런 걸로 임신했다고 생각하지는 않았다.

"난 왜 몰랐지?"

"임신 초기엔 모를 수 있어. 게다가 넌 착상이 너무 안 좋은 상태여서 통증을 동반했던 거고. 일단 아기는 잃었지만, 자궁 안에 남은 찌꺼기도 잘 제거했고."

수미가 마주 앉으며 말을 이었다.

"문제는 말이야."

"문제?"

"지금 너 상태가 너무 좋지 않다는 거야. 지금 상태로 다시 아이를 갖는다고 해도 낳을 확률이 10%야."

"그게 무슨 소리야?"

"말 그대로야. 자궁벽이 너무 얇은 데다가 아이가 착상하기엔 자궁이 너무 약해. 지금부터 치료받고 약도 먹으면 괜찮아질……."

"지금 내가 불임이라도 된다는 거야?"

"꼭 불임이라고 판정하기보다는……. 아니다. 선우 씨는? 아직도 연락 안 되니?"

"몰라."

이불을 뒤집어쓴 혜리가 대답했다. 유산이 되었다는 것도 충격인데, 다시 아이를 갖기 힘들지도 모른다니. 아무리 의사라지만, 그래도 의사이기 전에 친구인데 어쩜 저렇게 냉정하게 말을 할 수 있다는 말인가.

혜리가 이불을 뒤집어쓰고 일어날 기미가 보이지 않자, 수미는 한숨을 쉬고 일단 쉬라는 말과 함께 병실을 나갔다.

그녀가 나가고 이불을 내린 혜리가 협탁 위에 놓인 핸드폰을 들어 선우의 번호를 눌렀다.

한참의 신호가 가고, 전화를 받을 수 없다는 음성 메시지가 들려왔다. 혹시나 하는 마음에 다시 통화 버튼을 눌러 보았지만 여전히 그의 전화는 부재중이었다.

'난 애들 많이 키울 건데?'

'응? 얼마나?'

'많이 낳아서 축구부 만드는 건 어때?'

'뭐? 축구부?'

'북적북적하고 좋잖아. 축구부까지는 아니어도 널 닮은 딸 셋, 날 닮은 아들 셋쯤?'

전화를 받을 수 없다는 음성에 혜리는 선우와 함께 거실에 누워 대화를 나누었던 것을 떠올렸다.

아이를 많이 낳고 싶댔는데. 이불을 꼭 움켜쥔 혜리가 눈물을 왈칵 쏟았다. 유산이라는 말을 들었을 때만 해도 크게 피부에 와 닿지 않았는데. 갑자기 아랫배가 허전하게 느껴지는 건 무엇일까?

— 고객님이 전화를 받을 수 없어…….

다시 버튼을 누른 혜리가 입술을 꼭 깨물었다. 이 순간 연락이 되지 않는 그가 야속하고 미웠다.

✣✣✣

“아직도 연락 안 되니?”

화가 난 듯한 수미의 물음에 혜리가 고개를 끄덕였다. 수미의 협박으로 병원에 일주일 정도 입원해 있기로 했다.

입원한 지 벌써 5일째. 문자도 보내고 전화도 해 보았지만 선우는 연락이 되지 않았다. 이제는 아예 배터리도 나간 건지, 아니면 꺼 버린 건지 전화기가 꺼져 있다는 음성이 나올 뿐이었다.

“선우 씨 뭐하는 사람이니?”

“바쁜가 보지. 영화제 참석한다잖아.”

“그게 말이 돼? 너 유산한 거, 병원에 있는 거 말은 했어?”

혜리가 고개를 저었다. 말하지는 않았다. 그저 전화를 걸어 보고, 음성을 남기라는 메시지가 나오면 거기에서 머뭇거리다가 말았나.

“나 오늘 퇴원할래.”

“안 돼! 너 병원에 있는 동안 밥도 거의 안 먹고 남겼잖아. 이러다가 진짜 큰일 난다.”

“집에 가고 싶어. 가서 쉴래.”

“혜리야.”

“음식이 입에 안 맞아. 가서 쉬고 싶어.”

"그럼 선우 씨는 언제 오는데?"

"일주일은 더 있어야 할 거야."

"너 가면 아무것도 안 먹을 거잖아."

화를 내며 수미가 퇴원은 안 된다고 말했지만, 혜리는 고개를 저었다.

그냥 쉬고 싶다. 아무것도 생각하지 않고 그저 오래오래. 지금의 현실에서 도망치고 싶었다. 함께해 주지 않는 이선우도 싫고, 달려와 주지 않는 그도 싫고, 받아들일 수 없는 이 상황도 너무 싫었다.

제8장

사랑이란 때론 내 뜻대로 되지 않음을……

"나 나갔다 온다. 문 잘 잠그고 있어."

혜성이 얇은 카디건을 걸치고 현관으로 향하며 말하자 거실에 앉아 있던 혜리가 고개를 갸웃거렸다.

"뭐야, 요즘. 왜 이렇게 자주 나가? 만날 사람도 없으면서."

"없긴 왜 없냐? 이 오빠 인기가 하늘을 찌르는데."

"하늘을 찌르긴. 어디 가는데?"

"선우 만나러."

"요즘 왜 자꾸 둘이 만나?"

투덜대며 혜리가 현관으로 다가갔다. 수미는 오늘 병원에서 밤을 새워야 할 것 같다고 했고 혜성이 나가면 집에 혼자 남기 때문에 일단 문을 잠그기 위해서였다.

그나저나 선우와 혜성이 친했던가? 뭐, 남자들끼리니까 어울릴 수는 있겠지만. 근래에 자주 친하게 지내는 것 같아 왠지 모르게 기분이 묘했다. 이걸 기분 나쁘다고 할 수도 없고.

"만나서 무슨 이야기 해?"

"남자들끼리 그런 게 있다."

"뭐야, 진짜. 전에는 안 친했잖아."

"누가 그래? 우리가 안 친했다고."

"이선우랑 만나서 무슨 할 이야기가 있어?"

"네 이야기 하는 거 아니니까 걱정 마라. 문이나 잠그고."

신발 끝을 툭툭 바닥에 치더니 혜리에게 걱정 말라는 듯이 어깨를 두드리고는 현관을 나갔다. 설마 만나서 자기 이야기를 하진 않겠지만, 그래도 선우와 자주 만나는 게 영 탐탁지 않았다. 현관문을 잠그고 들어온 혜리가 방으로 들어와 한숨지었다.

이선우의 작품을 택하는 게 아니었다. 자신과 그의 이야기를 섞어 놓은 듯한 픽션과 논픽션 사이의 이야기를 찍는 건 더더욱 아니었다. 괜히 이것저것 마음이 쓰이고 싱숭생숭한 게 기분이 좋지는 않았다.

선우가 있다는 포장마차로 간 혜성은 안으로 들어가자마자 선우를 발견하고 의자를 끌어와 마주 앉았다.

"넌 여기서 웬 청승이냐."

다 불은 국수에 소주를 마시고 있는 선우를 보며 혜성이 한심하다는 얼굴로 잔에 술을 채웠다. 느닷없이 술을 혼자 마시고 있는데 술친구가 필요하다며 걸려 온 선우의 전화를 뿌리칠 수 없어 오긴 왔는데, 혼자 술을 마시는 선우의 모습을 보니 완전 청승 그 자체였다.

"야, 인마. 안주라도 제대로 된 거 시켜 놓고 먹든가."

다 불어 먹음직한 비주얼이라고는 찾아볼 수 없는 국수 그릇을 젓가락으로 탁, 탁 치며 혜성이 타박했다. 술은 얼마나 마신 건지, 완전히 비운 병 하나와 반쯤 술이 차 있는 소주병 하나가 놓여 있었다.

"아이 참, 형이 시키면 되죠."

"내일부터 촬영한다며, 무슨 감독이 이래?"

"그러게요. 요즘 카메라가 손에 영 안 잡혀서요."

"직접 촬영까지 해야 직성이 풀리는 사람이 카메라가 손에 안 잡히면 어떻게 해?"

주인아주머니가 소주병을 새로 가져와 테이블 위에 놓았다. 아주머니에게 국수 한 그릇과 골뱅이 소면을 하나 시킨 그는 선우가 마신 소주병을 보고 인상을 썼다. 이래 가지고 내일 촬영이나 하겠나? 벌써 혼자 한 병 반은 혼자 다 마신 거 같은데.

"그렇다고 혼자 술을 마시냐?"

"제가 원래 인간관계가 좋지 않아서 친구가 별로 없습니다, 형님."

"자랑이다. 그런데 웬 술이냐?"

"안 써져서요."

"뭐가?"

"해피엔딩이…… 영화 끝이 해피엔딩이어야 하는데."

"무슨 해피엔딩. 이런다고 결말이 바뀌기라도 해?"

선우의 중얼거림에 혜성이 빈 잔에 술을 따라 마셨다. 갑자기 웬 해피엔딩 타령이야. 술에 잔뜩 취해 해피엔딩 타령을 하고 있는 선우를 한심하게 바라보았다.

두 사람의 이야기는 이별에서 끝이 나 있는 상태였기 때문에 해피엔딩을 쓴다는 게 쉽지 않을 거라는 건 알겠다. 특히나 그 상대를 앞에 두고 있는 상태라면.

"네가 생각하는 해피엔딩은 뭔데?"

"그러게요. 동화처럼 공주님과 왕자님은 행복하게 오래오래 살았습니다."

"그러면 되겠네. 간단하게. 어차피 주제만 너희들 이야기지, 안에 알맹이는 다를 거 아니냐. 뭘 그렇게 고민해?"

"고민보다는……."

그가 말끝을 흐렸다. 고민이라기보다는 마음에 들지 않았다. 동화처럼 공주님과 왕자님이 행복하게 살았다는 임팩트 없는 그저 그런 흔한 결말은 마음에 안 들었다.

그리고 무엇보다 자신들의 이야기를 모티브로 하고 있었는데, 분명히 그저 모티브로만 삼고 있다고 생각하고 있었는데, 그 이야기들이 가볍지 않게 느껴지기 시작해서 얼마 전부터 머릿속이 꼬이는 느낌이 들었다.

"그러게 왜 소재를 그런 걸로 잡아서는."

"소재만 그렇지 알맹이는 그게 아니었다고요."

"그러면 배우가 문제야?"

"배우도 문제고, 감독도 문제고."

"감독은 모르겠고 배우는 전혀 감독을 신경 쓰지 않는 것 같던데."

혜성이 팔짱을 끼며 대꾸했다. 물론 겉으론 아닌 척하지만 혜리도 선우를 신경 쓰는 것 같아 보였다. 하지만 앞에 앉은 선우를 보니 살짝 놀려 주고 싶은 마음이 생겼다.

"그러면 감독이 문젠가?"

"그런가 보네."

"형이 생각하기엔 어느 쪽이에요? 이 영화를 찍는 주인공이 문제일까? 주인공에 감정이입이 되는 감독이 문제일까?"

"인마, 그걸 내가 어떻게 아냐? 취했다. 그만 마시자."

고개를 저은 혜성이 먼저 자리에서 일어나 계산을 하고 선우에게 일어나라는 손짓을 했다. 하지만 선우는 일어날 생각이 없는지 앉아 있다가 다시 빈 술잔에 술을 채웠다. 그 모습을 보고 혜성이 잔을 빼앗아 들었다.

"그만하라니까. 집이 어디냐, 데려다줄게."

"집은…… 모릅니다. 쉿. 비밀이에요. 제가 베일에 싸인 감독이거든요."

그의 말에 혜성이 낮게 취했군, 하고 중얼거리고는 그의 주머니에서 핸드폰과 지갑을 찾았다. 핸드폰 액정을 보니 잠금이 되어 있고, 지갑을 찾으니 지갑엔 주민등록증을 안 넣고 다니는지 보이지 않았다.

"이래서야 주소가 어딘지 알 수가 없는데. ……하는 수 없지."

억지로 선우를 일으켜 세운 그가 거의 질질 끌다시피 하여 자신의 차 뒷문을 열고 그를 꾸역꾸역 넣었다. 다리는 왜 이리도 길어서 몸이 제대로 접히지도 않는지. 게다가 술을 얼마나 마셨는지 손가락을 눈앞에서 흔들어 대도 반응이라고는 찾아볼 수도 없었다.

한겨울은 아니었지만 그렇다고 사람을 길바닥에 버리고 갈 수도 없고, 뭐 하룻밤쯤이야 혜리도 이해해 줄 것이다.

딩동, 딩동, 딩동, 딩동—

초인종이 계속 울리는가 싶더니, 문을 누군가 계속 차는 소리가
들려왔다. 방에서 깜빡 잠들었던 혜리가 놀라 현관으로 다가갔다.

"누구세요?"

인터폰 버튼을 누르고 물었지만, 인터폰에서 들리는 것은 거친
숨소리였고 사람의 머리카락만이 인터폰 화면으로 보일 뿐이었다.
덜컥 겁이 난 혜리가 뒤돌아서려 하자 인터폰 너머에서 목소리가
들려왔다.

— ……야! 문 열어. 오빠다.

"뭐?"

— 네 오빠라고. 문 열어. 죽을 거 같으니까.

혜성인 것을 확인하고 혜리가 문을 열자, 그는 현관문이 열리자
마자 선우를 바닥으로 던져 버렸다.

"아, 무거워 죽는 줄 알았네."

거친 숨을 내뱉으며 신발 위에 널브러진 선우를 보던 그가 땀을
닦았다. 날도 더워 죽겠는데, 선우 이 녀석은 자신보다 키가 큰 데
다가 어찌나 무거운지 거의 질질 끌고 오다시피 했다. 데리고 오는
동안 그냥 바닥에 던져 버리고 싶던 순간이 몇 번 있었지만, 그래
도 사람인지라 차마 버리지도 못하고.

그런데 선우는 혜성이 바닥에 내팽개친 것을 아는지 모르는지
그대로 대자로 뻗어 자고 있었다. 이 상황이 어이없는 혜리는 그저
바닥에 누워 있는 그를 한심하게 쳐다보고 있을 뿐이었다.

"뭐야, 둘이 술 마신다며 왜 이 사람만 녹다운 된 건데?"

"이미 갔을 땐 녹다운이었어."

"그럼 집에 데려다줬어야지. 왜 여길 데려와?"

"집을 모르니까 이리로 온 거지."

주방으로 들어가 얼음물을 꺼내 마시며 그가 태평하게 말했다. 아니 그걸 말이라고. 정신이 좀 남아 있을 때 해산해서 얼른 집에 데려다주든가.

어디서 재우라고 데려왔다는 말인가? 방도 없는데. 그렇다고 이대로 신발들과 함께 자라고 현관에 놔두고 들어갈 수도 없고.

"오빠 방에서 재워."

"미쳤냐? 나 결벽증 있어서 남이랑 같이 절대로 잠 못 자는 거. 몰라?"

"결벽증 같은 소릴 하고 있어. 누가 침대에서 같이 자래? 바닥에서 재우라고."

"아, 싫어."

"그럼 어디서 재울 건데? 이대로 현관에 놔둘 거야?"

"소파로 옮겨 그럼."

소파로 시선을 돌리며 그가 말했다. 저 두 칸짜리 소파에 키 180cm나 되는 남자를 재우라니. 소파에 허리까지밖에 안 들어갈 것 같은데.

어이없는 소리라는 생각을 하는데, 혜성은 이미 선우를 끌어 실행에 옮기고 있었다. 그를 질질 끌어 소파 쪽으로 데려가더니 혜리에게 오라며 손짓하고 선우의 다리를 잡았다.

"하아, 정말. 그냥 자기 방 바닥에서 재우는 게 더 편하겠고만."

불만을 터트리며 혜리가 선우의 머리를 붙들고 혜성이 그의 다리를 들어 올려 소파로 옮겼다.

"그런데 무슨 일이 있었는데, 인사불성이 되도록 술을 마셨대."

"뭐, 한 작품을 만들어 내기 위한 처절한 몸부림인 거지."

자기 할 일 다 했다는 듯 혜성이 어깨를 으쓱이더니 씻는다고 자기 방으로 들어가며 말했다. 무슨 거의 다 나온 영화 시나리오를 가지고 작품을 만들어 내기 위한 몸부림은.

혜성의 과장된 표현에 혜리가 실소를 터트리고는 돌아섰다. 이선우는 자기를 바닥으로 내팽개치든, 소파로 옮기든 반응 없이 잠만 잤다.

그를 바라보던 혜리도 고개를 내젓고는 방으로 들어갔다.

방에 들어가 잠을 청한 혜리는 한참을 뒤척였다. 더워서 그런가? 그렇게 덥지는 않은데, 에어컨이라도 켜 볼까? 하고 자리에서 일어난 혜리가 방 안을 왔다 갔다 했다.

에어컨을 켜려면 거실로 나가야 했고, 나가면 이선우가 누워 있고. 그래, 덥다기보단 뭔가 신경에 거슬렸다.

방 안을 계속 왔다 갔다 하던 혜리가 옷장 문을 열어 담요 하나를 꺼냈다. 얇은 담요를 꺼내 든 그녀가 조심스럽게 방문을 열었다.

거실에서 이선우는 누가 업어 가도 모를 정도로 태평하게 자고 있었다. 다만 소파 밖으로 나와 있던 다리는 새벽녘의 선선한 바람 때문인지 어느새 웅크려 구부정한 자세였다.

가지고 나온 담요를 웅크린 채 자고 있는 그의 몸 위에 덮어 주고는 혜리가 소파 아래 쭈그리고 앉았다.

"……대체 우리가 뭐 하는 걸까?"

자고 있는 그의 얼굴을 바라보며 중얼거렸다. 배우와 조감독으로 만나 사랑에 빠지고 비밀 연애하고, 그렇게 결혼하고 한순간에 헤어지고 그리고 지금 다시 배우와 감독으로 만나서 영화를 찍고 있고.

"난 이 상황이 좋지만은 않은데, 당신도 그래? 언젠가 한 번은 마주치겠지 했는데…… 이런 식의 만남. 당신도 달갑지 않은 거 맞지? 내가 먼저 사랑했고, 내가 먼저 헤어지자고 했던 거니까 쿨하게 다른 사람 만나면 축하해 주고 싶었는데, 자꾸만 이런 식으로 얽히니까 쿨해지지 못하게 된다."

우리의 이별이 완전히 끝나지 못한 것처럼. 어쩌면 자신이 이 작품을 프로답게 하겠다며 선택했지만, 막상 찍으면서 후회하고 있는 것처럼 그도 후회할지 모른다. 배우를 잘못 택했다고. 우리의 이야기를 모티브 삼는 게 아니었다고.

"자꾸만 애매모호해지고, 헷갈리고 혼란스러워지고……."

잠자는 그의 얼굴을 보며 중얼거렸다. 자꾸만 마주치게 되니까 다 접었던 마음이 펼쳐지려고 한다고.

"당신도 그래?"

"……."

"그럴 리가 없지."

자리에서 일어난 혜리가 뒤돌아서자, 탁 하며 선우가 혜리의 손목을 잡았다. 놀란 혜리가 뒤를 돌아보자 선우는 여전히 자고 있는 사람처럼 눈을 감고 있었다.

"……해피엔딩……이 아니지."

그의 중얼거림에 놀란 혜리가 그를 바라보았다.

"뭐, 뭐야. 자는 거 아니었어?"

그녀의 물음과 동시에 손목을 잡은 손에서 힘이 빠지는 것이 느껴지더니 선우의 팔이 바닥으로 힘없이 떨어졌다. 그의 행동에 놀란 혜리가 선우를 바라보았다. 여전히 그는 미동 없이 잠을 자고 있었다.

잠꼬대였나? 그 자리에 굳은 듯이 서 있던 혜리가 놀란 가슴을 쓸어내리며 선우를 보았다. 다른 움직임이 없는 거 보니 자는 거 같은데. 역시 잠꼬대였나 보다.

"방금 뭐라고 한 거야?"

방으로 들어온 혜리가 침대 위로 몸을 던지며 그가 한 말을 떠올렸다. 해피엔딩. 영화를 말하는 건가? 한동안 혜리는 깊어지는 생각에 잠 못 들고 뒤척여야 했다.

"뭐야, 이선우는?"

"없던데?"

"갔어?

"어, 갔나 봐. 아침에 일어나니까 없던데?"

그가 욕실에서 나오며 수건으로 젖은 머리카락을 털더니 손가락으로 소파를 가리켰다. 소파 위엔 혜리가 새벽녘에 덮어 주었던 담요가 가지런히 개어져 있었다.

"인사도 없이 가냐."

"왜? 서운하냐?"

"서운은 개뿔. 재워 줬으면 고맙다는 인사는 해야지. 예의가 없으니까 그렇지."

피식 웃는 혜성을 뒤로하고 방으로 들어온 혜리가 책상 위에 놓은 핸드폰을 괜히 만지작거렸다. 아무 연락도 오지 않은 핸드폰을 손가락으로 톡톡 건드려 보더니 핸드폰을 휙 뒤집어 버렸다.

재워 줘서 고마웠다든가, 먼저 간다든가 그런 문자 따위를 기대한 자신이 바보다. 신경질적으로 자리에서 돌아서는데, 방문이 벌컥 열리며 혜성이 들어왔다.

"뭐야! 놀랐잖아. 노크도 없이."

"아, 미안. 오늘 오후에 화보 촬영 있다."

"그걸 왜 이제 말해?"

"어제 깜빡했어. 3시부터니까 아침은 되도록 먹지 말고."

"파트너가 누군데?"

"박형준. 그 녀석하고 무슨 인연 있는 거 아니야?"

불만 섞인 대답을 던진 혜성이 방문을 닫으며 나갔고, 혜리가 막 머리를 묶으려고 머리끈을 찾는데 핸드폰 알림음이 울렸다. 영화 조감독의 문자였다. 촬영지가 늦게 정해지거나 바뀌는 경우 문자로 공지를 받곤 하는데, 조감독은 항상 매니저와 배우 모두에게 같이 보내 주었다.

[내일 촬영 장소는 경기도 이천에 있는 '소원'이라는 카페입니다.]

촬영 장소를 확인한 혜리의 눈빛이 묘하게 흔들렸다.

❖❖❖

"우와, 여긴 어쩜 변한 게 하나도 없네?"

"여기 왔었어요?"

'소원'에 들어서면서 감회가 새로운 듯 혜리가 두리번거리자 뒤따라 들어오던 형준이 물었다.

"예전에 드라마 촬영할 때."

"아아. 시청률 높게 나왔다던 그 유명한 드라마 맞죠? 바람의 시간인가?"

"잘 아네요. 아, 그땐 정말 시청률의 여왕으로 불렸는데."

"이번에도 대박 내서 타이틀 가져오면 되죠."

이천에 있는 카페 '소원'에 도착한 그들은 한쪽 나무 테이블에 앉아서 대본을 읽으며 수다를 떨었다.

소원은 펜션도 있고, 카페도 있는 일종의 별장이었다. 워낙 산 가까이 있어서 인적이 드물었지만 예전에 혜리가 찍은 드라마를 통해 유명해지면서 사람들이 많이 찾는 관광 명소로 바뀌어 있었다.

좁은 공간에 촬영 스태프들이 전부 들어올 수 없어서 밖에다가 장비들을 놓고, 최소의 장비만으로 찍을 예정이라 스태프들이 분주하게 움직였다.

아직 촬영까지 여유가 남은 두 사람은 대사를 맞춰 보고 있었다. 형준은 생각보다 잘 맞는 파트너였다. 대화도 잘 통하고 연기도 서로 잘 맞는 것 같고. 혜리의 입장에서는 좋았다. 무엇보다 부담 없이 편하게 연기할 수 있었으니까.

"오늘은 키스신도 있네?"

"그러게."

"뭐야, 안 설레요?"

"설레야 하는 건가?"

혜리의 답변에 형준이 바람 빠진 얼굴을 하면서 고개를 돌렸다. 그가 바라본 시선 끝에 웬 메모지들이 잔뜩 걸린 나무가 있었다.

"저거 살아 있는 건가?"

그가 중얼거리며 자리에서 일어나서 나무 앞으로 갔다. 나무에 걸린 메모지들은 누구, 누구 왔다 갔다는 내용도 적혀 있고, 서로 오래 사랑하게 해 달라고 비는 내용도 걸려 있었다.

"소원 나무네."

"소원 나무요?"

"응. 여기다 걸면 소원이 이루어진대. 그래서 여기 시나리오에도 적혀 있잖아. 조금 이따가 적으라고."

"그게 그거였구나."

형준이 고개를 끄덕이며 메모지들을 하나씩 보고 있을 때, 혜리도 나무 주변을 맴돌며 메모지를 살폈다. 분명히 있을 텐데…….

"아, 여기 있다!"

"이게 뭐예요?"

"7년 전에 바람의 시간 찍을 때, 내가 걸어 뒀거든. 대박 기원하면서."

시간이 지나 종이는 바랬지만, 그녀가 적은 문구는 그대로 있었다. 그때의 추억을 떠올리는 듯 혜리가 종이를 만지작거렸다. 처음으로 주연을 맡은 거라 잘하고 싶은 마음에 열심히 했던 기억이 났다.

「우리 드라마 대박 기원. 시청률 50% 달성.」

한참을 자리에 서서 그때 적었던 종이를 보고 있는데, 형준이 연인들이 남긴 흔적들도 있다며 그녀의 팔을 끌어당겼다. 그의 말대로 연인들이 서로의 사랑이 오래가길 빌며 적은 종이들도 많았다.

그중에 재미있는 문구들도 간혹 섞여 있고, 풋풋하고 귀여운 사랑의 메시지들이 눈에 띄자 혜리도 형준을 따라 읽어 내려가며 웃었다.

"고등학생들도 있네. 나중에 여기다가 메시지 적어 놓고 다시 와서 보면 뭔가 기분이 묘할 것 같아요. 그렇죠?"

"그렇겠지?"

흘러내리는 머리카락을 귀에 꽂으며 대답한 혜리가 허리를 숙이며 종이들 사이에서 빛바랜 메모지를 발견했다.

「고맙다, 조혜리. 나한테 와 줘서. ─선우─」

종이를 집어 든 그녀의 시선이 정갈하게 쓰인 글씨에 멈추었다. 그와 여길 온 적이 있었던가? 아, 드라마 종방 파티 때 여기 소원 펜션에서 모인 적은 있었다.

그때는 아직 비밀 연애를 시작한 지 얼마 안 되었고, 고백도 그녀가 먼저 했던 터라 그보다 자신이 더 많이 사랑한다고 생각할 때였다. 그때 외엔 그와 여길 온 적이 없었는데 언제 적은 걸까?

"우리도 영화 촬영 들어가기 전에 하나씩 써요. 영화 대박 나라고."

"……."

"어떤 종이에 적지? ……듣고 있어요?"

뒤에서 메모지를 찾던 형준이 혜리가 반응이 없자, 그녀에게 다가와 물었다. 그의 목소리에 고개를 든 혜리가 아무것도 아니라는 듯 고개를 저었다.

나무 옆에 놓인 네임펜과 종이를 고르며 형준이 어떤 말을 적을지 물었지만, 혜리는 그를 향해 웃어 보이며 조금 전 종이에 적힌 메시지를 떠올리다가 막 문을 열고 들어오는 선우를 쳐다봤다.

"뭐야, 이게……."

그를 보며 나지막이 중얼거린 혜리가 고개를 돌려 소원 나무를 바라보았다.

영화 촬영이 시작되었다. 형준과 혜리가 사람들이 잘 찾지 않는 바닷가가 보이는 펜션에서 둘만의 시간을 보내는 장면이었다. 무엇보다 설레야 했고, 행복해야 하는 장면이었는데 좀처럼 웃어지지 않았다.

"컷! 조혜리 씨 좀 더 웃어요. 오늘 무슨 일 있습니까?"

자꾸만 NG가 나자 선우가 짜증을 내다시피 하며 소리쳤다. 처음엔 스태프들에게, 그리고 같이 호흡을 맞추는 형준에게 미안해서 사과를 하던 혜리가 머리카락을 쓸어 넘기며 자리에서 일어났다.

"죄송합니다. 지금 감정이 잘 안 잡혀서요. 조금 쉬었다가 들어갈게요."

"야, 너 왜 그래?"

당황해서 다가온 혜성이 물었지만 혜리는 그의 말에 대꾸도 않고 촬영장을 벗어나 한구석에 자리를 잡았다. 그러고는 혜성이 가져다준 자신의 가방에서 이어폰을 찾아 귀에 꽂았다.

감정은 안 잡히고 대본도 머릿속에 안 들어오고, 즐거운 마음으로 촬영을 해야 하는데 그게 되질 않았다. 애써 감정을 잡으려고 신나는 노래를 찾아 들었다. 여자 주인공이 비밀데이트를 하며 설레어하고 좋아하는 마음을 웃음과 몸짓으로 표현해야 한다.

한쪽 나무 의자에 앉은 혜리는 신나는 아이돌 노래를 들었다. 하지만 그녀의 시선은 오로지 선우에게 가 있었다. 아까 그 쪽지는 언제 걸어 둔 걸까? 자신이 그 쪽지를 보길 원한 걸까? 왜 하필 촬영장소를 이곳으로 택했을까?

한참 생각에 잠겨 있는데 그녀의 귀에 꽂힌 이어폰이 빠지는가 싶더니 옆으로 형준이 빙그르르 돌아앉았다. 그의 손에는 이어폰이 달랑거리며 들려 있었다.

"무슨 일 있어요? 아까 맞춰 볼 때만 해도 괜찮았던 거 같은데."

"아뇨. 일 없어요. 갑자기 잘 안되네."

"너무 잘하려고 애쓰지 말아요."

"그러게. 여기에서 찍었던 드라마가 시청률이 높게 나와서 그런가? 부담감 생기네."

파트너인 형준에게 미안해서 핑계를 댄 혜리가 옅게 웃어 보였다.

역시 이 영화를 하는 게 아니었다. 위약금 세 배를 물어 주고서라도 다른 작품을 찾아보는 건데. 이선우와 자꾸만 마주치게 되고 얽히게 되니까 다잡았던 중심이 흔들리는 것 같은 기분이었다. 이제 와서 달라질 건 하나도 없는데.

그가 쓴 쪽지가 뭐라고. 예전에 봤으면 감동이라도 받았을 텐데. 짧게 한숨 쉬며 혜리가 방금 전 보았던 쪽지를 잊어버리려고 테이블에 놓인 이어폰 한쪽을 집어 들었다.

"참, 우리 감독님도 예전에 바람의 시간 드라마 스태프였다는데, 알아요?"

"……네?"

"우리 감독님도 누나가 출연했던 그 드라마 촬영진이었다고요."

"어떻게 알았어요?"

"오래전부터 활동한 아는 형이 그러더라고요. 뭐지? 기념 촬영한 사진이 있다고 하던데. 누나도 감독님 그때 봤었어요?"

"글쎄요. 워낙에 그때 스태프들도 많았고, 오래된 일이라."

"그렇죠?"

형준의 말에 순간 심장이 철렁 내려앉았다가 다시 수면 위로 차츰 떠오르는 느낌이었다. 그 드라마 종방연 때 찍은 사진이 아직도 돌아다닌단 말인가? 그 사진을 보고 알아냈다는 것도 신기했다.

선우는 조감독이었으니까 아직도 그때 활동했던 방송 관계자들이 남아 있고 스티븐 리의 실물을 보았다면 금방 알 것이다.

두 사람의 관계를 아는 사람은 없었지만 그래도 자꾸만 아는 사람이 생기고, 옛날 일이 입에 오른다면 누군가는 알게 될지 모른다는 생각에 혜리는 흘러내린 머리카락을 쓸어 넘겼다.

"이렇게 하면 집중 좀 될까요?"

형준이 혜리가 손에 든 이어폰을 귀에 꽂아 주며 웃었다. 그의 배려에 혜리도 피식 웃어 버리며 대본을 만지작거렸다. 그래, 지금은 집중하는 거다. 영화에 그리고 자신과 선우의 또 다른 이야기에.

잠시 쉬고 난 뒤에 촬영은 계속되었다. 혜리는 언제 그랬냐는 듯이 눈빛과 얼굴에 생기를 띠고 형준을 바라보며 행복한 미소를 지었다.

방송 촬영 중 남들에게 들키지 말아야 한다는 생각에 조심하면서 연애를 하는 터라 두 사람은 애틋했다. 서로를 마주 보며 손깍지를 끼고 행복하게 웃다가 소원 나무에 서로를 향한 사랑의 메시지를 적어 걸어 두었다.

"드라마 끝나면 이제 어떻게 해?"

"음, 당분간 쉬려고 했는데 회사에서 또 다른 대본들을 받아 온 거 있죠."

"바쁘겠군."

"아쉬워요?"

"그럴 리가. 나도 바쁜 사람인데."

"피이. 난 싫은데, 매일매일 이렇게 함께하고 싶은데 둘 다 바빠서 얼굴도 촬영장에서 잠깐 보고 알은체도 못 하고. 드라마 끝나면 그 잠깐 보는 시간도 없을 거 아니에요."

혜리의 투정에 형준이 사랑스럽다는 얼굴로 바라보다가 그녀의 이마에 짧게 키스를 했다.

"조금만 기다려 줘."

"감독 될 때까지?"

"그렇지."

"첫 작품은 꼭 약속한 대로 내가 주연이어야 해요?"

그녀의 말에 그가 고개를 끄덕이며 손을 잡았다.

"오래 기다리게 안 할게."

"진짜?"

"응. 꼭 성공해서 세상 사람들한테 네가 내 여자라고 말할 수 있을 때, 그때 가장 행복한 사람이 된 널 데려갈게."

그의 말에 혜리가 고개를 끄덕였고, 형준이 조금 더 다가와 혜리의 입술에 키스를 했다. 서로에 대한 아름다운 미래를 약속하는 장면.

형준이 혜리의 얼굴을 부드럽게 쓸어내리며 바라보았다가 조심스럽게 입을 맞추었다. 혜리도 그의 키스에 미소를 띠며 그의 목에 손을 감았다. 그리고 두 사람은 서로를 향해 뜨겁게 키스를 했다.

두 사람의 키스 장면을 스태프들도 숨죽여 지켜보았고, 카메라 앵글을 통해 바라보던 선우도 말없이 보기만 했다.

OK 사인을 내려야 하는데, 선우는 연기에 빠져든 두 사람을 보다가 카메라에 잡힌 혜리의 얼굴을 보았다. 그녀의 얼굴을 클로즈업하고 사인을 내리려던 그의 손이 순간 잠시 멈칫거렸다.

형준과 키스를 하며 눈을 감고 있는 그녀의 눈에서 눈물이 또르르, 소리 없이 떨어졌다. 화면에 잡힌 그녀의 눈물을 본 선우가 OK 사인을 외치고 자리에서 일어났다.

촬영이 끝나고 스태프들은 촬영 장비를 차에 싣고 있었고 혜리는 소원 나무 앞에 서 있었다.

"넌 차에 안 타?"

"탈 거야."

언제 왔는지 선우가 그녀의 옆에 서 있었다.

"아까는……."

잠시 망설이던 그가 혜리를 바라보며 물었다.

"왜 울었어?"

"뭐가?"

"마지막 장면에서."

"감정에 너무 몰입했나 보지."

"……."

"배우잖아. 사랑하는 사람이 그런 약속을 하는데, 좋았나 보지."

그를 한 번 보았다가 소원 나무로 다시 시선을 돌린 혜리가 대답
했다. 감정이 폭발해서 울 정도는 아니었다. 그냥 그 순간엔 이유
없이 눈물이 흘렀을 뿐이었다. 소원 나무를 바라보던 혜리는 밖에
서 자신을 부르는 목소리에 돌아섰다.

"당신은 안 가?"

"조금 더 있다가. 뒷정리 좀 하고."

"그래, 그럼."

막 돌아선 혜리가 다시 걸음을 멈추고 선우를 향해 물었다.

"그런데 말이야. 왜 촬영 장소를 여기로 택했어?"

"배경이 멋지잖아."

"그것뿐이야?"

"뭐가?"

"아니야."

고개를 저으며 돌아선 혜리가 문을 열고 카페 밖으로 나갔다. 문을 열고 나오니 제법 따뜻해진 공기가 온몸을 감쌌다. 밖에선 촬영 스태프들이 아직도 짐을 싣고 있었고, 유리창 너머로는 선우가 소원 나무 앞에 서 있는 게 보였다.

"혜리 씨 수고하셨어요."

"아니에요. 고생하셨어요. 먼저 가 보겠습니다."

차에 오르기 전 고생한 스태프들에게 인사를 건네고 차에 올라탄 그녀가 등받이 쿠션을 허리에 대고 기대며 한숨지었다.

사실 조금 전 선우에게도 촬영하느라 수고했다고 말해 주고 싶었는데 그 말이 쉽게 나오지 않았다. 어려운 말도 아니었는데. 좁은 공간에서 형준과 자신의 감정에 몰입하여 찍고 있는 선우의 모습은 예전에 그녀가 그렸던 멋진 감독의 모습이었다.

'조금만 기다려 줘. 내가 톱스타 조혜리를 데리고 산다고 말해도 창피하지 않을 만큼 멋진 사람이 되면.'

'칫. 지금도 내 눈엔 멋진 사람인데.'

바람의 시간 마지막 촬영을 끝내고 종방연을 할 때였다. 모닥불 앞에서 투덜대며 말하는 그녀에게 그가 그렇게 약속했었다. 조금만 기다려 달라고, 남부끄럽게 않게 살게 해 주겠다고. 자신의 꿈을 이룰 때까지 조금만 참고 기다려 달라고. 영화감독으로 성공하겠다고.

어쩌면 영화를 찍는 내내 영화 속 남자 주인공이 하는 약속에 감정이입이 너무 많이 되어서 키스신을 찍을 때 눈물이 났는지도 모른다. 그 약속이 너무 슬퍼서.

그래서 소원 나무를 볼 때 말도 안 되는 생각을 했다. 그와 헤어지지 않고, 그가 지금처럼 영화감독으로 성공했다면 그날의 약속처럼 혜리는 그의 첫 번째 여배우가 되고, 행복할 수 있었을까?

실없는 생각을 하며 지친 몸을 의자에 기대고 눈을 감았는데 형준에게서 고생했다는 문자가 왔다. 그에게 온 문자에는 사진이 여러 장 첨부되어 있었다. 어제 화보 촬영한 사진이었다.

[사진 작가 누나한테 떼써서 간신히 구했음. B컷이라는데 이게 어딜 봐서 B컷 사진. 그냥 서 있어도 화보인데. 안 그래요?]

형준의 농담 섞인 문자에 피식 웃어 버린 혜리가 미소를 머금고 핸드폰을 가방에 넣어 두었다.

❖❖❖

선우는 한 손을 바지에 꽂은 채 한참을 소원 나무 앞에 서 있었다.

사실 처음부터 자신들의 이야기를 영화로 쓰고 싶은 생각은 손톱만큼도 없었다. 그저 그들의 이야기처럼 감독과 배우의 사랑 이야기를 그리고 싶었고, 처음에는 두 사람의 이별로 끝을 맺었지만 자신들과는 다르게 해피엔딩으로 바꾸어 이야기를 꾸며 보고 싶은 마음이 들었다.

하지만 실제 주인공인 혜리가 여자 주인공을 맡게 되고 한 장면을 찍을 때마다 자꾸만 자신들의 추억을 따라가는 것 같아 마음이 점점 불편해지고 있었다.

 '자꾸만 애매모호해지고, 헷갈리고 혼란스러워지고……. 당신도
그래?'

 잠결에 들었던 그녀의 목소리가 떠올랐다. 선우는 소원 나무를
보며 헛웃음을 지었다. 그래, 아니라고는 부정할 수가 없었다. 자신
도 모르게 요즘 감정이 헷갈리고 애매모호해지고, 옛날 생각이 나
고 그러니까.
 눈앞의 쪽지를 툭 손으로 건드리던 선우가 영화에서 형준과 혜
리가 사이좋게 소원을 건 쪽지를 바라보았다. 그러다가 그 옆에 흔
들리는 쪽지 하나를 발견하고 손으로 잡았다.

 「나도 고마웠어. 당신이 나한테 와 줘서. 이젠 모두 해피엔딩이기
를. ―조혜리―」

 영화에서는 이 메시지가 아니었는데, 이건 언제 걸어 둔 것일까?
잉크가 마른 지 얼마 되지 않은 게 아까 촬영 중 쉬는 시간에 걸었
나 보다.
 혜리가 걸어 둔 쪽지를 보며 그가 고개를 숙여 빛바랜 쪽지를 하
나 찾아냈다. 아주 오래전 자신이 걸어 두었던 쪽지였다. 그녀에겐
말하지 못했던 말. 와 줘서 고맙다는 말. 그 말을 종이에 적어 두었
는데.
 그는 허리를 숙여 자신이 쓴 종이와 혜리가 쓴 종이를 맞대었다.

언제 이걸 보았을까? 그녀가 남긴 메시지를 보며 메마른 얼굴을 손으로 쓸어내렸다.

"······우리가 해피엔딩이 아니잖아."

작게 중얼거린 그가 주저앉으며 힘없이 웃어 버렸다. 그녀는 언젠가부터 자꾸 해피엔딩을 언급하고 있다. 영화의 이야기도 우리들의 이야기도. 도대체 어떻게 영화의 마지막을 고쳐 주어야 해피엔딩이 되고, 아름답게 웃으며 끝낼 수 있을까?

혜리가 이혼을 이야기할 때 붙잡았다면, 이혼하지 않았다면 우리의 이야기도 해피엔딩이었을까? 여전히 빛나고 있는 그녀를 볼 때마다, 헤어지지 않았더라면 하는 생각이 가끔 들었다.

"감독님, 전부 다 실은 거 같은데 안 가세요?"

"아, 가야죠."

"이야. 그런데 여기 나무에 종이들 진짜 많네요. 아까 촬영할 때는 못 느꼈는데."

어느새 다가온 조감독이 웃으며 선우의 옆에 섰다.

"조감독님, 그거 아세요? 이 나무에 소원을 적어 걸어 두면 이루어진다는데."

"낭만적이긴 한데 이루어질까요? 다 그런 거 아니겠어요? 분수에 동전 던져서 소원을 빌면 이루어진다고 믿는 것처럼 믿음인 거죠."

조감독이 웃으면서 다 미신이라는 듯이 손을 저으며 말했다. 하긴 미신이지. 미신이니까 안 이루어졌을 것이다. 조감독의 말을 들으며 그가 자신이 쓴 종이와 혜리가 쓴 종이를 나란히 걸어 두며 예전 일을 생각했다.

"선우 씨, 여기에 소원을 걸면 이루어진대요."

"그거 다 거짓말이야."

"진짠데! 그래서 내가 여기다가 우리 드라마 시청률 대박 나라고 적었더니 진짜 대박 났단 말이에요."

종방연 때 소원 나무 앞에 선 혜리가 선우를 향해 말했다. 당연히 그도 혜리가 하는 말을 믿지 않았다. 소원을 들어주는 나무는 무슨. 부자 되라고 빌면 이루어지나? 가만히 나무를 바라보고 있는데, 여기저기서 사람들이 술잔을 들고 그를 향해 다가와 술을 권했다.

"이번에 조감독 맡고 고생 많이 했는데 한잔해야죠."

"예. 잠깐만 머리 좀 식히고 갈게요."

"에이, 안 마시려고 빼시는 건 아니죠?"

"아닙니다. 금방 가겠습니다."

스태프들이 선우를 끌고 들어가려다가 옆에 있는 혜리를 잡아끌기 시작했다. 언제 다시 작품에서 만날지 모른다고 다들 아쉬워하며 그녀를 데리고 갔다.

혜리가 선우를 한 번 쳐다보고 어쩔 수 없이 스태프들을 따라 들어간 사이 선우는 소원 나무를 바라보았다.

"정말 이루어지긴 하나?"

중얼거리며 반신반의한 마음으로 펜 뚜껑을 열어 입에 물고 종이에 글씨를 적었다.

「고맙다, 조혜리. 나한테 와 줘서. ―선우―」

종이를 나무 제일 안쪽에 안 보이게 걸어 두고 흐뭇하게 웃어 보인 그가 사람들 사이에서 웃고 있는 혜리를 바라보았다. 스타라는 호칭에 걸맞게, 배우라는 직업에 딱 맞게 그녀는 아름답게 빛나고 있었다.

제9장

사랑했던 기억은……

차를 타고 오는 내내 혜리는 말이 없었다. 운전을 하며 백미러로 힐끗힐끗 그녀를 쳐다본 혜성이 깊은 한숨을 내쉬며 조심스럽게 물었다.

"이선우랑 무슨 일이 있었어?"

"있을 일이 뭐가 있어."

눈을 감은 채로 낮게 중얼거리듯 말한 혜리가 몸을 움직이며 대답했다. 차 안에서 지려니 영 자세가 불편했다.

"그런데 오늘따라 왜 이렇게 감정을 못 잡아?"

"그럴 수도 있지. 타고난 배우도 아니고."

"오늘따라 감정 기복이 심한 거 같으니까 그렇지."

"그래서? 나 정신과 다시 가 보라고?"

"아, 무슨 말을 그렇게 해."

혜리의 눈치를 보며 입만 달싹인 혜성이 뭐라 더 이상 말하지 않고 운전만 했다. 우울증과 함께 정신적인 쇼크가 왔었던 건 사실이지만, 약을 안 먹은 지도 꽤 되었고 수미도 괜찮다고 말을 했기에 문제없을 거라고 생각했다.

그런데 오늘 혜리의 행동은 이상했다. 분명히 이천을 내려가기 전까지만 해도 괜찮아 보였다. 아니, 내려가서도 대본을 맞춰 보며 즐겁게 연기하는 거 같았다. 차에 타기 전에 선우랑 무슨 이야기를 하는 것 같았는데, 둘이 무슨 일이 있기라도 했나?

"오빠……."

"어, 어."

"자꾸 뒤에 보지 말고 운전이나 잘해."

혜리의 말에 혜성이 어깨를 가볍게 으쓱이며 핸들을 꽉 잡았다. 자는 줄 알았더니, 자는 게 아니었나.

선우는 작업실에서 스탠드 조명을 하나만 켜 놓고 오늘 찍은 장면들을 돌려서 살펴보았다. 혜리와 형준이 서로를 마주 보며 행복하게 웃는 장면을 클로즈업해서 두 사람의 감정선을 최대한 살리며 편집을 한 그가 컷(cut)을 하면서 영상을 계속 돌려 보았다.

앞으로 돌려 보던 그가 스톱 버튼을 누르고 의자 뒤로 허리를 젖히며 팔짱을 끼고 가만히 화면을 바라보았다. 형준과 다정하게 키스를 하며 그의 목을 끌어안은 혜리가 눈을 감았을 때 눈물이 떨어진 장면이었다. 사실 NG 처리를 하려다가 그냥 놔두었다.

왜였을까?

분명히 행복한 장면이었는데, 남자 주인공을 향해 웃어 보이며 키스를 하던 혜리의 눈물이 행복해 보이지 않았던 것은.

"하아, 다시 찍을 걸 그랬나?"

중얼거린 그가 손가락을 움직이다가 자리에서 일어났다. 일어난 그는 책상 앞에 앉아 노트북을 만지작거렸다.

벌써 열 번도 더 썼다가 지우기를 반복한 것 같다. 너무 해피엔 딩에 집착하는 것 같았지만 그래도 이왕이면 로맨스답게 웃으며 끝 내고 싶었다. 그냥 평범하게 공주님과 왕자님은 행복하게 오래오래 살았습니다, 하는 동화처럼 끝내더라도 마음이 따뜻하게 미소 지으 며 저런 게 사랑이구나 싶은 이야기.

키보드에 손가락만 얹고 한숨짓고 있는데 핸드폰이 진동을 울리 며 전화가 왔음을 알렸다. 핸드폰을 집어 든 그는 전화를 받으며 계속해서 키보드 위의 손가락을 움직였다.

— 저 조감독인데요.

"아, 네."

— 말씀하신 장소 섭외되었습니다. 소방차도 준비되었고요.

"비가 와 주면 좋겠는데……."

— 그러게나 말입니다. 당분간 비 소식은 없을 예정이라니.

수화기 너머에서 조감독이 아쉬움에 구시렁거리는 소리가 들려 왔다. 모레는 영화외 촬영 신 중에서도 감정 소모가 꽤 큰 장면을 찍어야 하는 날이었다.

여자 주인공이 남자 주인공에게 이별을 고하는 장면에서 카페를 나온 남자가 하늘을 바라보면 빗방울이 떨어지면서 소나기가 내리 는 장면을 연출해야 했다.

이별하는 두 남녀의 감정도 잘 잡아내야 했고, 이별을 고하는 여 자와 이별을 덤덤하게 받아들이는 남자의 시각도 잘 표현해야 했다. 그리고 무엇보다 헤어지는 순간에 비가 내리는데, 남자 주인공이 비를 맞으며 눈물을 흘리는 장면을 연출할 생각이었다.

여배우의 감정선이 중요시되었던 영화에서 남자의 감정이 강하고 임팩트 있게 드러나야 할 장면이었다.

"거참, 날씨 한번 맑네."

옆에 선 조감독이 하늘을 보며 투덜대며 중얼거렸다. 비라도 좀 뿌려 주지 하는 마음이었다. 며칠째 비 소식은 없고 슬슬 더워지기 시작했다. 비 오는 날을 맞추어 촬영에 들어가면 좋겠지만 어디 촬영이 마음대로 되는 것이던가?

영화 개봉일과 맞추려면 예정대로 영화 촬영이 되어야 했고, 어쩔 수 없이 비를 뿌려 줄 소방차가 대기하고 있었다. 촬영은 근처 카페에서 한 번, 카페 안을 직접적으로 보여 줄 오픈 세트(Open set, 야외에 세우는 구조물)에서 한 번, 카페에서 나오는 장면을 촬영할 오픈 세트에서 한 번, 그리고 공원에서 한 번 촬영을 할 예정이었다.

촬영에 들어갈 배우들도 하나둘씩 모여들었고 선우는 대본을 보며 두 사람의 감정을 다시 확인했다. 한 남자와의 이별을 준비하는 여자와 이별을 덤덤하게 받아들이는 듯한 남자의 감정.

"자, 스탠바이."

그의 외침과 함께 혜리와 형준은 서로를 마주하고 앉았다. 말없이 앉아 있는 두 사람. 그리고 침묵을 깬 여자의 한마디.

"우리…… 헤어지자."

"뭐?"

"당신이 그랬잖아. 내가 옆에서 힘들고 지치고, 다시 누군가의 여자가 아닌 배우로 있고 싶을 땐 떠나도 된다고."

그녀의 말에 남자는 조용히 웃어 버리고는 고개를 끄덕였다.

"네가 원한다면 그렇게 해 줄게."

"……."

"그래, 네 말대로 헤어지자. 우리."

이별이 아무것도 아니라는 듯이 말하는 남자의 얼굴을 보던 혜리가 갑자기 눈물을 흘렸다.

"컷! 조혜리 씨! 울면 어떻게 해요?"

"아, 죄송합니다."

혜리는 스스로도 당황해서 손으로 눈물을 스윽 닦아 냈다.

"여기서는 감정을 최대한 절제하고, 남자의 감정만 보여 줘야 한다니까."

"다시 갈게요."

대답과 함께 혜리는 앞에 놓인 대본을 눈으로 보고 감정을 다잡았다.

여자: 헤어지자는 말을 표정 없이 한다.

표정 없이라. 헤어지자는 말을 표정 없이 무슨 생각을 하는지도 모르게 해야 한다니. 짧은 숨을 내뱉고 혜리는 다시 촬영에 집중했다.

헤어지자고 말하는 여자도 그 이별을 받아들이는 남자도 표정을 읽을 수 없다. 여자가 왜 헤어지자고 하는지, 남자가 왜 이별을 이리도 무덤덤하게 받아들이는지 서로는 모르고 있었다.

헤어지자는 여자의 말에 그저 남자는 희미하게 웃어 보이며 그렇게 해 준다는 대답 하나만 했다. 남자 주인공이 카페를 나가고 의자에 앉아 있던 여자는 다 식어 버린 커피 잔을 바라보며 고개를 숙일 뿐이었다.

"컷! 오케이!"

감독의 사인과 함께 다들 자리에서 일어났다. 하지만 자리에서 일어날 수 없던 혜리는 눈을 두어 번 깜빡이더니 눈물을 떨어트렸다. 그제야 촬영 내내 참았던 감정이 폭발하듯 눈물이 막 쏟아졌다.

툭툭 손등 위로 눈물이 떨어졌고, 메이크업을 고쳐 주러 메이크업 가방을 들고 오던 미선이 놀란 눈으로 물었다.

"언니, 울어요?"

"아니야. 괜찮아. 나 휴지 좀."

건네받은 휴지로 눈물을 닦으며 미선을 보자, 그녀는 지워진 아이라인을 다시 그려 주겠다며 눈을 감으라고 했다.

'우리 이혼하자.'

'그래, 그러자.'

'다른 할 말 없어?'

'무슨 할 말? 날 달라고 하면 내가 그렇게 하겠다고 약속했었잖아.'

더 이상 이별에 대한 대화는 없었다. 헤어져 달라는 말에, 이젠

'함께' 가 아니라 '혼자' 있고 싶다는 말에 그걸 원하면 해 주겠다는 대답만 돌아왔을 뿐. 생각해 보니, 자신이 언젠가 돌아가고 싶어지면 그땐 놔주겠다는 약속을 해서였을까? 그는 다른 것은 묻지 않았다.

왜, 헤어지고 싶은지.

헤어지는 이유가 무엇인지.

왜 혼자 있고 싶은지.

왜 하필 지금이 이별의 순간인지.

아무것도 묻지 않았던 것 같다.

장소를 이동해서 한적한 공원으로 자리를 옮겼다. 오픈 세트가 준비되어 있었고, 형준이 카페에서 나와 길을 걷는 장면이었다. 하늘을 바라보던 그가 실소를 터트리며 웃어 보였고, 한참 동안 하늘을 바라보았다.

툭, 투툭.

소방차에서 조금씩 비를 뿌리자 화면 안에 빗방울이 떨어지기 시작했다. 형준은 비를 피하지 않고 그 자리에 한참을 서 있었다. 스태프들과 선우, 그리고 그의 옆에 앉은 혜리는 형준의 감정이 실린 연기를 지켜보았다.

여자는 이별을 고하고, 남자는 그 이별을 받아들이고. 괜찮은 줄 알았던 남자가 빗속에서 운다. 혜리는 형준의 연기를 지켜보다가 앵글을 잡고 카메라에 집중하고 있는 선우를 바라보았다.

'당신도 정말로 저렇게 울었어?'

선우를 바라보던 혜리가 씁쓸하게 웃으며 형준을 바라보았다. 그는 소나기처럼 쏟아지는 빗속에서 하늘을 바라보며 소리 없이 울고 있었다.

"컷! 오케이!"

선우의 사인과 함께 소방차의 물줄기가 줄어들었고, 형준의 코디네이터가 달려가 그에게 수건을 건네주었다. 수건으로 젖은 몸을 턴 형준이 혜리와 눈이 마주치자 손을 가볍게 흔들었고, 혜리도 손을 올려 수고했다는 손짓을 보냈다.

"두 사람 엄청 친해졌나 보네."

"왜? 질투하나 보지? 사이좋게 지내는 것도 안 되나?"

"질투 같은 소리 하고 있네. 그런 건 아니고. 이제 사람들이 너한테 관심 가지기 시작하는데, 이미지 관리 좀 해야 하지 않겠어?"

"걱정해 줘서 눈물 나게 고맙네."

선우를 향해 흥, 하고 돌아서는데 그가 갑자기 어깨를 붙잡았다.

"마지막 대본 수정본이야."

"뭐야? 이제야 나왔어?"

"이게 영화의 묘미지. 대본이 수정돼도 크게 부담 없다는 거."

그가 건넨 대본을 받아 든 혜리가 자신의 차로 돌아가서 의자에 앉으며 대본을 넘겼다. 그가 원하는 해피엔딩. 고민에 고민을 거듭하는 듯 보였던 대본이 드디어 나왔다. 페이지를 넘기던 그녀는 숨을 들이켰다.

이별을 했던 남자 주인공과 여자 주인공은 다시 함께하기로 한다. 마지막 장면에서 남자는 기다리고 여자가 마치 아무 일 없었다는 듯이 웃으며 그의 곁으로 온다.

여자: 안녕? 다녀왔어.

남자: 여행은 어땠어?

여자와의 이별을 남자가 기나긴 여행으로 말하고 있었다. 여행은
어땠냐는 남자의 질문에 여자는 말한다. 생각보다 지루하고 별로였
다고. 그러자 남자가 아무렇지 않게 웃으며 여자를 안아 준다.

남자: 나도 생각보다 기다림은 별로였어.

남자의 대답을 보고 혜리가 손가락으로 대사가 쓰인 부분을 매
만졌다. 영화에서 이별은 기다림과 해피엔딩으로 끝나는데, 아무래
도 우리의 이별은 이대로 끝날 것 같다. 왜냐하면 자신은 그에게
다시 돌아갈 일이 없을 테니까.

'지금 상태로 다시 아이를 갖는다고 해도 낳을 확률은 10%야.'
'지금 내가 불임이라도 된다는 거야?'

적어도 영화에서 여자는 남자에게 줄 수 있는 게 있었을 것이다.
사랑이든, 마음이든, 아기든. 하지만 그녀는 줄 수 있는 게 이제 아
무것도 없다.

마음도 먼저 주었고, 사랑도 먼저 주었고, 상처도 먼저 주었다.
더 이상 그에게 줄 수 있는 게 없다. 혜리가 먹먹한 마음에 눈을
감고 있는데 누군가 창문을 두드렸다.

"오늘 촬영 고생하셔서 감독님이 저녁 쏘신답니다."

"그래요?"

밖에선 사람들이 환호를 외치며 재빠르게 현장을 정리하고 있었다. 괜찮은 삼겹살집을 예약해 두었다는 말에 사람들의 손은 더 분주해졌다.

어느새 옷을 갈아입고 나온 형준이 아직 덜 마른 머리카락을 매만지며 다가왔다. 스태프와 똑같이 창문을 두드렸고, 그녀가 창문을 내리자 기다렸다는 듯이 웃으며 말을 걸었다.

"회식 갈 거죠?"

"가야겠죠? 분위기가 빠지면 안 될 거 같은데."

"저 아까 연기 괜찮았어요?"

"감정선도 좋고, 괜찮았어요."

"참! 마지막 대본 받았어요?"

"네."

형준이 손에 들린 대본을 흔들어 대며 웃었다.

"이런 해피엔딩도 나쁘지 않네요."

"……그래도 여기 주인공은 줄 수 있는 게 있어서 다행이네요."

"뭐가요?"

"줄 수 있는 게 있어서 다시 돌아온 기 아니겠어요?"

"에이. 줄 수 있는 게 있어서 돌아오나? 돌아가고 싶으니까 가는 거지. 원래 사랑이 그런 거잖아요. 마음 가는 대로, 혹은 뒤돌아보았는데 그 자리에 그 사람이 있으면 그게 사랑이지, 뭐."

형준의 말에 혜리가 뒤를 돌아 선우를 보았다. 뒤돌아보면 있는 사람이 사랑이라.

회식 자리는 시끌벅적했다. 아직 영화가 조금 남은 상태인데, 모두들 영화가 끝난 듯한 분위기였다. 모두들 흥분된 분위기로 대화 중이었는데 거기엔 오늘 촬영 이야기며 영화의 마지막 엔딩 부분이며 영화에 대한 이야기가 대부분이었다.

"참, 감독님. 오프닝 타이틀(Opening title, 영화의 첫 부분에 영화 제목과 주요 출연자, 제작자 등의 정보를 담은 짧은 영상)은 어떻게, 다 준비되신 거예요?"

"네. 거의 다 짰는데 마지막 부분을 같이 넣을지 말지 고민 중이라서요."

"그렇구나. 전 이번 마지막 부분이 제일 기대되던데."

회식을 따라온 지유가 관심을 보이며 선우에게 말을 걸었다. 지유는 조감독과 오랜 시간 알고 지내 온 소녀로, 그를 짝사랑하는 역할이었다. 한마디로 사랑의 방해꾼 역할으로, 오래 출연하는 것은 아니었지만 처음 하는 것치고 괜찮게 감정을 잡아 연기하고 있었다.

"감독님, 저희 노래방도 가는 거죠?"

"그래요. 노래방 가요."

"아니, 영화도 안 끝났는데 이 무슨 뒤풀이 분위깁니까?"

스태프의 권유에 선우가 고개를 절로 저었다.

"우리 주연 배우들도 빠지면 섭섭해할 겁니다."

"저희는 빼 주세요."

"에이. 그런 게 어디 있어요? 분위기는 같이 타야지."

형준과 혜리가 손을 저으며 괜찮다고 했지만, 그들은 막무가내였다. 정말로 나중에 영화가 끝나면 이보다 더할지도 모르겠다. 가서

앉아만 있으라는 사람이 있는가 하면, 한 곡만 불러 달라는 사람도
있었다.

하는 수 없이 형준과 혜리, 선우는 잠시 앉아 있다가 가기로 했
다. 약속대로 저녁 계산은 선우가 했고, 사람들은 우르르 근처 노
래방으로 자리를 옮겼다.

노래방 분위기는 아이돌 가수 출신인 지유가 먼저 자신의 노래
를 선곡으로 시작했다. 아이돌 가수의 열창으로 사람들의 분위기가
더 달아올랐다.

"감독님도 한 곡 부르세요."

"저 노래 못합니다."

"에이. 분위기 망치게 빼는 게 어디 있어요?"

"음치라니까요?"

"거짓말. 빨리요."

마이크와 선곡판을 가져다주며 선우에게 얼른 부르라는 시선을
보내자 하는 수 없이 그가 노래방 책자를 넘겼다. 몇 장 넘기다 고
개를 든 그의 시선에 한쪽 구석에 앉아 형준과 다정하게 속닥이는
혜리를 보았다.

'왜? 질투하나 보지? 사이좋게 지내는 것도 안 되나?'

자꾸만 눈길이 가는 건 질투가 아니다. 그럴 리가 없다. 그저 옛
정을 생각해서 걱정하는 마음에 그런 것이다. 다시 재기하는 기회
에 쓸데없는 스캔들이라도 터질까 봐, 그러면 영화에 영향을 미칠
까 봐.

그들을 바라보며 무심하게 선곡한 번호를 누른 그가 자리에서 일어났다. 그가 자리에서 일어나자마자 사람들의 환호 소리가 들려왔다.

"감독님! 스티븐 리!"

그를 향한 환호 소리를 들으며 그가 마이크를 잡고 목을 가다듬었다. 형준과 이야기를 나누던 혜리도 반주에 맞추어 사람들과 같이 손을 흔들었다.

그가 선택한 노래는 김동률의 '다시 사랑한다 말할까' 였다. 반주에 맞추어 시작된 선우의 노래에 사람들이 귀를 기울였다.

음치라서 못 부른다더니. 순 거짓말이었다. 노래를 부르는 그의 목소리는 달콤하고 감미롭기까지 했다. 누가 감독 아니랄까 봐 세세한 감정까지 들어 있었다.

부드러운 그의 목소리가 노래방 안을 가득 채웠고, 노래를 부르는 선우의 시선은 어느새 혜리를 향하고 있었다.

서로를 마주한 두 사람은 무언의 대화를 하고 있었다. 선우가 그린 영화의 엔딩처럼, 기다리는 게 쉬운 일인 줄 알았는데 아니었다는 남자와 조금 긴 여행을 마치고 돌아왔다는 여자.

선우의 노래를 듣던 혜리의 눈에서 눈물이 또르르르 흘렀다. 자신의 눈물에 당황한 혜리가 자리에서 일어났다.

"아, 화장실 좀……."

그녀가 자리에서 일어났고, 사람들은 여전히 선우의 노래에 심취해 있었다. 그녀가 노래방을 빠져나가 문을 닫았지만 방문 사이에서 노래가 흘러나왔다. 그녀는 한쪽 벽에 기대어 문틈 사이로 나오는 노래를 들었다.

어느새 노래는 막바지로 향하고 있었고, 사람들의 박수갈채가 이어졌다. 방 안에서는 그를 향해 '한 번 더'라 외치는 목소리가 들려오고 있었다.

✢✢✢

촬영 스케줄이 지유의 스케줄과 겹치는 바람에 미루어졌다. 그 시간을 이용해 오랜만에 지선을 만나기로 한 혜리는 차를 타고 소속사로 향하고 있었다.

계약을 하고 그동안 영화며, 화보며 스케줄 때문에 지선에게 고맙다는 인사도 제대로 못 나누었었는데. 마침 아침에 소속사에서 시간이 되면 들르라는 전화가 왔던 것이다. 자세한 이야기는 회사에서 하겠지만, 드라마 제의가 들어왔다는 것 같았다.

오랜만에 드라마라니. 기대되고 설레었다. 차창 밖을 내다보며 이어폰을 끼고 흥얼거리고 있는데 혜성이 불만스러운 얼굴로 투덜거렸다.

"하늘이 왜 이러냐."

"응?"

"며칠 전까지 그렇게 햇빛 쨍쨍하더니, 날씨가 꼭 뭐 올 거 같지 않아?"

"비 온댔나?"

하늘을 바라보며 혜리가 중얼거렸다. 그러고 보니, 아침부터 흐린 게 비라도 올 것 같은 날씨였다. 딱히 비 온다는 말은 없었는데.

하늘을 내다보며 가는 사이에 회사에 도착했고, 차에서 내린 혜리가 지선이 기다리고 있을 회사를 올려다보았다. 유명하고 꽤 큰 소속사라고 듣긴 했는데, 계약서도 혜성을 통해 도장만 찍은 터라 직접 와 보기는 처음이었다.

"어서 와. 오랜만이다, 조혜리."

"언니! 반가워요. 소속사 계약까지 도와줬는데 인사를 이제야 하네요."

"아니야. 나도 바빴어. 저번 주까지 홍콩에 일본에 출장 다니느라고. 그놈의 한류가 뭔지."

"잘 돼 간다고 자랑하는 거죠?"

"그럴 리가. 왕년의 대스타를 앞에 두고. 영화는 할 만해?"

"네. 뭐. 그렇죠."

두 사람이 대화하는 사이 막 내린 커피가 앞에 놓였고, 혜리는 지선의 사무실을 눈으로 천천히 둘러보았다. 깔끔한 디자인에 벽 곳곳에 아이돌 가수며, 배우며 내로라하는 스타들의 사진들이 붙어 있었다.

"참, 영화감독이 스티븐 리라며?"

"네. 언니도 아세요?"

"아니. 잘 몰라. 소문으로만 유명해서. 워낙 공적인 자리든 사적인 자리든 얼굴 내비치는 거 싫어하는 사람으로 알려져서. 영화 찍는 배우들한테도 입단속 시키는 모양이야. 듣자 하니 예전에 바람의 시간 드라마 제작진이었다는데."

지선의 말에 순간 혜리가 커피를 마시던 손을 멈칫하며 슬며시 고개를 저었다. 잘 모른다는 제스처였다. 그땐, 대우받는 배우와 열심히 뛰는 조감독이었는데. 이젠 상황이 역전되었다. 어떻게든 다시 뜨기 위한 배우와 잘나가는 감독님.

"자, 봐 봐. 이게 너한테 들어온 드라마."

지선이 건넨 시나리오를 받아 든 혜리가 제일 앞에 제목을 바라보았다. '달려라, 온누리!' 라는 제목과 혜리가 맡은 역할 부분에 붉은색 형광펜으로 표시가 되어 있었다.

부모님도 친척도 아무것도 없는 여자가 어느 재벌집 남자와 엮이면서 사랑도 하고 자기 일도 찾는 성공기를 그린 드라마였다.

"완전 캔디네."

"좀 그렇지? 전형적인 캔디긴 한데, 지금 맡은 영화하고는 정반대라서 추천하는 거야. 촬영도 영화 끝날 무렵쯤 시작할 거 같고. 그러면 영화 관객 수 모으는 데도 도움 될 거고 자동으로 홍보도 되니까."

"고마워요, 언니. 생각해 볼게요."

시나리오를 들고 흔들면서 혜리가 자리에서 일어났다. 지선의 배웅을 받으며 사무실에서 나와 엘리베이터에 올라타는데, 핸드백 안에서 핸드폰이 울렸다. 수미의 전화였다.

"오, 웬일?"

— 나 오늘 일찍 끝날 거 같은데, 오랜만에 한잔할까? 너 어차피 오늘 스케줄 없다며. 다 알아봤다.

"뭐야."

같이 엘리베이터에 오른 혜성을 향해 눈짓하며 혜리가 피식 웃었다. 보나 마나 자신이 오늘 쉰다고 혜성이 수미에게 말했을 것이다.

"그래. 오랜만에 한잔하자. 어디서?"

— 그 왜 있지. 예전에 우리 자주 가던 데. 종로 못 가서 막창 골목 막 있는 데. 거기 아직도 하려나?

"글쎄? 하지 않을까? 워낙 장사도 잘되고, 대학생들이 많이 가는 곳이잖아."

— 그렇지? 그럼 먼저 가 있어. 금방 갈게.

수미와의 전화가 끊기자 1층에 도착했다. 엘리베이터에서 내려 로비를 빠져나온 두 사람은 차에 올라탔다. 혜리가 옆자리에 시나리오를 놔두고 회색빛으로 물들어 가는 하늘을 보았다.

"비가 오긴 오려나?"

"어떻게, 수미가 말한 곳으로 바로 갈 거지?"

"응."

그녀의 대답과 함께 차가 부드럽게 미끄러져 추억의 막창집으로 향했다.

혜성을 보내고 막창집에 들어간 혜리는 가장 구석에 자리를 잡았다. 먼저 주문하고 먹고 있으라는 수미의 문자에 막창과 돼지부속을 함께 주문했다. 그리고 소주 한 병도.

예전에 수미와 선우, 혜리기 술을 마시러 종종 오던 곳이었다. 대학교 근처라 그런지 늘 사람들로 붐볐고, 오래된 낡은 인테리어며 북적이는 사람들이며 젊은 대학생들의 수다까지 변한 게 없었다.

선우와 사귀던 때엔, 다른 비싼 레스토랑이나 식당에서 식사를 할 때면 사람들 눈치를 살피며 알아보는 사람은 없나, 기자는 따라붙지 않았나, 신경 써야 했는데 수미의 단골집인 이곳은 구석에 자리를 잡으면 자리마다 나무 칸막이로 가려져 있어 보이지도 않아 좋았다.

게다가 손님들 대부분이 대학생들이라 그런지 활기도 넘치고 자기들끼리 어울려 이야기하느라 주변에 별로 신경 쓰지 않는 분위기였다.

한쪽에서는 게임을 하면서 벌주를 따르는 학생들을 보며 웃고 있는데, 주문한 음식이 차려지고 소주도 테이블 위에 놓여졌다.

"앤 왜 이렇게 안 와. 금방 올 거처럼 말하더니."

어느새 어둑해진 바깥을 보며 턱을 괴고는 투덜댔다. 시간을 보려고 핸드폰을 만지작거리는데 수미에게서 문자가 왔다. 조금 늦어질 거 같으니, 먼저 먹고 있든가 아니면 그냥 다음에 먹자는 내용의 문자였다.

"뭐야, 김빠지게."

이미 주문까지 하고 석쇠 위에 고기를 올려놓은 상태였다. 좋았던 기분이 푹 꺼지는 느낌에 수미에게 전화를 걸었다.

"뭐야? 최수미! 많이 늦어?"

— 어, 미안. 미국에 있는 선배한테 메일을 받았는데, 그게 깨져서 다시 받고 있어. 조금 시간이 걸릴 거 같아. 어쩌지?

수미의 목소리가 다급하게 들렸다. 자신과의 약속 때문에 서두르는지 시끄러운 소리가 들려왔다.

"괜찮으니까 천천히 와."

— 어어. 미안, 미안. 그런데 아직도 거기 장사하나 봐?

"똑같던데?"

— 그래?

"널 위해 술까지 주문했더니!"

— 금방 갈게.

통화가 끊기고 혜리는 짧은 한숨을 내쉬며 고기를 뒤집으며 구웠다. 이럴 줄 알았으면 병원에서 기다렸다가 같이 올 걸 그랬다. 이게 웬 청승이람. 혼자서 고기 구워 먹고 앉아 있으려니 뭔가 어색하고 웃겼다.

"뭐 기다리면 오겠지."

테이블 위에 놓인 소주를 빈 잔에 채우며 한 모금 마셨다.

그렇게 한 잔, 또 한 잔. 병에 가득 차 있던 술은 어느새 바닥을 향해 가고 있었고, 석쇠 위에 얹었던 고기는 거의 다 먹어 버린 상태였다. 빛의 속도로 달려오겠다던 수미는 한 시간이 다 되도록 오지 않았다.

"에라, 가야겠다."

혼자서 한 병을 다 마신 그녀가 자리에서 비틀거리며 일어났다. 수미가 온다고 해도 이미 고기도 다 먹어 버리고, 술도 혼자 다 마셨는데 여기서 뭘 더 먹는다는 말인가.

계산을 하고 밖으로 나온 그녀가 볼 위에 차갑게 떨어지는 물방울에 눈을 찡긋 감았다가 뜨며 하늘을 바라보았다.

"어? 비네?"

아침부터 흐리더니 비가 내리고 있었다. 그리고 점점 빗줄기가 굵어지더니 세차게 쏟아지며 그녀의 옷을 흠뻑 적셨다. 갑자기 쏟아지는 비에 주변을 두리번거리다가 큰 건물 밑으로 비를 피한 그녀가 핸드폰에서 번호를 찾았다.

혜성에게 전화를 걸었지만, 그는 전화를 받지 않았다. 수미가 혹시 올지 모르니 수미에게 전화를 걸어 보았다.

— 여보세요? 미안. 나 지금 가고 있는데. 아직 거기 있지? 비 많이 오던데.

"으응……. 나 나왔어. 다 먹고. 나왔는데 비가 오네?"

— 뭐야? 너 혼자 술 마셨어?

"응응. 나 집으로 갈 거니까, 너도 집에서 봐."

— 나 지금 그리로 가고 있다니까? 기다려. 여보세요? 혜리야?

수미의 외침을 뒤로하고 전화를 끊어 버린 혜리가 자리에 주저앉았다. 다시 이리저리 핸드폰에서 전화번호 목록을 누르던 혜리가 어디론가 전화를 걸었다.

"……나, 데리러 좀 와라."

— …….

"집에 가고 싶은데 혼자 못 가겠어. 데리러 좀 와. 응?"

몇 마디가 더 오갔지만 그 말들이 모두 빗소리와 섞이는 것만 같았다. 결국 상대방의 질문을 무시하고 핸드폰을 쥐고 있던 손을 힘없이 떨어뜨렸다. 수화기 너머에서 들리던 한숨 소리와 말소리가 멀어졌다.

아, 술은 마셔서 알딸딸하고 비도 맞아서 정신도 없고, 집에 가고 싶긴 한데 다리에 힘이 풀린 건지 일어날 수도 없었다. 쏟아지는 빗줄기를 보며 혜리는 건물 처마 밑에서 주저앉아 우산을 쓰고 지나가는 사람들을 바라보았다.

"거참, 비 한번 되게 잘 오네. 촬영할 때는 그렇게 쨍쨍하더니."

막 샤워를 마치고 나온 선우가 번쩍이는 천둥을 동반한 소나기가 내리는 창밖을 보며 불만스러운 얼굴을 했다. 비 오는 장면을 촬영하려고 할 때는 햇빛만 쨍쨍하더니 마치 지금은 보란 듯이 비가 퍼붓고 있었다.

수건으로 머리를 털고 냉장고에서 맥주를 꺼내어 소파에 느슨하게 앉은 그가 캔 뚜껑을 땄다. 지유 때문에 스케줄이 미뤄져 오늘 하루는 편안하게 쉴 수 있었다. 이제 가볍게 한잔하고 누울 생각이었다.

그런데 막 맥주를 마시려고 입가에 대려는데 핸드폰이 요란하게 울려 댔다. 도대체 이런 날에 누구란 말인가? 모처럼만에 여유 좀 부리려는데. 액정에 뜬 발신자 번호를 본 그가 고개를 갸웃거렸다.

"무슨 일이……."

— ……나, 데리러 좀 와라.

"……."

— 집에 가고 싶은데 혼자 못 가겠어. 데리러 좀 와. 응?

"뭐야, 취했어? 형한테 데리러 오라고 해."

— ……몰라.

작게 줄어드는 그녀의 목소리 뒤로 시끄럽게 차들이 지나가는 소리와 빗소리가 섞여 나왔다.

"뭐야, 너 어디야?"

— …….

"야! 조혜리? 어디냐고?"

— 종로, 거기.

단 두 마디를 하고 전화가 끊겼다. 종로 거기가 어디냐고. 선우가 자리에서 일어나며 다시 전화를 걸었지만 혜리는 받지 않았다.

"비 오는데 얜 뭐 하는 거야?"

투덜대며 그가 혜성의 번호를 눌렀지만 신호만 갈 뿐 전화를 받지 않았다. 한 손에 맥주 캔을 들고 있던 그가 김빠진 얼굴로 캔을 테이블 위에 내려놓았다. 막 씻고 나온 터라 반은 속옷 차림이었던 그가 방으로 가 옷부터 갈아입고 다시 혜리에게 전화를 걸었다.

여전히 신호만 가는 전화. 이래서야 '종로, 거기'를 어떻게 찾는단 말인가?

"종로, 종로라……. 설마, 거긴 아니겠지?"

설마, 하는 의심을 품고 장우산을 꺼내 든 그가 현관을 나섰다. 순간 왜였을까? '종로, 거기' 단 두 마디였는데 예전에 연애할 때, 수미와 함께 갔던 종로에 있는 대학가 근처의 막창 골목이 생각난 것은.

얼마나 있었는지 모른다. 쭈그린 자세로 주저앉아 한참을 길을 가는 사람들을 바라보며 혜리는 코를 훌쩍였다. 비를 맞아서 옷도 젖어서 으슬으슬 추웠고, 비는 아직도 계속 양동이로 쏟아붓듯 내리고 있었다. 그냥 지나가는 소나기인 줄 알았는데 쉽게 그치지 않을 모양이었다.

어둑해진 하늘을 본 그녀가 자신의 볼을 감쌌다. 비를 맞아서인지 술기운이 오래가는 것 같았다. 아니, 비를 맞아서 열이 나는 건가? 따끈해진 양 볼을 매만지며 자리에서 일어났다. 아무래도 택시를 타야 할 것 같은데.

장대비를 뚫고 거리로 나온 그녀가 택시를 잡으려고 했지만, 비가 와서인지 택시도 잡히지 않았고, 대부분 사람들이 타고 있었다.

비를 맞으며 택시를 잡으려던 그녀가 머리카락이며 옷이며 흠뻑 젖자 택시 잡는 것을 포기하고 돌아서서 비를 피하려고 두리번거렸다.

버스 정류장은 여기서 한참 가야 하는 것 같았고, 비는 계속 오고. 아무래도 오늘 날을 잘못 잡은 것 같다는 생각에 그만 길 한가운데 주저앉았다.

그런데 갑자기 머리 위로 어두운 그림자 하나가 드리워지며 투툭, 투툭 소리가 들려왔다. 고개를 들어 위를 본 혜리가 놀라 눈을 깜빡였다.

……우산?

"여기서 뭐 해? 청승맞게. 일어나."

비를 맞으며 바닥에 주저앉은 혜리의 머리 위로 우산을 씌워 주며 선우가 퉁명스럽게 말했다.

"뭐야?"

"뭐긴 뭐야. 한참 찾았네. '종로, 거기' 하고 전화를 끊으면 어떻게 해?"

"정말…… 왔네."

혜리의 목소리가 빗소리에 젖어 작게 울렸다.

"네가 오라며."

"……"

"오라고 전화했잖아. 일어나. 가자."

그가 그녀의 머리 위에서 우산을 작게 흔들며 혜리를 불렀지만 그녀는 꿈쩍도 하지 않고 그대로 고개를 숙인 채 앉아 있었다. 간간이 지나가는 사람들이 그들을 힐끔힐끔 쳐다보는 것 같아 선우가 허리를 숙여 혜리의 어깨를 흔들었다.

"가자고. 비 쏟아지잖아."

불만 섞인 선우의 목소리가 등 뒤에서 들려왔지만, 왜인지 모르게 일어날 수가 없었다. 술도 깬 것 같은데, 갑자기 다리에 힘이 빠진 느낌이었다.

"비 많이 오잖아. 가자니까?"

"……이선우, 선우 씨."

주저앉은 혜리가 그의 이름을 불렀다.

"……그때, 왜 안 왔어?"

"뭐?"

"내가 그렇게 와 달라고 했는데, 왜 안 왔어?"

우산을 꼭 쥔 선우가 혜리의 어깨를 흔들던 손을 멈추었다. 그때라니?

"내가 계속 기다렸는데……."

'선우 씨, 언제 와?'

'선우 씨, 어디야? 아직도 일해? 많이 늦어?'

'나, 아파……. 좀 와 주면 안 돼?'

비 때문이었을까? 갑자기 혜리의 목소리가 슬프게 들린 것은.

"아주, 많이 기다렸는데……."

"……."

"왜, 안 왔어?"

그제야 자리에서 일어나 뒤돌아선 혜리가 선우를 바라보며 물었

233

다. 순간 그녀의 눈에 고여 있던 눈물이 툭, 떨어져 내렸다.

병원에서 허겁지겁 달려 나와 택시를 탄 수미가 혜리에게 전화를 걸었다. 그러나 계속 전화를 받지 않았다. 혹시 혜성과 같이 있나 싶어 그에게 전화를 걸었지만, 혜성은 모처럼 만에 친구들을 만나고 있다며 무슨 일이냐는 반응이었다.

"설마 아직 기다리고 있는 건 아니겠지?"

집으로 갈 거라고 말은 했지만, 전화를 받지 않으니 집으로 간 건지 아니면 아직 종로에 있는 건지 알 수가 없어 일단 종로로 가기로 했다. 앞이 안 보일 정도로 쏟아지는 빗줄기를 보고 시계를 한 번 본 수미가 다시 혜리의 번호를 눌렀다.

"어? 혜리야. 어디야? 계속 전화도 안 받고."

— 저, 이선웁니다.

수화기 너머에서 들려오는 목소리에 혹시 전화를 잘못 걸었나 싶어 번호를 확인한 수미가 의아한 표정을 지었다.

"두 사람 같이 있어요?"

— 아, 그렇게 됐는데. 혜리는 제가 데려갈게요.

"지금 어딘데요?"

— 택시 잡고 있으니까. 나중에 통화하죠.

"네?"

— 나중에 통화하자고요.

선우의 말에 놀라 되물은 수미가 전화를 끊으려는 선우를 불렀다. 아니, 왜? 무슨 할 말이 있어서 나중에 통화를 해.

"나중에 통화요?"

— 내가 물어볼 게 있으니까, 나중에 통화해요. 지금 손이 좀 모자라서…….

전화는 끊겼다. 택시 안에서 당황한 얼굴을 한 수미가 어깨를 가볍게 으쓱이며 끊긴 핸드폰을 바라보았다.

그나저나 할 말이라니. 선우와 자신이 무슨 할 말이 있다는 말인가? 그리고 두 사람이 왜 같이 있다는 말인가? 두 가지 의문을 품은 그녀는 조용히 택시의 행선지를 오피스텔로 바꾸었다.

제10장
어제의 일만 같은데

　어느덧 영화는 마지막 엔딩만을 남겨 놓고 있었다. 엔딩의 중점
은 헤어졌던 두 남녀가 햇살 좋은 봄날, 다시 재회하게 되는 것이
었다.

　선우의 스토리대로 떠났던 여자가 아무렇지 않게 인사하며 돌아
오고, 남자는 그녀를 아무 일 없던 듯 받아 주고. 두 사람은 행복한
미래를 그리며 막을 내리는 내용이었다.

　언제 비가 왔었냐는 듯이 그치고, 슬슬 더위가 시작되었지만, 혜
리와 형준은 긴팔을 입고 밖에서 대기 중이었다. 혜리는 봄을 연상
시키는 노란 카디건에 하늘거리는 흰색 원피스를, 형준은 연한 하
늘색 청재킷을 입고 있었다.

　"마지막에 내가 안기는 게 나은가?"

　"제가 이렇게 팔을 벌려서."

　"이것도 괜찮다. 아니면 아까처럼 거리를 두고 손만 흔들어? 서

로 웃으면서?"

"난 지금 맞춰 본 게 더 나은데."

더운 날씨였지만 두 사람은 서로 호흡을 맞춰 보며 마지막 신 리허설을 하고 있었다. 조금 떨어진 곳에서 앵글을 맞춰 보고 있던 선우가 카메라에 들어온 혜리의 얼굴을 보았다. 환하게 웃고 있는 그녀는 며칠 전 빗속에서 자신을 보며 울고 있던 것과는 달리 밝아 보였다.

그날 이후 뭔가 말이라도 있을 줄 알았는데 그녀는 데려다줘서 고맙다라든가, 술김에 그래서 잊으라든가, 그런 문자 한 통조차 없었다.

"뭐야, 힘들게 데려다주었는데."

불만스런 얼굴로 중얼거리는데, 그의 옆으로 지유가 다가와 그의 어깨를 가볍게 쳤다.

"감독님, 언제 시간 되세요?"

"그건 왜요?"

여전히 카메라에 잡힌 혜리를 보며 퉁명스럽게 대답했다.

"저희 소속사랑 팬 카페에서 그동안 영화 찍느라 고생하셨다고 작은 선물을 보내 드린다고 해서요."

"저 그런 거 안 받습니다."

"에이, 약소한 건데 받아 주세요. 언제 시간 되세요? 사무실로 갈게요."

"안 와도 돼요."

그의 대답에 지유가 입술을 삐죽이며 선우가 바라보는 것을 고개 숙여 같이 들여다보았다. 그가 보고 있는 것은 형준과 대화를 나누며 웃고 있는 혜리의 모습이었다. 뭐야, 감독님이 관심이라도 있나?

"언니 예쁘죠?"

"앵글 맞추는 겁니다. 방해되니까 촬영 준비하고 있어요."

평소보다 부드럽지 않은 선우의 말에 지유가 입술을 잔뜩 내밀고 뒤돌아섰다. 마지막 촬영이라 신경이 쓰이는 걸까? 카메라를 보고 있는 그의 표정은 뭔가 아주 많이 마음에 들지 않는 것 같았다.

"자, 촬영 들어갑니다."

외침과 함께 배우들이 각자 동선을 맞추었던 자리에 가서 서며 촬영 준비를 했다. 잘 가꾸어진 정원에서 형준이 물을 주며 콧노래를 부르고 있었다. 현관은 반쯤 열려 있었고, 돌계단을 올라오는 혜리의 모습이 보였다.

두 사람이 재회하는 장면을 딥 포커스로 찍을 예정이었다. 관객 입장에서는 원경, 중경, 근경 가운데서 선택적으로 볼 수도 있고, 표준 렌즈를 사용하고도 촬영이 가능하다는 장점이 있어서였다.

돌계단을 올라온 혜리기 멈추어 섰고, 정원에 물을 주던 형준의 손도 멈추었다. 꽃들을 향해 흩뿌려지던 물줄기가 줄어들며 두 사람이 서로 마주했다.

"안녕? 다녀왔어."

"여행은 어땠어?"

형준의 질문에 혜리가 낮게 고개를 저었다. 그녀의 대답에 그도 웃으며 대답했다.

"나도 생각보다 기다림은 별로였어."

그의 대답과 함께 혜리가 뛰어들며 그의 품에 안겼다.

"컷!"

두 사람의 포옹과 함께 영화 촬영이 크랭크업(Crank up, 촬영 완료) 됐다. 형준의 품에서 빠져나온 혜리가 다시 그를 안으며 토닥였다.

"진짜 고생했어요."

"혜리 누나도 고생 많이 했어요."

파트너였던 두 사람은 서로를 다독이고는 감독과 스태프를 향해 인사를 건넸다.

길다면 길고 짧다면 짧은 시간. 그리고 악연인지 우연인지 인연인지, 얽히게 될 거라고 전혀 생각하지 못했던 선우와의 만남. 영화를 무사히 마칠 수 있을지, 다시 얽히거나 서로 감정이 다시 헷갈리지는 않을지 걱정하며 시작했던 촬영이었는데 허무하게 촬영이 끝나 버렸다.

"당신도 고생했어."

"어, 그래."

시원찮은 그의 대답에 혜리가 불민스런 얼굴로 돌아섰다.

"감독님, 저희 종파티 하는 거죠?"

마지막 촬영이라는 아쉬움과 기쁨에 촬영 장비를 정리하며 한 스태프가 소리쳤다. 그의 말과 함께 다른 사람들도 소리치며 환호를 질렀다.

"아, 어쩌죠? 제가 오늘은 선약이 있는데."

"에이. 그런 게 어디 있습니까?"

"대신 제가 돈 지불할 테니 가서 마음껏들 드세요."

"말도 안 돼요. 제일 고생하신 감독님이 빠지다니."

시계를 보며 난처한 표정을 지었지만 사람들은 안 된다며 소리쳤다. 당연히 고생한 스태프들과 배우들과 식사를 하는 게 맞지만, 오늘은 곤란했다.

"아니면 내일로 미루죠. 제가 내일 괜찮은 곳 예약할 테니."

그의 말에 사람들은 아쉬운 표정으로 그렇게 하겠다고 고개를 끄덕이며 수긍하는 분위기였다.

"뭐야, 감독이 고생한 사람들 챙기기보다 자기 약속 먼저 잡고. 얼마나 중요한 약속이기에."

"있다. 그런 거."

카메라를 가방에 넣으며 그가 대답했다.

"그런데 넌 고맙단 소리도 안 하냐? 그 비 오는 날, 내가 얼마나 고생했는데."

"저번에 우리 집에서 재워 줬잖아. 그거 갚은 걸로 하면 되지."

"아아. 저번에? 그건 혜성이 형이 재워 준 거지."

"왜 이래? 당신 끌어다가 소파로 옮긴 건 나였거든?"

발끈하며 혜리가 말하자, 그녀의 반응이 웃긴지 그가 피식 웃었다.

"참, 드라마 들어가기로 했다며? 축하한다. 영화 트레일러(Trailer, 예고편) 깔릴 때 비슷하게 들어가는 거 같던데, 홍보 잘 부탁한다."

"그럼, 스티븐 리 감독님 명성에 누가 되지 않게 홍보해서 관객 끌어 줘야지."

얄미운 대답과 혜리가 돌아섰고, 선우가 그녀를 보더니 불렀다.

"조혜리, 고생했다."

"……."

"그리고 내 영화긴 해도 이 영화로 재기 성공하길 바란다."

여유 있게 바지에 손을 넣으며 그가 가볍게 어깨를 으쓱이며 말하자, 그를 바라보던 혜리가 처음으로 환하게 웃으며 대답했다.

"고마워."

❖ ❖ ❖

선우는 카페 테이블 위에 손을 얹고 톡, 톡 손가락으로 치면서 시계를 바라보았다. 바쁘다고 해서 친히 왔는데 중요한 건 벌써 30분째 대기 중이라는 것이었다.

수미에게 전화를 걸어 만나자고 했더니, 바빠서 따로 만나기는 곤란할 것 같다고 답변이 왔다. 병원도 자기 직장이 아니고, 협진 의사로 온 터라 눈치 보인다며 무슨 일인지 몰라도 병원으로 올 수 있느냐는 말에 병원 로비에 있는 카페테리아에서 계속 기다리고 있는 중이었다.

통화할 때만 해도 병원으로 오면 금방 만날 수 있는 것처럼 대답하더니, 수미는 카페에서 기다리면 내려가겠다는 문자 이후로 보이지 않고 있다.

턱을 괴고 의자에 앉아서 잔뜩 찡그린 얼굴로 여전히 손가락은 테이블 위를 튕기며 기다리고 있는데 가운을 입고 자신을 향해 다가오는 수미의 모습이 보였다.

"여기까지 무슨 일이에요?"

반대편 의자를 꺼내 앉으며 물었다.

"뭐 마실래요?"

"아뇨. 금방 올라가야 해서."

수미가 테이블 위에 핸드폰을 놓으며 시간을 확인하고 선우를 보았다. 그녀의 눈빛은 시간이 없으니 빨리 용건부터 말하라는 것처럼 보였다.

"시간 많지 않은 것 같으니까 용건부터 말할게요."

"그래요."

어깨를 으쓱이며 그녀가 대답했다.

"3년 전에 우리가 왜 이혼했습니까?"

다짜고짜 묻는 선우의 말에 수미가 어이없다는 듯이 그를 보았다.

"지금 뭘 물어본 거예요? 두 사람이 이혼한 걸 묻는 거예요?"

수미의 반문에 그가 대답을 기다리는 사람처럼 작게 고개를 끄덕였다. 수미는 지금 이 상황을 이해할 수가 없었다. 갑자기 왜, 이제 와서 이유가 궁금해진 거란 말인가? 두 사람이 왜 이혼했는지 그 이유를 당사자가 아닌, 친구인 자신에게 묻다니. 그것도 이혼한 지 3년이 지난 후에야.

"그건 당사자한테 물어야죠. 혜리한테 물어봐요."

"그런 걸 조혜리가 말할 거 같아요?"

"당사자가 말 안 할 걸 왜 저한테 물어보세요? 선우 씨는 여전히 혜리를 모르네요. 전 두 사람 문제에 대해선 해 줄 말도, 대답해 줄 이유도 없어요. 그런 걸로 궁금해서 찾아온 거라면 시간 낭비하셨어요. 근무 중에 나온 거라 이만."

수미가 자리에서 일어나려고 테이블을 손으로 짚자, 선우가 급히 그녀의 손목을 잡았다.

"그럼 질문을 바꿀게요. 내가 영화제 준비하던 그사이…… 혜리가 아팠는데, 그동안에 무슨 일 있었습니까?"

자신의 손목을 꼭 잡고 간절하게 대답을 원하는 선우의 표정에 수미가 다시 의자에 앉았다. 방금 그의 표정은 대답을 꼭 들어야겠다는 표정이었고, 듣기 전에는 자신의 손목을 놔줄 거 같지 않아서였다.

"그것도 본인한테 물어보셔야죠."

"물어봐서 대답할 거였으면 여기 안 왔겠죠."

"그럼 대답하기 전에 저도 몇 가지 궁금한 게 있는데 대답해 주실 건가요?"

수미의 말에 선우가 작게 고개를 끄덕였다. 아쉬운 사람은 자신이었다. 아쉬워서 친히 병원까지 발걸음 했고, 대답을 들으려면 그녀가 묻는 질문에 대답해 주어야 자신이 원하는 답을 들을 수 있을 것 같은데.

"선우 씨는 혜리를 사랑하긴 했나요?"

"했습니다."

"그러면 이혼하기 전이라고 생각하고 물을게요. 선우 씨가 아끼는 카메라하고 혜리가 아주 깊은 바다에 빠졌어요. 어느 쪽을 구할 건가요? 혜리? 카메라?"

당황스러운 그녀의 질문에 선우의 표정이 일그러졌다. 당연히 사람이 먼저지. 그걸 말이라고 묻는 건가?

"당연히…… 혜리겠죠. 그걸 말이라고 묻는 겁니까?"

선우의 대답에 팔짱을 끼고 있던 수미가 자세를 고쳐 앉으며 선우를 바라보았다. 과연, 여기에서 혜리가 이혼을 하게 된 이유를 말해 주어야 하는 게 옳은 걸까? 당사자가 없는데, 당사자의 허락도 없이 대신 대답해 주는 게 옳은 것일까?

"대답은 다 한 거 같은데, 내 질문에 대답해 줘요."

입을 꾹 다물고 바라만 보는 수미를 보며 초조한 듯 선우가 대답을 재촉했다. 그를 보던 수미가 짧은 한숨과 함께 입을 열었다.

"혜리가 아프다고 전화했던 날부터 선우 씨가 영화제로 연락이 두절됐던 2주 동안 혜리는 아주 많이 아팠어요."

"……."

"몸도 마음도."

수미의 말에 선우가 테이블 위에 올려놓았던 손을 조심스럽게 움켜쥐었다.

"아기를 가졌는데…… 초기인 데다가 딱히 임신인 줄 몰랐어요. 그런데 착상이 불안정한 상태여서 유산이 되었어요. 입원해 있는 동안 선우 씨한테 혜리는 계속 연락을 했고, 선우 씬 연락이 되지 않았어요."

생각지도 못한 수미의 말에 움켜쥐었던 선우의 손이 작게 떨려 왔다. 유산, 그런 건 생각해 보지 못했다. 그저, 아프다는 말에 바로 달려와 주지 않아서 서운해서 그런 거라고 생각했다.

"착상이 안 좋았고, 검사 결과도 안 좋았어요."

"……검사?"

"유산했으니까 기본적인 검사라도 하자고 제가 권했거든요. 그런데 결과가 너무 좋지 않았어요. 자궁 내벽이 워낙 얇은 데다가 몸이 차가워서 다시 아기를 가져도 낳을 수 있는 확률이 높지 않았어요."

수미의 말에 선우는 마른침을 삼켰다. 여기서 뭐라고 묻고, 뭐라고 대답해 주어야 할지 모르겠다.

"문제는 그다음이었어요. 유산한 다음에 퇴원한 혜리의 집에 갔더니, 집이 엉망이더라고요. 혜리가 퇴원한 후에도 여전히 선우 씨는 연락이 안 되었던 거 같고, 병원에서 몇 번 연락을 해 본 뒤로는 선우 씨에게 연락할 생각이 없어 보였어요. 반쯤 넋이 나가 있는 상태였거든요. 혜리한테 온 건 정신적인 문제였어요."

"정신적인 문제?"

"혹시, 산후우울증이라고 들어 봤어요? 상심증후군(傷心症候群)은요?"

"산후우울증은 대충 알겠는데, 상심증후군은 잘……."

그가 나지막이 고개를 저으며 대답했다.

"혜리는 특별한 케이스였어요. 결혼 전에는 사람들한테 시선과 사랑 모든 걸 한꺼번에 받는 스타였는데 그걸 단번에 내려놓는 건 사실 쉬운 일이 아니었죠. 게다가 유산까지 하고, 선우 씨는 연락이 안 되니까, 아마 불안간에 정신적인 문제가 더 커졌을 거예요."

"그럼, 상심증후군은?"

"상심증후군 같은 경우는 보통 부자나 연예인 같은 사람들이 성공했거나 모든 걸 다 가졌다가 갑자기 잃어버린 것에 대한 허탈감에서 자기 스스로 자아를 상실하는 경우에 생길 수 있어요."

수미의 말을 듣고 선우의 표정이 굳어졌다. 유산, 산후우울증, 상심증후군. 영화제를 준비하던 그 길지 않은 시간 동안에 일어난 일이라니 믿을 수가 없었다.

"그런데 산후우울증은 보통 아이 낳고 오는 거 아닌가요?"

"보통 사람들은 아이를 낳아야만 우울증이 온다고 생각하는데, 유산도 아이를 낳은 거나 마찬가지예요. 대신에 이런 경우는 아기를 잃었으니, 허탈감과 아기한테 미안한 마음 같은 것들이 생기면서 우울증이 찾아오는 거예요. 혜리는 그 두 가지가 한꺼번에 왔어요."

"……"

"선우 씨한테는 연락이 안 되었던 그 2주가 짧을지 몰라도, 애타게 기다리는 사람에게 2주는 아주 길고, 고통의 순간이고, 불안의 순간일 수 있어요. 자신이 좋아하는 연기보다 선우 씨를 택해서 미국까지 갔는데, 의지할 사람이라고는 선우 씨뿐이었을 텐데, 혼자서 집에 갇힌 사람처럼 지내야 했을 혜리 생각은 조금도 하지 않았어요?"

수미의 말에 선뜻 대답하지 못한 선우가 입을 다물었다.

"내가 해 줄 수 있는 말은 여기까지예요. 이건 친구로서, 혜리의 주치의로서 해 줄 수 있는 대답이고. 선우 씨와 혜리가 이혼하게 된 이유가 정신적인 문제인지, 유산 때문인지 아니면 사랑이 식어서인지 그건 대답해 줄 수가 없네요."

자리에서 수미가 일어나며 짧은 한숨을 쉬었다.

아마도 이 이야기를 한 것을 알면 혜리의 성격에 노발대발 난리 나겠지. 방금 그에게 한 말들 모두 잘한 짓인지는 모르겠지만, 어쨌든 그에게 해 줄 수 있는 것은 이게 전부였다.

이 사실을 알게 된 선우가 모른 척하든, 사과를 하든, 아니면 두 사람이 진실을 알았으니 서로 갈 길을 가든 그건 이제 두 사람의 몫이니까.

"전 이만 갈게요."

그 자리에 굳은 듯이 앉아 있는 그를 향해 말하고는 돌아섰다.

수미가 가고도 선우는 한참을 카페에 앉아 있었다. 바로 일어날 수가 없었다. 생각 같아서는 혜리에게 달려가 수미의 말이 맞는지 묻고 싶은데 그게 뜻대로 되지 않았다.

이혼을 하자는 그녀의 말에 자신이 모르는 이유가 있을 거라고 생각했다. 하지만 생각도, 상상도 해 보지 못한 말들에 충격이 컸다.

유산, 산후우울증, 상심증후군…….

간신히 테이블을 짚고 일어난 그가 잠시 휘청거렸다. 도대체 왜 자신은 이혼하자는 그녀의 말에 단 한 마디도 이유를 묻지 않았을까? 왜 그저 이혼하자는 말에 대답을 해 주지 않으면 금방이라도 사라질 것 같았던 이슬 같은 그녀를 보며, '그래'라는 대답만 해 주었던 걸까? 아픈데 연락이 안 돼서 서운한 거냐며 위로의 말 한 마디 건네지 못했던 걸까? 왜 싫어진 거냐고 제대로 묻지도 않았던 걸까?

"젠장!"

비척비척 밖으로 나온 그가 벽을 주먹으로 치며 소리쳤다.

"미친놈, 머저리 같은 놈!"

다시 한 번 주먹으로 벽을 치고는 몸을 돌려 벽에 기대었다. 벽을 쳤던 손은 금세 까져서 붉은 피가 나오고 있었지만, 아픔은 느끼지 못했다. 선우는 쨍쨍한 햇살 아래서 눈을 감고 미간을 찌푸렸다. 그의 입에서 헛웃음이 흘러나왔다.

'왜 안 왔어? 내가 계속 기다렸는데……'
'아주, 많이 기다렸는데……. 왜, 안 왔어?'

생각하지 않으려고 했는데, 그날 자신을 향해 눈물을 떨어트리며 왜 오지 않았느냐고 물었던 혜리의 얼굴이 떠올랐다.

쏟아지는 비에 젖은 혜리의 얼굴에서 떨어지는 게 비가 아니라, 눈물인 것을 분명히 그는 보았다. 하지만 묻지 않았다. 데리러 오지 않았느냐는 그녀의 말에 그게 언제인지, 뭘 말하는 건지, 왜 우는지조차 묻지 않았다.

사랑한다면서 같이 있자고 청혼해 놓고서, 그녀를 행복하게 해 주겠다고 다짐해 놓고서 그 모든 약속을 어긴 건 자신이었다. 그녀를 외롭게 한 것도, 아프게 한 것도 혼자 내버려 둔 것도 모두 자신이었다.

수미의 말대로 아주 깊은 바다에 카메라와 혜리가 빠졌는데 그는 혜리가 아닌 카메라를 구한 셈이었다.

'어쩌면 혜리한테 선우 씨는 전부였을지도 몰라요. 그래서 무슨 일이 있어도 달려와 줄 거라고 믿었는데, 오지 않은 실망감과 배신감, 공허함에 그런 병이 걸린 걸지도 모르죠.'

자신을 한참을 바라보던 수미가 마지막으로 한 말이 머릿속에서 맴돌았다. 어쩌면 자신이 전부였던 그녀에게 무슨 짓을 한 것일까?

'함께해 줘요. 난 그거면 돼.'

그녀가 걸었던 단 하나의 약속. 갑자기 하늘을 바라보던 그가 현기증을 느끼며 힘없이 주저앉았다.

집으로 돌아왔던 선우는 잠깐 앉아서 쉬는가 싶더니, 모자와 핸드폰을 챙겨 밖으로 나갔다. 그러고는 홍대로 나가 거리를 서성였다. 해가 저문 하늘은 캄캄했고, 홍대 거리는 네온사인으로 반짝였다.

모자를 눌러쓰고 거리를 걷던 그가 화려한 네온사인이 반짝이는 지하의 한 술집으로 향했다. 술을 시킨 그는 계속 마시고 또 마셨다.

자꾸만 혜리의 울음소리가 귓가에서 맴돌았다. 술에 좀 취하면 덜 생각날까, 조금 덜 미안해질까 해서 마셨는데. 왜 오지 않았느냐는 그녀의 말이 자꾸만 머릿속에 맴돌아서 미칠 지경이었다. 그 목소리가 자신에게 원망을 쏟아 내는 거 같아서.

'선우 씨가 아끼는 카메라하고 혜리가 아주 깊은 바다에 빠졌어요. 어느 쪽을 구할 건가요? 혜리? 카메라?'

수미의 물음에 그는 자신 있게 당연히 혜리라고 대답했다. 하지만 영화에 미쳐서 영화제에서 수상할 생각에 혜리를 방치했다.

아픈 걸 알면서도 친구인 수미가 의사니까 당연히 진료 받고 괜찮아질 거라고 생각했고, 이혼을 해서 집을 떠나기 전이나, 그 후 가끔 통화를 할 때도 평소와 다름없는 것 같아서 그녀를 걱정하지 않았다. 아니, 신경 쓰지 않은 것 같다.

영화로 빨리 성공해서 행복하게 해 주겠다고 했던 것은 일종의 핑계였을지도 모른다. 자신이 성공하고 싶은 마음이 커서 행복이라는 걸로 포장했을지도 모른다. 아프다는 말 한마디에 아무것도 생각하지 않고 무조건 달려갔어야 했다.

"젠장! 젠장!"

테이블에 화풀이를 하듯 주먹으로 내리치며 욕을 퍼부은 그가 울부짖었다. 헤어지자는 말에, 놔 달라는 말에 언젠가 돌아가고 싶을 땐 놔주겠다는 약속을 지키기라도 하듯 왜라는 물음 하나 없이 대답한 자신이 바보였다.

반짝이는 가장 예쁜 별을 가지고 싶어서 따 왔더니, 그 별이 빛을 잃어 가는 것 같아 미안해서 보내 주었다는 것은 거짓말이었다. 스스로에게 이별에 대한 의미를 부여하고 싶은 것이었을지도.

술에 취해 고개를 숙이고 있는데 테이블 위에 진동이 요란하게 울리며 전화가 왔다. 혜성의 전화였다.

— 야, 인마. 아까부터 전화했는데. 어디냐?

"아, 형?"

— 뭐야, 술 마셨어? 목소리가 맛이 갔구만?

"이리로 오실래요?"

— 누구랑 있는데?

"혼잡니다. 혼자 마시고 있어요."

선우의 대답에 수화기 건너편에서 얼씨구, 하는 혜성의 목소리가
들려왔다. 그를 향해 혀를 차는 소리도 함께 들려왔고. 그러나 이
내 혜성과 통화를 하던 선우는 어느새 잠에 빠져 버렸다.

"야, 이선우? 일어나 봐."

테이블 위에 널브러져 있는 선우를 보고는 혜성이 고개를 내저
으며 그를 흔들어 깨웠다. 혼자 있다더니, 뭘 이렇게 마셨는지. 양
주 한 병에 맥주 세 병, 그리고 먹다 남은 과일 안주.

"팔자 좋네. 돈이 썩어 나냐? 감독 되더니 많이 벌었나. 야, 안
일어나?"

"어, 형."

"정신 차려 봐. 이선우?"

"형님 오셨어요? 저랑 한잔하실래요?"

"한잔 같은 소릴 하고 있어. 영화도 끝났고 이제 개봉만 하면 되
겠다, 뭐가 걱정이어서 이렇게 술을 마셔?"

아직도 정신이 안 드는지 머리를 헝클며 고개를 젓던 선우가 혜
성을 향해 피식, 웃었다. 그러게, 영화는 아직 걸리지도 않았는데.

"형, 주먹 세죠?"

"뭐래?"

"저 한 대만 세게 쳐 주세요. 정신 좀 바짝 나게. 아니면 욕이라
도 해 주실래요?"

"뭐라는 거냐."

혜성의 주먹을 난데없이 붙잡더니, 자신의 얼굴에 가져다 대며
때리라고 얼굴을 내밀고 있는 그를 보며 혜성은 그저 기가 찼다.

영화 촬영 다 끝내고, 종파티도 안 하고 사라진 녀석이 늦은 밤에 혼자 술 마시니 오라고 하고서는 술에 취해 이러고 있는 모습이라니.

"대체 무슨 일인데 이래?"

"내가…… 아주 미친놈이라서 그래요. 내가 미친놈이라서."

갑자기 테이블에 고개를 숙이는가 싶더니, 쿵쿵대며 테이블에 머리를 박았다. 아주 술주정도 가지가지 한다. 혜성이 놀라 자리에서 일어나 손으로 선우의 이마를 잡으며 그의 행동을 제지했다.

영화가 개봉하기도 전에 망한 건 아닐 테고. 뭐, 가끔 영화 개봉 전에 영화를 거네, 못 거네 하는 경우도 있었지만 이미 개봉일까지 정해진 거라 크게 문제 될 일은 없었다.

"시끄럽고 얼른 가자. 더는 못 받아 주겠다."

그가 선우의 팔을 붙잡고 일으키려는데 휘청거리던 선우가 요란한 소리를 내며 그대로 바닥으로 쓰러졌다.

"내가 영화에 미쳐……서."

그대로 바닥에 쓰러진 선우가 잠들면서 중얼거렸다. 팔짱을 끼고 서 있던 혜성이 짧게 한숨짓고는 그를 일으켜 세웠다.

❖ ❖ ❖

드라마를 하기로 결정한 혜리는 방송국에서 담당 PD와 상대 배우와 미팅을 하고 있었다. 어떻게 드라마를 이끌어 갈 건지, 드라마가 언제 시작되는지, 어떤 캐릭터로 나갈 건지에 대해 진지하게 이야기했다.

"이렇게 만나게 돼서 반가워요. 소문으로만 들었지 실제로도 미인이시네요."

"과찬이세요."

"예전에 나왔던 '바람의 시간' 드라마도 봤는데, 그때보다도 더 예뻐지신 걸요?"

"감사합니다."

1회 대본이 나온 것을 받아 들며 혜리가 자리에 앉았다.

"캐릭터는 이미 알다시피 전형적인 캔디형이긴 한데, 괜찮겠어요?"

"뭐가요?"

"조혜리 씨 성격하고 정반대일 거 같아서."

담당 PD가 농담 삼아 웃으며 말했다. 사실 대본을 받고 그녀도 걱정을 했다. 외로워도 슬퍼도 나는 안 울어, 하는 캔디형이라니. 모든 시련과 난관을 긍정적으로 받아들이는 캐릭터라……. 걱정스러운 PD의 얼굴을 보며 혜리도 따라 웃었다.

"안 해 본 캐릭터긴 한데, 해 보고 싶어서요. 배우에겐 이미지 변신이라는 게 필요하잖아요?"

"그렇죠? 영화 개봉하고 얼마 안 있어 드라마가 시작될 거 같아요."

"네, 그렇다고 들었어요."

"보통 이런 경우는 모 아니면 도죠. 영화와 함께 드라마도 잘 되거나, 아니면……."

"그 반대라고요?"

대본을 손바닥으로 툭툭 친 혜리가 자리에서 일어났다.

"대본 리딩은 아마 다음 주 수요일쯤 될 겁니다."

"네, 열심히 해 볼게요."

"저도 기대하겠습니다. 조만간에 매니저를 통해 연락드리죠."

PD가 손을 내밀자 혜리도 인사를 건넸다. '달려라, 온누리!' 라는 대본을 들고 일어선 혜리가 기분 좋게 웃으며, 같이 미팅을 한 사람들과 인사를 나누었다. 정확히 7년 만에 드라마를 찍는 것이다.

"다 같이 식사하고 차라도 마실까 하는데, 괜찮으시죠?"

"네. 그럼요."

"저 앞에 맛있는 식당 있는데, 그리로 갈까요?"

몇몇 사람들이 서로 친해질 겸 간단하게 점심이라도 하자는 제의에 고개를 끄덕이며 복도를 걷고 있는데 같이 걷던 혜리의 걸음이 천천히 멈추었다. 복도 끝에 선 선우의 모습을 발견하고서 말이다.

어떻게, 그가 여기에 왜, 라는 물음을 머릿속에 던질 때쯤엔 그녀의 손은 어느새 선우의 손에 이끌려 가고 있었다.

"뭐야, 당신."

무슨 일이 일어난 건지에 대해 수군거리는 사람들을 뒤로하고 혜리는 선우의 손에 끌려갔고, 그녀의 물음에도 선우는 대답 없이 손을 이끌고 비상구 문을 열었다. 비상구로 끌고 온 그가 혜리를 벽으로 몰아붙이고는 물끄러미 시선을 마주하며 쳐다보았다.

"뭐 하는 거야? 사람들 다 보는데! 여긴 어떻게 왔어?"

갑작스런 선우의 행동에 놀란 혜리가 소리쳤다. 방송국으로 찾아와 갑자기 말도 없이 비상구로 끌고 오다니. 그것도 사람들 많은

데서. 평소의 이선우답지 않은 행동에 혜리가 당황한 듯 머리를 쓸어 넘기며 소리쳤다.

"사람들이 보잖아."

갑작스런 일에 그를 향해 물었다.

"뭐야? 대체 왜 이래? 여기 방송국이……."

쾅!

벽을 주먹으로 세게 친 그가 다른 한 손으로 혜리의 어깨를 붙잡았다. 이해할 수 없는 그의 행동에 혜리가 당황하며 놀란 표정으로 물었다.

"선우 씨, 왜 이래. 무슨 일……."

"너 왜……."

선우의 목소리가 가늘게 떨리며 비상구 안을 울렸다. 왜 이러느냐며 따지려던 혜리는 선우의 목소리에 아무 말도 못 하고 서 있었다. 무슨 일이 있었나? 자신의 어깨를 꼭 움켜쥔 그의 손을 잡으며 혜리가 그를 부르려 할 때였다.

"……들어."

"뭐?"

"날 왜 영화에 미친놈으로 만들어. 왜!"

"무슨 소리야? 알아듣게 설명을 해야……."

이제껏 고개를 숙이고 있던 그가 혜리와 눈을 마주하자, 혜리는 다시 입을 다물 수밖에 없었다. 하염없이 떨어지는 그의 눈물에 혜리는 저도 모르게 손을 움켜쥐었다. 왜, 갑자기 우는 거지?

그의 눈물에 순간 가슴이 철렁 내려앉은 기분이었다. 한 번도 그가 우는 것을 보지 못했는데.

"왜 그래?"

"……."

"무슨 일인데?"

조심스럽게 혜리가 그를 바라보며 물었다. 자신을 바라보는 혜리의 눈빛에 선우가 주먹을 쥐더니 벽을 다시 한 번 세게 쳤다. 그 바람에 놀란 혜리가 고개를 반대로 돌리며 어깨를 움츠렸다. 순간 그의 주먹이 자신을 향해 오는 줄 알고 놀라서 눈을 감아 버렸다.

"말을 했어야지! 너한테 그런 일이 있었으면 말을 했어야 내가 알지!"

"지금 무슨 이야기를 하는 거야."

"3년 전에 널 어떻게 보냈는데!"

"……."

"나를 영화에 미쳐서 널 혼자 둔 나쁜 놈으로 만들어, 왜!"

"……."

"날 얼마나 나쁜 놈으로 만들어야 네 속이 시원한데? 왜 너 하나 책임도 못 지고 사랑도 못 지키고, 아기 가진 것도 모르는 바보 천치로 만들어. 물에 빠진 카메라와 여자 중 카메라를 택한 놈으로 만드냐고, 왜! 도대체 왜 날 카메라에 미친놈으로 만들어!"

그의 울부짖는 목소리가 비상구 안을 가득 울렸다.

"네가 뭔데, 왜."

그제야 그가 무슨 말을 하는지 이해한 혜리가 쓰게 웃으며 벽을 내리친 그의 손을 잡고 입을 열었다. 얼마나 세게 쳤는지 손이 다 까져 피가 나고 있었다.

"어떻게 알았어?"

"지금 어떻게 알았는지가 중요해?"

"어. 중요해. 우리 오빠야? 아니다. 수미가 말했구나?"

상처가 난 그의 손을 만지며 혜리가 안쓰럽게 웃어 보였다. 어느새 그녀의 눈가엔 투명한 눈물이 고여 금방이라도 떨어질 것 같았다.

"손, 다 까졌잖아."

"너 정말……."

"나 때리러 온 줄 알았네."

그의 손을 계속 매만지던 그녀의 손 위로 참았던 눈물이 떨어졌다.

"왜 죄 없는 벽은 때려 가지고."

눈물 때문인지 목이 메여 오자, 혜리가 헛기침을 두어 번 하고는 선우를 바라보았다.

"괜찮아."

그녀의 대답에 선우의 표정이 일그러졌다.

"뭐가?"

되묻는 그의 말에 혜리는 애써 웃어 보였다.

"지난 일이잖아. 그땐 당신이 영화에 모든 걸 걸었고, 그래서 지금 좋은 감독도 되고 나는 다시 배우로 활동하고 있고. 그럼 된 거잖아."

"되긴 뭐가 돼!"

"왜 소리를 질러."

가늘게 흔들리는 혜리의 목소리에 그가 조금씩 미끄러지더니 그대로 바닥에 주저앉았다. 물었어야 했다. 어디가 아팠느냐고, 많이 아팠냐고, 왜 헤어지고 싶었냐고. 모두 물어봤어야 했는데, 아무것도 알려고 하지 않은 자신의 잘못이었다.

"말했으면 우린 안 헤어졌을까? 행복하게 잘 살고 있었을까?"

그를 향해 조심히 물은 혜리가 그와 시선을 마주하며 작게 고개를 저었다. 말을 했든 아니든 두 사람은 행복하지 않았을 수도 있다. 그냥 그렇게 생각이 되었다.

바닥에 무릎을 꿇은 채 울고 있는 선우를 보며 혜리도 무릎을 굽혀 자세를 낮추었다. 그리고 선우를 조심스럽게 끌어안았다.

"나, 이제 괜찮아."

"미안해. 정말 내가 미친놈이라서."

그의 말에 혜리가 작게 고개를 저었다.

"……내가 미안해."

"네가 왜 미안해?"

"그냥. 당신한테 아무것도 말하지 않아서."

아직 눈물이 고인 혜리의 볼에 있는 물기를 닦아 주며 선우가 그녀를 끌어안고는 한참을 울었다.

✤✤✤

드라마 리딩에 들어가기 전에 대본을 들고 방에서 읽어 내려가던 혜리는 집중이 되지 않는지 대본을 침대 위로 내던지고 거실로 나왔다. 거실로 나온 뒤 주방으로 가서 커피메이커에 있는 커피를 머그컵에 따라 소파에 앉았다.

창밖에는 어젯밤부터 내린 장마 비가 그칠 줄 모르고 계속 내리고 있었다. 투둑, 투둑, 창문을 두드리며 굵은 빗줄기가 창문을 따라 흘러내리고 있었고, 창밖은 낮 3시인데도 한밤중처럼 깜깜했다. 거기다가 간간히 번쩍이는 천둥 번개까지.

김이 모락모락 올라오는 커피를 마시며 혜리가 창가 쪽으로 걸음을 옮겼다. 그러고는 창틀에 살짝 걸터앉았다.

방송국에 찾아온 선우의 모습이 떠올랐다. 그와 함께하면서 그의 눈물을 처음으로 보았다. 몇 번이고 미안하다며 죄책감에 울던 그의 모습. 바닥을 내리치며 흐느낌에 흔들리던 그의 어깨.

"드라마 대본 연습한다더니, 거기서 뭐 해?"

"그냥, 집중이 안 돼서."

"커피 나도 줘."

"막 내린 거거든? 주방에 있으니까 마셔."

비에 젖은 머리카락을 털며 들어온 혜성이 다 젖은 옷에 불만을 터트리며 커피를 가지러 주방으로 향했다.

"아, 참. 선우한테 연락 왔어?"

"아니. 왜?"

"아이, 그 자식 영화 크랭크업 하는 날, 한밤중에 술이 떡이 돼서 집까지 데려다주느라고 고생했거든."

"아, 그래?"

"난 혹시 너하고 무슨 일 있었나 해서."

"일은 무슨……."

"난 또, 택시 타고 가는 내내 자기가 미친놈이라고 하도 그러기에 무슨 일 있었나 했지. 없었으면 됐어."

그의 말에 혜리가 고개를 돌려 다시 창밖을 바라봤다. 그녀의 옆으로 다가온 혜성이 커피를 한 모금 마시며 쏟아지는 빗줄기를 바라보았다.

"비 한번 엄청 오네."

"오빠, 오빠는 수미가 바쁘면 서운하거나 그러지 않아?"

"뭐, 어쩌겠냐. 다른 거 하는 것도 아니고 자기 일인데. 바쁜 거야 어쩔 수 없지."

"그래도 미국에 있다가 모처럼 한국에 들어왔는데, 데이트도 제대로 못 하고 대화도 못 하고 그럼 서운하잖아."

"서운해도 할 수 없지. 시간 쪼개서 만나고, 집에서 얼굴 같이 보고, 그럼 됐지 뭐. 바람피우는 것도 아니고."

어깨를 으쓱이며 하는 혜성의 대답에 혜리가 커피를 한 모금 마셨다.

분명 수미와 혜성은 엄청 오래된 커플이다. 흔히 저 정도 사귀는 시간이면 결혼한 부부라고 해도 될 만큼. 그런데 두 사람이 사귀는 동안 크게 싸우거나, 다투는 것을 보지 못한 것 같았다.

"난 낮잠이나 자야겠다. 비도 오는데."

혜성이 방으로 들어갔고, 혼자 남은 혜리는 그가 들어간 방을 바라보다가 다시 유리창을 바라보았다. 이선우와 조혜리는 정말 사랑했던 걸까? 우리의 믿음이 너무 쉽게 깨질 유리처럼 얇았던 것일까?

'나하고 결혼해 줄래?'

'다른 건 몰라도 오래오래 행복하게 해 줄게.'

창밖의 빗방울을 보던 혜리가 고개를 숙이더니 주르륵 눈물을 쏟아 냈다. 그의 미안하다는 말과 행복하게 해 주겠다던 예전의 고백이 머릿속에 스쳐 지나갔다. 마치 사랑했던 기억이 바로 어제 일처럼 묵직하게 가슴에 남아 있는 기분이었다.

제11장

내 마음이 뭐가 돼

그로부터 두 달이라는 시간이 흘렀다. 무더운 여름도 지나 쌀쌀한 가을에 들어섰다.

영화는 예정대로 가을에 개봉하기로 했다. 크랭크업을 바로 마치고 차근차근 일이 진행되었다.

계절도 가을이었고, 로맨스에는 가을이 적격이라는 의견이 대부분이었다. 영화 개봉일이 정해지자마자 트레일러(Trailer, 예고편)가 곳곳에 뿌려졌다. 지나가는 버스에는 광고가 붙어 있었고, 길거리 큰 건물 위 전광판에도 홍보를 했다.

영화는 개봉 일주일 만에 100만 관객 누적이라는 호평과 함께 혜리와 선우에 대해 관심 있는 기사가 쏟아졌다.

〈시청률의 여왕! 충무로의 복귀 대성공!〉

〈스티븐 리의 마법? 얼굴 없는 감독, 그의 정체는 누구?〉

〈조혜리 7년 만에 복귀. 뜨거운 시선.〉

대부분의 신문기사 헤드라인은 이랬다. 막 드라마 촬영에 들어가 이제 2회 차 촬영을 하는 혜리는 한쪽에서 머리 손질을 하고 있었다. '달려라, 온누리!' 라는 드라마 촬영을 들어간 지 일주일이 되었다. 1회 촬영을 무사히 마치고 2회 대본을 받고 촬영 준비를 위해 메이크업 정돈을 했다.

1회의 내용은 이랬다. 무엇 하나 모자란 것 없이 자란 부잣집 딸에게 갑자기 아버지의 사업이 망하는 사건이 벌어진다. 거기에다가 자신은 모르는 아버지의 내연녀가 나타나 모든 재산을 빼돌리는 탓에 길바닥에 나앉게 된다.

그리고 2회에는 거기에 우연히 길에서 부딪힌 남자와 싸움을 벌이고, 친구의 도움으로 아르바이트 자리를 찾게 된다. 힘들게 구한 아르바이트 자리에 면접을 보러가는 장면을 연출해야 했다. 면접을 보는 장면이기에 깔끔하게 머리를 올려 정돈을 했다.

머리 손질을 하는 동안 핸드폰을 꺼내 주요 기사들을 읽은 혜리는 움직이던 손가락을 멈추었다.

〈……스티븐 리 감독은 미국의 뉴욕 필름아카데미에서 공부를 했고, 그의 작품이 시애틀에서 열린 국제영화제에 최우수작으로 선정되었으나 포기한 것으로 알려졌다. 이후, 1년 뒤 한국 부산 국제영화제에서 '속삭임' 으로 데뷔. 천만 관객을 이끈 젊은 감독으로 주목……〉

선우에 대한 기사가 있는 것을 발견하고 읽어 내려가던 혜리의 눈동자가 한곳에 멈추었다. 시애틀에서 열린 국제영화제에서 최우수상을 포기했다니.

분명 그때, 그는 시애틀에서 열린 영화제 때문에 한 달을 넘게 집을 비웠다. 그 영화제 준비를 위해 집에 오지도 않았고, 아플 때 연락도 되지 않았었는데.

"언니? 다 되었어요."

"……."

"언니?"

"응?"

"뭘 그렇게 보세요?"

"아니야."

"머리랑 다 되었어요. 커피라도 드릴까요?"

"그래 줄래?"

코디네이터가 차를 가져다주겠다며 자리를 떴고, 핸드폰을 들고 있던 그녀는 액정을 꺼 버렸다. 이제 와서 그가 수상을 했든 안 했든 그게 무슨 상관이라는 말인가?

선우와는 그날, 방송국에서 그 일이 있던 이후로 연락하지 않았다. 영화에 대해서는 회사나 혜성을 통해 들었고, 바로 드라마 촬영에 들어가는 터라 다른 이야기를 할 시간도 없었다. 물론, 그와 과거에 대해서는 더 이상 할 이야기도 없었지만.

"촬영 들어갑니다. 준비해 주세요!"

저 멀리서 스태프가 손을 흔들며 소리쳤고, 혜리가 무릎을 덮고 있던 담요를 한쪽에 놓고 자리에서 일어났다.

"반사판 더 가까이 대 주시고요."

감독의 지시에 따라 스태프가 움직였고, 혜리는 고급스러운 자신의 옷에 아이스크림을 묻힌 상대방 남자를 노려보았다.

"그거 세탁비 주면 될 거 아닙니까?"

"뭐라고요? 이보세요! 이거 이태리에서 직수입한 거라고요. 가격이 얼만지 알아요?"

지극히 평범한 복장의 남자와 마주한 혜리가 목청을 높였다. 그는 사실 남자 주인공이었고, 혜리와는 여러 상황에서 얽히면서 후에 사랑을 나누게 될 사이였다. 그러나 드라마 초반에는 원수도 그런 원수가 따로 없을 만큼 으르렁대는 사이였다.

"컷! 오케이, 다음 장소로 이동합니다."

감독의 사인과 함께 스태프들과 배우들이 분주하게 움직였다. 다음은 방송국 안의 세트 촬영장 안에서 하기로 했다. 영화와 드라마의 다른 점이 이 점이었다. 영화는 개인 스케줄도 조정할 수 있고, 날씨나 촬영 장소도 넉넉하게 잡아서 촬영할 수 있지만 드라마는 달랐다. 어떨 때는 실시간으로 방송하는 것처럼 오늘 촬영하고 내일 방송으로 내보내는 경우도 허다했다.

자리를 이동하면서 혜리는 연신 하품을 했다. 촬영에 들어가고, 중간중간 영화 시사회 무대인사도 해야 했고, 드라마 촬영도 쉴 틈 없이 찍었다. 촬영도 벌써 3일째. 그동안 제대로 잔 게 합쳐서 고작 5시간이었다.

"조혜리 씨 요즘 영화 괜찮다고 입소문 많이 났던데요?"

"아니에요. 감독님이 워낙 좋은 작품 잘 찍어 주신 덕분이죠."

"스티븐 리 감독이 잘생겼다면서요? 엄청 젊다던데."

"그런가……?"

"첫 시청률도 조혜리 씨 덕분에 잘 나왔으면 좋겠네요."

영화가 시작이 좋은 덕분에 드라마 촬영장 분위기도 좋았다. 은근히 다들 첫 방송 시청률에 대한 기대감을 가지고 있는 것 같았다.

하필이면 타사에서 동시간대에 방송하는 드라마 주연이 요즘 한류 열풍의 중심이라고 해도 과언이 아닌 아이돌이 맡기로 해서 혜리가 맡은 드라마도 경쟁심에 불이 붙은 터였다.

첫 스타트가 좋아야 한다느니, 혜리의 영화가 잘 돼서 드라마도 잘 될 거라느니 주변 사람들의 기대감이 상당했다. 시청률이 못해도 기본은 나올 것이라는 예상이었다.

게다가 내일은 오전 촬영을 마치고, 오후부터 방송국 신사옥에서 드라마 제작발표회가 진행될 예정이었다. 요즘은 드라마 제작발표회도 인터넷으로 실시간 중계방송을 해서 생방송으로 내보낸다고 했다.

배우로서 재기를 하겠다고 시작한 영화의 감독이 전남편이었다는 것을 빼면, 시작은 순조로웠다. 영화 흥행으로 드라마 스태프들이 은근히 기대감을 내비치는 눈치가 있었고 그녀 역시 드라마 시청률이 잘 나왔으면 하는 바람이었다.

❖❖❖

다음 날 오전 촬영을 마치고 옷을 갈아입은 혜리는 메이크업을 정돈하고 있었다. 드라마 제작발표회가 있을 예정이었기 때문에 검정색 원피스를 깔끔하게 차려입은 상태였다.

기자들이 많이 몰려온다고 들었고, 특히나 그녀의 행동 하나하나가 인터넷으로 생중계되기 때문에 모든 부분에서 신경을 써야 했다.

혜성이 준 예상 질문지를 들고 눈으로 천천히 읽어 내려가던 혜리가 한숨을 쉬었다. 정말 바쁜 일상의 연속이었다. 숙면이라는 것을 근래에 제대로 해 보긴 했나 싶을 정도로 두통과 피로가 몰려왔다.

"언니, 여기요."

미선이 건넨 커피를 받아 들며 혜리가 기분 좋게 한 모금 마셨다. 나름의 피로회복제 같은 커피를 마시며 뭉친 어깨 근육을 살짝 움직였다.

"그 이야기 들으셨어요? 벌써 영화 관객이 300만이래요."

"그래? 우리나라에 로맨스를 좋아하는 사람이 그렇게 많았나?"

"왜요? 저도 남자 친구랑 봤는데, 너무 공감되던데. 역시 애인이든 가족이든 대화를 많이 해야 한다는 걸 느꼈어요."

머리 손질을 해 주는 미선의 말에 커피를 마시던 혜리의 손이 멈추었다.

"전 거기서 남자 주인공이 빗속에서 울 때 너무 슬프더라고요. 그런데 남자 주인공은 왜 여자가 헤어지자고 했을 때, 그 이유를 안 물어봤을까요?"

"헤어지고 싶었나 보지. 남자도."

"에이. 그런 게 어디 있어요? 그럼 남자가 헤어질 때 울지 말았어야지. 영화를 보면서 느꼈어요. 여자랑 남자랑 참 많이 다르구나.

사랑할 때도 헤어질 때도."

"미선 씨 남자 친구도 사랑한다고 자주 해 줘?"

"설마요. 그럴 리가. 우리나라 남자들 대부분 그렇잖아요. 제가 더 많이 사랑한다고 해요. 그런데 이번 영화를 보고 더 많이 사랑하고, 더 많이 이야기해야겠다 싶었어요. 사랑한다고 해서 그 사람 마음을 전부 아는 건 아니니까요. 말도 안 하는데 어떻게 알겠어요? 무슨 텔레파시가 통하는 것도 아니고. 그래서 그런 생각이 들었죠. 아, 난 지금 남자 친구한테 잘 해야지."

뒤에서 계속 조잘조잘 영화에 대한 이야기를 하는 미선의 말에 혜리가 빗속에서 우는 남자 주인공을 찍었을 때 보았던 선우의 눈을 떠올렸다. 그 순간 마주쳤던 그의 까만 눈동자는 왠지 혜리의 가슴 한편을 따끔거리게 만들었다.

원망은 내가 했어야 하는데 왜, 네가 그런 눈을 하느냐고 묻고 싶었다. 빗속에서 울고 싶은 것은 정작 그가 아니라 그녀였는데.

자꾸만 빗속에서 울던 남자 주인공의 눈빛이 방송국 계단에서 울던 선우의 눈빛과 겹치는 것 같아 마음에 걸렸다.

커피를 마시면서 거울을 바라보던 그녀는 입술을 꿈틀거렸다.

"다 됐습니다."

그녀가 미용가운을 벗고 자리에서 일어나 시간을 확인했다. 지금 올라가면 제작발표회 시간하고 얼추 맞을 것 같았다.

엘리베이터를 타고 제작발표회가 열릴 스튜디오로 간 혜리가 사람들이 모여 있는 것을 보고 고개를 갸웃거렸다.

"이렇게나 사람이 많이 왔어요?"

"그러게요. 이번엔 기자들도 좀 많은데요?"

생각보다 많은 취재진을 본 혜리가 살짝 긴장한 듯 말했다. 입장 순서는 주연부터 조연, 그리고 마지막으로 감독이 입장하기로 했다. MC의 말에 따라 주인공들이 한 명씩 무대로 올라갔다. 남자 배우의 뒤를 따라 혜리도 입장했다.

두 사람이 입장하자 사방에서 플래시가 터졌고, 혜리도 무대에 서서 인사를 했다. 인어를 연상시키는 것처럼 라인이 부각된 검은 원피스를 입은 그녀는 큰 노출 없이도 원숙미를 뽐냈고 아름다웠다. 특히나 짙은 검은색의 머리카락은 검은 원피스와 어울려 더없이 매력적으로 돋보였다.

무대에 서서 손을 가볍게 흔들며 인사를 건네고 준비된 좌석에 앉은 그녀가 앞을 바라보며 살짝 눈이 부신 듯 눈을 찡그렸다.

예전 드라마를 할 때가 생각났다. 그때에도 드라마 잘 되라고, 돼지머리 놓고 고사 지내고, TV에서 홍보 영상을 깔고는 했는데. 지금은 여기에서 찍는 모든 모습들이 인터넷에 실시간으로 뉴스로 뿌려지고, 생중계로 나간다니. 신기하기도 하고 다시 브라운관에 모습을 비춘다는 게 벅차서 믿기지 않았다.

"안녕하세요. 온누리 역을 맡은 조혜리입니다."

그녀가 인사를 하며 자리에 앉자 사방에서 플래시가 터지며 스포트라이트가 그녀에게 쏟아졌다.

"조혜리 씨! 브라운관 복귀는 정식으로 7년 만인 것으로 아는데요. 드라마를 다시 촬영하는 소감이 어떠십니까?"

"사실 많이 떨리고요. 얼마 전까지 영화 촬영을 끝냈는데, 영화하고는 또 다른 매력이 있는 거 같아요."

"영화가 개봉이 되었는데 현재 관객 수가 많은 것으로 알고 있습니다. 예전에 바람의 시간을 보았던 팬으로서, 그때처럼 시청률이 나올 수 있을지 기대가 되는데요. 이번 드라마 첫 방송 시청률은 얼마나 예상하고 계십니까?"

기자들의 쏟아지는 질문에 혜리가 잠시 앞에 놓인 물을 한 모금 마시고는 다시 입을 열었다.

"그냥 욕심 부리지 않고 안전하게 두 자릿수? 그 정도로 출발했으면 좋겠어요."

"개봉한 영화 첫 시사회 무대에는 못 가신 걸로 아는데요."

"네, 아쉽게도 드라마 촬영하고 스케줄이 겹쳐서 프리미어(Premier, 영화의 첫 공개 행사)는 못 가고 두 번째 시사회 무대부터 인사만 드렸어요."

"그럼 영화는 아직 못 보셨겠네요?"

"그러게요. 제 영환데 아직 어떻게 완성되었는지 못 봤어요. 조만간에 영화 티켓 끊어서 심야로 보려고요."

혜리의 대답에 웃음소리가 났다.

"드라마에 대해 묻겠습니다. 소개를 보니까, 주인공이 전형적인 캔디에 억척스러운 면이 있던데 조혜리 씨 성격하고는 어떻습니까?"

"음, 사실 저하고는 정반대인 거 같아요. 전 이렇게 끈질긴 잡초 같은 성격은 못 되고요. 제가 포기는 빠른 성격이거든요. 그래서 대본을 받고 해야 하나 고민했어요. 그런데 영화에선 주인공이 뭔가 보호해 주고 싶다, 그런 느낌이었다면 드라마는 자기가 스스로 지켜 나가는 느낌이라서 한 번쯤 해 보고 싶다는 생각이 들었어요."

혜리의 명쾌한 대답과 함께 1시간 정도 진행되었던 드라마 제작 발표회는 배우들의 인사로 끝났다.

제작발표회가 끝나고 다행히도 더 이상 당일 촬영이 없어 배우들과 스태프들은 잠시 휴식을 갖기로 했다.

다음 촬영은 내일 늦은 점심때부터 있을 예정이어서 약간의 여유가 생긴 터였다. 무대에서 내려와 편안한 옷으로 갈아입은 혜리가 기지개를 쭉 펴고 하품을 했다. 잠시 집에 갔다 오겠다는 사람도 있고, 아예 숙직실이나 분장실에서 잠을 자겠다는 사람들도 있었다.

"언니는 어떻게 하실 거예요?"

"뭐가?"

"그래도 오랜만에 푹 잘 수 있는 기회잖아요."

"난 제대로 좀 씻고 싶다. 방송국에서 대충 씻는 거 말고."

혜리의 말에 미선이 화장도구를 챙기고 웃었다. 하긴 몇 날 며칠을 밤샘촬영에 머리 감고 세수만 할 때도 있고, 숙직실에 있는 작은 샤워실에서 간단하게 씻을 때도 많았다.

"눈이라도 좀 제대로 붙이고 싶다."

"저도요."

미선과 함께 방송국을 나와 차에 탄 혜리가 스르륵 감기는 눈을 손으로 문지르며 말했다. 누가 그랬던가? 쪽대본과 생방 촬영이 드라마 촬영의 묘미라고. 그러나 묘미라고 말하기엔 점점 체력에 한계가 오기 시작했다.

"역시 나이는 못 속이는 구나."

눈을 감으며 중얼거렸고, 혜리가 탄 차가 집으로 향했다.

오랜만에 집에 들어온 혜리는 반쯤 감긴 눈으로 현관문을 열고 들어섰다. 이게 얼마 만의 환향이던가?

"다녀왔습······."

거실로 막 들어선 혜리가 소파에 앉아 있는 사람들을 보고 우뚝 그 자리에 멈추어 섰다.

"어? 왔어?"

매니저란 사람은 어쩜 저리도 태평한지. 배우가 바쁘면 보통 매니저도 바빠야 하는 것이 당연한데, 혜성은 자기보다 먼저 들어와서 소파에 앉아 손을 흔들고 있었다. 거기 그의 옆에 가시 같은 존재 하나가 더 눈에 띄었으니.

"뭐야? 당신이 우리 집에 왜 있어?"

"나? 한 이틀만 여기에서 머물기로 했어."

"뭐?"

순간 자신의 귀를 의심하며 TV를 보고 깔깔대는 그를 보았다. 대체 이선우가 왜 여기에 있는 것인가. 있는 것은 둘째 치고 이틀만 머문다니.

"무슨 소리야?"

"아아. 우리 집 보일러가 고장 나서 말이지."

"고치면 되잖아."

"그렇잖아도 전화를 했더니 내일 온다네."

"내일 오면 고치는 대로 내일 가면 되지."

"아, 형이랑 오랜만에 이런저런 이야기 할 것도 있으니까 하루 정도는 더 있을까 하고."

뻔뻔한 선우의 대답에 혜리는 기가 찼다. 남의 집에 말도 없이 와서는 하룻밤도 아니고 이틀이나 자겠다니. 그것도 마치 당연하다는 얼굴로 앉아 있는 그를 보며 어이가 없었다.

방송국에서 그렇게 사람 마음 흔들고 후벼 파 놓고, 미안하다고 사과했으니 다란 말인가? 영화 무대인사 내내 얘기도 못 하게 눈길도 안 주더니, 마치 아무 일 없다는 듯이 집에 와 있는 그를 보니 속에서 화가 났다.

그날 이후로 연락도 이야기도 없다가 이렇게 마주하니 자신은 어색하기도 하고, 어떻게 대해야 할지 모르겠는데 선우는 그날의 사과가 전부였다는 얼굴이었다. 왠지 그를 속인 거 같아서 계속 미안했는데. 우리가 정말로 화해를 하긴 한 건가?

선우는 더 이상 미안해하지 않기로 한 건가?

"요즘엔 찜질방도 있고 잘 데도 많은데 왜 하필 우리 집이야? 집도 좁고 방도 없는데."

"전화하니까 형이 오라기에."

"그냥 당신 집에서 자면 되지."

"왜 이렇게 사람이 냉정하냐. 보일러가 안 되면 얼마나 추운데, 한여름도 아니고 이제 가을인데."

조금도 지지 않고 대답하는 선우를 보며 혜리는 순간 할 말을 잃었다. 어쩜 저렇게 사람이 아무렇지 않을 수 있을까?

"어쩌지? 방이 없는데. 작은 방은 수미가 쓰고, 우리 오빠 결벽증 때문에 절대 당신 안 재워 줄 거 같은데."

"거실에서 자지 뭐."

"불편해서 그래. 내 방 욕실도 뜨거운 물이 지금 안 나와서 거실에 하나 있는 욕실을 써야 하고 밤에 혹시라도 거실에 나올 일 생겼을 때 거실에서 사람이 자고 있으면 얼마나 불편하겠어? 다른 데 가서 자."

"에이. 너무하는 거 아니냐? 갑자기 어딜 가서 자라고."

선우가 리모컨을 잡은 손을 흔들며 고개를 저었다. 절대로 못 나가겠다는 듯이 아예 소파에 편한 자세로 기대어 반쯤 누운 상태였다.

솔직히, 그가 아니라 자신이 불편해서 그랬다. 이렇게 얼굴 마주보는 것도 한 공간에 있는 것도 껄끄러운데.

"나 샤워할 거야."

"어, 그래."

"시끄러우니까 TV 소리 좀 줄여 줄래? 남의 집에 와서 너무 편한 거 아니야?"

선우를 향해 톡 쏘듯이 말하고는 혜리가 방으로 들어갔다. 속옷과 갈아입을 옷을 챙겨서 욕실로 들어간 그녀가 욕조에 물을 받았다. 김이 모락모락 나는 따뜻한 물이 한가득 채워진 욕조에 발을 담그고는 서서히 몸을 담갔다.

"나쁜 놈, 재수 없는 놈, 뻔뻔한 인간."

조금 전 거실에서 자신을 마주하던 선우의 표정을 떠올리며 작게 입술을 삐죽거렸다. 드라마 촬영 중에도 간간이 그의 생각이 났던 건 단순히 미안해서였던 것이다. 영화 시사회 때에 그와 눈을 마주치기 불편했다고 느낀 것은, 또 혼자만의 착각이고 바보 같은 생각이었던 것이다.

어쩌다 마주치는 시선에도 한 공간에서 숨 쉬는 것도, 지난 기억을 되새기는 것도 모두 불편하다고 생각하는 것은 자신만의 생각이었던 것이다.

그렇게 생각하니 헛웃음이 흘러나왔다. 혜리는 묵직하게 내려앉는 가슴에 한숨을 내쉬고는 더욱 깊이 몸을 담갔다. 가라앉는 몸처럼 기분까지 가라앉는 것 같았다.

그는 지금 한 공간에 있어도 아무렇지 않은데.

그는 지난 일들도 모두 아무 일 없던 것처럼 아무렇지 않은데.

가끔씩 마주하는 시선이 아프지 않은데.

그러니까 그녀도 잊을 것이다. 아주 깨끗하게.

"엣취!"

거실에 앉아 맥주를 마시던 선우가 연신 재채기를 해 댔다.

"이 집도 보일러가 안 돌아가요?"

"뭔 소리야?"

"그런데 왜 이렇게 재채기가…… 엣취."

선우가 불만스런 표정을 지으며 코를 매만졌다. 누가 욕이라도 하니? 아, 그럼 귀가 간지러워야 하는데.

"넌 어쩔 거냐?"

"뭐가요?"

"멍석을 깔아 줬으면 뭘 해야지."

"후우. 그러게요. 뭘 어떻게 하죠?"

"괜히 보일러가 고장 났다고 했나? 이틀은 너무 짧은 거 같고."

"그러게요. 집이 무너졌다고 할걸."

턱을 쓸며 진지하게 대답하는 선우를 보던 혜성은 맥주를 마시며 어이없다는 표정을 지었다. 이 상황에서 농담이 나오다니 참 알다가도 모를 놈이었다.

기껏 조혜리와 다시 시작하고 싶다고 진지하게 말하는 그의 말에 멍석을 깔아 줬는데, 깔아 줘도 아무것도 못 하는 녀석이라니.

"너도 참 별종이다."

"형?"

"제발 둘이 잘 좀 할 수 없냐."

"저도 잘 하고 싶죠."

"잘 하면 되지. 너희 둘은 가만히 보면 대화가 참 없는 사람들이야."

"형이라도 그때 이야기 좀 해 주지 그랬어요. 혜리가 어디가 아픈지, 얼마나 힘든지, 그런 거 좀 말해 주지."

"그런 건 본인이 물어봐야지. 뭐, 엄청 사랑하면 눈빛만 봐도 안다더라."

"누가요?"

"내가 사랑하는 여자가."

혜성이 다 먹은 맥주 캔을 흔들며 기분 좋게 웃었다.

어느 날, 혜성이 수미에게 물었었다. 요즘 혜리의 매니저 일을 한다고 바쁘고, 그녀도 병원 일로 바쁜데 불만 없냐고. 그의 말에 그녀가 그렇게 대답했다. 불만은 많은데, 눈빛만 봐도 알 것 같다고. 같이 놀아 주지 못하고, 같이 대화 못 해서 엄청 미안해하는 얼굴이었다고.

"형은 결혼 안 해요?"

"글쎄다. 하긴 해야 하는데. 이게 좀 모자라네?"

그가 손가락으로 원을 그리며 한숨지었다. 돈도 모자라지만 문제는 두 사람의 상황이었다. 수미는 이번 연구가 끝나면 다시 미국으로 가서 병원으로 복귀할 것이고, 그는 한동안 한국에 머물러야 했다.

또, 전문직인 수미와 달리 수입이 일정하지 않은 매니저 일을 계속할 수만은 없었다. 본래는 미국에서 요리를 하다가 말았는데, 뭐딱히 레스토랑을 차려 사업을 할 상황도 아니었고 어디에 취직하기도 애매한 상황이었다.

"그래도 수미 씨 은근히 기대할지도 모르는데."

"내 걱정 말고 네 걱정이나 해. 인마."

혜성이 빈 캔으로 선우의 이마를 톡톡 쳤고 선우가 그의 장난에 이마를 문지르며 웃었다.

"잘들 논다."

막 씻고 나온 혜리가 서로를 보며 깔깔대는 두 사람을 보고는 혀를 차며 머리에 두른 수건으로 젖은 머리카락을 털었다.

"내일 촬영 늦게 있다며? 너도 눈 좀 붙여."

"아아, 그러려고 했는데 약속이 있어서 간단하게 화장만 하고 나갈 거야."

"약속? 그런 이야기 없었잖아."

혜성이 핸드폰에 적힌 그녀의 스케줄을 확인하며 어깨를 으쓱였다. 기껏 두 사람 자리 좀 마련해 주려고 했더니, 약속이 있다며 나간다는 혜리를 보며 혜성이 고개를 갸웃거렸다. 분명히 스케줄이따로 없었는데. 일부러 저러는 걸까?

"영화 보기로 했어. 심야영화."

"누구랑?"

"형준 씨랑 보기로 했어."

뭔가 당연하다는 그녀의 대답에 선우가 자리에서 일어났다.

"그 자식이랑 심야영화를 왜 봐?"

혜성과의 대화에 갑자기 끼어든 선우가 흥분하며 자리에서 일어나 씩씩댔다. 수건으로 머리를 감싼 혜리가 새침한 표정으로 그를 바라보더니 눈길을 피했다.

"설마, 내 영화 보려고?"

"어머. 미쳤어? 심야영화 보는데, 당신 영화를 왜 봐? 그리고 그 영화 주연이 형준 씨하고 나 둘인데, 뭐하러 굳이 봐? 안 봐도 내용 뻔히 아는데."

"그렇지?"

머리를 긁적이며 머쓱한 표정을 지은 선우가 소파에 다시 앉으며 물었다. 그를 보던 혜리가 방문을 열고 들어서며 피식 입가에 미소가 번지는 것을 참고 방으로 들어갔다.

사실 형준과 영화를 보는 것은 맞는데, 거기에 한 사람이 더 있는 것을 말하지 않았다. 지유였다. 요즘 예능 고정 출연으로 시간이 맞지 않아 무대인사를 한 번도 못 온 지유와 영화를 아직 못 보았다는 형준과 혜리 세 사람이 만나서 심야영화를 보기로 한 것이었다.

영화 표 정도야 회사 측에 말하면 충분히 구할 수 있었지만 영화를 직접 예매하겠다는 형준의 말에 그것도 나쁘지 않겠다, 고 생각했다. 조금 거창할 수 있겠지만 오랜만에 배우가 아닌 관객의 입장에서 보는 느낌을 느껴 보고 싶었다고 해야 할까?

방에 들어온 혜리는 화장을 하며 콧노래를 불렀다. 욕실에 들어가기 전까지 뻔뻔하고 오만하고 아무 일 없던 것처럼 구는 무심한 그를 보며 화가 났었는데, 형준과 심야영화를 본다는 말에 발끈하는 그를 보니 왠지 모르게 재미가 있어졌다. 놀려 먹는 재미라고 해야 하나?

"마음 졸이는 것도 당해 봐야지."

기분 좋게 드라이기로 머리를 말리며 여전히 그녀는 작게 흥얼거리며 노래를 불렀다.

약속한 영화관으로 향한 혜리는 모자를 푹 눌러쓰고 거기에 선글라스까지 착용했다. 늦은 밤인데도 영화관은 생각보다 많은 사람들이 있었다.

"이 시간에도 영화 보는 구나."

"엇! 언니!"

거의 입만 내놓고 검은 선글라스에 모자에 스카프까지 두른 혜리를 발견하고 지유가 손을 흔들었다. 그녀를 보니 왠지 이 복장이 더 튀는 느낌이 들었다. 그냥 모자만 쓸걸.

"티켓은?"

"에이. 요즘 누가 티켓을 끊어요. 짠, 모바일."

"아아, 그렇구나."

"형준 오빠는 조금 늦는대요. 티켓 문자로 보내 줬으니까 알아서 들어올 거예요. 얼른 들어가요. 사람들이 보기 전에."

지유가 혜리의 팔을 끌어 팔짱을 끼며 재촉했다. 촬영할 때는 몰랐는데 살갑게 구는 지유를 보니 촬영 때 친해지지 못한 것이 조금 아쉽다는 생각이 들었다. 이선우에게 하도 "감독님, 감독님." 하기에 여우 같은 앤 줄 알았는데.

"저, 이렇게 영화 보는 건 처음이에요."

"응?"

"이렇게 제가 나오는 걸 영화관에서 보긴 처음이에요."

의자에 앉아 스크린을 바라보며 지유가 말했고, 옆에 앉은 혜리는 지유가 사 온 콜라를 마시며 고개를 끄덕였다. 생각해 보니 그녀도 자기가 출연한 영화를 이렇게 스크린으로 보긴 처음인 것 같았다.

"엇, 시작한다."

광고가 끝나고 영화가 시작되었다. 영화의 초반쯤 보고 있는데 옆으로 형준이 조용히 다가와 앉았다. 심야영화인 데다 로맨스라서 그런지 그들이 보는 영화관에는 사람들이 그리 많지 않았다.

단 한 번도 선우가 촬영한 것을 본 적이 없었는데, 그의 영화, 그가 찍은 영화에, 그것도 자신이 출연한 영화를 처음으로 보게 되었다. 주변의 사각거리는 소리도, 누군가의 숨소리도 들리지 않을 만큼 집중해서 영화를 보았다.

그가 그렸던 마지막 엔딩 장면이 나오고 엔딩 크레딧(영화의 끝부분에 제작 참여자들임을 보장(신용, credit)하는 이름들이 나오는 것)이 나올 때까지 세 사람은 자리에 앉아 있었다. 영화가 끝나고 다시 모자를 푹 눌러쓴 혜리가 자리에서 일어났다.

"우리 차 한 잔만 마시고 가요."

아쉬움을 토로하며 지유가 근처 조용한 카페에서 차 한 잔 하자고 권했다. 시간을 보니 벌써 새벽 1시가 조금 넘은 시간이었다. 내일 촬영 때문에 일찍 들어가 봐야 하는 상황이었지만 지금 헤어지면 두 사람을 언제 또 볼 수 있을까 하는 생각이 들어 혜리도 그들을 따라 카페로 향했다.

"스티븐 리 감독님, 왜 사람들이 천재라고 하는지 알겠어요. 오늘 보니까 영화가 엄청 감동적인 거 있죠. 다시 한 번 반했다니까요. 특히 형준 오빠가 이번에 연기를 잘 한다고 느꼈어요."

"뭐냐, 그 반응은. 전부터 연기는 인정받고 있었거든?"

형준이 지유를 향해 팔짱을 끼며 노려보았다.

"무엇보다 마지막 장면이 예쁘게 나왔어요. 뭔가 오래된 연인 같은 느낌?"

"그랬나?"

"언니는 연기할 때 보통 무슨 생각하세요?"

"생각이라기 보단, 글쎄. 그냥 대본에 집중하는 거지."

"피이. 그나저나 스티븐 리 감독님 한국 이름은 뭘까요? 다음 작품도 구상되어 있으시려나? 다음 작품도 출연시켜 달라고 졸라 봐야지."

지유가 턱을 괴고 혼자 중얼거렸다.

"우리 감독님 여자 친구는 있으실까요? 있으시겠지? 그렇게 잘 생기셨는데."

갑자기 지유가 선우에 대한 관심을 보이며 궁금증을 풀어냈다. 조만간에 소속사에서 선우의 사무실로 인사를 하러 간다고 하니, 그때 운을 띄워 볼 생각이라고 한다. 다음 차기 작품에 대해서.

"왜? 감독님한테 관심이라도 있어?"

"오빠도, 참. 요즘은 공개 연애 시대잖아요. 애인이 없다고 하면 대시해 볼까 하고요. 언니는 어떻게 생각하세요?"

"응, 뭐가?"

"감독님하고 제가 같이 있으면 어울릴 거 같아요?"

"나이 차이가 많이 나지 않을까?"

선우에 대해 관심을 보이는 지유를 향해 조심스럽게 물었다.

"그런 게 어디 있어요? 나이 차이 따지는 세상은 지났다고요."

왜 갑자기 선우에 대해 관심이 커졌는지 모르겠지만 지유는 기
분이 좋은 듯 콧노래를 흥얼거렸고, 그녀의 반응에 혜리는 짧게 한
숨을 내쉬었다.

그에 대한 관심이야 금방 사라지겠지.

"형준 씨도 좋아하는 사람 있다고 했나?"

"한눈에 반한 사람이 있는데, 그분이 영 눈치를 못 채는 거 같더
라고요."

"어떤 사람인데?"

"제가 촬영하고, 같이 있을 때 엄청 챙겨 줬거든요. 친절을 친절
로만 보더라고요. 전 누나에서 여자로 부르고 싶은데."

"어머! 같은 직업? 연상이야?"

형준이 좋아한다는 여자의 이야기를 하자, 혜리와 지유가 눈빛을
반짝이며 그를 호기심 있는 얼굴로 보았다.

"오빠! 배우예요? 가수? 누군데?"

지유가 캐물었지만 형준은 이내 음료를 마시며 여기까지, 하고는
말을 아꼈다.

"궁금하면 누나한테만 나중에 따로 알려 줄게요. 둘이 밥이라도
먹으면서."

형준이 자연스럽게 혜리의 손을 잡았고, 지유가 형준을 향해 이상한 눈으로 바라보다가 물었다.

"나는요?"

"넌 말 많아서 안 돼!"

지유의 이마를 톡, 치며 장난치는 형준의 모습에 순간 그에게 잡혔던 손을 의식하며 혜리가 손을 만지작거렸다.

조심스럽게 현관문을 열고 들어온 혜리가 핸드폰에 있는 손전등 기능을 켜고 살금살금 발을 내디뎠다. 막 신발을 벗고 방 쪽으로 걸음을 옮기는데 갑자기 거실이 환해지면서 불이 켜졌다.

"깜짝이야."

선우가 그녀의 앞에 전등 스위치에서 손을 떼고 서 있었다.

"왜 이렇게 늦어?"

"놀랐잖아."

"내가 더 놀랐거든?"

"왜 안 자고 거기에 있어?"

"잠이 좀 안 와서. 잠자리가 바뀌어서 그런가?"

혼잣말로 중얼거리며 맥주 캔을 들고 그가 소파에 앉았다. 새벽에 맥주라니. 그를 보며 혜리가 놀란 가슴을 쓸어내리고 방으로 들어가려고 문고리를 잡을 때였다.

"너도 마실래?"

그녀의 뒤에서 선우의 목소리가 들려왔다.

"나 내일 촬영 있어."

"그럼 말고."

"뭐, 조금은 괜찮겠지."

그녀의 대답에 선우가 몸을 일으켜 냉장고에서 맥주 캔을 하나 더 들고 와 소파에 앉았다. 그러고는 그녀에게 앉으라는 듯이 자리를 옮겨 앉으며 손으로 소파 한쪽을 톡톡 쳤다.

"영화는 재밌었냐?"

"그냥, 뭐. 그랬지."

"뭐 봤는데?"

"웃긴 거."

그의 옆에 앉아 맥주 캔을 따며 한 모금 마신 혜리가 질문에 단답형으로 대답했다. 여기에서 그의 영화를 보았다고 감상평을 늘어놓을 수도 없고. 다른 할 말이 없어 맥주를 한 모금 더 마셨다. 기분 좋게 시원한 맥주가 목을 따라 톡톡 쏘며 내려가는 것 같았다.

"드라마는 할 만해?"

"그냥 그렇지, 뭐. 재밌기도 하고, 힘들기도 하고."

그녀의 대답 이후로 다시 침묵이 흘렀다. 선우도 혜리도 애꿎은 맥주만 서로 들이켤 뿐이었다. 무거운 침묵 속에서 남은 맥주를 벌컥벌컥 들이켠 혜리가 자리에서 먼저 일어났다.

"이만 자야겠다. 내일 촬영도 있고. 당신도 잘 자."

"어어. 그래."

그의 대답을 뒤로하고 방으로 들어온 혜리가 모자를 한쪽에 놓고 침대에 누웠다. 그대로 자리에 누운 그녀는 몸을 뒤척이다가 방문 손잡이를 조심스럽게 잡았다. 문틈 사이로 보이는 선우의 모습을 본 혜리가 한숨을 쉬며 돌아섰다.

다시 침대로 발길을 돌리려던 혜리가 방문을 열고 나와 머리를 쓸어 넘기며 소파에서 새우잠을 자고 있는 선우를 향해 말을 걸었다.

"불편하면…… 내 방에서 잘래?"

그녀의 말에 선우가 소파에서 일어나 그녀를 바라보았다.

"아니, 소파가 좁아 보여서. 괜찮으면 내 방 바닥에서 편히 자도 된다고……."

우물쭈물 혜리의 말과 동시에 선우가 걸음을 옮기더니 방으로 향했다.

"진짜 말 바꾸기 없기다."

혜리보다 먼저 방으로 들어간 선우의 기분 좋은 중저음의 목소리가 작게 들려왔다.

제12장
시간 속 추억들처럼

아침에 눈을 떴을 때 방 안에는 혜리 혼자였다. 선우가 자고 간 흔적은 없었다. 기지개를 펴고 간단한 스트레칭 후, 우유 한 잔을 마시려고 나온 혜리가 거실에 있는 혜성과 마주쳤다.

"선우 갔나 봐?"

"그래?"

"아, 어제 새벽에 썰렁하던데. 선우 녀석 거실에서 괜찮았나 몰라."

잠시 냉장고에서 우유를 꺼내던 혜리의 손이 멈추었다. 추운데 얼어 죽으라고 놔둘걸. 어젯밤 거실 좁은 소파에서 자는 그가 마음이 쓰여서 방에 들어와서 자라고 했더니, 냉큼 들어와 자는 그를 어이없게 바라봤다.

그런데 더 어이없던 것은 그 후였다. 중요한 건 두 사람 사이에 아무 일도 없었다는 것이었다. 대화도 없이 선우는 그대로 잠들어 버렸다.

"매정한 녀석. 그래도 전남편인데 이 날씨에 소파에서 자면 감기 걸리진 않을까 걱정도 안 되냐?"

"안 되는데? 내가 왜 걱정해야 해?"

쌀쌀맞은 혜리의 대답에 혜성이 양손으로 자기 어깨를 문지르며 아침부터 찬바람이라느니, 매정하다느니 조용히 중얼거렸다.

"넌 어제 몇 시에 들어온 거냐?"

"1시 넘어서?"

"일찍일찍 다녀. 너 여배우야."

"알겠어."

우유를 꺼내 한 모금 마신 혜리가 냉동실에서 꽁꽁 언 숟가락을 꺼내서는 방으로 들어갔다. 화장대 앞에 앉아 화장을 하기 전에 차가운 숟가락을 눈으로 가져가려던 혜리가 문득 불만스럽게 투덜댔다.

역시…….

"재워 주는 게 아니었어."

부어 있는 눈을 숟가락으로 정성스럽게 문질렀다.

촬영 세트가 있는 방송국에 도착한 혜리는 대기실에 들어가 의자에 앉았다. 힘없이 앉는 그녀를 보며 코디네이터인 미선이 놀란 얼굴로 물었다.

"언니, 얼굴이 왜 이래요?"

"잠을 못 자서 그래."

"아니, 왜? 쉬라고 어제 제작발표회 후에 모두 흩어졌잖아요."

"그랬지."

의자에 앉아 눈을 감고 고개를 끄덕인 혜리가 하품을 연신 해 댔다. 잠을 제대로 못 자서 얼굴이 푸석푸석한 데다가 눈은 붕어눈처럼 붓고, 다크서클이 턱까지 내려온 것 같았다.

이게 다 이선우 때문이었다.

무슨 일이 있길 바란 것은 아니었지만, 그저 진지한 대화는 할 수 있지 않을까 하는 생각이 들었었다.

그런데 웬걸. 방으로 들어온 그는 방바닥에 이불을 깔고 눕더니, 바로 잠이 들었다. 누군 밤새 뒤척거리면서 누가 신경 쓰여서 잠도 제대로 못 잤는데. 태평하게 바로 눈 감고 잠들 줄이야.

"전 어제 집에 가자마자 대충 씻고 바로 자 버렸는데."

고데기로 머리를 말며 미선이 하품을 했다.

"이상하게 잠은 잘수록 느나 봐요. 너무 자서 눈이 부은 거 있죠."

"그렇게 잤다면서 피곤해?"

"그러게 말이에요."

미선의 말에 혜리가 같이 웃어 주다가 옆에서 스태프가 건네는 커피를 받아 들며 고맙다는 듯이 고개를 끄덕거렸다. 그러고는 옆에 놓은 대본을 들고 커피를 마시며 대본을 읽어 내려갔다.

"그런데 말이야. 남자가 한방에서 자면서 아무것도 안 하고 그냥 자 버리는 건 무슨 경울까?"

"남자랑 한방에서요? 관심이 없거나, 너무 졸렸거나?"

"관심이 없으면 말도 안 하나?"

"그렇겠죠? 이거 언니 이야기예요?"

"아니, 설마! 내 친구 이야기야."

미선의 질문에 격하게 반응하며 혜리가 고개를 내저었다.

그러니까 정말로 그는 자신에게 더 이상 과거에 대해 이야기할 생각도 없고, 사과는 방송국 비상계단에서 사죄의 눈물을 흘린 게 전부였으며 미련도 없었다는 결론이다. 그저 진짜로 보일러가 고장 나서 잠시 머물 곳이 필요했던 것이었다. 잠시 머무는 동안에도 아무렇지 않았고.

그녀도 그의 사과를 받고, 괜찮다고는 했지만 막상 아무 일도 없었던 것처럼 하는 선우를 보니 기분이 상했다. 우리 사이가 이렇게 간단하게 정리되는 거였나, 하는 서운함도 들었다.

"내가 바보지."

신경질적으로 대본을 넘기며 혼잣말을 했다.

드라마 촬영은 다시 시작되었다. 대본을 들고 메이크업을 확인한 혜리가 한숨지었다. 어젯밤에 잠을 설쳐서인지 영 컨디션이 좋지 않았다.

"조혜리 씨, 괜찮아요? 얼굴이 안 좋아 보이는데."

"괜찮습니다."

"어제 제대로 못 쉬었어요?"

"아니에요."

유난히 오늘 따라 피곤해 보이는 그녀를 보고 감독이 웃으며 농담 삼아 말했다. 감독의 말에 혜리가 고개를 내저으며 민망한 듯 웃어 보였다.

잠시 이선우 생각은 접자.

대본을 확인한 혜리가 하얀 앞치마를 두르고 옷매무새를 가다듬었다. 여주인공의 집이 몰락했고, 여주인공은 무엇이라도 해야 하는 상황이었다. 그러다가 남자 주인공이 운영하는 레스토랑에서 주방일을 구했고, 레스토랑에서 이것저것 심부름도 하고 기본적인 요리도 배워 나가던 그녀는 졸지에 신데렐라 신세가 된다.

한동안은 혜리가 레스토랑에서 아르바이트를 하는 역할이어서 드라마 세트장은 레스토랑의 주방처럼 깔끔하게 꾸며졌고, 이것저것 식기들도 많이 배치되어 있었다.

"일단은 조혜리 씨가 여기 상황에서 주방의 가장 막내예요."

"네."

"재료들을 미리 준비하기도 하고, 설거지도 하고, 잔심부름 하는 역할이니까. 지금은 여기 바구니에 있는 재료들을 미리 준비하는 과정을 찍을 겁니다."

감독의 설명에 혜리가 고개를 끄덕이며 미리 카메라가 돌기 전에 확인을 했다.

"칼로 써는 흉내만 내면 되긴 하는데, 클로즈업 되니까 조금만 신경 써 줘요. 이런 거 써는 거는 어렵지 않으니 잘 할 수 있죠?"

"그럼요."

양파와 칼을 붙잡고 씨름하는 장면이어서 카메라 감독의 지시가 떨어지자마자 칼로 양파를 썰기 시작했다.

통통통.

도마 위에 칼질하는 소리가 기분 좋게 울리고 양파, 고추, 파프리카까지 써는 혜리의 모습이 카메라에 담겼다.

양파를 썰던 혜리의 손이 조금씩 느려졌다. 자꾸만 곤히 자던 그의 얼굴이 떠올랐다.

그를 떠올리자 생각하면 할수록 화가 나고 기분이 나쁜 게 사실이었다. 그렇게 사람 마음 헤집어 놓고선, 집에는 왜 또 왔다는 말인가. 보일러가 고장 났으면 호텔이든 모텔이든 하룻밤 자면 되지.

그 순간이었다.

"앗!"

양파를 썰던 혜리가 손을 움켜쥐었다. 잠시 딴 생각을 하는 바람에 손을 베였다. 놀란 스태프들과 감독, 그리고 혜성이 그녀의 옆으로 다가왔다.

"조혜리 씨, 다쳤어요?"

"아, 괜찮아요."

억지로 웃어 보이며 다친 손을 다른 손으로 가렸다. 하지만 얼마나 많이 베였는지 손가락이 욱신거리면서 움켜쥔 손에 피가 흥건히 배어 흘렀다.

"많이 다친 거 같은데."

"전 괜찮은데. 손수건 같은 걸로 잠깐 지혈했다가 하면 돼요."

"고집부리지 말고 일단 가까운 병원 다녀와요."

괜찮다며 혜리가 고개를 저었지만, 감독은 그녀의 손을 이끌며 혜성에게 그녀를 병원에 데려다주라고 했다. 크게 다친 것도 아닌데, 괜히 자신 때문에 촬영이 미루어지는 것 같아 혜리가 소품으로 준비되어 있던 하얀 행주로 손가락을 움켜쥐며 무거운 마음으로 혜성을 따라갔다.

"피가 많이 나는데, 응급실 갈까?"

"아니야. 됐어."

"수미 있는 병원 여기서 가까우니까 그리로 가자."

"그러자, 그럼."

다행히 수미가 있는 병원이 방송국에서 멀지 않아 거기로 가기로 한 혜리는 차에 올라타 손가락을 움켜쥐었다.

아프다. 아주 많이.

욱신거리며 가슴이 뛰듯 손가락에서도 콩닥, 콩닥 심장이 뛰는 것 같았다. 흐르는 피가 뜨거워서 혜리는 한동안 말없이 손가락을 움켜쥐고 있었다.

손가락의 상처는 생각보다 깊었다. 손가락에 붕대를 감았고, 병원에서는 되도록 상처가 물에 닿지 않게 하라고 주의를 주었다.

며칠은 붕대를 감아야 한다고 했고, 응급실로 온 그녀 때문에 놀라 달려온 수미에게 혜리는 조심하지 못한다며 설교를 들어야 했다.

그래도 촬영은 무사히 마쳤다. 카메라에 손가락이 나오지 않도록 찍었고, 양파와 재료를 써는 장면은 스태프 중에 한 명이 대체하여 손 부분만 따로 찍었다. 촬영은 밤늦게야 끝났고, 다음 촬영은 새벽에 시작하기로 하여 당일 촬영은 종료되었다.

"나 좀 나갔다 올게."

"어디 가게?"

"그냥, 바람 좀 쐬러."

"얼른 들어와. 잠도 얼마 못 자고 다시 나가야 하니까."

새벽 촬영을 걱정하는 혜성을 뒤로하고 혜리는 얇은 카디건을 입고 밖으로 나왔다. 오늘까지는 이선우가 자고 간다고 했는데, 아직 오지 않은 걸 보면 새로 준비한다는 영화 작업이 늦게 끝나거나 아니면 보일러를 고쳐서 안 오는 것일 수도 있다.

밖으로 나온 혜리가 바로 앞에 있는 놀이터에 가서 그네에 앉았다. 끼익거리는 그네 소리와 함께 무거운 한숨이 눌러앉았다.

아무것도 보이지 않는 어두운 밤하늘을 고개 들어 쳐다보는데 인기척과 함께 목소리가 들려왔다.

"뭐야? 왜 안 들어가고 여기에 있어?"

한 손에는 편의점에서 산 맥주와 안줏거리가 든 봉지를 들고, 다른 한 손은 추리닝 바지에 꽂은 선우가 놀이터 그네에 앉아 있는 혜리를 발견하고 물었다.

"여기서 웬 청승? 설마 나 기다린 거야?"

"말도 안 돼."

장난스럽게 말을 거는 그를 보며 혜리가 어이없단 듯이 고개를 돌렸다.

"어디 다녀와?"

"어어, 출출해서 컵라면에 맥주나 한잔하고 잘까 하고. 넌?"

"그냥, 바람 좀 쐬다 들어가려고."

"다쳤다며?"

"어. 좀……."

손가락에 붕대를 감고 있는 혜리의 손을 보며 선우가 옆의 빈 그네에 앉았다.

"하여간에 칠칠맞기는."

손가락을 보며 퉁명스럽게 말했다.

"좀 걱정해 주면 안 돼?"

갑자기 그네에서 벌떡 일어난 혜리가 선우를 향해 쏘아붙였다.

"많이 다쳤냐, 아프냐, 그런 말 해 줄 수 있잖아! 어떻게 같은 말을 해도 그렇게 말을 해?"

"아아. 왜 화를 내."

"당신은 예전이나 지금이나 정말 이기적이고 나빠. 내가 누구 때문에……."

누구 때문에 다쳤는데. 늘 이런 식이다. 항상 걱정하고, 생각하고, 그리고 손해 보는 건 혜리였다. 영화 촬영 때도 자전거 타다가 넘어졌는데, 걱정은커녕 촬영 먼저 생각하더니.

눈물을 참는 듯 입술을 깨물고, 파르르르 흔들리던 그녀의 눈에서 눈물이 툭 떨어졌다.

"왜 울고 그래?"

당황한 선우가 일어나 혜리의 손목을 붙잡았다. 그러나 이내 매정하게 손목을 비틀어 빼낸 혜리가 소리쳤다.

"이거 놔!"

"왜 이렇게 소리를 질러? 진정하고 내 말 들어. 방금 한 말 기분 나빴다면 미안해."

"당신 나빠!"

"……."

"당신 정말…… 미워 죽을 거 같아. 알아?"

"그래, 알아."

"나쁜 놈이야. 진짜."

가슴을 쳐 대며 원망의 눈물을 쏟아 내는 혜리를 선우가 끌어안았다.

"미안해. 미안하다고."

조금 전과는 다르게 조곤조곤 말하는 선우의 말에 혜리가 힘없이 그네에 주저앉았다.

"미안. 그냥, 나도 모르게 화가 나서……."

한숨 쉬며 고개를 숙인 혜리가 씁쓸하게 웃어 버렸다. 방금 전엔 자신의 실수였다. 감정 조절도 못 하고 화부터 내다니.

수미가 진실을 그에게 알려 주었을 때, 그가 미안하다고 매달렸을 때 외면했어야 했다. 그런 것 때문에 이혼한 거 아니라고. 보일러 고장 났다고 불청객처럼 집에 왔을 때도 받아 주는 게 아니었다. 냉정하게 그와 선을 그었어야 했다.

기분이 바닥까지 가라앉은 것 같았다. 자꾸만 혼자만 흔들리는 것 같아서.

"조혜리."

목소리에 고개를 드니, 어느새 선우가 무릎을 굽혀 그녀와 시선을 마주하고 있었다.

"진짜로, 정말로, 아주 많이."

"……."

"미안해."

"됐어. 사과라면 이제 그만해도……."

선우의 손길이 혜리의 뺨에 닿았다. 그리고 이내 혜리의 호흡이 잠시 멈추었다. 놀란 혜리가 눈을 깜빡이며, 자신의 무릎 위에 얹었던 손을 꼭 쥐었다.

갑작스럽게 혜리의 입술을 막은 것은 선우의 입술이었다. 놀라 반쯤 벌어진 그녀의 입술 안으로 들어온 그의 혀가 고른 이를 유린

했다. 뜨거운 한숨과 함께 입술을 뗀 선우가 혜리를 바라봤다.

"이게 내가 하는 진짜 사과."

"뭐야, 그게……."

흔들리는 눈동자로 그와 마주한 혜리가 금방이라도 다시 울 것 같은 눈으로 그를 바라보고 있었다.

선우와 혜리는 그날 밤 침묵 속에서 잠을 잤다. 아무런 말도 없이 서로 뒤척이다가 잠이 들었을 뿐이다. 그리고 새벽 촬영을 위해 혜리가 먼저 조심스럽게 방을 나왔다.

"손가락은 어때?"

"괜찮아."

거실로 나온 혜리를 보고 혜성이 약상자를 가지고 와 붕대를 갈아 주며 말했다. 오늘 촬영 때는 붕대를 풀고 살색 밴드를 붙이고 해야 하는데.

"이게 징크슨가?"

"다치면 징크스냐?"

"왜? 예전에 바람의 시간 때도 손 다치고, 영화 촬영하다가 넘어져서 다치고, 이번에도 다친 거면 징크스 아니냐?"

"그럼 시청률 대박 나고 영화 대박 나려면 내가 다쳐야 해? 말도 안 돼. 이번에 다친 거는 실수였어."

붕대를 다 감고 나서 둘이 함께 집을 나섰다. 엘리베이터에 올라타며 혜리가 어이없다는 표정으로 혜성을 바라봤다. 말도 안 되는 소릴. 다쳐서 찍는 작품마다 대박 난다면 아마 골병들 것이다.

"아침에 보니까 선우가 네 방에서 자더라? 같이 잤어?"

"아니."

"같이 안 잤어?"

"뭘 상상하는 거야?"

애써 붉어진 얼굴을 고개를 돌려 외면하며 툴툴댄 혜리가 엘리베이터에서 먼저 내려 차에 올라탔다.

혜성에게 어젯밤 일을 이야기하면 아마 그는 몇 배는 부풀려 과장된 이야기를 만들어 낼지도 모른다. 그래서 아무것도 하지 않은, 그 어떤 것도 정해지지 않은 둘 사이의 일을 이야기할 수가 없다.

"불쌍해서 재워 준 거야. 거실에서 쭈그리고 자기에 불쌍해서."

뒷좌석에 앉아 등받이 쿠션에 기대어 눈을 감은 혜리가 중얼거리듯 변명을 했다.

"그런데 오빠 수미랑 결혼 언제 할 거야?"

"글쎄? 왜, 수미가 결혼 이야기 꺼내?"

"아니. 걔가 언제 그런 얘기 꺼내는 거 봤어?"

오히려 되묻는 혜성을 보며 참 태평하다는 듯 혜리가 고개를 저었다. 7년 차 연애 커플. 흔히 남들이 말하는, 그만큼 사귀었으면 결혼한 거나 다름없다는 커플.

수미 성격에, 자존심에 절대로 결혼 이야기는 먼저 안 할 것이고, 그렇다고 무드나 매너라고는 손톱만큼도 없는 혜성이 먼저 할리도 없고.

"그건 왜 묻는데?"

"아니 궁금해서. 이제 결혼할 때 되지 않았나 싶어서."

"할 때 되면 하겠지. 아직 둘 다 바쁘기도 하고."

"그래도 여잘 너무 기다리게 하지 마."

그의 대답과 함께 창밖을 내다보니 어느새 방송국 앞에 다다랐다. 새벽부터 촬영을 하려면 모닝커피와 함께 시작을 해야 할 것 같다.

사무실로 출근한 선우는 노트북을 켜고 영화 시나리오를 클릭했다. 이번에 찍은 영화 시나리오의 영어 번역본이었다.

미국에 있을 때 영화를 같이 제작했던 친구가 영화 소식을 듣고, 미국 진출하는 것을 도와주겠다고 연락이 와서 급하게 다시 번역하는 중이었다.

"어디 보자. USB가 어디 있더라?"

USB를 찾기 위해 서랍을 열던 그의 손이 갑자기 멈추었다. 서랍 안의 뒤집어진 액자가 눈에 띄었다. 혜리와 다정하게 안고 찍은 사진. 버리려고 했는데, 버릴 수가 없었다. 액자 밑에 깔린 갈색 가죽 케이스의 웨딩 앨범까지.

가끔 자신을 긁는 그녀의 날카로운 말과 눈길에 버려야 한다고 생각했었는데. 차마 버릴 수가 없었다. 그가 액자를 꺼내어 책상 위에 얹어 놓으며 의자 뒤로 허리를 기대더니 팔짱을 낀 채 가만히 사진 속 그녀를 바라보았다.

어젯밤 공원에서의 키스는 정말 충동적이었다. 촬영 중에 다쳤기에 걱정스러운 마음에 한 말이었는데, 저도 모르게 습관적으로 퉁명스럽게 말이 나갔고 그의 말투가 불만스럽다는 듯이 혜리가 따져 댔다.

그러고는 그를 탓하며 우는 혜리의 눈물을 보다가 어찌할 줄 몰라 키스를 해 버렸다. 그 바람에 집에 들어와 잘 때 어색해서 밤에 한마디도 않고 뒤척이다 잠들기는 했지만.

혼자 사진을 보며 이런저런 생각을 하던 선우가 피식 웃어 버렸다. 사진 속의 혜리는 예쁘고 행복하게 웃고 있었다.

그때는 어려서 그런가? 아니면 많은 사람들의 사랑을 받아서 그런가? 뭔지 모르게 빛이 나고 예뻐 보였다. 지금처럼 어딘가 아픈 느낌이 들지 않았다. 분명히 자신에게서 벗어나면 다시 예전처럼 반짝일 줄 알았는데. 다시 만난 그녀는 그렇지 않았다.

이럴 줄 알았으면 놓지 말걸.

한참 사진을 보고 있는데 노크 소리가 들려왔다. 노크 소리에 놀란 선우가 액자를 급히 뒤집었다.

"감독님 바쁘세요?"

"아니요. 왜요?"

우진이 미간을 찌푸리며 선우를 불렀다,

"방송 출연 요청 전화 때문에요."

"TV 안 나가는 거 알잖습니까."

"알고 있습니다. 그런데 워낙 끈질겨야죠. 아까부터 계속 전화 오고 있어서요. 감독님은 공개석인 인터뷰나 방송 출연은 안 한다고 계속 말씀드렸는데……."

거의 울상인 우진이 도와 달라는 표정으로 그를 보았다. 가끔 인터뷰 요청이 들어오긴 하지만, 잡지 같은 매거진 쪽에도 얼굴 공개를 원하지 않아 일부러 인터뷰 내용을 메일로 주면 답변해 주겠다는 쪽으로 항상 보안을 유지해 왔다.

특히 이번엔 영화 흥행과 혜리의 재기에 대한 것으로 재조명을

받아 최근 들어 인터뷰하자는 곳이 많았고, 방송 출연 요청도 많아
졌다.

"전화를 뽑아 버릴까요?"

금방이라도 다크서클이 내려앉을 거 같은 얼굴로 우진이 한숨
쉬며 묻자 선우가 자세를 고쳐 앉으며 물었다.

"방금 말한 곳 어딘데요?"

"예?"

"방금 전화, 어디냐고요."

"최근에 케이블 방송에서 뜨는 프로그램인데, 게스트를 초대하
고 그 게스트한테 요리를 직접 대접하면서 자연스럽게 인터뷰를 끌
어 나가는 방식의 프로그램입니다만……."

난처하다는 표정의 우진의 말을 듣고 턱을 괸 선우가 뒤집어진
액자를 보며 대답했다.

"그거 재미있겠네요."

"네?"

"요리를 게스트가 하는 건 아니고, 만들어 준다는 거죠? 제가 요
리는 못하는데."

"네? 감독님, 농담이시죠?"

"진담입니다. 한 번 출연하겠다고 해요. 참, 제가 일이 있어서
잠시 나갔다 와야 할 거 같은데."

USB를 챙긴 그가 자리에서 일어나며 당황한 우진의 어깨를 힘
내라는 듯이 툭툭 쳤다.

감독을 하면서 절대로 얼굴을 내비치는 방송에는 출연하지 않겠
다고 다짐했는데. 감독은 영화를 찍고 카메라를 들고 있을 때가 진

짜의 모습이라고 스스로 그렇게 생각하고, 그래서 직원들에게도 인터뷰 요청은 무조건 거절하라고 그렇게 말했었는데.

처음이었다. 선우가 방송에 출연하겠다고 하는 것도, 어디에 얼굴을 드러내 놓고 자신의 이야기를 해 보겠다고 하는 것도.

❖❖❖

드라마 촬영이 계속되고, 잠시 다른 배우의 촬영을 하는 동안 혜리는 간이 의자에 앉아 화장을 정리했다.

미선이 화장을 다시 하는 동안 혜리가 가방에 넣어 두었던 핸드폰을 꺼내 들었다. 연락이 온 건 수미의 문자뿐이었다. 손가락은 괜찮은지, 약은 발랐는지, 조만간에 검진 날짜를 잡을 건데 시간이 언제 되는지.

하여간에 천직이 의사라니까.

자신의 건강에 대한 문자를 보며 혜리가 고개를 젓고는 액정을 터치해 인터넷 뉴스를 살폈다. 어차피 자신의 순서가 다시 오려면 족히 1시간은 기다려야 할 것이다. 그동안에 딱히 할 일이 없으니, 연예 기사나 읽으려 손가락으로 최신 뉴스를 살폈다.

지선과 혜성이 절대로 쓸데없는 인터넷 기사는 보지 말라며 신신당부를 했지만, 최신 기사도 궁금하고 자신이 찍은 작품이나 혹은 관련된 기사가 나오면 사실 관심이 가기 마련이다.

연예 기사를 살피는데 익숙한 이름이 눈에 띄었다.

〈드디어 얼굴 공개? 스티븐 리 푸드뱅크 전격출연!〉

놀란 눈으로 혜리가 기사를 검색했다. 베일에 싸여 있던 스티븐 리 감독이 케이블 방송인 푸드뱅크에 출연하기로 했다는 내용이었다. 최초로 방송에서 얼굴부터 그의 진실이 담긴 이야기까지 모두 공개된다는 기사를 보고 혜리의 입이 벌어졌다.

"거짓말."

혼잣말로 중얼거린 혜리가 믿을 수 없다는 표정을 지었다. 대체 이선우는 무슨 마음으로 무슨 생각을 가지고 방송에 나가겠다는 것일까? 핸드폰을 만지작거리던 혜리가 통화 버튼을 눌러 선우에게 전화를 걸었다.

"나야."

— 어, 왜?

"왜라니? 지금 기사 뭐야? 무슨 토크 쇼?"

— 벌써 기사 떴어? 빠르네.

당황한 혜리와 달리 선우의 목소리는 태연했다.

"이제 와서 얼굴 공개하게? 갑자기 왜?"

— 갑자기라기보다는 이번에 찍은 영화가 미국에 있는 영화관 몇 군데서 개봉하기로 해서. 이왕이면 홍보도 될 거 같고, 나쁘지 않잖아?

아, 영화가 미국까지 진출이 되는 거였나? 선우의 말을 들은 혜리가 입술을 깨물었다. 도둑이 제 발 저리다고, 그가 인터뷰를 한다는데 왜 순간 자신이 덜컥 겁이 났을까?

"혹시라도 인터뷰하다가……."

— 알아. 네가 뭘 걱정하는지. 우리 이야기가 방송을 통해 나

갈 일 없을 테니 걱정 마. 지금 운전 중이거든? 나중에 다시 통화해.

일방적인 말과 함께 전화가 끊겼다. 끊어진 핸드폰의 액정을 보며 혜리가 한숨지었다. 대체 무얼 걱정하고, 뭘 생각한 건가? 어이없는 행동에 피식 웃어 버리며 대본을 들고 대사를 훑어보았다.

혜리와의 통화를 끝낸 지 얼마 안 되어 선우는 핸들을 부드럽게 꺾어 카페 앞 주차장에 차를 댔다. 가볍게 자동차 키를 손에 들고 카페로 들어선 그는 양복을 입고 기다리는 한 남자를 향해 손을 흔들었다.

"테리?"

"알렉스. 오랜만이야."

선우가 자신을 향해 테리라고 부르는 남자를 향해 손을 내밀며 악수를 했다. 미국으로 영화 공부를 위해 유학 갔을 때, 같은 수업을 들으며 함께 공부를 했던 친구였다. 그런데 얼마 전에 선우가 제작한 영화 잘 보았다며, 연락을 해 왔다. 자신이 일하는 미국 제작사에서 함께 일하자는 제안이었다.

"자, 내 명함. 그때 국제영화제에서 수상 거부를 해서 내가 얼마나 실망을 했다고. 정말 좋은 기회였는데."

"미안, 미안. 뭐, 그땐 나름 사정이 있었지."

여전히 국제영화제 때 수상을 거부한 일을 알렉스가 안타까워하며 고개를 저었다. 선우는 그런 알렉스를 보고 어깨를 가볍게 으쓱이고는 커피를 마셨다.

"참, 이게 우리 회사 쪽 조건이야. 확인해 보고 괜찮으면 연락 줘."

"고맙다."

"친구끼리 뭘."

"내가 다른 일이 있어서 밥은 다음에 먹어야 할 거 같은데, 어쩌지?"

알렉스에게 서류봉투만 건네받은 선우가 시간을 확인하고 미안한 얼굴을 했다. 오랜만에 만난 친구라 고마움도 표시할 겸 식사라도 해야 하는데, 공교롭게도 다음 영화 제작 때문에 저녁에 약속이 잡혀 있었다.

"보고 연락 줄게."

선우가 자리에서 먼저 일어나며 서류봉투를 흔들었다. 시계를 보고 카페를 나온 그가 휘파람을 불며 차에 올라탔다. 차에 탄 그는 안전벨트를 매고 핸드폰 액정을 켜 그제야 혜리가 말한 기사를 확인했다.

손가락으로 기사를 훑어 내려간 그가 미간을 찌푸렸다. 하여간에 언론 매체들이란. 그가 방송을 하겠다고 승낙한 순간부터 실시간으로 올라온 기사라니.

아직 촬영 날짜가 잡힌 것도 아니었다. 정확히 이렇다 저렇다 이야기도 오고 가지 않았는데, 마치 좋은 먹잇감을 물었다는 듯이 기사들은 그에 대해 많은 추측과 이야기를 쏟아 내고 있었다.

"이러니까 조혜리가 놀라서 전화를 하지."

혼잣말로 중얼거린 그가 시동을 걸고, 가볍게 클러치를 밟고 회사로 향했다.

인터뷰야 곤란한 질문은 가볍게 피해 가면 될 것이고, 미국으로 보내는 영화 번역본은 시간이 좀 걸리긴 하겠지만 최대한 빠른 시일 내에 파일을 만들 수 있을 것이다. 뭔가 잘 풀리고 있다고 생각이 되니 흥이 절로 났다.

음악을 틀고 흥얼거리며 운전을 하고 있는데 전화벨이 울렸다. 회사에 있는 우진에게서 온 전화였다.

"네, 김 실장님."

— 감독님? 지금 멀리 나가 계세요?

"아뇨. 지금 회사로 다시 가는 길입니다. 차가 조금 막히긴 하는데, 20분이면 도착할 거 같은데요. 왜요?"

— 지금 사무실에 손님이 와 계셔서요.

"손님? 오늘 사무실로 약속 잡은 건 없는데요."

— 김지유 씨 회사에서 관계자분하고 김지유 씨가 와 계십니다.

"아아. 금방 간다고 기다리시라고 전해 줘요."

통화가 끊기고 예정에 없던 약속에 당황한 선우가 속도를 내었다. 영화가 끝날 때, 지유가 한 말이 그제야 생각났다. 조만간 인사를 하러 오겠다더니. 그것도 회사 관계자랑 같이 왔다는 것을 보면, 이마도 다음 영화 때에도 소속사 배우를 밀어 달라는 얘기를 하려는 것 같다.

이런저런 생각을 하며 머리를 굴리고 있는데, 그의 전화가 다시 한 번 울렸다. 이번에는 지유의 번호였다.

— 감독님? 어디세요?

"지금 사무실로 가고 있어요. 김 실장님한테 이야기 들었어요."

— 그러시구나. 바쁘신가 봐요. 저희 회사 실장님하고 지금 차 마시면서 기다리고 있어요. 얼른 오세요.

"그럴게요."

— 참, 트로피랑 책 엄청 많던데, 살짝 구경해도 될까요?

"그래요. 그럼."

늘 그랬듯이 밝은 지유의 목소리에 선우가 덤덤하게 대화를 했다. 소속사 관계자까지 왔으니 그냥 돌아가진 않을 것이다. 머릿속으로 미리 그쪽에서 말할 법한 이야기에 대해 시나리오를 써 보며, 고민에 빠졌다.

회사로 바로 들어온 선우가 사무실 문을 열었다.

"아! 기다리시다가 조금 전에 가셨어요. 김지유 씨 다음 스케줄 때문에 가야 할 거 같다고."

"그래요?"

"선물만 전해 달라고, 김지유 씨 소속사 실장님이 직접 주고 가셨고요."

"알겠습니다."

영양 보조제가 담긴 쇼핑백을 받아 들며 선우가 사무실로 들어갔다. 기껏 급하게 달려왔더니, 길이 엇갈린 모양이었다.

어차피 만나서 마주 보며 이야기를 하기엔 좀 부담스럽긴 했으니까. 다음 영화 부탁을 받으면서 투자라도 받게 되면, 쉽게 거절하긴 어려운 부분이 있었다.

잘 되었다는 생각에 의자에 기대어 앉은 선우가 쇼핑백을 바닥에 내려놓으며 한숨 돌렸다. 알렉스에게 받은 서류봉투를 책상 위에 놓은 그가 잠시 기대었던 허리를 펴고 놀란 얼굴로 책상을 바라보았다. 그러고 보니 급하게 나가는 바람에 액자를 그대로 놔두고 나갔는데.

갑자기 확 끼치는 불쾌한 기분에 그는 책상 서랍을 열어 갈색 웨딩 앨범을 보고, 책상 위에 뒤집어져 있는 액자를 보았다. 둘 다 그가 외출하기 전과 똑같았다.

"괜히 놀랐네."

놀란 가슴을 쓸어내리며 그가 안심한 목소리로 중얼거렸다.

제13장
너의 별에 닿을 때까지

드라마는 4회 차 촬영에 들어가고 있었다. 아직 드라마 시작하는 날짜가 정확하게 정해지지 않아 촬영장 분위기는 어수선했다. 제작발표회까지 마쳤으니 보통 라인업에 들어가는 것이 맞는데 현재 하고 있는 드라마가 인기가 있다 보니 2회 정도 연장한다는 이야기가 나오고 있었다.

"거참, 연장이라니."

감독이 입에 담배를 물고 있다가 신경질적으로 끄면서 중얼거렸다. 방영 중인 드라마가 2회 연장함에 따라 드라마 스케줄이 조정되었다. 게다가 시청률이 많이 나와 벌써부터 주연 배우가 대상감이라는 이야기까지 나돌고 있어 감독의 부담이 큰 터였다.

"감독님, 신경 쓰이시나 봐요."

"그렇겠지."

신경이 잔뜩 서 있는 감독을 보며 코디인 미선이 혜리의 귀에 대고 소곤소곤 말했다. 감독도 머리가 아프겠지만, 혜리도 마음이 편치만은 않은 것 같았다.

영화도 그럭저럭 흥행했고, 왕년에 시청률 제조기라는 타이틀을 가지고 있다 보니 사람들의 기대가 이만저만이 아니었다. 대체 시청률이 잘 나왔던 때가 언젠데. 벌써 7년 전의 일이다.

하지만 내색은 안 해도 다들 중박은 치자는 분위기였다. 작품이나 연기보다 시청률을 우선시하는 드라마 세상이라니. 혜리는 대본을 넘기며 한숨지었다. 지금이야 그래도 촬영하는 동안은 좀 한가하긴 하지만, 방영 날짜가 정해지는 순간부터는 잠은커녕 제대로 씻지 못할지도 몰랐다.

"조혜리 씨, 준비해 주세요!"

"네!"

"손 다친 건 괜찮아요?"

"그럼요. 이제 멀쩡해요."

손 다친 것을 걱정해 주는 상대 배우에게 혜리가 손을 들어 흔들어 보이며 멀쩡하다고 웃어 보였다.

오전부터 계속 촬영을 했지만 크게 진전은 없었다. 방영 날짜가 미루어졌다는 이야기에 촬영장 분위기도 안 좋은데, 조연으로 캐스팅된 배우가 갑자기 타 방송 예능 프로그램 출연 중에 다쳐서 병원에 갔다고 하는 바람에 촬영 순서가 바뀌었다.

그 바람에 급하게 혜리의 메이크업을 정리하는 미선의 손길도 바빠졌고, 대사를 느긋하게 외우던 혜리도 바빠졌다. 머리를 하던 미선은 뒤에서 드라마 시작 전부터 마가 낀 거 같다고 투덜댔다. 촬영장이 총체적 난국이었다.

그럼에도 불구하고 혜리는 촬영을 계속 이어 나갔다. 흔들림 없이. 가족도 잃고 집도 잃은 주인공의 모습을 촬영할 땐 오열을 하며 울었다. 촬영장 분위기가 마치 상갓집 분위기라도 된 것처럼 서럽게. 그리고 다시 일어나야 할 때는 굳은 다짐을 하고 일어나는 모습을 보여 주었다.

사실 지금까지 해 온 연기와는 감정이입이나 몰입도가 조금 달라서 본의 아니게 NG가 많았지만 재기에 성공하고 싶다는 생각으로 집중하기 위해 노력했다.

"컷! 오케이."

감독의 사인과 함께 촬영이 종료되었다. 아직 5회 대본이 나오지 않은 상태라 촬영분은 모두 끝난 상태였다.

"수고하셨습니다."

인사를 하고 나온 혜리가 두리번거렸다. 혜성을 찾는데 그가 보이지 않았다.

"어? 벌써 끝났어?"

"응. 조연이 안 왔잖아."

"다쳤다며."

"어, 그렇대. 예능 프로그램인가 거기 나가서 넘어졌다는데?"

"이 드라마 굿이라도 해야 하는 거 아니냐? 뭐 이렇게 배우들이 방송 시작도 전에 다쳐?"

"재수 없는 소리는."

혜성의 손에 든 커피를 받아 들며 혜리가 손사래를 쳤다. 그렇잖아도 다들 시작 전부터 느낌이 안 좋다며 걱정을 하고 있는데.

"오랜만에 수미한테나 가자."

"시간 된대?"

"아니. 쳐들어가는 거지."

병원에 왔다는 전화에 수미가 로비로 뛰어왔다. 엄청 급한 사람처럼 전화를 하고 끊은 혜리는 수미의 걱정과 달리 혜성과 여유롭게 병원 로비에서 차를 마시고 있었다.

"뭐야? 두 사람."

"이 녀석이 촬영 끝났다고 너한테 쳐들어가자고 해서."

"놀랐잖아! 또 다친 줄 알고."

수미의 심상찮은 표정을 읽고 재빠르게 혜성이 혜리를 가리키며 그녀를 탓했다.

"내가 무슨 어린애니? 매일 다치게. 앉아. 뭐 마실래?"

"아메리카노. 따뜻한 걸로."

"오빠, 그렇대."

혜리가 카드를 혜성을 향해 내밀며 말했다.

"지금 나보고 사 오라고? 내가 여기서도 매니저냐?"

"우리 이야기하게. 사다 줘."

절대로 안 일어나겠다는 듯이 다리까지 꼬고 앉아서 카드를 흔드는 혜리를 보며 혜성이 어이없다는 듯이 카드를 받아 들었다. 여기서도 심부름을 할 줄이야. 투덜댄 그가 의자를 뒤로 하며 자리에서 일어나 주문대로 향했다.

"어쩐 일이야?"

"그냥. 얼굴 보고 싶어서."

"거짓말은 입에 침이나 바르고 해라. 무슨 일인데?"

"심란해서."

"선우 씨 때문에?"

수미의 물음에 혜리가 그저 웃어 보였다. 아니라고 하기엔 거짓
말이 얼굴에 금방 드러날 것 같았다.

"집에서 자고 갔다며?"

"보일러가 고장 났대."

"그걸 믿어?"

"아니."

혜리가 턱을 괴며 대답했다. 거짓말이라는 걸 알면서도 아무 말
도 하지 않았다. 오히려 방에서 재워 주기까지 했다.

"네가 얘기했지? 나한테 있었던 일들."

"어, 미안."

수미의 대답과 함께 그녀의 앞에 진한 아메리카노가 담긴 머그
잔이 테이블 위에 놓였다. 혜성은 두 개의 잔을 놔두고는 자리를
피해 주듯이 병원 밖으로 향했다.

"선우 씨가 뭐래?"

"글쎄?"

수미의 말을 듣고 찾아온 그가 했던 말을 떠올렸다.

'도대체 왜 날 카메라에 미친놈으로 만들어.'

무릎 꿇고 울면서 그렇게 말했다. 그렇게 말하고 싶은 건 오히려
자신이었는데. 왜 혼자 놔두었냐고, 왜 외롭게 만들었냐고, 카메라
가 그렇게 자신보다 좋았냐고 한마디도 따지지 않았다. 울고 있는

그를 위로했을 뿐이었다.

"뭐라고 했는데?"

"그냥…… 미안하대."

"그게 다야?"

황당하다는 표정으로 수미가 재차 물었고, 혜리는 그저 희미하게 웃을 뿐이었다. 기껏 혜리에게 욕먹을 각오를 하고 알려 줬더니 미안하다고 사과하고 입 닦았나 보다. 수미가 자신의 이마를 탁, 치며 자리에서 일어났다.

"선우 씨 대체 왜 그러니? 미안하다고 하고 땡이라고? 넌 뭐라고 했는데."

"뭘 뭐라고 그래. 미안하다고 했고, 나도 됐다고 했지."

혜리의 대답에 어이없다는 듯이 수미가 주저앉았다. 수미의 표정을 보고 혜리가 뭐가 더 필요하냐는 얼굴로 커피를 마시며 태연하게 미소 지었다. 미안하다는 말을 들었으면 됐다. 어차피 두 사람은 이혼했고, 그냥 '엔딩'으로 끝났다. 이유야 어찌 되었든 헤어진 이유가 이제 와서 뭐가 필요하겠는가.

"두 사람 대체 왜 그래?"

"뭐가?"

"너는 괜찮아? 그걸로 된 거야? 선우 씨가 미안하다는 말 한 걸로, 사과한 걸로 된 거야?"

"뭐가 그렇게 중요해."

걱정스런 눈빛을 하는 수미를 향해 혜리가 크게 웃으며 어깨를 으쓱이고는 커피를 마셨다.

"처음에는 사랑했던 남자가 가장 힘든 순간에 같이 있어 주지 않아서 외롭고, 힘들어서 모든 게 선우 씨 탓인 거 같았는데 영화를 찍으면서 그런 생각도 들더라. 나만 힘들었다고 생각하진 않았을까? 괜히 아무것도 아닌 것까지 그 사람 탓으로 돌리고 있지는 않나. 저 사람의 사랑을 내가 의심했던 건 아닐까."

"그래서 용서가 되고, 아직도 마음이 남고 그래?"

"그런 건 아니고……. 어차피 이제 우리 두 사람은 남남이 되었고, 헤어졌고, 각자의 길을 가고 있고, 무엇보다 내가 더 이상 줄 수 있는 게 없잖아."

"혹시 아기 때문에 그래? 말했잖아. 노력하면 가질 수……."

"그건 노력 안 할래. 이젠 혼자가 편해."

혜리의 말에 수미가 조심스럽게 그녀의 손을 잡았다.

"정말 괜찮아?"

"그럼."

아니. 괜찮지 않을지도 모른다. 이선우 때문에 계속 흔들리고 있으니까.

"혹시라도 선우 씨는 다시 시작하고 싶을 수도 있잖아."

"말했잖아. 그럴 일 없다고."

"이대로 정말 끝낸다고?"

"끝낸 게 아니라, 끝났어."

그래, 끝났다. 악연처럼 다시 만났던 영화도 끝났고 사랑도 끝났다. 더 이상 Give만 하는 사랑은 하지 않을 예정이다.

"시간 너무 오래 빼앗았다. 나, 간다."

"야아, 밥이라도 먹고 가."

"내 걱정 말고, 오빠랑 어떻게 좀 해 봐라. 두 사람 결혼해야지."

말을 돌리며 병원 밖에서 왔다 갔다 하는 혜성을 바라보고는 수미의 귀에 속삭였다.

❖❖❖

촬영 스케줄이 조정됨에 따라 혜리는 화보를 촬영하기 위해 강남에 위치한 한 스튜디오에 와 있었다. 사진작가가 원하는 대로 포즈를 취하며 앉아 있는 혜리의 손에는 빨간 구두가 들려 있었다.

"좋아요. 여기 보고. 한 번 더!"

연달아 찰칵이는 소리와 함께 혜리가 허리를 굽히기도 하고, 구두를 높이 들기도 했다. 이번에 나오는 월간 잡지 메인으로 그녀의 인터뷰가 실릴 예정이었다. 더불어 표지모델도 하게 되어 그녀의 매력을 한껏 살린 콘셉트로 촬영을 하고 있었다.

"다른 옷으로 바꿔 입고 촬영할게요."

사진작가의 사인과 함께 혜리가 옷을 갈아입고 화장을 고치기 위해 간이 의자에 앉았다. 방금 전 촬영과는 다르게 화장을 조금 더 옅게 하고, 옷도 섹시함과 도도함을 보여 주었던 검은 원피스 대신에 연한 핑크색의 원피스로 입었다.

"어머, 이것도 예쁘네."

사진작가의 칭찬과 함께 촬영이 시작되었다. 조금 전까지는 요염한 자세를 취하고 찍었다면, 이번에는 사랑스러운 모습을 보여 주었다. 수줍은 듯 고개를 살짝 내리고 두 다리를 모아 앉았다.

"좋아요, 자세 바꿔서."

사진작가가 원하는 것을 바로바로 캐치하는 혜리의 모습이 마음에 드는지 촬영은 계속되었고, 마지막이라는 손가락 사인과 함께 최종 촬영이 끝났다.

"수고했어요. 조혜리 씨, 마음에 들어요."

"아니에요. 감사합니다."

촬영한 사진들을 확인하며 그녀도 대체적으로 만족해하는 얼굴이었다.

"좋은 사진 나올 거 같아요. 수고했어요. 참, 인터뷰는 아까 대기실에서 이야기한 걸로 간단하게 나갈 거예요."

"네. 수고하셨습니다."

인사를 하고 혜리가 옷을 갈아입기 위해 대기실로 들어갔다. 불편했던 원피스를 벗어 던지고 원래 입고 왔던 청바지와 티셔츠로 갈아입은 그녀가 뭉친 어깨를 두드렸다. 촬영을 잘하고 싶다는 생각에 몸에 힘을 주고 긴장을 했더니 근육이 땅기는 것 같았다.

"언니! 큰일 났어요."

갑자기 대기실 문을 열고 미선이 소리치며 들어왔다.

"놀랐잖아. 무슨 일이야?"

헝클어진 머리를 정리하며 혜리가 물었다. 그러나 미선은 뭐라 말도 못 하고 발만 동동 구르며 혜리를 바라보았다. 미선이 혜리를 향해 입을 열려는 순간 혜성이 대기실 문을 벌컥 열고 들어왔다.

"오빠는 또 무슨 일이야?"

미선에 이어 대기실로 들어온 혜성의 표정이 좋지 않자 의아한 표정으로 혜리가 물었다.

"기사 봤어?"

"기사?"

"지금 인터넷이 난리가 났어."

"인터넷이 왜?"

혜성이 혜리의 눈앞에 태블릿 PC를 내밀며 기사를 보여 주었다. 기사를 본 혜리의 눈이 동그래지며 혜성을 바라보았다.

"이거…… 뭐야?"

"그건 내가 묻고 싶은 말이다. 너 이 사진 어떻게 된 거야?"

"나도 몰라."

인터넷 기사를 본 혜리가 망연자실한 얼굴로 고개를 저었다. 다시 한 번 기사를 살펴보아도 잘못 본 게 아니었다. 분명히 기사의 메인에는 선우와 혜리의 결혼사진이 걸려 있었다. 떨리는 손으로 기사를 클릭한 혜리는 천천히 기사를 읽어 내려갔다.

〈얼굴 없는 감독, 스티븐 리 사실은 배우 조혜리 남편?〉

기사 헤드라인을 본 혜리의 가슴이 세차게 뛰었다. 기사 내용은 두 사람에 대해 잘 알고 있는 사람이 쓴 것처럼 자세하게 나와 있었다.

〈얼마 전 개봉한 '구름 위의 별에게'라는 영화를 흥행시킨 배우 조혜리 씨와 감독 스티븐 리의 사진이 인터넷에 퍼지면서 화제가 일고 있다. 그 사진으로 인해 배우 조혜리 씨가 공부하기 위해 유학을 떠난 것은 거짓말이고, 사실은 스티븐 리 감독과 결혼해서 미국으로 간 것이라는 설도 돌고 있다. 지금까지 스티븐 리 감독의 얼굴은 공개적으로 알려지지 않았으나, 사진 속 남자가 스티븐 리 감독이 맞다는 것이 관계자를 통해서 확인되었다.

　팬들은 놀람과 황당함을 감추지 못했고, 한때 톱스타였던 조혜리 씨가 이혼녀였다는 점에 무엇보다도 큰 충격을 받은 것 같았다. 이 소식을 접한 네티즌들은 "조혜리가 이혼녀였어?", "그럼 스티븐 리가 조혜리 띄워 준 건가?", "조혜리 스티븐 리 비밀결혼 대박" 등의 다양한 반응을 보였다.〉

　그리고 인터넷 검색어에는 '조혜리 결혼', '스티븐 리 조혜리', '조혜리 이혼', '스티븐 리 정체' 등의 단어가 실시간으로 뜨고 있었다.

　"지금 인터넷에 난리가 났어."

　"그런 거 같아. 오빠, 이 사진 가지고 있어?"

　"내가 왜 가지고 있어? 넌?"

　"나도 없지."

　경직된 얼굴로 혜리가 머리카락을 쓸어 넘겼다. 결혼사진이 어떻게 퍼진 건지 모르겠다. 게다가 결혼과 이혼에 대한 검색어가 계속 올라오고 있었다.

　인터넷에 뜨는 기사마다 추측이 난무했다. 스티븐 리 감독과 조혜리와의 관계, 숨겨진 아이가 있다는 이야기와 혜리가 스티븐 리의 숨겨진 여자라는 등, 추측이 난무한 기사들이 순식간에 인터넷을 점령했다.

　"어떻게 할 거야?"

　"뭘 어떻게 해? 사진이 어디에서 나왔는지부터 알아야지."

　핸드폰을 만지던 그녀가 선우에게 전화를 걸었다. 지금 이 상황에서 사진의 출처를 유일하게 알 수 있는 사람은 선우라고 생각했기 때문이다. 그러나 그에게 전화를 걸어도 신호만 가고 통화가 되지 않았다.

"안 받아?"

"어."

신경질적으로 끊으려는 찰나 혜리의 전화가 울렸다. 소속사에서 걸려 온 전화였다.

"네. 조혜리입니다."

— 기사 어떻게 된 거야?

잔뜩 화가 나 있는 지선의 목소리에 혜리가 입을 다물고 혜성을 향해 눈짓했다. 아마도 기사가 뜨자마자 소속사에도 전화가 계속 빗발치는 모양이었다. 격앙된 지선의 목소리에 혜리가 한숨 쉬며 말을 이었다.

"지금 갈게요."

무어라고 화를 내는 지선을 뒤로하고 전화를 끊은 혜리가 난처한 얼굴을 했다. 아, 어디부터 해결을 해야 할까? 사진의 출처? 아님 유포자? 추측이 난무한 기사들에 대한 해명? 이선우는 전화도 받지 않고.

소속사 사무실로 간 혜리는 화난 얼굴로 기다리는 지선을 보고 고개를 숙였다. 뭐라고 입이 열 개라고 할 말이 없었다.

"자, 설명해 봐."

"죄송해요."

"죄송하다는 말 말고, 결혼은 뭐고 이혼은 뭐야? 우리도 알아야 소속사에서도 대응을 할 거 아니야. 지금 밖에 전화 소리 들리지? 일부는 지금 내가 아예 선 뽑아 버리라고 했어."

지선의 추궁에 혜리가 입을 다물었다. 중요한 건 사진인데, 사진이 어디에서 났으며 그가 스티븐 리 감독이라는 걸 사람들이 어떻게 알았는가의 문제였다.

"정말로 기사대로 스티븐 리 감독이랑 결혼했던 거야?"

"네. 예전에 바람의 시간 드라마 때 만나서 사귀고 만나다가 결혼했어요. 그때는 사랑해서 결혼했고, 배우보다는 사랑하는 사람의 아내로 사는 게 좋다고 판단했어요. 그래서 미국으로 가서 3년 정도 살다가 마음이 맞지 않아서 이혼했고, 우연히 이번 영화에서 다시 배우와 감독으로 만난 거예요."

"저번에 드라마 이야기 할 때까지만 해도 그런 이야기 없었잖아? 스티븐 리에 대해 미리 말을 해 줬어야지."

"죄송해요. 미리 말씀 안 드린 건 이미 이혼한 지도 3년이나 지났고, 영화도 끝났고, 더 이상 서로 마주칠 일 없다고 생각해서 그랬어요."

"그래. 됐고, 그러니까 결혼하고 이혼은 사실이라는 거네?"

혜리의 입에서 나온 말에 지선은 그저 기가 막혔다. 기사에 걸린 사진이 합성이길 바랐고, 기사가 루머나 거짓이길 바랐는데. 이 모든 게 진실이라니. 이 믿을 수 없는 현실에 지선은 머리가 아팠다.

"사진 출처는 모른다는 거지?"

"네. 저도 지금 기사만 보고 달려와서……."

"일단 출처 먼저 찾고. 감독은?"

"그 사람 아까부터 연락이 안 돼요."

"아마 그쪽도 난리 났겠지."

지선이 머리를 감싸 쥐며 한숨지었다. 이 사태를 어찌 수습해야 한다는 말인가? 그냥 스캔들도 아니고 대형 스캔들이었다. 일반인도 아니고, 사석이든 공석이든 얼굴 내비치기 싫어하고, 성격도 까다롭지만 천만 관객의 보증수표라고 불리는 '스티븐 리' 감독이 혜리의 남편이었다니.

인터넷에서는 실시간 검색어로 혜리와 선우에 대한 이름이 계속 번갈아 가며 올라오고 있었고 추측성 기사는 점점 커져만 갔다.

소속사에 오는 전화의 일부는 전화선을 뽑아 버리라고 했고, 중요한 전화들로 오는 문의전화는 추후 공식 입장을 발표하겠다고 전달하기로 한 상태였다. 자리에서 일어난 지선이 인터폰을 눌러 전화를 걸더니 고개를 몇 번 끄덕이고는 다시 한숨지었다.

"현재 기사는 거의 내렸어. 하지만 전부 내리는 건 불가능해. 거기다가 개인 카페나 블로그에 이미 퍼진 상태라 그런 건 막기 힘들고. 스티븐 리 감독하고 일단 이야기를 해야 할 텐데……."

"만나자고 할까요?"

"아니. 지금 잘못 만나면 오히려 기자들한테 걸려서 얘기가 더 커질 수가 있어."

의자에 털썩 주저앉은 지선이 고개를 저으며 손짓했다. 혜리와 선우가 만나는 걸 기자들이 안다면 분명히 재결합이니, 끝나지 않은 사랑이니, 소설을 쓰며 달려들 것이 분명했다. 여기서 일을 더 키워서는 안 될 일이었다.

"일단 집으로 돌아가. 회사 앞에 기자들 진 치고 있으니까 되도록이면 뒤로 조용히 가고."

"네, 그럴게요."

짙은 한숨을 내뱉는 지선을 뒤로하고 혜리도 사무실을 나와 무거운 발걸음으로 집으로 향했다.

❖ ❖ ❖

다음 날, 방송국으로 일찍 출근한 혜리는 감독의 부름에 조용히 휴게실로 향했다. 분명히 어제 난 기사 때문일 것이리라. 혜리의 뒤를 따른 혜성과 감독과 조연출까지 넷이 둥그런 테이블을 중심으로 둘러앉았다.

한동안 네 사람 사이에는 침묵이 흘렀다. 혜리는 잘못을 하여 교무실에 불려 간 학생처럼 고개를 숙이고 있었고, 감독과 조연출은 무거운 한숨만 내쉬며 어떤 말부터 꺼내야 할지 생각하는 것 같았다.

"저기, 조혜리 씨."

"네."

"어제 기사 말이야. 어떻게 된 건지 알아야 할 것 같아서…… 따로 소속사 쪽에서도 해명이나 그런 것도 없고, 그게 합성이라는 이야기도 있고, 워낙 연예계야 이런저런 사건도 있고 하니까."

"아아. 네."

"하지만 드라마도 있고 하니……. 워낙에 사람들 마음이 간사한 게 소문이나 기사로만 믿지, 어디 속사정까지야 믿겠나?"

난처한 표정을 지으며 감독이 말을 꺼냈다. 나름 좋게 말한다고 했지만, 정확하게 말하면 어제 기사에 대한 해명을 해 달라는 얼굴이었다.

더 나아가서 다음 주부터 방영하기로 한 드라마도 그렇고, 이미 제작발표회까지 나간 작품인데 혜리가 주연인 게 곤란하다는 말이었다.

"죄송해요."

"뭐, 개인사니까 죄송할 건 아니지만 그대로 우리도 웬만하면 좋게 하고 싶은데……."

말끝을 흐리던 감독이 혜리의 손을 잡았다.

"정말 미안하게 되었어. 일단 작가님하고 우리는 이미 촬영한 것도 있고, 제작발표회에 인사도 하고 다 했으니 혜리 씨로 밀고 나가는 쪽이었는데 어쩌겠나? 위에서 안 된다는데."

"네? 감독님, 말도 안 돼요. 이건 어디까지나 제 개인사잖아요. 연예인이라고 해서 그런 사생활도 보호 못 받아요?"

흥분한 혜리가 화를 내자 혜성이 혜리의 어깨를 잡으며 진정하라는 듯이 고개를 내저었다. 여기서 싸워서 서로 좋을 게 없다는 뜻이었다.

"아까도 말했지만 우리야 이미 촬영한 것도 있고, 아까우니까 당연히 조혜리 씨랑 하고 싶죠. 그렇지만 위에서 방송을 안 내보내주겠다는데……."

감독도 답답한지 실내인 것을 잊고 담배를 꺼내 입에 물었다가 불도 못 붙이고 다시 뺐다.

이미 제작발표회도 다 하고, 바로 지금 방영하는 드라마가 2회 연장이라고 해서 그것까지도 여유롭게 기다려 주었다.

드라마 티저 영상도 따로 만들어서 내보낼 예정이었고, 4회분까지 현재 녹화해 놓은 터라 앞으로 나오는 게 쪽대본이 아닌 이상 녹화는 촉박하게 하지 않아도 될 거라고 계산해 두었다.

그런데 어제 난데없이 혜리가 결혼했다가 이혼했다는 기사가 뿌려지고, 그 상대가 스티븐 리라는 사실에 방송국이 발칵 뒤집어졌다. 위에서는 스캔들을 감수하면서 드라마를 진행하는 모험은 하고 싶지 않다는 의견이었다.

"영화도 잘 되었고, 그 영화감독하고 결혼했던 사이니, 그걸로 일단 시청률 먹고 들어갈 수 있다고 설득은 해 봤는데. 안 된다는 데 우리가 힘이 있나? 미안해."

"아니에요. 괜찮아요. 괜찮습니다."

미안하다는 감독과 조연출을 향해 고개를 숙여 사과를 했다. 저렇게 이야기하는데 드라마 주연을 꼭 해야겠다고 고집 피울 수도 없고, 남의 사생활까지 가지고 왜 왈가왈부하냐고 따질 수도 없는 입장이었다.

"그런데 혜리 씨, 영화도 전남편이 혜리 씨 도와주려고 찍은 거야?"

"아니에요, 그런 거. 서도 몰랐어요."

이제껏 입 다물고 있던 조연출이 혜리를 향해 물었고, 그녀가 손사래를 치며 고개를 저었다. 그녀를 쳐다보는 감독과 조연출의 얼굴은 마치 아는 사람을 밀어주려고 한 것 아니냐는 표정이었다. 왜 이야기가 이렇게 되는 걸까?

"조혜리 씨는 몰랐던 거 맞습니다. 스티븐 리 감독님이 워낙 얼굴을 내비치지 않아서 저희도 계약하고 처음 만났거든요. 게다가 아시다시피 조혜리 씨가 연예계를 떠난 지 6년이 넘었었는데, 연예계 관련자들 얼마나 알겠어요?"

옆에서 지켜보던 혜성이 나서서 대변을 했고, 혜리는 무겁게 짓눌리는 머리를 한 손으로 부여잡았다.

어제부터 소속사며, 방송 관련 사람들이며 대화를 하면 할수록 진실에 대한 것은 아무도 들으려 하지 않았다. 오직 그녀와 선우의 관계, 결혼과 이혼에 대한 것뿐이었다. 마주하고 있는 그들을 바라보자 머리가 아파오는 것 같았다. 지근거리며 두통이 몰려오는 터에 속까지 울렁이는 것 같았다.

"입장…… 충분히 이해합니다. 죄송합니다."

그녀가 자리에서 일어났다. 도무지 자리에 앉아 있을 수가 없었다. 그냥 여기를 벗어나고 싶었다. 미안한 표정을 지으면서도 그녀와 선우에 대해 궁금해하는 눈빛을 보내는 두 사람을 보고 있자니 기분이 묘하게 나빠졌다.

그저 사랑을 한 번 해 보았을 뿐인데.

돌아가고 싶어도 돌아갈 수 없는 이별을 했는데.

할 수 있는 게 연기라서 배우가 하고 싶었을 뿐이었는데.

자신은 잘못한 것도 없는데.

자신을 바라보는 시선과 수군거림에 혜리는 그대로 주저앉아 울고 싶은 기분이었다. 너무 잔인하고 잔혹했다. 누군가에겐 흔한 사랑이고, 누군가에겐 조심스런 사랑이었는데. 그런 자신의 이야기가 한순간에 사람들 사이에서 안줏거리로 전락해 버리는 것 같아 비참했다.

"술이라도 사 줄까?"

"아니, 됐어. 집에 가서 쉬고 싶어."

차를 타고 가는 내내 기분이 가라앉아 있는 혜리를 보고 운전하던 혜성이 미러를 보며 물었다.

방송국에서 낮에 출발했던 차는 깜깜한 밤이 돼서야 집에 도착했다. 바람을 쐬고 싶다는 혜리의 말에 차를 돌려 한강 공원에서 한참을 멈춰 서 있었다. 그리고 혜리는 참았던 눈물을 터트리고 오열을 하며 울었다.

매니저로서 오빠로서 혜성은 그저 지켜보고만 있었다. 이제야 좀 사람처럼 지내나 싶었는데, 방에서 1년을 넘게 나오지도 않고 꼼작도 안 하고 있던 그녀가 우울증 약도 안 먹고 지내서 보기 좋다고 생각했었는데.

위로할 수도 뭐라고 할 수도 없던 혜성은 혜리가 울음을 그칠 때까지 가만히 앉아만 있었다.

깜깜한 집 앞에 차를 세우며 자동차 전조등을 켠 혜성이 브레이크를 걸며 멈칫거렸다. 현관 앞에 서 있는 남자를 발견한 그가 뒷좌석에 눈을 감고 있는 혜리를 바라보았다. 이걸 어떻게 해야 하나?

"다 왔어."

"음⋯⋯."

무겁게 내려앉은 눈을 뜨며 혜리가 차에서 내렸고, 내리자마자 현관 앞에 선 선우를 바라보았다. 그를 바라본 혜리가 매서운 눈으로 노려보고는 그를 스쳐 지나갔다.

"이야기 좀 해."

선우가 재빠르게 손을 잡았다.

"무슨 이야기? 기사 이야기? 보긴 봤니? 어떻게 대처를 해야 할까? 왜 기사가 났나, 나는 괜찮을까, 걱정은 해 봤어?"

"봤으니까 나도 이리로 온 거 아니야. 갑자기 기사가 나서 나도 당황스러웠고, 회사로 전화가 하루에 수십 통도 넘게 왔어. 개인적인 친분이 있는 사람들한테도 휴대폰으로 계속 전화가 와서 연락이 어려웠어. 미안해."

"미안하긴 해?"

"그래서 지금 내가 왔잖아. 너랑 이야기하려고 왔으니까 진정하고 대화를 하자고."

"대화? 내가 지금 어떤 상황인지 알아?"

혜리가 선우의 가슴을 밀치며 소리쳤다.

"내가 잘못한 건 당신 사랑했던 죄밖에 없는데, 그저 배우가 하고 싶었을 뿐인데, 사람들한테 알려졌다는 이유만으로 왜 욕을 먹어야 해? 영화 안 한다고 했잖아. 그런데 왜 당신을 발판 삼아서 재기하려고 한다는 소릴 들어야 해? 당신이 뭐라고, 자꾸만 엉망진창으로 만들어!"

그를 향해 원망의 말들을 쏟아 낸 혜리가 씩씩대며 위태롭게 서 있었다. 정말이지 기사가 터지고 난 후부터 지금까지 지옥에서 지낸 기분이었다.

"미안해. 나도 최대한 수습하고 있어."

"수습? 어떻게?"

"뭐라고 설명하긴 어려운데 최대한 빠른 시일 내에 수습할 거야."

해결하겠다는 그의 말에 혜리가 힘이 풀린 듯 자리에 주저앉았다.

"그거…… 사진 당신이야?"

제발 아니라고 대답해 주길 바라며 물어보았다.

"아니야. 나 그 사진 가지고 있긴 하지만 난 아니야."

"그럼 누군데?"

"나도 몰라. 찾고는 있는데, 악의는 아니었다고 믿고 싶을 뿐이야."

그의 말에 갑자기 자리에서 일어난 혜리가 물기 고인 눈으로 그를 노려보았다.

"그래? 그럼 말한 대로 수습해. 수습하고 연락 줘."

쌩하니 안으로 들어간 그녀의 뒷모습을 보고 선우가 깊은 한숨을 내쉬었다. 그제야 차 보닛에 기대어 서 있던 혜성이 다가와 선우의 어깨를 툭툭 쳤다.

"이해해라. 지금 드라마 캐스팅까지 엎어졌어."

"촬영하고 있었다면서요."

"위에서 주인공 안 바꾸면 다른 드라마로 대체하겠다고 했대. 어쩌겠어. 촬영했어도 아직 방송 안 나갔으니 주연 배우를 교체하는 게 이득인 거지. 논란이 득이 될지 실이 될지 모르는 거니까 안전하게 가겠다는 거겠지."

혜성의 말에 선우가 마른 얼굴을 쓸어내렸다.

✦✦✦✦

사무실에 앉아 가만히 책상을 손가락으로 톡톡, 일정하게 두드리던 선우는 책상 위에 놓인 액자를 바라보았다. 스캔들 기사가 터진

이후로 당당하게 액자를 책상 위에 올려놓은 그가 핸드폰을 만지작거렸다.

회사에 전화란 전화는 선을 모조리 뽑아 버렸다. 핸드폰이 계속 울려도 저장된 번호가 아니면 받지 않고 있었다. 아예 무음으로 해놓은 그는 계속 불빛만 반짝이며 전화가 울리는 핸드폰을 바라보았다.

노트북을 켜고 인터넷을 켠 그는 검색어를 바라보았다. 어제까지만 해도 실시간 검색어 상위권을 혜리와 그의 이야기로 도배하고 있던 검색어가 그나마 지금은 하위권에서 오르락내리락 하고 있었다.

"기가 막히는군."

실소를 터트리며 인터넷 기사를 읽은 그가 중얼거렸다.

어떤 것은 아예 소설을 썼다. 혜리와 선우의 관계, 촬영장에서 싹이 트고, 숨겨 둔 아이가 있었다는 둥 배우가 하고 싶다는 혜리를 선우가 배려하여 영화 주연으로 써 주었다는 이야기도 있었고. 어느 기사들은 상상의 나래를 펼쳐 쓴 것들도 많았다.

또 어떤 기사는 혜리와 선우의 개인 사생활에 대해 얼마나 열심히 취재했는지, 두 사람의 만남, 데이트 장소, 언제 결혼했으며 헤어졌고, 스티븐 리의 이름이 '이선우' 라는 것까지 반박할 수 없을 정도로 사실적으로 쓴 것도 있었다.

노트북을 바라보며 기사들을 읽던 선우가 핸드폰 액정에 뜬 전화번호를 보고 터치하더니, 미소를 지으며 전화를 받았다.

"기다리고 있었는데, 마침 전화가 오네요."

— 잠시 뵐 수 있을까요? 장소는 문자로 드릴게요.

"그래요. 그러죠."

전화를 끊은 그가 다시 울리는 전화에 번호를 확인하고 받았다. 이거야 원, 오는 전화마다 번호를 확인해야 하니. 미간을 좁히며 전화를 받은 그가 인상을 잔뜩 썼다.

— 왜 이렇게 전화를 안 받아요?

전화를 건 수미는 다짜고짜 타박부터 했다.

"아, 기사 때문에 쓸데없는 전화가 많이 와서."

씩씩대는 소리가 수화기 너머까지 들려왔다. 선우가 재빠르게 분위기를 파악하고 다시 말하려는데, 수화기 너머에서 다급하게 목소리가 들려왔다.

— 큰일 났어요.

"또 뭐가요?"

— 혜리가 없어졌어요.

수미의 말에 선우의 표정이 삽시간에 굳어졌다.

"없어졌다고?"

— 그래요. 사라졌어요. 전화도 꺼 놓고. 그저께 밤에 만났다면서요? 혹시 연락 없었어요?

수미의 질문에 선우는 대답하지 못했다. 그저께 밤에 만났을 때는 드라마 캐스팅도 무산돼서 혜리의 기분이 좋지 않았다. 어떻게든 수습하고 다시 연락하겠다고 한 뒤로 연락을 해 주질 못했더니 이런 일이…….

— 선우 씨? 듣고 있어요?

침묵만 흐르는 수화기 건너에서 그를 부르는 목소리가 들려왔다. 하지만 선우는 아무런 대답도 할 수가 없었다. 혜리가 사라졌다는 말에 온몸의 피가 싸늘하게 식어 가는 것만 같았다.

"어디 갈 만한 데 없습니까?"

— 알고 있었으면 그쪽한테 전화 안 했겠죠.

"지금 제가 중요한 약속이 있어서 조금 이따가 다시 걸게요."

전화를 끊어 버리고 핸드폰과 재킷을 챙겨 나온 그가 서둘러 문
자에 찍힌 주소가 있는 곳으로 향했다.

제14장

네 손길이 내게 닿으면

마주한 지유와 선우의 사이에선 한동안 침묵이 흘렀다. 두 사람은 연예인들이 자주 간다는 방송국 근처 카페에서 만났고, 룸이 있는 곳에 따로 자리 잡았다.

"전화는 왜 이렇게 안 받아요?"

"죄송합니다. 일이 그렇게 되고, 저희 실장님한테 말씀드렸다가 핸드폰을 빼앗겨 버려서……. 제가 계속 사정해서 핸드폰 찾은 거예요."

진짜라는 표정으로 지유가 선우에게 두 손을 모으며 고개를 숙였다.

"정말로 죄송해요. 감독님."

지유가 몇 번이고 고개를 숙여 사과를 했다. 그와 마주하고 있는 지유의 얼굴은 홍당무가 되어 새빨개져 있었다.

"일이 이렇게 될 줄 정말 몰랐어요."

"남의 물건에 손을 대는 건 잘못이죠."

"정말 죄송해요."

또다시 꾸벅 사과를 하는 지유의 눈에는 눈물이 고여 있었다. 지유의 말에 의하면 소속사 실장과 함께 그의 사무실에 들렀던 날, 실장이 잠시 통화를 하러 나간 사이 지유는 선우의 사무실에 트로피며, 시나리오와 관련된 수많은 책을 보다가 그의 책상에 있는 액자를 보게 되었다고 했다.

뒤집어져 있는 액자를 확인하는 순간, 혜리와 선우가 다정하게 찍은 사진을 보고 놀랐는데 반쯤 열린 서랍에 있는 웨딩 앨범을 보고 두 사람의 관계를 알아차렸다는 것이었다.

"그럼 그 사진은 어디서 난 겁니까?"

"그건…… 앨범이랑 액자에 있는 사진을 제가 핸드폰으로 찍어서."

"지유 씨가 기자한테 준 겁니까? 그 사진?"

"아니에요! 정말! 제가 그런 거……."

"아니면?"

팔짱을 낀 채로 선우가 지유를 추궁하듯 물었다. 사진을 찍어서 기자한테 준 건 아닌데, 핸드폰에 담긴 그들의 사진이 어떻게 인터넷에 퍼지고 기사화되었다는 말인가?

"실은…… 형준 오빠가 혜리 언니한테 관심이 있다고 해서 제가 그 사진 보여 줬어요. 그런데 오빠가 전송해 달라고 해서……."

"전송해 달라고 해서 전송해 줬다?"

"네. 오빠가 분명히 혜리 언니한테 물어본다고, 보내 주면 자기가 확인할 거라고 했어요. 그게 기사로 나갈 거라고는 생각도 못

했고요."

"그거 다 불법인 거 몰라요? 사진 찍어 간 거, 전송한 거. 초상권 침해라는 거."

"아, 알아요."

입이 열 개라도 할 말이 없는 지유는 입술을 깨물었다. 기사가 나고 일이 커져 버린 시점에서 지유 역시 어찌해야 할지 몰랐다.

선우와 혜리가 영화 촬영장에서 서로 알은척을 하지 않았기에 아는 사이라고는 전혀 생각지도 못했다. 그래서 두 사람의 사진을 보고 배신감도 들었고, 호기심도 들었던 건 사실이었다.

두 사람의 연인관계를 어디에 떠벌릴 생각은 없었다. 사실 사진을 보고 두 사람의 관계를 알게 되어 충격적이긴 했지만, 일을 크게 벌일 생각은 추호도 없었다.

형준에게 빅뉴스감이라며 사진을 찍어 보여 주었고, 혜리에게 계속 관심을 보였던 형준이 두 사람의 관계를 확인하고 싶다기에 사진을 보내 주었다. 지금 생각하면 엄청난 짓을 저질렀고, 바보같이 어리석은 짓을 한 것이었다.

"형준 씨는 연락은 돼요?"

"형준 오빠 지금 일본에 촬영 나갔대요."

어이가 없었다. 핵폭탄을 던져 놓고 촬영을 나가? 자세를 고쳐 앉으며 선우가 잔뜩 인상을 썼다.

욕이 목구멍까지 올라오려고 한다. 앞에서 마주 앉아 있는 지유는 뭘 잘했다고 울음을 터트리기 직전이었고, 사건의 범인은 일본에서 자기 스케줄이나 이행하고 있으니.

"다른 건, 김형준 씨 연락되는 대로 다시 이야기하죠."

"감독님!"

"왜요?"

"혹시 고소를 하시거나 하실 건……."

"그것도 나중에 이야기하죠. 적어도 남의 사생활에 관심을 갖고, 초상권 침해까지 했으면 그만한 책임을 져야 하지 않겠어요?"

자리에서 일어난 선우가 지유를 향해 손을 내밀었다. 그의 행동에 지유가 어벙한 얼굴로 선우를 쳐다보았다. 선우는 손바닥을 펼친 채 살짝 흔들며 서 있었다.

"핸드폰."

"네?"

"줘요. 사진 지우게."

그의 손바닥 위에 지유가 잠금을 풀고 핸드폰을 올려놓았다. 사진첩을 클릭한 선우가 혜리와 찍은 사진 두 장을 삭제했다.

"처벌에 대한 건 조만간에 연락하죠."

지유에게 핸드폰을 돌려주며 선우가 카페 밖으로 나왔다.

"하아, 어디서 찾나."

막상 그녀가 떠났다고 생각하니 마음 한쪽이 허전했다. 한숨지은 그가 고개를 들어 맑은 하늘을 쳐다보았다. 그러고는 이내 통화 버튼을 누르며 수미에게 전화를 걸었다.

혜성의 집으로 온 선우는 착 가라앉은 분위기가 감돌고 있는 거실로 들어섰다. 수미와 혜성은 심각한 얼굴로 서로 마주 보고 있었다.

"왜 이제 와요? 아까 연락했는데."

"아, 미안해요. 해결할 일이 있어서."

선우를 향해 원망의 눈초리를 보낸 수미가 화가 난 얼굴로 따져 물었다.

"아직도 연락 안 돼요?"

"전화기가 꺼져 있어요."

"혹시 '소원'에 간 거 아니에요?"

"이미 혜성 오빠가 다녀왔어요."

가볍게 고개를 젓는 수미의 얼굴은 금방이라도 울 것 같았다. 이 모든 것이 선우 때문인 거 같았다. 그와 처음부터 결혼하지만 않았 어도, 다시 얽히지만 않았어도.

아침에 일어났을 때, 방 안에 가지런히 개어져 있는 이불을 보고 놀란 수미가 욕실이며 옷 방이며 방마다 열어 보고 혜리를 찾았다. 그 어디에도 보이지 않아 전화를 걸었지만 전화기는 꺼져 있었고, 어딜 간다는 메모조차 보이지 않았다.

그래서 영화를 말렸어야 했다고 혜성에게 화도 내 보고, 혜리에 게 전화도 여러 번 걸어 보았지만 전화는 여전히 부재중이었다.

처음엔 경찰서에 실종신고라도 할까 했지만, 일이 커지면 복잡해 진다는 혜성의 말에 혜리가 가 볼 만한 곳은 아침부터 계속 찾아다 녀 보았으나 역시나 헛수고였다.

"다른 데 갈 만한 곳은요?"

"있었으면 우리가 이러고 있겠어요?"

"한강, 근처 영화관, 소원 카페, 갈 만한 곳은 다 찾아봤어."

혜성 역시 고개를 저으며 말했다.

"바람 쐬러 잠깐 어디 간 거 아니고요?"

"그럼 다행이게요?"

까칠하게 대답한 수미가 방으로 들어가 버렸다. 순간 그녀의 눈치를 살피던 선우가 자리에 앉으며 혜성을 향해 눈짓을 했다.

"이해해라. 아침에 일어났는데 혜리가 없어져서 신경 곤두서 가지고 날카로워."

"죄송해요. 형."

"나한테 미안할 거는 아닌데, 너야말로 둘이 어디 자주 갔던 데나, 뭐 짐작 가는 데 없어?"

"모르겠어요."

그가 자신의 이마를 쓸어내리며 한숨지었다. 그러고 보니 사랑했고, 같이 살았는데 조혜리에 대해 아는 게 없다. 기억나는 추억조차 희미했다. 무얼 좋아했는지, 어딜 갔는지, 데이트를 어디서 했는지.

"그런데 뭐 하고 온 거야?"

"사람 좀 만나고 왔어요."

"사람? 누구?"

"사진을 가져간 장본인."

"잡았어? 그게 누군데?"

삐딱하게 앉아 있던 혜성이 놀라 벌떡 일어나며 물었다.

"범인은 나중에요. 나중에 알려 드릴게요. 혜리부터 찾고, 이번 일부터 수습하고요."

"어떻게 수습할 건데?"

"공개 사과라도 해야겠죠?"

선우가 핸드폰을 들고 자리에서 일어났다. 영 못 미덥다는 얼굴로 혜성이 바라보았지만, 선우는 희미하게 웃어 보이며 혜성을 향해 물었다.

"형…… 지금이라도 잡으면 잡힐까요?"

"……."

"다시 잡고 싶은데, 어떻게 하면 잡힐까요?"

선우의 물음에 혜성은 그저 말없이 그의 어깨를 두드렸다. 분명히 조혜리 성격에 쉽게 잡히진 않을 것이다. 이번에도 별을 따려면 아주 힘들 것 같다. 거기다가 구름 위에 숨어 버렸으니. 현관을 나선 선우는 핸드폰을 들어 전화를 걸었다.

"김 실장님, 지금 출발합니다. 제가 도착하기 전에 처리해 주실 게 두 가지가 있는데요. 하나는 김형준 씨 소속사에 연락해서 저한테 전화해 달라고 해 주시고, 하나는 얼마 전에 들어온 방송 인터뷰 있죠?"

— 푸드뱅크 말씀입니까?

"네. 방송 날짜 언제라고 했죠?"

— 아직 정확하게 스케줄을 잡지 않아서요.

"그럼 잡아 주세요. 최대한 빠른 시일 내에 출연하는 걸로."

전화를 끊은 선우가 차를 타고 사무실로 향했다.

❖❖❖❖

미국에 있는 집으로 온 혜리는 청소부터 시작했다. 이른 새벽 간단하게 짐을 챙겨 집을 나와 공항으로 향했다. 어딜 간다는 메모 하나 남기지 않고 공항에 도착해서 휴대폰을 아예 꺼 버렸다.

혜성과 수미가 걱정할 것을 잘 알고 있었지만 며칠만 혼자 쉬다가 연락을 할 생각이었다.

드라마 캐스팅이야 어차피 무너진 거고, 그녀에게 주연이 다시 돌아올 일은 거의 없다고 확신했다. 오랫동안 연예계를 떠나 있었긴 해도 스캔들에 대한 후폭풍이 가지고 오는 결과에 대해서는 잘 알고 있었다.

오랫동안 쓰지 않아 먼지가 많이 쌓인 집을 구석구석 청소했다. 커튼을 열어 환기도 시키고, 빗자루로 먼지를 쓸어 내고, 물걸레로 닦고 또 닦았다. 한참을 청소한 그녀가 반쯤 열린 창문으로 밖을 내다보았다.

벌써 하늘이 붉게 물든 것이 저녁이 되어 오고 있음을 알려 주었다. 도착해서 청소만 했는데. 출출해진 그녀가 캐리어를 열어 공항에서 사 온 컵라면을 몇 개 꺼내었다.

주전자에 끓인 물을 라면에 부은 그녀가 컵라면 용기를 들고 밖으로 나왔다. 원목으로 만들어 놓은 테이블 위에 앉아 주변을 둘러보며 컵라면이 익기를 기다렸다. 주위는 조용했고, 어스름하게 져 가는 태양과 선선한 바람은 생각보다 괜찮았다.

원목 테이블 위에 놓인 핸드폰 액정을 켜고 시간을 보려던 혜리의 손이 멈추었다. 핸드폰을 꺼 둔 것을 깜빡했다. 습관적으로 건드렸던 핸드폰 액정을 보고 가볍게 손가락으로 두드리고는 미소를 지었다.

이래서 습관이라는 게 무섭다는 것이다. 당분간은 그 누구에게도 위치를 알려 주지 않을 생각이다. 핸드폰은 내일쯤 켜 둘까 싶었다.

보나 마나 전화를 켜자마자 수십 통의 부재중 전화가 와 있겠지.

시차 때문에 잠을 설치거나 하진 않았다. 청소를 한 것이 힘들었는지 중간에 깨지 않고 푹 잤고, 평소보다 늦게 일어난 혜리는 기지개를 켜고 모닝커피와 함께 아침을 맞았다.

아직 식재료를 사 오지 않아서 아침도 간단하게 컵라면으로 때우고는 한참을 소파에 앉아 있다가 서재로 들어가 고개를 두리번거렸다.

책꽂이 앞을 어슬렁거리던 혜리의 손이 멈추었다. 에세이 한 권을 꺼내 든 그녀는 미소를 지으며 책을 들고 밖으로 나왔다. 한 손에는 조금 전 내린 커피를 들고 다른 한 손에는 책을 들고 마당에 있는 테이블에 앉은 그녀가 책을 읽기 시작했다.

분홍빛의 예쁜 북케이스에 쓰인 '파리로망스'라는 책을 펼쳐 든 혜리가 한 장, 한 장 읽어 내려가기 시작했다. 이별에 관한 책이었다. 한 남자가 한 여자를 만났고, 사랑했고, 헤어진 후에 그 사랑에 대한 감정을 그린 책이었다.

책은 1부와 2부로 나뉘어져 있었는데, 1부에선 두 남녀가 만나서 사랑하고 이별하기까지의 과정을 담았다. 2부는 남자의 이야기였는데, 헤어진 후에 여자를 그리워하며 여자와 가고 싶었던 파리의 장소를 돌며 그녀에게 부치지 못한 편지를 쓴 내용이었다.

책을 천천히 읽던 혜리의 손이 어느 한 페이지에서 멈추었다. 공감이 가는 구절들이 눈에 띄었다. 사랑에 빠진 두 사람은 섬에 유배된 것처럼 은밀했다는 구절을 보고 선우와 자신의 사랑이 떠올랐다.

사랑에 눈이 멀어 이 집에 살던 동안 이 공간이 단 둘만의 세상처럼 느껴졌었는데. 커피를 한 모금 마시며 책장을 스륵 넘겼다.

헤어진 남자는 이별을 후회하고, 여자를 그리워했다. 누구에게나 잊을 수 없는 과거 하나쯤 있는 것처럼, 헤어진 남자에겐 여자가 주머니에서 꺼내 버릴 수 없는 미련과 같았나 보다. 책을 읽고 있자니, 선우가 찍었던 영화가 생각났다.

'이번 영화를 보고 더 많이 사랑하고, 더 많이 이야기해야겠다 싶었어요.'

문득 책장을 넘기던 혜리의 손이 멈추었고, 메이크업을 해 주던 미선의 말이 떠올랐다. 사랑한다고 매일 말을 했으면 지금 덜 후회했을까? 그에게 아픈 것, 힘든 것, 모든 것을 공유했으면 괜찮았을까?

❖❖❖

방송에 들어가기 전에 선우는 대기실에 앉아 있었다. 감독이라는 직업을 가지고 처음 공개적으로 얼굴을 드러내는 자리였다.

공개석상에서 얼굴을 드러내고 관중들에게 손을 흔들고, 그런 것들은 배우들이나 스타들이 하는 것이지 감독이 하는 것은 아니라고 생각해 왔던 그였다.

그러나 그토록 거절하고, 거절했던 방송을 그가 하게 되었다. 간단하게 인터뷰 몇 분으로 끝나는 게 아니라 1시간짜리 토크쇼를 말이다.

"아까도 말씀드렸다시피, 너무 이야기가 기사에 대한 걸로 치우치지 않도록 부탁드립니다."

인터뷰 내용이 담긴 큐시트를 확인하며 선우가 체크를 했다. 녹화방송이다 보니, 편집이 잘못되면 그와 혜리의 스캔들 위주로 방송이 나갈 수도 있기 때문에 조심스러웠다.

푸드뱅크 자체가 게스트를 불러 놓고, 그 사람의 사생활을 이야기하는 프로그램이었다. 그렇기에 사람들은 기사 때문에라도 선우가 하는 이야기 하나하나 관심을 가지고 볼 것이었다.

그가 방송을 결심한 이유는 혜리가 오해를 받는 게 싫어서였다. 또다시 그녀만 상처를 받은 것 같아서. 그리고 무엇보다 방송을 통해서 진심을 보여 주고 싶었다.

"이 정도 질문은 대답해 주실 수 있으신 거죠?"

연출자가 다가와 확인하면서 선우에게 조심스럽게 물었다. 영화에 대한 이야기들과 거기에 연결되어 혜리에 대해 묻는 질문이 몇 가지 있었다. 선우는 고개를 끄덕였다.

"그럼 5분 있다가 방송 들어가겠습니다. 준비해 주시고요."

감독의 말에 선우는 대기실에서 나와 스튜디오로 가 무대 뒤에 섰다.

MC의 소개에 따라 무대 뒤에서 나와 의자에 앉아, 셰프가 요리를 하는 동안 요리하는 과정을 지켜보면서 자연스럽게 이야기 무대를 꾸밀 예정이었기 때문이다.

카메라가 돌아가고 MC가 나와서 인사를 했다. 방청객들의 박수 소리가 들려왔고, 무대 뒤에 선 선우가 숨을 크게 들이마시며 심호흡을 했다.

떨리지 않을 줄 알았는데, 덤덤한 모습을 보이던 조금 전과는 달리 심장이 빨리 뛰는 게 긴장이 되는 것 같았다.

"안녕하세요. 푸드뱅크 윤혜주입니다. 오늘도 맛있는 요리를 해주실 셰프님 되시죠? 김지원 셰프님 모시고 맛있는 먹방을 떠날 텐데요. 그 전에 게스트 한 분을 소개할게요."

MC의 인사와 함께 방송이 시작되었다.

"이분으로 소개하자면, 얼굴을 방송에서 처음 공개하시는 거라고 합니다. 요즘 떠오르는 핫한 분이기도 하고요. 충무로의 블루칩이라고도 하죠. 직업은 감독님이신데, 얼굴은 배우보다 잘생기신 분이라고 들었는데요. 소개하겠습니다. '구름 위의 별에게' 라는 영화의 감독님이죠? 스티븐 리 감독님입니다!"

MC의 소개와 함께 선우가 무대 뒤에서 등장했다. 방청객들의 환호와 함께 선우가 쑥스러운 듯 인사를 하고 MC가 권하는 자리에 앉았다.

테이블 바를 중심으로 앉아 셰프가 요리하는 모습을 보면서 이야기를 나누는 것이었다. 게스트들도 요리하는 것을 즐겁게 보고, 시청자들도 요리를 보면서 이야기를 듣는 형식이다.

"안녕하세요. 공개적으로 얼굴을 보여 주시는 건 처음이라고 들었는데, 실제로 보니까 훈남이시네요. 굉장히 잘생기셨죠?"

MC는 자연스럽게 진행을 주도하며 대화를 이끌었다.

"이번에 개봉한 영화가 꽤 성공적인 걸로 아는데요. 로맨스 영화 쪽에서는 이제 강자로 떠오르시는 거 같아요. 영화 제목이 사실 특이하기도 하고, 포스터도 그렇고 동화가 아닌가 생각했었거든요.

혹시 제목에 의미가 있나요? 그리고 감독님 이름에 대해 많은 분들이 궁금해하시던데 한국 분이신 거죠?"

"안녕하세요. 방송에서는 처음 인사드립니다. '스티븐 리' 라는 이름으로 영화감독을 하고 있고, 진짜 이름은 이선우라고 합니다. 한국에서 태어났고, 한국에서 자랐고요. 미국에서 영화 공부를 했습니다. 제목에 사실 의미가 있는데, 여자 주인공이 별처럼 빛나는 직업을 가졌잖아요. 스타라는 뜻도 있고, 남자 주인공에게 여자 주인공은 바라보는 대상이었고, 그래서 구름 위에 있는 별이라는 뜻으로 제목을 지었는데, 어떤 여자분은 그게 엄청 유치하다고 말하기도 하더라고요."

"어떤 여자분이요?"

"영화 주인공처럼 비싸게 구는 사람이 있죠."

선우의 대답에 MC도 방청객도 웃었다.

"그동안 이렇게 유머도 있고, 센스도 있으시고, 얼굴도 잘생기셨는데 얼굴 공개를 꺼려 하신 이유라도 있나요? 저희 감독님께서 스티븐 리 감독님 모시려고 엄청 애썼다는 소문이 있더라고요."

"다른 이유는 없어요. 그냥 방송은 배우나 가수 같은 연예인들이 하는 것이라고 생각했고, 저는 감독이니까 촬영을 잘하면 된다는 생각이었고요."

선우의 대답과 함께 애피타이저로 연어샐러드가 두 사람 앞에 놓였다. 그리고 음료로 모히토가 한 잔씩 놓였다.

긴장감에 목이 탔던 선우가 모히토를 받자마자 한 모금 마시고 카메라를 향해 웃어 보였다. 이렇게 몇 시간씩이나 촬영해야 한다니. 속으로는 한숨이 나왔다.

"조금 조심스러운 질문이지만, 주인공이 감독님하고 관계가 있는 분인데요. 캐스팅에 대한 이야기, 물어봐도 될까요?"

"사실 조혜리 씨는 영화에 대해 아무것도 모르고 계약을 했고, 저는 알고 있었습니다."

선우의 대답에 방청객들이 술렁이기 시작했다.

"영화와 소설은 항상 현실과 허구를 바탕으로 만든다고 하죠. 제 영화도 그렇습니다. 현실이면서 허구이기도 하고⋯⋯."

깍지를 끼고 있던 두 손을 움켜쥔 선우가 긴장감에 마른 입술을 달싹이며 말을 이었다

"저하고 배우 조혜리 씨에 대해 모두 궁금해하시기 때문에 말씀 드리자면, 처음 시나리오는 저희 두 사람을 모티브로 삼은 게 맞습니다. 저희가 헤어져서 지금은 이혼한 사이지만, 영화에서는 아름답게 꾸미고 싶었습니다. 조혜리 씨를 캐스팅한 이유는 주인공의 마음을 잘 알 것 같았기 때문이지 재기하는 것을 밀어주어야겠다는 마음은 아니었습니다."

"연기만으로 캐스팅을 했다는 이야기네요. 그런데 궁금한 게, 두 분에 대해서 정말 여러 가지 설들이 나돌 만큼 스캔들이 컸는데, 그동안 숨긴 이유나 현재 두 분이 어떻게 지내시는지 궁금하네요."

MC가 자연스럽게 영화와 이번 기사 내용을 이어 가며 질문을 던졌다. 영화의 주인공이 그녀이다 보니 혜리의 이야기가 중심이 되는 것은 어쩔 수 없었다.

영화에서 캐스팅으로 가다가 스캔들로 온 질문에 선우가 잠시 목을 축이고 대답을 이었다.

"사실 이 이야기가 조심스럽기는 한데, 조혜리 씨와 저에 대해 오해가 많은 거 같아 먼저 말씀드립니다. 저희가 결혼하고 이혼한 것까지 밝혔다면 영화 촬영은 쉽지 않았을 겁니다. 사람들도 한 번씩은 저희에게 시선을 던졌을 거고, 그러면 서로 촬영하는 내내 불편했을 거구요. 그럼 저도 그렇고, 조혜리 씨도 프로페셔널하게 할 수 없었을 겁니다. 사실, 그분과 전 좋은 분위기로 촬영을 마쳤구요."

"그럼 두 분 사이가 이젠 정리되었다고 보면 되겠네요. 갑자기 사진이 기사화되고 당황하셨겠어요."

"당황한 건 사실이지만, 이번 영화하고 기사를 통해 많은 걸 배웠다고 생각합니다. 사랑이라는 건 일방통행이 아니라 서로 양방으로 이야기를 해야 하고, 함께했다고 해서 상대방에 대해 전부 안다고 생각하는 건 자기 오만함이라는 것도 배웠고요. 또한 제 사랑이 아주 많이 이기적이지 않았나 생각도 들고……."

"감독님도 지나간 사랑을 후회하시나 봐요."

MC의 질문에 선우가 고개를 숙였다.

"네. 후회합니다."

"……."

"잡지 못할 별인 거 알면서 욕심내서 잡았는데, 놓지 말걸 하면서 요즘 후회하고 있어요. 앞만 보지 말고, 양옆도 보고 그랬어야 하는데 하나밖에 몰라서 앞만 본 게 후회가 되더라고요. 그래서 잡아 볼까 하는데, 다시 잡으면 잡힐까요?"

"그렇게 말씀하시는 거 보면 아직도 많이 사랑하시나 봐요?"

"그런 거 같네요."

"영화처럼 스티븐 리 감독님의 사랑도 해피엔딩이었으면 좋겠네요."

MC가 웃으며 그에게 건배를 권했다. 그 후에도 영화에 대한 이야기를 조금 더 하다가 방송을 마쳤다. 이렇게 긴 촬영을 하는 것이 처음인 선우는 녹화가 끝나고 대기실로 와서 녹다운이 된 몸을 의자에 기대었다.

✦✦✦

근처 마트에 온 혜리는 카트를 끌며 핸드폰을 만지작거리다가 전원을 켰다. 미국에 온 지도 벌써 2주가 훨씬 지났다. 핸드폰을 켜자마자 문자와 부재중 전화가 왔었다는 메시지가 폭탄 수준으로 진동을 울리며 떴다.

"엄청나게도 왔네."

걱정이 담긴 메시지, 어디에 있는지 말 안 하면 죽인다며 협박하는 메시지, 전화 좀 켜 놓으라는 메시지 등 다양하게 들어와 있었다.

수미의 전화, 혜성의 전화, 소속사, 선우의 전화까지. 이끌던 카트를 멈추고 혜리가 핸드폰에 손가락으로 터치를 하며 메시지들을 보고 어깨를 으쓱이고는 시간을 확인했다. 지금이 낮 2시 반쯤 되었으니, 한국은 새벽 6시 반쯤 되었을 것이다.

"자려나?"

고민을 하던 그녀가 버튼을 눌러 수미에게 전화를 걸었다. 두 번의 신호음 끝에 수미의 목소리가 들려왔다.

— 너 어디야?

"일어났어?"

— 조혜리, 너 괜찮아? 어디야?

"잘 지내고 있어. 그냥 바람 좀 쐬고 혼자 휴식도 좀 하고 그러려고."

— 하아. 너, 정말. 내가 얼마나 걱정한 줄 알아? 태평한 소릴 하고 있어. 너 어디야? 지금 갈게.

"됐어. 오지 마. 너 오면 잔소리 많아서 싫어. 잘 지내니까 걱정 말라고 전화한 거야."

— 정말 아픈 데는 없는 거야?

"그렇다니까."

— 오빠랑 선우 씨도 얼마나 걱정한 줄 알아?

수미의 말에 혜리가 카트를 끌다가 잠시 걸음을 멈추었다. 스캔들이 나고 드라마가 엎어지고 홧김에 도망치면서 선우를 생각하지 못했다. 그 역시도 피해자인데.

— 선우 씨…… 방송 나간 거는 봤니?

"방송?"

— 어. 푸드뱅큰가 인터뷰 프로그램 나갔더라.

"그래?"

기사에서 최초로 방송에서 얼굴 공개 한다는 둥 떠들어 대더니 스캔들이 난 와중에 출연했나 보다.

— 한번 볼래?

"보긴 뭘 봐?"

— 그래도 무슨 이야기를 했는지 궁금하지 않니?

"안 궁금하거든? 어쨌거나 나 잘 지내니까, 걱정 말라고 전화한 거야."

— 걱정 안 할 테니까 어딘지나 말해.

"아주 멀리 있다. 나 이만 바빠서."

바쁘긴 뭐가 바쁘냐는 수미의 뒷말을 뒤로하고 전화를 급히 끊은 혜리가 휴대폰의 벨소리를 무음으로 바꾸어 버렸다. 일방적으로 전화를 끊어 버렸으니 다시 전화할 게 분명했다. 전화기를 다시 꺼 버릴까 했지만, 그러기엔 시계 대용으로 사용해야 해서 어쩔 수 없었다.

마트를 돌며 식재료와 당장 쓸 것들을 간단하게 산 혜리는 짐을 양손에 무겁게 들고 나와 택시에 올라타 집으로 향했다.

선우가 찍은 인터뷰 방송은 녹화 일주일 후에 방송되었다. 푸드 뱅크 이래 최고로 높은 시청률을 자랑했고, 선우에 대한 관심은 더 뜨겁게 쏟아졌다.

형준의 소속사와는 연락을 했지만 그는 아직 스케줄로 일본에 체류 중이라고 들었다. 한국에 들어오는 대로 선우와 만나기로 약속을 했으니 스캔들에 대한 것은 곧 해결이 될 것 같았다.

당분간은 방송의 여파로 두 사람에 대한 관심이 계속될 듯했지만, 문제는 그게 아니었다. 아직도 혜리의 전화가 꺼져 있고, 어디로 사라졌는지 알 수가 없다는 것이었다.

"방송을 아직 못 봤나?"

핸드폰을 만지작거리며 투덜대고 있는데 전화가 울렸다.

"수미 씨?"

— 제 목소리가 엄청 반가운가 봐요?

"반가운 소식이라도 전해 줄까 봐서요."

— 방송 잘 봤어요.

"설마 그것 때문에 전화한 건 아니죠?"

노트북에 뜬 기사를 눈으로 훑어 내리며 읽어 가던 그가 되물었다.

— 잡고 싶어요?

"그래 볼까 하는데."

— 전 반대인데.

"너무하는 거 아닙니까? 둘이 절친인데, 도와줘야지."

— 절친이니까 반대죠.

상쾌한 오전을 보내고 있는데 전화해서 하는 말이라고는. 선우가 올라오는 화를 누르며 핸드폰을 향해 마음에 안 든다는 표정을 지어 보였다.

— 진심으로 하는 말은 아니죠?

"거짓말을 그렇게 공개적으로 합니까? 진심이니까 방송 좀 보고 돌아오라고 얘기한 기지."

— 퍽이나 그 방송 보고 혜리가 돌아오겠네요.

"왜 이렇게 삐딱합니까? 어디 있는지 알려 줄 거 아니면 끊어요."

선우가 소리쳤고, 수화기 밖에선 수미의 짧은 웃음소리가 들려왔다.

— 정말로 진심이에요?

재차 묻는 수미의 말에 선우가 목소리를 가다듬더니 그렇다고 다시 한 번 대답했다.

— 그럼 혜리 돌아오게 해 줘요.

"어디 있는지 알아요? 연락 왔습니까?"

— 이번에는 좀 잘 좀 해 봐요. 남자답게. 진심으로 혜리를 사랑
한다면 끌어 주고요. 사랑한다고 말도 많이 해 주고, 안아 주고, 사
랑해 줘요. 그럼 알려 줄게요.

"지금 사람 놀립니까?"

그가 짜증을 내자 수미가 알려 줄 듯 말 듯 조곤조곤한 목소리로
말했다.

— 좀 멀리 있는 거 같긴 한데…….

"어디에 있습니까?"

— 미국에 간 거 같아요. 어디에 있는지 말 안 해 주긴 하는데,
아무리 생각해도 거기밖엔 갈 곳이 없는 거 같아서요. 미국 집으로
간 거 같아요.

미국에 있는 집이라는 말에 선우가 머릿속으로 미국을 떠올렸다.
미국의 집. 대체 어딜 말하는 것일까? 그 드넓은 미국 땅에서.

— 선우 씨랑 살던 집 말이에요.

수화기 건너편에서 나오는 뜻밖의 말에 선우가 숨을 잠시 멈추
고는 노트북 마우스를 움직이던 손을 움켜쥐었다.

"어디라고요?"

— 두 사람이 살던 집 말이에요.

"거기 팔린 거 아니었어요?"

— 팔렸는데 다시 샀죠, 혜리가.

그의 표정이 미세하게 굳으며 마른 입술을 달싹였다. 지금 수미

가 한 말이 다 뭐란 말인가? 그 집이 안 팔렸다고? 숨을 들이켠 그가 핸드폰을 다시 붙잡으며 물었다.

"거기 있는 거…… 확실합니까?"

— 말했잖아요. 거기밖엔 갈 곳이 없다고.

수미의 말과 함께 선우가 핸드폰을 잡고 있던 손을 힘없이 떨어트리며 자조적인 웃음을 지었다.

집으로 돌아온 혜리는 냉장고에 식재료들을 넣고, 간단하게 집 안 청소를 하고는 소파에 몸을 기대어 쉬었다.

참 여유로웠다. 한국을 떠나 마음을 추스르자는 생각으로 온 이 집에서 이렇게 평화로울 수가 없었다.

무념무상으로 소파에 앉아 있던 그녀가 자리에서 일어나 핸드폰을 집어 들어 인터넷을 켰다. 인터넷 창에 '푸드뱅크'를 검색한 그녀가 선우가 나왔다는 방송을 클릭했다.

재생 버튼을 누르고 보던 혜리가 얼마 지나지 않아 정지 버튼을 누르더니 자리에서 일어났다. 누군 피해자처럼 도망쳐서 있는데, 누군 방송에서 웃으며 쌀쌀대는 모습이라니.

자신의 영화에 대해 재미있게 이야기하는 그의 모습을 보고 입술을 삐죽인 그녀가 방으로 향했다. 좋단다, 그렇게 얼굴 안 보여 주네, 방송은 연예인이나 출연하는 거네 하며 관심 없는 듯하더니 막상 나오니까 좋은가 보다.

싱글벙글 웃는 그의 얼굴을 보고 화가 난 혜리가 방에 들어와 책장에 꽂힌 책들을 손으로 훑었다. 괜히 방송을 보았다. 다시 책이나 읽으며 마음의 여유를 찾을 생각에 무의미한 손놀림으로 책을 하나씩 건드렸다.

책장을 맴돌던 그녀는 마음에 드는 책이 없는지 자리를 이동해서 CD가 잔뜩 있는 곳으로 향했다.

혜리도 그렇고 선우도 그렇고 음악을 좋아해서 많은 CD들을 모았던 적이 있었다.

음악 CD들을 살펴보던 혜리의 손가락이 멈추었다. 하얀 공CD에 삐뚤빼뚤하게 사인펜으로 쓴 글씨가 눈에 띄었다.

「그 해, 봄 미편집분」

CD를 꺼내 이리저리 살펴보던 그녀가 컴퓨터에 앉아 CD를 넣고 재생시켰다. 까만 화면이 계속되던 CD는 곧 영화 화면으로 바뀌었다. 편집되지 않은 채, 배우들이 연기를 하다가 NG를 낸 장면까지 고스란히 담겨 있는 CD였다.

어느새 의자에 조심스럽게 앉아 영화를 보던 혜리가 피식, 웃으며 미소 지었다. 두 배우가 서로를 보며 연기를 하다가 웃음이 터져 웃고 있었다. 그들의 웃음소리와 함께 스태프들이 움직이는 소리도 들렸고, 연기하는 것에 대해 지적하는 선우의 목소리도 들려왔다.

가만히 보니 예전에 그가 국제영화제에 출품한다던 영화인 것 같았다. 가끔씩 배우들이 아닌 일하는 스태프들이나, 카메라를 들고 동선을 체크하는 선우의 모습도 찍혀 있었다. 카메라에 열중하는 그의 모습을 보며 혜리가 미소를 지었다.

그러고 보니 미국에 있을 때 그가 좋아하는 일을 하는 모습을 본

적이 없다. 그의 꿈에 대해 들었을 때 꼭 보리라 다짐했던 것이었는데, 이제야 보게 된 것이다.

마우스를 움직여 영화의 중간 부분을 뛰어넘어 끝으로 옮긴 혜리가 마지막 엔딩을 보았다. 엔딩은 두 남녀가 노을이 지는 옥상에서 사랑을 확인하며 키스하는 부분이었다. 역시나 로맨스 영화의 끝은 아름다웠다.

영화가 끝난 것인지 다시 화면이 검은색으로 변하자 혜리가 마우스를 건드려 컴퓨터를 끄려고 했다. 그런데 영화를 띄웠던 창을 끄려던 그녀의 손이 멈추었다.

이 영화를 사랑하는 배우 조혜리 씨에게 바칩니다.

검은색 바탕에 하얀 글자로 쓰인 문구를 보고 혜리가 움직임을 멈추었다. 마치 하얀 백사장에 글씨를 쓰듯 한 글자 한 글자 검은 바탕에 나타난 글자를 보니 숨이 멎는 것 같았다.

"뭐야…… 이게."

중얼거림과 함께 굵은 눈물이 책상 위로 떨어졌다. 그가 그렇게 공들여 만들었다는 영화. 국제영화제에 참석하겠다며 밤을 지새우고, 연락까지 두절되었던 그때 만든 그의 첫 작품. 그 영화의 제일 끝에는 그녀를 향한 메시지가 담겨 있었다.

떨리는 입술을 꼭 깨문 혜리가 손등으로 눈물을 닦아 내며 그 자리에 주저앉아 울어 버렸다.

"하아……."

두 손으로 입을 틀어막은 혜리가 얼굴을 감싸 쥐었다. 여전히 컴퓨터 화면에는 그 글씨만이 화면을 꽉 채우고 있었다.

진짜로 나쁜 건 어쩌면 그가 아니라 자신이었는지도 모른다. 바
닥에 그대로 주저앉은 혜리는 그가 남긴 문구를 보고 숨죽여 울었
다.

✜✜✜

문 앞에 선 선우는 집 앞에 와서 푸른 하늘을 올려다보고는 집을
바라보았다. 집은 정말로 그대로였다.

믿을 수가 없었다. 분명히 혜리와 이혼하고 처분한 집이었는데.
하얀색의 페인트칠이 된 나무 문 앞에서 그는 초인종 누르기를 망
설였다.

정말, 이 집에 그녀가 있을까?

그가 초인종을 누르려는 순간이었다. 덜컥이는 소리와 함께 굳게
닫힌 현관문이 열렸다.

현관문을 열고 나온 혜리가 놀란 눈으로 선우를 보았다. 그러더
니 열었던 문을 급히 닫고 들어가려 했으나 선우가 한발 빨랐다.
그가 발을 내밀어 문이 닫히지 않게 하고는 문의 손잡이를 잡았
다.

"진짜 여기 있었네."

"어떻게 왔어?"

"어떻게 왔겠어? 비행기 타고 왔지."

변함없이 장난기 묻은 말투로 대답한 선우가 어깨를 으쓱이며
문을 열고 들어가려 했다.

"누가 들어오래?"

"손님이잖아. 그럼 계속 여기 있어?"

"돌아가."

"아니. 여기까지 어떻게 왔는데."

그가 잡았던 문에서 손을 떼고 혜리의 손목을 잡았다.

"못 잡으면 어쩌나 걱정했는데……."

"……."

"어디로 숨어 버린 걸까 얼마나 걱정했는데."

그가 그녀의 팔을 잡아끌더니 안았다. 얼떨결에 그의 품에 안긴 혜리가 당황한 듯 그를 밀어내려하자, 선우가 두 팔로 더 세게 혜리를 끌어안았다.

"이제야 숨통이 트이는 것 같네."

그녀를 끌어안은 채 중얼거린 그가 팔에 힘을 풀어 혜리를 보았다.

"한 번만 나한테 기회 줄래?"

조금 전, 장난기 묻었던 목소리와는 달리 진지한 그의 말에 혜리가 고개를 들어 그를 보았다.

"진짜 사랑할 수 있는 기회를 줘."

선우의 말에 혜리가 그를 밀치며 한 걸음 물러섰다.

"장난하지 마."

"장난 아니야."

선우가 한 걸음 다가왔다. 다시 두 사람의 사이가 가까워졌다.

"잡고 싶어. 너하고 진짜 사랑 다시 해 보고 싶어. 그러니까, 그러니까 한 번만 기회를 줘."

어느 때보다도 진지한 선우의 말에 혜리가 숨을 고르며, 뒤로 한 걸음 더 물러나려 하자 선우가 혜리의 어깨를 잡았다.

"그만 좀 튕기고 기회 좀 주라."

다시 한 번 그를 밀어낼 것 같던 혜리는 선우가 이끄는 대로 그의 품에 안겼다.

제15장

청혼하는 거예요

　집 안으로 들어선 선우는 거실을 배회하듯 돌아다녔다. 주방으로
들어간 혜리는 머그컵을 들고 나와서는 그의 앞에 흔들어 보이며
물었다.

　"있는 건 커피하고 코코아뿐인데 뭐 마실래?"

　"커피."

　간결한 대답과 함께 다시 주방으로 들어간 혜리가 커피를 내렸
고, 선우는 방마다 구경하듯 문을 열어 보더니, 소파로 돌아와 앉
았다. 주방에서 막 나온 혜리가 손에 머그잔을 들고 나와 그에게
건네며 한쪽에 앉았다.

　"수미가 알려 줬지?"

　"어."

　"봤으면 돌아가."

　"돌아가긴 어딜 돌아가? 아까 못 들었어? 기회 달라는 말."

"준다고 한 적 없잖아."

매정하게 혜리가 고개를 돌려 외면하며 말했다.

"그럼 이 집은 왜 안 판 건데?"

"아깝잖아. 내가 인테리어 했는데."

"그러면 좀 버리지 그랬어."

선우의 말에 혜리가 외면했던 고개를 돌려 그를 보았다.

"물건들 다 그대로잖아."

그의 말에 정곡을 찔리기라도 한 듯 혜리가 입술을 달싹였다. 저 것도 아까워서 못 버렸다고 해야 할까? 그가 쓰던 컴퓨터, 그가 듣 던 음악 CD, 그가 보던 책들.

"아직 정리를 못 한 거야."

곧 죽어도 진실이라고는 나오지 않는 그녀의 입술을 한 대 때려 주고 싶은 표정을 지으며 선우가 팔짱을 끼더니 소파에 등을 붙였 다.

"그래? 좋네. 내 물건들도 있고, 집도 그대로고."

"무슨 말이 하고 싶은 거야?"

"기회를 줘."

"무슨 기회? 당신하고 나 끝났어. 기사 못 봤어? 우리 이혼까지 전부 세상에 다 알려진 거. 우린 이제 세상 사람들도 다 끝난 줄 아는 그런 사이야."

"그게 그렇게 중요해?"

선우가 머그잔을 내려놓으며 물었다. 갑자기 터진 스캔들에 혜리 의 입장이 곤란하게 되었다는 것은 누구보다 잘 알고 있다. 이미 방영되기로 한 드라마까지 엎어지고 주연이 바뀌었으니.

게다가 그가 연출한 영화에 주인공으로 돌아왔으니 스캔들이 터졌을 때 사람들은 모두 같은 생각을 했을 것이다. 잘나가는 전남편을 이용해서 재기를 꿈꾸었다고.

"선우 씨, 나는 편하게 가고 싶어. 이제 힘든 거 말고, 그냥 이 정도면 되었다, 그런 생각이 들면 그렇게 가고 싶어."

"그래, 그렇게 가자고. 너 혼자 말고 나랑 같이."

"도대체 왜 그래? 우리는 이미 끝까지 갔잖아. 서로 안 맞는 사람들이야. 그래서 헤어졌고."

애써 외면하고 자리를 피하려는 혜리가 선우가 뻗은 팔에 붙잡혔다. 도대체 왜 이럴까? 왜 이제 와서 붙잡는 걸까? 그와 다시 시작한다고 해도 사랑할 자신도, 전보다 잘할 자신도 없는데. 줄 수 있는 것도 이제 없는데.

"그만 돌아가 줘."

"그러면 내 이야기 한 번만 들어 줘. 다 듣고 나서 그래도 기회를 못 주겠다고 하면 비행기 타고 다시 돌아갈게."

그의 손을 뿌리치려던 혜리가 못 이긴 척 다시 앉았다.

"네가 헤어지자고 했을 때, 보내 달라고 했을 때, 그때 아무런 이유도 묻지 않고 널 보내고 나서 후회했어. 수미 씨한테 네가 아팠다는 이야기 듣고 내가 미친놈 같아서 죽고 싶었어. 내가 카메라에 미친놈이라서. 그냥 나는 성공해서 네가 배우를 그만두고 날 택한 걸 후회하지 않게, 행복하게 해 주고 싶었는데. 그래서 카메라에 매달렸는데, 빨리 감독이 되고 싶었는데. 그게 널 외롭게 할 줄 몰랐어."

선우가 덤덤하게 말을 이어 갔다.

"왜 난 몰랐을까? 사랑하면 말하지 않아도 텔레파시처럼 통할 거라고 어리석게 믿은 걸까. 그냥 네가 내 옆에 있는 것만으로도 행복할 거라고 생각했는데. 내가 내 생각만 했던 거 같아. 그런 내 마음이 널 힘들게 했어."

그가 짧은 숨을 몰아쉬며 말을 이었다.

"헤어지면 남이고, 눈에서 멀어지면 마음에서도 멀어진다는데 네가 내 영화를 하겠다고 온 날, 솔직히 심장 떨렸다. 꼭 내가 사랑했던 것들을 기억하는 것처럼. 그러니까 한 번만 기회를 주면 안 될까? 널 진짜로 사랑할 수 있게. 널 정말로 행복하게 해 줄 수 있게."

선우의 까만 눈동자가 혜리와 시선을 마주했다. 그와 시선을 마주친 순간 혜리는 머릿속에서 그가 영화 끝에 남긴 메시지를 떠올렸다.

행복하게 해 주고 싶어서 앞만 보고 달려왔다는 그의 말에 그가 왜 그렇게 감독이라는 직업에, 영화에 집착했는지 이해가 갈 것 같았다.

"이제 와서 바뀌는 건 없어. 선우 씨. 우린……."

"아니. 내가 바뀌었어."

그가 몸을 움직여 혜리와 시선을 마주했다.

"이제 내 안에서 우선순위가 바뀌었거든. 카메라에서 조혜리로."

"……."

"어떻게, 이대로 돌아갈까?"

대답 없는 그녀를 향해 물었다.

"벌써 11시야. 늦었으니 자고 가려면 자고 가."

자리에서 일어나 돌아가느냐는 그의 말에 대답을 회피한 혜리가 방으로 먼저 들어가 이불을 폈다. 어쩌면 진짜 이기적이고 못된 것은 용서를 구하는 그를 밀어내는 자신인지도 모른다.

방으로 들어온 혜리는 바닥에 그가 잘 이불을 놔두었다. 씻고 따라 들어온 선우가 방에 들어와 고개를 두리번거렸다.

"뭐야, 바닥에서 자라고?"

"그럼 바닥에서 자지. 어디서 자려고?"

"침대는?"

"이거 싱글이야."

"전엔 더블이었잖아."

"바꿨어. 이혼하고."

혜리가 이불을 탁 펴며 자리에 누웠다.

"같이 자자."

선우가 베개를 들고 침대 옆에 걸터앉자 혜리가 매정하게 그를 밀쳐 냈다.

"비좁거든?"

"난 손님이잖아."

"당신이 무슨 손님이야? 불청객이지."

"그럼 바닥에서 자라고?"

"어."

"밤에 추운데?"

"이불 두꺼운 거 줬잖아."

불만을 터트리며 바닥으로 내려온 선우가 이불을 신경질적으로 펴며 자리에 누웠다.

그렇게 얼마나 지났을까? 방 안에는 은은한 스탠드 불빛 아래 두 사람의 숨소리만 작게 오갈 뿐, 정적이 흐르고 있었다. 이불을 뒤척이며 잠을 이루지 못한 혜리가 바닥을 향해 바라보고는 말을 건넸다.

"선우 씨, 자?"

"아니. 넌 왜 안 자?"

"그냥, 뭐. 그럼 당신은?"

"잠자리가 불편해서 못 자겠다. 아, 난 침대 체질인데."

투덜대는 그의 목소리를 듣고 혜리가 피식 웃었다.

"전에 내 방에서 잘 땐 바닥에서 잘만 자더니."

"여기가 바닥이 더 딱딱한 거 같아."

말도 안 되는 그의 핑계를 들으며 혜리가 이불을 끌어 올렸다. 바닥이 다 거기서 거기지 무슨 딱딱함에 정도가 있단 말인가. 어린 애같이 구는 그를 보며 계속 웃음이 나는 걸 애써 이불로 얼굴을 가리며 참았다.

"그럼…… 올라올래?"

조심스럽게 그녀가 물었다.

"싫어. 됐어."

좋다며 바로 올라올 줄 알았는데 예상치 못하게 그가 거절을 하자 혜리가 입술을 삐죽였다. 뭐야, 기껏 기회를 달래서 주려고 했더니. 오히려 그가 튕긴다.

"올라가면…… 잠만 자지 못할 거 같단 말이야."

속으로 그를 욕하고 있었는데, 선우가 작게 중얼거리며 몸을 움직이더니 혜리가 있는 침대를 마주했다.

"그래도 올라가도 돼?"

"누, 누가 잠만 자랬지 다른 거 하랬나."

"내가 뭐 한다고 했는데?"

그의 물음에 얼굴이 붉어진 혜리가 눈동자를 돌리며 이불을 더욱 끌어 올렸다. 이 상황에서 그런 걸 물어보는 그가 얄미웠다. 칫, 입술을 삐죽이며 등을 돌리는데 갑자기 이불이 확 걷어지는 게 느껴졌다. 선우가 어느새 좁은 침대 위로 올라오더니 그녀의 옆에 누웠다.

"난 분명히 먼저 올라가겠다고 말 안 했다."

"누가 올라오래?"

"올라오라며. 밑에 불편해서 못 자. 등 배기고 바닥이 안 좋아."

말도 안 되는 이야기를 하더니 선우가 자리를 잡으며 이불을 덮었다. 가뜩이나 좁은 싱글침대인데, 그가 올라오니 움직일 곳도 없어 벽 쪽으로 몰린 혜리가 몸을 움츠렸다.

진짜로 올라올 거라고는 생각지 못했다. 혼자 누워 있다가 그가 올라오니 알 수 없는 긴장감이 맴돌았다. 침대가 작아서일까? 숨소리도 그에게 들릴 것 같은 기분. 혜리가 이불을 조심스럽게 목까지 끌어 올렸다.

"있잖아. 소원에 갔을 때 말이야. 내가 남긴 메시지 봤어?"

긴장감에 경직되어 있는데 선우가 몸을 움직여 혜리를 바라보며 나지막한 목소리로 물었다. 그가 예전에 남겼던 메시지를 보았던 기억이 났다. 하지만 혜리는 모른다는 듯이 고개를 저었다.

"그런 게 있었나?"

"거짓말쟁이. 봤으면서. 네가 답장 줬잖아."

"내가 언제?"

"나한테 와 줘서 고마웠다며."

놀란 눈으로 혜리가 그를 쳐다보았다. 그걸 언제 봤지? 영화 촬영 때 걸었던 메시지는 그게 아니었는데. 게다가 그건 보이지 않게 안쪽에다가 걸어 두었었는데. 마치 들키면 안 될 것을 들킨 듯한 표정으로 그녀가 선우를 바라보자 그가 작게 웃으며 바라보았다.

"그 끝에 네가 말했잖아. 해피엔딩이기를 바란다고. 우리 해피엔딩으로 끝나지 않을래?"

무슨 말이냐는 얼굴로 그녀가 바라보자, 선우가 갑자기 몸을 움직여 좀 더 옆으로 다가왔다. 갑작스럽게 다가온 그 때문에 뒤로 물러난 혜리의 등이 벽에 착, 닿았다. 뭐 하는 거냐고 물으려는데, 그가 좀 더 다가와 혜리의 위로 올라오더니 두 팔로 그녀의 어깨를 가두었다.

"뭐 하는 거야?"

"해피엔딩, 만들자. 우리."

"장난 그만하고 내려가."

화난 혜리의 목소리에 선우가 내려와 다시 옆에 누웠다. 반듯하게 누운 그를 보며, 혜리가 눈치를 살폈다. 화났나? 천장만 바라보며 누운 혜리가 한숨을 쉬며 있는데, 선우가 살며시 다가와 혜리를 끌어안았다.

"사랑한다. 조혜리."

그의 고백에 품에 안긴 혜리가 꼼짝없이 움직이지도 못하고 숨을 들이마셨다. 왜, 그의 그 한마디에 이리도 긴장이 되는 걸까?

"……너무 늦게 말해 줘서 미안해."

"……."

"너 혼자 있게 해서, 외롭게 해서 미안하고, 아프게 해서 미안해."

"……."

"사람들이 그러잖아. 여자들은 끊임없이 사랑을 확인하고 싶어 한다고. 너는 나한테 그런 거 묻지 않아서, 그게 당연한 건 줄 알았어. 네가 자존심이 세서 절대로 묻지 않을 거라는 거 알면서 나도 오기로 확인하고 싶지 않았는지도 몰라. 말하지 않아도 그냥 믿음으로 사랑한다는 게 얼마나 어려운 건지 이번에야 알았다."

선우의 품에 안긴 혜리가 작게 숨을 내쉬었다.

"이번엔 약속할게. 네가 외롭지 않게, 아프지 않게, 그렇게 사랑할게."

꼭 끌어안은 그녀의 정수리가 그의 턱에 닿았다. 그가 작게 중얼거리는 목소리에 혜리의 눈에서 눈물이 핑 돌더니, 결국 눈물이 툭 떨어졌다.

그가 자꾸만 이렇게 말하면 다잡았던 마음이 흔들리는데. 이젠 그에게 아무것도 해 줄 수 있는 게 없는데.

한번 터진 눈물은 쉴 새 없이 흘렀고, 혜리는 선우의 품에서 아이처럼 울었다. 무엇이 슬프게 한 건지, 무엇 때문에 그렇게 눈물이 났는지 모른 채 울기만 했다.

"다 울었어?"

그가 여전히 혜리를 끌어안은 채로 그녀를 향해 물었다.

"처음 알았네. 조혜리가 울보인지. 우리 알아 갈 게 무지 많겠다. 그렇지?"

눈물로 엉망이 된 혜리의 볼을 만지며 선우가 작게 웃더니 혜리의 이마에 입맞춤을 했다. 그러고는 그녀의 작은 어깨를 감싸며 조심히 눕히더니 팔을 굽혀 상체를 일으킨 자세로 그녀의 얼굴을 마주 보았다. 한껏 흐트러진 혜리의 머릿결을 정리해 주더니 그가 작게 미소 지었다.

"우니까 엄청 못생겼네."

"뭐?"

미간을 찌푸리며 반문하는 혜리를 향해 그가 조심스럽게 입맞춤을 했다. 쪽, 소리와 함께 다시 입을 맞춘 그가 이번에는 상체를 숙여 그녀의 목을 끌어안고 깊게 입맞춤을 했다.

뜨겁게 입술을 탐하던 그의 혀가 안으로 침입했고, 고른 치열을 훑고 혀를 얽었다. 거부할 것 같았던 혜리는 어느새 조심스럽게 두 팔로 그의 목을 끌어안았다.

"하아."

겨우 숨을 고르는데, 선우가 숨을 고를 틈도 없이 다시 입을 틀어막았다. 깊은 입맞춤에 숨도 제대로 고르지 못한 혜리가 선우의 목을 더 조르듯이 감싸 안았다.

쉴 틈 없이 몰아붙이는 키스에 점점 정신이 아득해질 것만 같았다. 그의 입술은 점점 입술에서 목선, 쇄골로 향하며 열꽃을 피우고는 옷가지들을 하나씩 벗어 나갔다.

거추장스러운 옷들을 벗어 던지고 서로의 입술을 탐하던 두 사람이 시선을 마주했을 때, 그제야 조금 정신이 든 혜리가 민망한 얼굴로 고개를 돌렸다. 그러나 그가 정점을 건드리는 바람에 혜리가 다시 그를 바라보았다. 부드럽게 소담한 가슴을 손으로 매만지던 그가 정점을 입술로 물더니 집요하게 괴롭혔다.

"간지러워……"

붉게 달아오른 얼굴로 혜리가 웃었다. 침실 안을 울리는 웃음소리에 선우가 움직임을 멈추고는 혜리의 얼굴을 바라보았다.

"예쁘다. 웃는 거 오랜만에 봐."

진지한 그의 칭찬에 스탠드 불빛에 비친 혜리의 얼굴이 더 상기된 듯 붉어졌다.

"예뻐서 가만히 놔둘 수가 없네."

고개를 숙인 선우가 다시 정점을 삼켰다. 조금 전 부드럽게 애무하던 것과는 달리, 그녀의 살을 베어 물고는 혜리의 한쪽 손을 마주 잡았다.

그의 입술이 점점 아래로 내려가며 곳곳에 열꽃을 피웠다. 가슴부터 아랫배, 허벅지, 종아리를 따라 내려갈 때마다 혜리는 신경세포가 살아나는 느낌에 마주 잡은 그의 손을 더욱 꽉 잡았다.

아래로 내려갔던 입술은 다시 뜨겁게 간질이며 올라오더니 그녀의 한쪽 가슴을 베어 물었다. 깨물기도 하고, 핥기도 하고, 부드럽게 쓸기도 하고. 그의 혀가 닿는 곳마다 열꽃이 뜨겁게 피어났고, 혜리의 호흡도 가빠졌다.

"흐응."

혜리가 고개를 저으며 신음을 터트렸다. 가슴을 간질이던 그의 입술은 어느새 점점 아래로 내려와 배꼽을 따라 은밀한 곳으로 향하고 있었다. 은밀하고도 예민한 곳에 닿은 뜨거운 숨결이 피부에와 닿았다.

하얀 허벅지 사이를 그의 손이 부드럽게 쓸어내렸다. 선우의 손길에 움찔거린 혜리가 다리를 오므렸다. 그러자 그가 입술로 허벅지 안쪽을 쓸어내리며 물고 은밀한 곳 주위를 배회했다.

조급하게 굴지도 않고, 조심히 천천히 아기 다루듯이 쓸어내린 그의 뜨거운 숨결에 혜리가 뜨거운 숨을 내쉬었다. 다리를 오므리려는데 점점 그의 뜨거운 입김에 금방이라도 녹아내릴 듯이 다리가 벌어지는 것만 같았다.

긴장으로 잔뜩 움츠려 있던 다리가 그의 애무에 조금씩 힘이 풀릴 때 선우의 손길이 다리 사이로 자리 잡더니, 촉촉이 젖어 든 곳을 혀로 유린했다.

"흐윽…… 흑."

아래에서 느껴지는 뜨거운 숨결에 혜리는 침대 시트를 움켜쥐었다. 입술과 그의 손가락이 입구에 뜨거운 숨결을 불어 넣으며 자극했다. 아랫배가 따뜻해지며 꿀물이 쏟아져 나왔다. 진주를 품은 은밀한 곳을 자극하는 움직임에 흐트러진 그녀가 고개를 작게 저으며 흔들렸다.

아래서 불어오던 그의 숨결이 조금 떨어지는가 싶더니, 한껏 젖어든 은밀한 곳으로 그의 남성이 예고 없이 파고들었다. 순식간에 들어온 아픔에 혜리의 이마가 잔뜩 일그러졌다. 처음도 아닌데, 처음인 것처럼 통증은 참을 수가 없었고, 숨도 고르게 쉴 수가 없었다.

"으으……읏."

선우가 입술을 깨물고 한쪽 무릎을 굽히며 조금 더 천천히 혜리의 안으로 들어섰다. 그녀의 한쪽 다리를 꼭 잡은 그가 깊숙이 속

살을 파고들었다.

"아, 앗."

격하게 신경을 자극한 그의 움직임에 저도 모르게 비명을 내지른 혜리가 선우의 등을 손으로 붙잡았다. 그러나 땀으로 흥건히 젖은 그의 등은 쉽사리 잡히지 않았다.

선우가 손을 내밀어 혜리의 한쪽 손을 잡았다. 그러고는 천천히 허리를 움직였다. 강약을 조절하며 움직이기를 반복했다. 작은 불빛 아래, 좁은 침실에서 뜨거운 열기와 두 사람의 살결이 부딪히는 소리만 들려왔다.

"흐흑…… 그, 그만."

더 깊이는 들어가지 못할 것 같았던 그의 몸은 그녀의 몸속 깊숙이 맛보기라도 하듯 뜨겁게 들어갔다. 고통에 일그러졌던 혜리의 몸이 흔들렸다. 그가 치고 들어올 때마다 화산이 폭발하듯 뜨겁게 몸이 달아오르는 것 같았다.

"선우 씨, 선우 씨."

그가 멀리 있기라도 한 듯, 그의 팔을 간절히 잡은 혜리가 선우를 불렀다. 그가 혜리를 더 세게, 따뜻하게 끌어안았다. 두근거리는 심장이 서로의 가슴에 맞닿았고, 그가 전부인 듯 혜리도 선우를 꼭 끌어안았다.

리듬을 타며 움직이던 그가 끝이라도 난 것처럼 잠시 움직임을 멈추었다가 혜리의 가느다란 다리를 붙잡았다. 잡힌 두 다리가 그의 어깨 위에 올라가더니, 그가 그녀의 중심을 단번에 뚫었다. 훅, 숨이 끊길 듯 아찔함과 동시에 침대가 흔들렸다.

"흑……훗."

불꽃을 내며 그가 들어올 때마다 그의 어깨 위에 얹어진 두 다리가 힘없이 흔들렸다. 점점 빠르게, 깊게, 다시 느리게 리듬을 타며 움직인 그의 품 안에서 혜리는 선우의 이름을 부르다가 어느새 절정을 맛보았다. 그렇게 몇 번이나 정사를 나눈 뒤에 기절하듯 잠이 들었다.

새벽에 눈을 뜬 선우는 몸을 일으켜 세워 침대에 걸터앉았다. 이불을 끌어 올려 혜리의 몸을 덮어 준 그가 다시 비스듬히 그녀를 바라보며 누웠다. 곤히 잠든 그녀의 볼을 만지고 고개를 숙여 다정하게 입맞춤을 하고는 흐트러진 그녀의 머리카락을 정리해 주었다.

"네가 이 말을 들으면 어떻게 반응할까?"

탁하게 갈라진 목소리로 혹시라도 그녀가 깰까 작게 소곤거렸다.

"결혼하자, 조혜리."

아마도 이 말을 들으면 그녀는 분명히 한 마디를 할 것이다.

미친놈이라고.

아침에 혜리가 눈을 떴을 땐, 온몸이 두들겨 맞은 것처럼 아파 왔다. 눈도 제대로 뜰 수 없었다. 어젯밤 선우와 보낸 흔적들이 방 안 곳곳에 남아 있었다. 밤새 절정을 몇 번이나 맛보았는지 기억도 나지 않았다. 침대에서 내려온 그녀가 다시 휘청거렸다.

혜리는 무릎까지 내려오는 롱 티셔츠를 입고 어정쩡한 걸음으로 방에서 나왔다.

방에서 나오니 음식 냄새가 확 코끝을 스쳤다. 주방으로 간 혜리가 기가 막힌 얼굴로 섰다. 주방에서는 앞치마를 두른 선우가 요리를 하고 있었다.

"뭐 하는 거야?"

"일어났어?"

나무젓가락을 흔든 선우가 웃으며 혜리를 반겼다.

"곤히 자기에 안 깨웠는데."

"뭐 하는 거냐고."

"밥 차리지. 그래도 먹을 건 있네. 장 봐 왔나 봐."

접시에 파스타를 담으며 그가 말했다. 식탁에 파스타가 담긴 접시를 놓으며 혜리를 향해 앉으라는 손짓을 했다. 식탁에 앉은 그녀가 턱을 괴고 그를 바라보았다. 하루아침에 이래도 되는 것일까?

"안 돌아가?"

"여기 오랜만에 오니까 좋네. 옛날 생각도 많이 나고. 먹어 봐."

"선우 씨, 안 가냐고."

"냉장고에 빵이랑 스파게티 재료밖에 없더라. 과일이라도 사 올까?"

"내 말 듣고 있어?"

자꾸만 말을 피하는 그를 향해 혜리가 애꿎은 스파게티 면을 돌돌 말던 포크를 내려놓으며 한숨지었다.

"우리 사진 유포한 사람을 찾았어."

물을 마시려던 혜리가 컵을 들고 있다가 식탁에 내려놓으며 그를 쳐다봤다. 사진을 유포한 사람을 찾았다니. 그게 누구란 말인가.

"너도 아는 사람이야."

"그게 누군데?"

"박형준 씨."

"형준 씨가 왜? 우리 사진을 어떻게 알고?"

"얘기하자면 긴데, 지유 씨가 영화 일로 소속사 실장하고 내 사무실에 왔다가 내가 책상 위에 놓았던 우리 사진을 본 모양이야. 그걸 찍어서 형준 씨한테 보여 줬고. 지유 씨 말 들어 보면 형준 씨가 널 좋아했던 것 같아. 지유 씨한테 그 사진을 전송받아서 아는 기자한테 사실 확인 차 보여 주었고. 그게 퍼진 것 같아."

담담하게 너무도 평온하게 말하는 선우의 말을 듣고 혜리가 놓았던 컵에 물을 따랐다. 뜻밖의 사진 유포자의 정체에 당황스러운 얼굴이었다. 물을 따른 컵을 붙잡고 벌컥벌컥 마신 혜리가 그를 쳐다보았다.

"어떻게 하기로 했어?"

"아직 아무것도 하지 않았어."

"그렇구나."

"자세한 건 더 이야기해 봐야 알겠지만, 일이 이렇게 커졌으니, 아무래도 소속사에서 법적 대응 할 수 있기도 하고."

"법적 대응?"

법적인 문제까지 거론이 되자 혜리가 당황한 듯 했다. 촬영장에서 친절하게 대해 주고, 챙겨 줘서 고마웠는데 자신을 좋아해서 한 거라니. 전에 영화관에서 그가 한 말이 떠올라, 미안함과 걱정스런 마음이 생겼다. 좋아하는 사람이 있다더니, 그게 자신이었나 보다.

"악의는 없었다는데. 그냥 자기는 기자한테 확인하고 싶었나 봐. 우리 사이가 정말인지. 하지만 악의를 떠나서 일단 네가 피해를 봤잖아. 널 좋아한 마음이 크든 작든 그것과 상관없이 누군가의 비밀을 마음대로 밝힌 것은 잘못된 행동이라고 봐."

선우의 말에 혜리가 머리가 아픈 듯 한숨지으며 고개를 숙였다.

"자세한 건 혜성이 형이 너 대신에 소속사랑 이야기할 거야."

아, 소속사를 생각하지 못했다. 소속사끼리 해결을 하다 보면 대립하는 문제가 생길 것이다. 법적인 문제까지 가게 되면 일이 커질 텐데. 그건 원하지 않는다. 시간이 지나면 조금 잠잠해질까? 이미 드라마 캐스팅이 물 건너갔으니 시간을 좀 가지면 괜찮을 것 같은데.

"넌 어떻게 생각해?"

"글쎄? 그런다고 해서 내가 다시 드라마를 찍고 바로 복귀할 수 있는 상황은 아니고. 이러나저러나 당분간은 잠잠해질 때까지 가만히 있어야겠지?"

자리에서 일어난 혜리가 커튼을 걷었다. 햇살이 눈부시게 비추며 주방을 밝혔다. 이대로 여기에서 지금까지처럼 여유롭게 책도 보고 낮잠도 자면서 지내는 것도 나쁘지 않다는 생각이 들었다.

스캔들의 진실이 어떻든, 선우와 자신이 결혼하고 헤어진 것도 부정할 수 없는 사실이고, 그가 제작한 영화의 주연 배우로 재기를 한 것도 사실이었다. 사람들은 그런 사이였음에도 영화 촬영 내내 서로 처음 본 사람처럼 지냈다는 영화 관계사의 말에 대해 황당하다는 반응을 보이기도 했고, 혜리가 다시 일어설 수 있도록 선우가 도와준 것이라는 곱지 않은 기사들도 많았다.

사람들은 기사가 보여 주는 대로만 믿을 것이고, 이걸 가지고 굳이 해명을 할 생각은 없었다.

"이번 일은 내가 지선 언니한테 따로 전화할게. 시끄러운 것은 원하지 않으니까. 좋은 쪽으로 해결해야지."

이제야 겨우 파스타 면을 한 입 먹은 혜리가 빤히 쳐다보는 선우

의 시선을 느끼며 고개를 들었다. 입안 가득 파스타를 넣은 그녀가
그를 향해 왜, 라는 표정을 지었다.

"여기에서 이런 소리 하면 좀 정신 나간 사람 같긴 한데……."

그가 말끝을 흐리더니 혜리의 앞으로 다가왔다.

"결혼할래?"

뭐라는 것인가? 순간 잘못 들은 것 같은 혜리가 눈만 깜빡이며
그를 쳐다봤다.

"우리 다시 결혼할래?"

"제정신이야? 미쳤어?"

"아니. 멀쩡해."

"헛소리하려면 그만 돌아가."

이제 겨우 다시 생긴 식욕마저 없어진 기분이다. 그는 이 상황에
서, 이 시점에서 어떻게 이런 말이 나올 수 있을까?

"거절할 거면 어젯밤에 날 안지 말았어야지. 네가 먼저 불 질렀
잖아."

"장난하지 마. 여기서 장난할 기분 아니야."

"결혼 가지고 누가 장난을 쳐? 나도 진지해. 몇 번이고 망설이
고, 생각하고 말하는 거야. 한 번은 후회했는데 두 번은 후회 없이
하고 싶어. 그게 너야."

"선우 씨. 나는……."

혜리가 그의 시선을 피하며 말끝을 흐렸다. 그녀의 마음을 알기
라도 하듯 선우가 조심히 그녀의 앞에 무릎을 굽혀 시선을 마주했
다.

한국에서 혜리가 어디 있는지 알 것 같다는 수미의 전화를 받고

그의 심장은 미친 듯이 뛰었다. 잠시나마 그녀가 사라졌다는 말에 허전하고, 불안함을 감출 수가 없었다.

그리고 혜리를 찾아가겠다는 그에게 수미가 한 말이 떠올랐다. 무엇으로 흔들어도 혜리는 쉽게 오지 않을 것이라고. 상처받은 것에 대한 치유의 시간도 필요하고, 무엇보다 아기를 가질 수 없다는 생각에 그에게 오지 않을 거라는 것이었다.

선우가 손을 내밀어 혜리의 손을 잡고는 깍지를 끼었다.

"아기 때문에 그래?"

선우가 조심스럽게 물었다. 작게 고개를 저으며 아니라고 했지만, 혜리는 작게 입술을 깨물었다.

"조혜리, 나 좀 봐주라."

시선을 회피하는 그녀를 향해 속삭인 그가 깍지 낀 손을 작게 흔들었다.

"널 닮고, 날 닮은 아기도 좋은데 없으면 어때. 아기보다 난 이제 네가 첫 번째인데. 말했잖아. 내 인생에서 우선순위가 너로 바뀌었다고."

"……나한테 미안해서 그래?"

"아니. 널 아직도 사랑하는 걸 늦게 알아서."

그가 시선을 마주하고 흘러내리는 혜리의 머리카락을 만지며 미소 지었다.

"두 번 다시 후회 같은 거 하고 싶지 않아. 사랑한다는 말도 매일 해 줄게. 네가 외롭지 않게 함께할게. 언제든 부르면 달려갈게. 그러니까……."

"……."

"나랑 결혼하자."

그가 앞치마 주머니에서 무언가를 꺼내더니 잡고 있던 혜리의 손가락에 끼웠다. 반지였다. 다이아몬드도, 큐빅도 없고 아무 무늬도 없는 실반지였다.

"내가 지금 너한테 다시 청혼하는 거야."

그가 반지를 낀 혜리의 손을 잡으며 말했다.

"이 반지는 뭐야?"

"급하게 사느라고 비싼 거 못 샀어. 지금은 실반지지만, 나중에 다시 결혼할 때 제대로 된 걸로 하자."

그의 웃음에 혜리가 반지를 바라보았다. 이걸 끼워도 되는 것일까? 그에게 돌아가도 되는 것일까? 반지를 만지작거리며 생각했다.

언젠가 형준이 같이 영화를 찍을 때 했던 말이 생각났다. 줄 수 있는 게 있어서 돌아가는 게 아니라, 돌아가고 싶으니까 가는 거라고. 뒤돌아보았는데 그 자리에 그 사람이 있으면 그게 사랑이라고 했던 말이 떠올랐다.

"나한테 시간을 좀 줘."

"그래."

그는 더 이상 권유하지 않았다.

❖ ❖ ❖

선우는 영화 번역 작업 때문에 먼저 한국으로 돌아왔다.

그 뒤로 혜리는 연락이 없었다. 시간은 일주일이 지나고 이 주일이 지났지만 가끔 혜성의 집에 갔을 때 그에게 혜리의 소식을 듣는 게 전부였다.

연락이 없는 것에 대해 초조하기는 했지만, 기다리기로 했다. 그녀가 말한 대로 시간을 가지고 기다려 주기로 했다.

한동안 뜨겁게 인터넷을 달구었던 그들의 기사는 다양한 연예계 가십과 스캔들이 터지면서 사람들의 기억 속에서 자연히 사라졌다.

사진을 유포한 형준은 선우를 찾아와 정식으로 사과를 했고, 혜리의 소속사와 형준의 소속사는 서로의 변호사를 통해 조용히 합의를 보았다고 했다.

스캔들 기사로 잠시나마 발길이 뜸했던 상영관에는 다시 영화를 찾는 사람들이 늘었고 미국 진출에 대해서도 차질 없이 진행 중이었다.

"아, 네. 메일로 자료 보냈으니 확인해 보시고요. 나머지는 다음 주 중에 추가로 자료 보낼 예정입니다."

전화를 끊은 선우가 노트북 화면에 뜬 시간을 확인했다. 저녁 8시가 넘은 시간이었다. 어쩐지 아까부터 어깨가 아프더라니. 창밖을 보니 하늘은 어두워진 지 오래였다. 노트북을 넢고 USB를 쟁긴 그가 기지개를 펴며 자리에서 일어났다.

주차장으로 내려와 차에 올라탄 그가 차를 끌고 집으로 향했다. 집으로 가는 내내 조용한 클래식 음악을 틀고 핸들을 잡은 손가락으로 가볍게 터치하며 흥얼거렸다. 그렇게 집 앞에 도착한 그는 주차를 하고 차에서 내렸다.

집으로 들어온 그가 냉장고를 열어 마실 것을 꺼내 들고는 TV를 켜고 소파에 느슨하게 앉았다. 피곤한 몸을 기대며 앉아 있는데 초인종이 울리는 소리가 들려왔다.

인터폰으로 가서 누구인지 확인했지만 모습이 보이지 않았다. 누
구야? 이 밤중에 장난치는 사람이. 짜증을 내며 돌아서려는데 초인
종이 또 울렸다. 선우가 한숨 쉬며 현관문을 열었다.

"누구세……."

문을 열고 나온 선우가 말을 멈추고 그 자리에 서 버렸다.

"안녕? 선우 씨?"

혜리가 문 앞에서 손을 흔들며 서 있었다.

"나 왔어."

아무렇지 않게 웃으며 그녀가 서 있었다. 선우가 믿을 수 없다는
표정으로 현관문을 잡은 채 서 있자 혜리가 가볍게 문을 노크했다.

"들어가도…… 될까?"

그녀의 물음에 선우가 두 팔을 벌리며 미소 지었다.

"이 현관문 넘으면 이제 아무 데도 못 가는데."

뒷짐을 지고 있던 혜리가 작게 웃음을 터트리며 현관문 안으로
한 발짝 내밀었다.

제16장

사랑하기 좋은 날

　선우의 품에서 나온 혜리는 무겁게 내려앉은 눈을 뜨고 자리에
서 일어났다. 시차 때문에 잠을 못 잘 줄 알았는데 너무도 편안하
게 잠을 잤다.

　옆에 누운 선우를 보고 혜리가 미소를 지었다. 이렇게 옆에 있으
니 뭔가 기분이 찌르르르, 이상한 게 묘하기까지 했다.

　"왜 그렇게 봐?"

　눈을 감고 있던 그가 혜리의 손목을 잡으며 물었다.

　"일어났어?"

　"아까……."

　"그런데 왜 안 일어나?"

　"네가 계속 자기에."

　"뭐야."

　그녀가 침대에서 내려가려 하자, 선우가 잡았던 팔목을 끌어당겨

혜리가 힘없이 침대로 다시 쓰러졌다.

"왜 이래?"

"어디 가려고?"

"씻어야지. 당신은 출근하고."

"안 할래. 집에서 일해도 돼."

선우의 투정에 혜리가 어이없다는 얼굴로 바라보고는 그의 이마
에 톡, 이마를 부딪치더니 침대에서 내려왔다. 긴 머리를 고무줄로
묶고 방에서 나오자, 선우가 뒤따라 나왔다.

"어디 갈 거야?"

"응. 누구 좀 만나려고."

"누구? 수미 씨? 혜성이 형?"

"아니. 형준 씨."

"그 자식을 왜 만나?"

정색을 하며 달려든 선우가 혜리의 손을 잡았다. 아니, 명예훼손
죄로 기사 터트려서 망신 주려다가 그녀가 조용히 처리해 달라는
바람에 소속사 통해서 원만하게 해결까지 다 되었는데 형준을 만난
다니. 둘이 만나서 무슨 이야기를 하려고, 또 무슨 일이 생길지도
모르는데.

미간을 좁힌 선우의 표정을 보던 혜리가 한숨지으며 그가 잡은
손을 뺐다.

"걱정하는 일 없어. 그냥 내가 하고 싶은 말도 있고, 물어보고
싶은 것도 있어서 그래."

혜리의 말에 뭐라 반박하려던 그가 입을 다물었다. 어차피 그녀
에게 가지 말라고 뭣 하러 그런 녀석을 만나냐고 말을 해도 소용없

을 것이라는 것을 알아서였다.

먼저 씻는다며 욕실로 들어간 그녀의 뒷모습을 보고 소리 없이 마음에 안 든다는 표정을 지어 보였다. 한국에 오자마자 달갑지 않은 일만 하니.

불안하다며 쫓아오겠다던 선우를 뒤로하고 방송국 근처의 카페로 향했다. 햇살 좋은 카페 테라스에 앉은 혜리가 따뜻한 아메리카노를 주문하고 쓰고 있던 선글라스를 테이블 위에 놓으며 창밖을 바라보았다.

2층 테라스에서 바라보는 시내는 번잡했고 젊은 연인들이 서로 팔짱을 끼고 다니는 모습이 보였다.

한참 사람들이 지나가는 것을 구경하고 있는데, 그녀의 앞으로 모자를 눌러쓴 형준이 다가와 의자를 빼고 마주 앉았다.

"왔어요?"

혜리의 물음에 형준은 말없이 고개만 끄덕였다. 그녀에게 많이 미안한 얼굴로 마주 앉은 그는 전에 영화 촬영 때와 달리 얼굴이 많이 수척해지고, 살도 빠진 것 같았다.

한참 주가를 올리며 프로그램마다 출연하던 형준은 혜리와 선우의 사건 뒤로 소속사에서 대부분의 프로그램 하차 명령을 내려 요즘엔 거의 활동을 하지 않는 상태였다.

많은 네티즌들이 그가 활동을 중단하는 것에 대해 이런저런 추측과 루머를 양산했지만 소속사에서는 해명하지 않았다. 더 이상 혜리와 선우에 대한 이야기가 불거지는 것을 혜리 측에서 원하지 않았기 때문이었다.

"어떻게 지내고 있어요? 요즘 방송에 잘 안 나오는 거 같던데."

"당분간 해외에서 활동하기로 해서 국내 활동은 못 할 거 같아요."

"그렇구나."

고개를 끄덕이며 그녀가 형준을 바라보았다.

"죄송합니다. 입이 열 개라도 제가 할 말이 없습니다."

그가 고개를 숙여 혜리에게 사과를 했다.

"오늘 사과받자고 만나자고 한 건 아니었는데. 형준 씨가 나한테 미안해야 하는 건 맞는데, 내가 오히려 고마워해야 할 거 같아서 온 거예요."

"그게 무슨……."

"내가 형준 씨 덕분에 용기를 내게 되었거든요. 형준 씨가 그랬잖아요. 뒤돌아보면 그 자리에 있는 게 사랑이라고."

놀란 표정을 짓는 형준을 향해 가늘게 웃어 보였다.

"사실 선우 씨하고 나하고 이혼한 이유는 여러 가지가 있었지만, 그중에 가장 큰 이유는 불임 때문이었어요. 가족 없이 자란 나하고 선우 씨 둘 다 아기를 원했고, 나도 그 사람한테 따뜻한 가족이라는 걸 만들어 주고 싶었어요. 그런데 처음으로 유산을 하고 병원에서 아기를 갖기 힘들다는 말에 너무 절망적이었거든요."

식어 가는 커피 잔을 매만지며 혜리의 말을 형준은 그저 조용히 듣고 있었다.

"더 이상 그 사람한테 줄 수 있는 게 없다는 생각과 가족이라는 울타리를 만들어 줄 수 없다는 생각에 아무것도 생각할 수가 없었어요. 그리고 마음도 몸도 너무 아팠는데, 하필 그땐 선우 씨가 없었죠. 차라리 잘되었다 싶었어요. 줄 수 있는 게 없는데 언제까지 사랑할 수 있을까? 내가 먼저 좋아한다고 말했는데 그 사람은 나만큼 날 생각하고 사랑하는 걸까? 그래서 반은 자존심에 이혼을 결심했죠."

혜리가 희미하게 웃어 보이며 말을 이었다.

"생각해 보니까 모두 다 핑계였어. 나만 좋아해서 외롭다고 생각한 것도, 아기를 가질 수 없다고 줄 수 있는 게 없다고 생각한 것도. 그 사람도 날 사랑하고 생각하고 있었는데, 서로가 서로의 사랑을 확인하기엔 쓸데없는 자존심이 너무 셌던 거지."

"그래서 두 분 다시 만나시는 거예요?"

"기회를 달라는데 줄까요?"

혜리의 물음에 형준이 그제야 웃어 보였다. 두 사람에 대한 기사가 나고 그동안 얼마나 마음을 졸였는지 모른다. 소속사 간에 원만히 해결을 보아서 따로 공식 기사는 나지 않았지만, 회사에서 국내 활동 금지령을 내린 상태였다.

국내 촬영을 대부분 취소하고 해외촬영을 하면서 공식적인 기사엔 한류열풍에 가담한다, 해외에서 문의가 쇄도해서 해외에도 영역을 넓히고 있다고 했지만 그건 핑계였다. 해외활동은 그에게 주어진 일종의 유예기간이었다.

"날 좋아했다는 이야기 들었어요. 고맙게 생각해요. 그래도 다시 배우로 복귀하면서 제일 먼저 사귄 사람이 형준 씨였는데. 해외활동 하면 바쁘겠네요?"

"네, 아마도."

"아쉽다. 자주 볼 수 없겠네."

혜리가 핸드폰에 뜬 시간을 확인하고 자리에서 일어나며 형준에게 손을 내밀었다. 형준도 자리에서 일어나며 그녀가 내민 손을 맞잡았다. 악수를 한 혜리가 손을 위아래로 작게 흔들며 웃었다.

"우리 조만간에 좋은 작품에서 만나요."

"그러겠습니다."

"그땐 좋은 누나 동생으로 봤으면 좋겠다."

형준이 고개를 끄덕였다.

형준과 헤어진 혜리는 수미가 있는 병원으로 갔다.

"이 지지배야. 내가 얼마나 걱정한 줄 알아?"

"그래서 너한테 걱정 말라고 전화했잖아."

"장소도 말 안 해 주고 그게 무슨 안부야."

수미가 혜리의 등짝을 세게 치며 말했다. 평소 같았으면 수미에게 제일 먼저 연락했을 것이다. 그런데 연락도 없이 사라졌다가 연락도 없이 나타났다. 한국에 도착해서 선우에게 먼저 갔으니, 그 섭섭함까지 더해 수미는 거의 울상이었다.

만나자마자 수미에게 욕이란 욕은 바가지로 먹었다. 얼마나 걱정을 했는지 아냐는 말부터 시작하여, 또다시 말없이 사라지면 두 번 다시 얼굴 안 볼 거라는 협박까지.

수미를 만난 혜리는 사진이 기사화된 것과 해결한 것까지 설명을 했고, 형준을 만난 것과 선우를 만난 것도 설명했다.

"그래서 박형준인가 그 사람 만나고 오는 길이라고? 넌 속도 좋다. 용서할 마음이 생기니? 그 사진 퍼지고 욕이란 욕은 다 먹고, 네 드라마 캐스팅도 엎어지고. 피해를 누가 봤는데."

"이미 지나간 걸 어떻게 해. 대신에 다시 좀 쉬었다가 활동해야 겠지? 지금 바로 할 수는 없을 테고. 조금 더 잠잠해지면."

"피해자는 넌데 왜 네가 소문이 잠잠해질 때까지 있어야 하는지 모르겠다. 그나저나 선우 씨랑은 어떻게 할 건데?"

"그러게. 어떻게 하지? 나…… 선우 씨한테 프러포즈를 받았는데. 받는 게 맞나 싶고."

"뭘 받아?"

"다시 결혼하재."

놀란 눈으로 수미가 바라보며 재차 물었다. 잡을 거면 확실하게 잡으랬더니 프러포즈라니. 이걸 잘했다고 칭찬이라도 해 줘야 하는 걸까?

"너는 어떻게 하고 싶은데?"

"내가 해도 되는 걸까?"

"뭘 망설이는데? 역시, 아기?"

혜리가 작게 고개를 끄덕였다. 선우가 아무리 사랑해 준다고 해도, 아기가 필요 없다고 해도 아이가 없는 부부의 삶은 생각하기가 어렵다.

길을 가다가 엄마와 손잡고 지나가는 아이를 보면 눈길이 갈 것이고, 예쁜 아이 옷을 파는 곳을 보면 걸음을 멈추고 바라보게 될 것이다.

"선우 씨는 뭐라는데?"

"자기 중심이 나로 바뀌었데. 아기가 필요 없다는데. 어떻게 그래."

"혜리야, 아직 너 젊어. 이제 서른이야. 시험관이든, 약물 치료

든 할 수 있는 데까지는 해 보고 안 되면 그건 그때 가서 생각해
보자."

수미가 혜리의 손을 따뜻하게 잡으며 말했다. 분명히 선우에게도
지금과 같은 말을 한다면 그는 또다시 말할 것이다. 아이는 필요
없다고. 아니면 수미의 말처럼 작은 희망을 가지고 시도를 해 보자
고.

시도를 한다고 해서 아이가 올까?

"조급하게 굴지 말고 천천히 해 보자. 선우 씨랑 의논해 봐."

"그래. 그럴게. 나 먼저 가 볼게. 시간 너무 빼앗았다."

가방을 챙겨 먼저 일어난 혜리가 수미가 잡았던 손을 놓았다. 시
도조차 겁이 나는데, 과연 할 수 있을까?

"내 걱정 말고 너나 오빠랑 결혼해. 결혼은 젊을 때 해야 예쁘
다."

도리어 수미의 어깨를 치며 걱정 말라는 얼굴로 혜리가 병원을
빠져나왔다.

❖❖❖❖

선우의 집으로 돌아왔을 때, 선우는 나갔는지 집에 없었다. 주방
에 들어가서 내린 커피를 잔에 담아 들고 나온 혜리가 창밖 풍경을
보며 한숨지었다.

수미의 말이 생각이 났다. 시험관 아기, 약물 치료. 그녀도 생각
안 해 본 것은 아니었다. 그의 아기를 가지고 싶은 것도 사실이지
만 솔직히 자신이 없는 쪽이 더 큰 게 맞았다.

실패의 두려움?

커피를 마시며 한참 창밖을 보던 혜리가 한쪽 의자에 앉았다. 벌써 날이 많이 추워지고 있었다. 창밖에는 낙엽도 바람에 많이 떨어지고 있었다. 그렇게 생각에 잠겨 있던 혜리가 다 마신 잔을 주방에 가져다 놓고 선우의 방으로 들어갔다.

그와 어젯밤 체온을 나누며 함께 했던 침실. 미국에서처럼 작은 싱글 침대. 그의 방으로 온 혜리가 자신의 가방을 가지고 나가려다가 걸음을 멈추었다. 작은 협탁 위에 펼쳐진 익숙한 앨범을 본 혜리가 손을 뻗었다. 그와 찍었던 웨딩 앨범.

자신은 버렸는데. 그와 이별을 고하던 날에 추억마저 버리듯이 불태워 버렸는데. 그는 가지고 있었나 보다. 갈색의 가죽 커버로 된 웨딩 앨범을 넘긴 혜리의 눈에서 눈물이 툭 떨어졌다. 버리지도 못할 거면서 그는 왜 이혼하자고 했을 때, 그러자고 했던 것일까?

그와의 추억이 담긴 웨딩 앨범을 넘기던 혜리가 끝내 소리 없이 울었다.

Marry, Me?

앨범의 제일 끝에 선우가 남긴 포스트잇에는 그렇게 적혀 있었다.

얼마나 울었을까? 그의 방에서 한 발자국도 움직일 수가 없었다. 혜리는 그의 방에서 주저앉은 채 두 손으로 얼굴을 가리고 그렇게 울었다.

"아직 안 갔네? 수미 씨가 너 만났다고 해서……."

퇴근하고 집으로 들어온 선우가 방문을 열며 반가운 얼굴로 들어서다가 혜리를 보고 그 자리에 멈추어 섰다.

"무슨 일 있어?"

"……."

"혜리야, 조혜리."

그가 혜리의 어깨를 손으로 감싸 안았다.

"선우 씨."

"어."

"나, 안아 주라."

"뭐?"

"나 좀 안아 줘."

흔들리는 그녀의 목소리에 선우가 두 팔을 벌렸다. 혜리가 그의 품에 돌아서서 안겼다. 바닥에 떨어진 앨범을 보고 선우가 한숨지었다. 저것 때문에 울었던 것일까? 그가 혜리의 등을 조심스럽게 토닥토닥거렸다.

"지거 봤어?"

"응."

"이벤트 하면서 제대로 청혼하려고 했던 건데."

장난기 묻은 선우의 말에 혜리가 피식 웃어 버렸다. 그때였다. 갑자기 방심한 그녀를 선우가 뒤로 확 밀더니 침대로 쓰러트렸다. 얼떨결에 침대 위에 넘어진 혜리가 놀란 눈으로 그를 바라보자, 선우가 흐트러진 머리카락을 정리하며 말했다.

"안아 달라며."

"그런 뜻이 아니잖아."

"그게 그거지 뭐."

여하튼 엉큼하다. 혜리가 선우를 힘으로 밀려고 했지만 자신의 힘으론 턱없이 부족했다. 이미 그녀 위에 올라탄 선우는 그녀의 손목을 잡고 있었다.

"오늘도 자고 갈래?"

"싫어. 갈 거야. 내 집에."

고개를 젓는 혜리의 옆에 선우가 방향을 틀어 나란히 누웠다. 그러고는 혜리의 몸을 품에 안더니 머리를 쓰다듬었다. 아기 다루듯이.

두근두근 누구의 것인지 모를 심장 소리도 들려왔다. 그의 품이 이렇게 따뜻했던가? 가슴이 넓었던 것 같기도 하고. 꼼짝없이 선우의 품에 안긴 혜리는 눈만 깜빡거렸다.

"비록 이벤트는 해 보지도 못하고 실패했지만, 결혼하자. 하객들 이번엔 좀 많이 불러서 공식적으로 결혼하는 거야. 어때?"

"진짜로 하자고?"

"그럼 가짜겠어?"

"장난인 줄 알았지."

"어떻게 그게 장난이야?"

그의 품에서 나온 혜리가 고개를 들어 선우를 바라보았다. 당연히 진짜라고 생각하지 않았다. 두 번째 결혼식. 그것도 같은 남자와. 그냥 같이 살자는 이야기로 받아들였었다. 결혼식은 생각하지 못했다.

지금 자신은 그와 합치는 것만으로도 용기를 내야 하나, 아기는 어쩌나 고민하느라고 하루 종일 머리가 터질 지경이었는데.

"결혼식은 언제쯤 할까? 장소는?"

들떠 있는 선우의 목소리에 혜리가 짙은 한숨을 지었다. 이제야 겨우 그와 함께할 용기가 생겼는데, 아직 고민하고 생각할 것들이 많은데. 그는 그 고민들이 아무것도 아닌 것처럼 결혼식을 이야기하고 있다.

"선우 씨. 있잖아."

"응. 말해."

"결혼식이 하고 싶어?"

"넌 싫어?"

"싫다기보다는 솔직히 겁나. 난 당신하고 내가 다시 시작하는 것도 겁나고. 다시 사랑할 수 있을까 하는 것도 자신 없고. 그리고 수미는 노력하면 된다는데 아기도…… 모르겠어."

"네가 싫으면 하지 말자. 결혼식은 우리가 다시 시작하는 걸 알리는 거잖아. 세상 사람들은 기사만 보고 우리가 다 끝난 사이인 줄 아니까 알려 주고 싶어. 우리가 다시 시작한다고. 그래서 하고 싶은 거지 다른 이유는 없어."

사뭇 진지하게 울리는 선우의 음성에 혜리는 뭐라 반문하지 못하고 그의 옆에 누웠다.

"사랑하는 것도 우리 천천히 시작하자. 우리한테 시간 많으니까 네가 좋아하는 거, 내가 좋아하는 거, 하고 싶은 거 서로 조금씩 알아 가면서 하자. 아기는 미국에서도 말했지만 없어도 돼. 수미 씨 말대로 노력하다 보면 우리한테 올 수도 있는 거고 그런 거니까 너무 부담 갖지 마."

선우의 가슴에 기대어 있던 혜리가 그의 허리를 끌어안았다.

"정말 괜찮아?"

"괜찮아. 말했잖아. 이제 난 네가 먼저라고. 내 모든 기준에서 우선순위는 조혜리야."

선우가 안심하라는 듯이 혜리의 머리를 쓰다듬더니 이마에 입맞춤을 했다. 여전히 불안해하는 혜리의 눈을 바라보던 선우가 눈을 감고 그녀의 이마에 콧등에 입술로 조금씩 내려오며 입술을 탐했다.

말캉한 입술 주위를 탐하던 그의 입술은 어느새 반쯤 벌어진 혜리의 입술 사이로 들어가 고른 치열을 지나 혀를 얽고 있었다.

"으응……."

입술을 핥고, 잘근 씹기도 하고, 다시 벌어진 틈 사이로 혀가 유린하고. 숨 쉴 틈조차 주지 않는 그의 키스를 받으며 혜리가 선우의 목을 끌어안았다.

"오늘도 집에 가지 마."

"어제 여기서 잤잖아."

"그래서 잠만 재웠잖아."

그가 눈빛을 반짝거리며 혜리의 옷 속으로 손을 넣더니 브래지어 끈을 풀어냈다. 순식간에 브래지어가 풀어지고 그가 소담한 그녀의 가슴을 손으로 매만졌다. 정말로 집에 보내지 않을 거라는 표정으로 그가 자신의 겉옷을 벗어 던졌다.

그러고는 고개를 숙여 다시 혜리를 향해 입맞춤을 했다. 천천히 입술을 따라 목선을 따라 내려온 입술은 그녀의 고운 살갗을 탐하기 시작했고, 선우의 손은 혜리의 블라우스 단추를 하나씩 풀어 나가기 시작했다.

마침내 마지막 블라우스 단추가 풀리고 그녀의 가슴이 드러나자 선우가 입술을 가져가 탐하기 시작했다. 한 손으로는 한쪽 가슴을 움켜쥐고, 다른 한쪽은 그의 입술로 핥기도 하고, 정점을 깨물기도 했다.

"으윽. 하아……."

혜리의 입에서 탄성이 흘러나왔다. 가슴을 희롱하던 그의 입술이 배로 내려와 그녀의 배꼽 주위를 맴돌다가 치마를 입고 있는 허리 선까지 내려왔다.

뜨겁게 숨을 내쉬던 혜리가 흔들리는 눈으로 선우를 바라보았다. 혜리를 보던 선우가 한 손으로 치마를 잡더니, 치마 밑에 있는 팬티 아래서 손가락으로 춤을 추듯 매만졌다.

"시, 싫어. 오늘은 안 돼."

"그럼, 불러 봐."

"뭘?"

"오빠, 하고. 그럼 보내 줄게."

"뭐?"

여전히 짓궂게 손가락으로 팬티 주위를 맴돌며 선우가 말했다. 황당한 그의 주문에 어이없다는 얼굴로 혜리가 바라보았다.

"내가 두 살 위잖아."

"싫어."

한 번도 그에게 그런 호칭을 부른 적이 없는데, 이제 와서 낯간 지럽게 오빠라니. 말도 안 된다. 얼굴이 붉어지며 고개를 젓는데, 그가 할 수 없다는 표정을 짓더니 얇은 팬티를 발목까지 내려 버렸다.

"뭐 하는 거야?"

"지금 생각이 많지? 나한테 오는 게 맞나, 아기는 어쩌나, 결혼식도 하자니까 복잡해지고. 아무것도 생각하지 마. 나만 생각해."

그러더니 선우의 입술이 다시 혜리의 숨결을 막고, 그의 손가락이 은밀한 곳을 침범했다. 정말로 아무것도 생각하지 못하게 할 생각인지, 미국에서와는 달리 그는 혜리가 숨도 제대로 쉴 틈조차 주지 않고, 거칠게 키스를 하고 온몸에 열꽃을 피웠다.

점점 머릿속이 비워져 가는 것 같았다. 그의 손길에 혜리는 그를 받아들이는 것만 생각했다.

온몸 곳곳에 열꽃을 남기던 그의 입술은 내려와 하얀 허벅지 안쪽으로 파고들었다. 촉촉이 젖어 든 그녀를 확인한 그는 혜리의 목을 손으로 잡고 키스를 했다.

뜨거운 키스가 이어지는가 싶더니, 그녀의 어깨를 잡았던 그의 팔이 혜리의 몸을 뒤집었다. 순식간에 몸이 돌아간 혜리가 베개로 얼굴을 파묻은 자세가 되자, 선우가 엎드린 자세를 한 그녀의 다리를 구부리더니 허리를 끌어안았다.

"헉. 흑."

단말마의 숨소리와 함께 혜리가 베개를 움켜쥐고 고개를 파묻었다. 뜨겁다 못해 타오를 것 같은 그의 몸이 가득 찬 것이 느껴졌다. 혜리의 등을 세게 잡은 그가 몇 번이고 들숨과 날숨을 반복하며 안을 채웠고, 혜리는 그의 품에서 몇 번이고 절정을 맞으며 무너져 내렸다.

✤ ✤✤✤

선우와 혜리의 결혼식은 공식적으로 기사를 통해 발표되었다. 기사가 나는 바람에 다시 한 번 인터넷과 연예계 주변은 떠들썩해졌다. 이혼 기사가 난 지 얼마 되지도 않은 것 같은데 결혼식이라니. 그것도 이혼했던 두 사람의 재혼은 큰 이슈거리였다.

신혼여행은 삼가기로 했고, 미국의 집에 있는 대부분의 짐은 한국으로 옮겨 왔다. 신혼집은 선우가 사는 아파트로 혜리가 들어가 살기로 했고, 혜리가 살던 오피스텔에는 수미와 혜성이 같이 살기로 했다.

결혼식을 가지고도 선우와 혜리는 작은 다툼이 있었다. 혜리는 여유를 가지고 준비하자고 했지만 선우는 어차피 할 결혼식 빠른 시일 내에 하자고 한 것이다. 결국 선우의 투덜거림에 혜리가 두 손 두 발을 다 들고 항복을 하며 그의 뜻에 따르기로 했지만.

혜리는 결국 12월의 신부가 되었다.

결혼식은 공개결혼으로 서울의 강남에 위치한 한 호텔 홀에서 하기로 했다. 그들이 미국에서 조촐하게 열었던 결혼식과는 비교도 안 될 만큼의 하객들이 몰려왔다.

수많은 기자들, 연예인들, 영화 스태프들, 선우와 혜리의 지인과 유일한 가족 혜성까지.

신부 대기실에서 혜리는 연한 핑크색의 수국 부케를 들고, 얌전히 앉아 있었다. 도자기 같은 고운 피부 결에 목선과 어깨를 드러내는 오프숄더 드레스를 입은 혜리는 아름다운 신부의 모습을 하고 있었다. 특히나 클래식하면서 몸매를 드러내는 머메이드 라인이 우아함까지 더해 주고 있었다.

추운 겨울 날씨 탓에 한쪽에 히터를 켜 놓고 긴장된 모습으로 앉아 있는 혜리는 수미가 들어오자마자 활짝 웃으며 손짓을 했다.

"오빠는?"

"선우 씨랑 밖에."

"역시, 웨딩드레스 입으니까 예쁘다."

"모르겠어. 점점 머릿속이 하얗게 되는 거 같아."

한 번 해 봤다고 자신만만했는데, 결혼식은 두 번 한다고 안 떨리는 게 아니었다. 게다가 웨딩 화보도 여러 번 찍었었는데. 그때 찍었던 것과는 또 다른 느낌이 들었다. 작게 몸이 떨려 왔는데 이게 긴장감에 떨리는 건지, 겨울이라 추워서 떨리는 건지 구분이 되지 않았다.

"밖에 기자들 엄청 많이 왔더라."

"그러니까. 비공개로 하자니까."

"자랑하고 싶다잖니. 네 남편 되시는 분이."

"이게 무슨 자랑이라고."

입안 가득 불만을 채운 혜리가 속으로 원망을 터트렸다. 하려면 조용히 할 것이지, 기자란 기자는 다 끌어다 모았는지 이미 아침부터 예식장 앞을 기자들이 진을 치고 대기하고 있었다. 같은 남자하고 두 번 결혼하는 게 뭐가 그렇게 자랑이라고.

"이것도 대박감이야. 그렇지? 같은 남자한테 두 번이나 시집가는 거."

"너 나 놀리니?"

"잘 살라고 하는 말이야. 이번에는 헤어지지 말고. 두 번 이혼은 안 된다."

수미의 말에 혜리가 웃음을 터트렸다. 두 사람이 수다를 늘어놓으며 앉아 있는데 노크 소리와 함께 입장을 알리는 소리가 들려왔다. 선우는 가족이라고 할 만한 사람들이라곤 보육원 식구들뿐이고, 혜리는 부모님이 계시지 않기 때문에 신랑, 신부가 동시 입장을 할 예정이었다.

웨딩 매니저가 드레스를 받쳐 주어 혜리가 신부 대기실에서 수줍게 걸어 나오자, 대기하고 있던 기자들이 몰려 나와 사진을 찍기 시작했다. 그리고 그 기자들 사이로 검은색 더블 브레스트 턱시도를 입은 선우가 마중 나와 혜리를 향해 손을 내밀었다.

"부담스러워. 이렇게 사람들 많은 거."

"뭐, 어때. 네가 내 여자라고 공표하는 건데."

입장하기 전에 얼굴색 하나 안 변하고 말하는 선우를 바라보며 그녀가 졌다는 듯이 웃었다. 붉고 길게 놓인 카펫 위를 걸으며, 두 사람은 서로를 쳐다보며 미소를 지었다. 주례 없이 서약서를 읽기로 한 두 사람은 준비한 서약서를 읽어 나갔다.

부부 서약서.

첫째, 매일 서로 사랑한다고 말한다.

둘째, 힘든 일은 서로 공유한다.

셋째, 아플 땐 참지 않고 말하기로 한다.

넷째, 서로를 존중하고, 서로를 먼저 생각하기로 한다.

다섯째, 항상 대화의 시간을 갖는다.

서약서를 읽은 두 사람은 마주 보고 키스를 했다. 주변에서 많은 사람들의 환호 소리가 들려왔고, 입을 뗀 선우가 혜리의 귀에 대고 작게 속삭였다.

"사랑한다. 조혜리."

그의 웃음 섞인 목소리가 귓가에 들릴 듯 말 듯 작게 울렸다.

❖❖❖

6개월 뒤 혜리는 소속사를 통해 다시 드라마 제의를 받아 촬영하기로 했다. 주말극이었는데 파트너 주연 남자 배우가 캐스팅 확정이 되면서 연예기사 메인에 실렸다.

드라마 촬영은 바로 시작할 예정이었고, 이번에 그녀가 맡은 역은 변호사였다. 똑 부러지고 공부 잘하고, 말도 잘하는 만능이지만 딱 하나, 사랑 앞에서는 숙맥인 허당이었다.

"이게 그 드라마야?"

"응."

침대에 앉아 혜리가 받아 온 대본을 읽어 내려가던 선우의 표정이 굳어졌다. 뭐, 처음부터 키스 장면이 나오고 이래? 신경질적으로 넘기던 그가 마음에 안 든다는 표정을 지었다.

"이 드라마 너무 비현실적이야."

"왜?"

"이렇게 젊은 판사가 어디 있어? 게다가 처음부터 웬 진한 키스 신?"

"아니 왜? 공부 잘하면 코스 쭉쭉 밟아서 판사 할 수도 있지, 뭐."

불만을 터트리는 선우를 향해 혜리가 대변하듯 말했다.

398

"드라마 언제 들어가는 건데?"

"2주 후부터?"

"뭐가 이렇게 빨라? 그런데 남자 배우 이름이…… 김수현?"

표정이 잔뜩 일그러진 그가 마음에 안 든다는 얼굴로 노트북으로 검색을 하더니, 인터넷에 뜬 기사를 읽어 내려갔다.

"뭐 이렇게 생겼어?"

"왜? 잘생겼던데."

"바람둥이 같아. 눈썹이 숯검댕이처럼 이게 뭐야?"

"순둥이 같던데."

"순둥이는 무슨."

선우의 투덜거림에 혜리가 웃음을 터트리며 그의 옆으로 다가왔다. 언제는 배우를 하면 팍팍 밀어주겠다더니 막상 배역이 들어오니 저렇게 상대 배우한테 질투하는 모습이라니. 왠지 그런 선우의 모습을 보니 더 놀려 주고 싶은 생각이 들었다.

"게다가 연하다?"

"그러니까 무슨 찍는 작품마다 남자 배우들이 다 어리냐고."

"그래 봐야 한 살 차이인데, 뭘. 귀엽더라 누나, 누나 이러면서 대본 맞추자고 하니까."

"뭐야, 벌써 말 텄어?"

자리에서 벌떡 일어난 그가 불같이 화를 냈다. 요즘 따라 왜 이리도 질투가 많아졌는지. 그의 반응에 혜리가 재미있다는 듯이 웃다가 선우의 품으로 파고들었다.

"그래서 질투 나?"

가슴에 폭 안겼던 그녀가 고개를 들어 그를 향해 물었다.

"그래. 난다, 질투."

입술을 삐죽인 그가 노트북을 신경질적으로 덮었다.

"무슨 첫 촬영부터 키스신이야?"

"그건 주연 배우랑 하는 게 아니고, 조연이랑 하는 거잖아. 여자 주인공이 남자 친구가 있는데, 알콩달콩해야지."

첫 촬영에서 여자 주인공이 결혼을 약속한 남자 주인공과 사이가 좋은 장면이 나온다. 물론 그 남자한테 배신을 당하긴 하지만. 어쨌든 연인 사이이기 때문에 짧은 키스신 정도가 대본상 나오는 것으로 되어 있었다. 아무래도 선우가 그걸 본 모양이었다.

"아니 촬영이잖아. 이해한다며. 키스 정도는."

"이해하지. 머리로는 백 번도 이해하는데 마음이 안 그런 걸 어떻게 해?"

"아이. 귀여워라 내 남편. 질투하는 거야?"

그의 볼을 두 손으로 감싸며 혜리가 붕어처럼 된 선우의 입술에 뽀뽀를 했다. 그러고는 그의 한쪽 팔을 들고는 머리를 맞댄 채 팔베개를 하고 선우의 품으로 파고들었다. 애처럼 다룬 게 마음 상했는지 팔을 빼던 선우는 혜리가 그를 끌어안자, 못 이긴 척 팔베개를 하고 혜리를 끌어안았다.

"그런데 하나 물어볼 게 있어. 웨딩 앨범 말이야. 왜 안 버렸어?"

"글쎄. 버리려고 했는데, 차마 버릴 수가 없더라. 그래도 이 웨딩사진에 우리 추억이 담겨 있잖아. 제일 예쁠 때, 너라는 별을 내가 따 왔는데. 그래서 네가 가슴에 박혀 있었는데, 어떻게 버려."

그가 혜리의 머리를 쓰다듬며 부드러운 목소리로 말했다. 그랬나? 이 웨딩사진에 우리의 추억이 다 담겨 있었나? 제일 예쁠 때 모습이 담겨 있다니.

그가 다시 청혼할 때 끼워 준 실반지를 바라보며, 혜리가 흐뭇한 미소를 지으면서 선우의 품에 안겨 잠이 들었다. 잠이 든 그녀의 등을 선우가 토닥토닥거리며 같이 잠을 청했다.

—fin

그들의 이야기

그로부터 3년이라는 시간이 흘렀다. 혜리의 복귀작인 드라마는 성공적이었고, 시청률도 좋은 데다가 중국과 일본을 비롯하여 아시아 대부분의 나라에 수출을 하게 되었다.

드라마가 끝나고 CF에 해외 스케줄에 바쁘게 보내던 혜리는 선우와 함께 아기를 갖기 위해 2년 전부터 시험관 시술을 하고 있는 중이었다.

워낙 시험관이라는 게 성공률도 낮고 힘든 것이라는 것도 알고는 있었지만, 실패를 할 때마다 유독 혜리는 몸도 그렇고 정신적으로도 힘들어했다.

자궁벽이 얇은 데다가 몸이 차고, 체력이 약한 혜리를 보며 선우는 그때마다 어찌할 바를 몰라 했다. 몸에 좋다는 한약도 먹어 보고, 수미가 처방한 약도 먹었지만 벌써 다섯 번째 시술을 실패하고 집으로 돌아오는 길이었다.

"나 쉴래."

"그럴래? 뭐, 먹고 싶은 건 없어?"

"응."

"어디 불편한 데는."

"괜찮아."

이불을 뒤집어쓰고 누운 그녀를 선우가 안타깝게 바라보다 방을 나왔다. 그렇게 괜찮다고 아이는 천천히 갖자고, 없어도 된다고 수십 번도 더 말을 했지만 혜리의 고집은 완고했다.

드라마 제의가 들어온 것도 영화 제의가 들어온 것도 모두 거절하고, 아이 갖는 데만 전념하겠다는 그녀에게 그는 뭐라고 더 이상 말을 할 수가 없었다.

"혜리는?"

"누워 있어요."

"놔둬."

혜성이 늘어진 선우의 어깨를 툭툭 치며 말하고는 소파에 앉았다. 어쩌면 혜리보다 말없이 지켜보기만 하는 선우가 더 힘들지도 모른다.

"형은 괜찮아요?"

"뭐가? 혜리 저러는 거?"

"아뇨. 수미 씨랑 떨어져 있는 거요."

"습관이 돼서."

그가 아무렇지 않은 듯 어깨를 으쓱이며 말했다. 작년까지 한국에 있던 수미는 한국에서 했던 연구를 마치고 다시 미국으로 돌아간 상태였다.

이로써 혜성과 수미는 장거리 연애를 하게 되었다. 그러나 두 사람은 서로를 너무 믿는 건지, 아니면 그런 생활이 익숙해진 건지 애틋한 것 같지도 않고, 불안해 보이지도 않았다.

　"두 사람 부부 같아요."

　"부부는 무슨."

　"안 불안해요? 미국에 잘생기고 괜찮은 남자들이 수미 씨한테 덤벼들면 어쩌려고."

　"안 덤벼들어. 걔 성격이 까칠해서."

　팔짱을 낀 채 호언장담하는 혜성을 보며 선우가 고개를 내저었다. 혜성이 잘 몰라서 그렇지 수미가 환자들한테는 얼마나 다정하게 구는데.

　혜리는 점심도 굶고 저녁도 굶은 채 방에 틀어박혀 나오지 않았다. 수미의 말로는 이제 시작이라는데. 다섯 번의 시도에 둘 다 너무 지친 상태였다.

　저렇게 실패하는 날이면 방에 들어가서 꼼짝 않고 나오지도 않다가, 이틀 정도 지나서야 아무 일 없었다는 듯이 혜리는 방에서 나왔다.

　그리고 몸이 좀 괜찮아졌다 싶으면 다시 병원을 찾았다. 무엇 때문인지 선우는 이해할 수 없었다. 정말로 엄마가 간절하게 되고 싶은 것일까? 1%의 성공률만 있다고 해도 그녀는 임신을 시도하려 할 것이다.

　"몸 좀 괜찮아?"

　불이 꺼져 있는 방으로 들어와 선우가 물었다.

"배 안 고파?"

"······."

"계속 이러고 있을 거야?"

하지만 여전히 혜리는 이불만 뒤집어쓴 채, 묵묵부답이었다. 한숨을 쉰 선우가 스위치를 올려 방에 불을 켜고는 침대로 다가왔다. 그러고는 신경질적으로 이불을 확 걷어 버렸다.

"조혜리! 자꾸 이렇게 있을 거야?"

"그냥 좀 놔둬."

"그러니까 내가 하지 말자고 했잖아. 이게 뭐야?"

"왜 소리를 질러? 그냥 조금 쉬고 싶은 거잖아. 속상하니까."

"너만 속상해?"

이제껏 괜찮다고 위로하던 선우가 얼굴까지 붉히며 화를 냈다.

"너 몸만 버리고, 마음 상하고 이게 뭐야? 내가 필요 없댔잖아. 아이 없이도 잘 살 수 있는데, 왜 이래?"

"어떻게 그래? 난 가지고 싶은데, 당신도 닮고 나도 닮은 아기가······."

참았던 눈물을 떨어트리며 혜리가 울었다.

"가지고 싶은데."

파르르 입술을 떨며 혜리가 울기 시작했다.

남들은 쉽게 갖는 아이라는데. 왜 이렇게 임신 한 번 하기가 어려운지 모르겠다. 병원에서는 착상이 불안정하다느니, 내벽이 약하다느니 말만 하고.

"선우 씨는 아빠 되는 거 싫어?"

"싫은 게 어디 있어?"

그도 그녀가 아이를 가진다면 세상을 다 가진 것처럼 기쁠 것이다. 하지만 이렇게 무리해서까지 아이를 가지고 싶진 않았다. 무릎 사이로 고개를 파묻고 울고 있는 혜리를 끌어안으며 등을 쓸어내렸다.

"당분간 하지 말자. 약물 치료도 하지 말고, 시험관도 하지 말고, 다 하지 말자."

선우의 말에 혜리는 대답하지 않았다. 아무것도 하지 않으면, 그는 정말로 아기를 포기하기로 한 것일까?

"아기가 우리한테 안 오면…… 가슴으로 낳자. 널 닮고, 날 닮게 예쁘게 키우면 되지."

"입양하자고?"

"계속 생각해 봤는데, 그것도 좋은 방법인 거 같아. 아무리 생각해도 네가 힘든 건 정말로 못 보겠어. 매번 실패할 때마다 넌 속상해할 거고, 그럼 몸도 계속 지칠 거고. 난 네가 좋은 배우가 되었으면 좋겠는데 아이 갖는 데만 매달리면 연기는 언제 할 거야?"

"연기는…… 조금 더 노력해 보고."

"혜리야. 조혜리. 지켜보는 나도 생각하면 안 될까? 난 널 제일 먼저 생각하기로 했는데, 네가 이렇게 힘들고 아프면 난 어떻게 하냐."

그가 혜리를 끌어안으며 머리카락을 쓸어내렸다. 오기를 부려서라도 다시 시도할 거라고 말할 것 같았던 혜리는 조용히 숨죽여 그의 품에 안겼다.

'아가야. 늦어도 좋으니까 엄마, 아빠한테 와 줄래?'

선우의 팔을 꼭 붙잡은 혜리는 작게 고개를 주억거렸다.

❖ ❖ ❖

아침 일찍부터 울려 대는 전화 소리에 혜성이 협탁 위로 팔을 뻗어 전화를 받았다. 눈도 뜨지 못한 채 핸드폰을 귀에 가져다 댄 그가 착 가라앉은 목소리로 전화를 받았다.

— 일어났어요?

"으, 응."

잠에서 덜 깬 그가 탁하게 가라앉은 목소리로 대답했다.

— 오빠?

"으, 응."

— 오늘 면접인 거 잊지 않았죠?

"응."

건성으로 대답하는 그의 목소리를 들으며 수화기 너머에선 수미의 한숨 소리가 들려왔다.

혜리의 매니저 일을 그만둔 그가 최근에 이곳저곳에 이력서를 넣으며 회사를 다니겠다고 한 바였다.

오늘 면접이라며 어젯밤에 깨워 달라고 부탁을 했는데, 그는 아직 침대에서 일어나지도 못하고 있었다.

— 내 전화 듣고 있어요? 오늘 면접이라고요. 빨리 일어나서 씻어요.

"아아. 지겹다."

— 뭐가요?

"이렇게 전화로 얘기하고, 전화로 네가 깨워 주는 것도 이젠 싫다."

작게 투정하고 그가 무거운 눈을 뜨며 액정에 뜬 시간을 확인했다.

— 그럼 미국으로 와요. 다시.

퉁명스런 수미의 목소리가 전화기를 타고 흘러나왔다.

선우와 혜리는 언제 결혼하냐, 둘이 보고 싶기는 하냐, 애틋하지가 않다, 말이 많았지만 그는 수미에 대해 어떤 것도 내색하지 않았다. 그래서일까? 수미도 그에게 결혼이나, 두 사람의 연애에 대해서는 뭐라고 언급하지 않았다.

— 오빠?

"싫어."

— 그럼 말든가요. 난 여기가 직장이니까.

왠지 기분 상한 수미의 목소리가 싫지 않았다.

"결혼할래?"

잔뜩 삐쳐 있을 수미의 얼굴을 생각하니 웃음이 나던 그가 뜬금없이 말을 내뱉었다. 그의 말과 동시에 수화기 너머에선 숨소리조차 들리지 않고 아무 말도 들리지 않았다.

당황해서 전화를 끊었나? 전화기를 귀에서 뗀 그가 계속 통화 중인 것을 확인하고 수미를 불렀다.

"최수미?"

— 지금 그게 프러포즈예요? 무드 없게.

"그러면?"

— 적어도 실반지하고 장미 정도는 있어야죠.

"너무 유치하고 식상한 거 아니야?"

— 뭐, 오빠가 결혼하자니까 생각은 해 볼게요. 늦지 말고 면접이나 잘 봐요.

수미와의 전화는 끊겼다.

보고 싶다.

차마 그 말을 못 하고 전화를 끊었다. 혜성은 끊겨진 전화기를 보며 씁쓸하게 웃었다.

미국에서 정신없이 하루를 보낸 수미는 창밖을 보며, 기지개를 폈다. 일에 치여 야근을 하다 보니, 이젠 시간이 어떻게 가는지도 몰랐다. 게다가 어젠 당직까지 있어서 이틀째 집에 들어가지도 못했다.

"최 선생, 퇴근 안 해?"

"해야죠. 얼른 집에 가서 쉬고 싶어요."

뭉친 어깨를 두드리며 가운을 벗은 수미가 자리에서 일어나 가방을 챙기며 말했다. 따뜻한 욕조에 물을 받아 반신욕을 하고 몸 좀 풀고 쉬고 싶다.

시간 확인 차 핸드폰을 확인한 수미가 병원을 나오면서 입술을 삐죽였다.

"나쁜 놈."

그 뒤로 혜성은 문자 한 통 없었다. 면접에서 떨어졌으면 떨어졌다, 붙었으면 붙었다, 하는 말도 없다. 아니면 잘 지내냐, 그런 안부라도 보내야 하는데.

뭐 자기만 바쁜가? 연락 없는 핸드폰을 향해 괜히 씩씩대고 가

방에 넣어 버렸다. 그렇다고 자기가 먼저 전화하자니 뭔가 자존심 굽히는 것 같기도 하고.

"결혼하자는 말이나 하지 말든가."

중얼중얼, 혜성을 욕하며 집으로 가고 있는데, 그녀의 집 앞에 검은 그림자가 하나 서 있었다. 도둑? 뭐지? 얼른 가방에서 핸드폰을 꺼내 손전등을 켠 수미가 자신의 집 앞을 서성이는 그림자의 정체를 확인했다.

"야! 눈부셔. 계집애가 왜 이렇게 늦게 다녀?"

불같이 화를 내며 혜성이 수미를 향해 다가오고 있었다.

"오빠 언제 왔어요?"

"아까. 낮에."

"왔으면 전화라도 하죠."

"아니, 내가 너 놀라게 해 줄…… 아니다. 들어가자."

혜성이 수미의 손목을 잡고 서둘러 이끌었다. 갑자기 찾아온 혜성을 보며 수미가 의아한 표정을 지었다. 다른 때 같으면 미리 연락을 하고 오는데. 오늘은 연락도 없이 오다니.

결혼하자고 말하고 쑥스러웠나 싶어 그를 보니 평소와 조금 다른 것 같기도 했다. 옷차림도 깔끔하게 슈트 차림이고.

"무슨 일 있어요? 혜리가 아파요?"

"걘 잘 지내."

수미의 등을 떠밀다시피 하여 집으로 들어온 혜성이 등 뒤에 숨기고 있던 꽃다발을 그녀의 앞에 내밀었다. 이게 뭐냐는 수미의 얼굴을 바라보면서 혜성이 멋쩍은지 빨리 받으라며 꽃다발을 품에 안겼다.

"하라며."

앞뒤 다 잘라 먹고 그가 얘기했다.

"청혼하려면, 꽃이랑 반지는 있어야 한다며."

그러더니 주머니에서 반지케이스를 꺼내 그녀 앞에 내밀고 약지 손가락에 반지를 껴 주었다.

"최수미, 이제 장거리 연애 끝내고 결혼하자."

그의 청혼에 수미가 못 이기는 척 웃더니, 혜성의 목을 끌어안고 키스를 했다. 전화로 분위기 없는 남자라고, 조금 전에 집에 오면서 나쁜 놈이라고 욕한 거 모두 취소다.

❖ ❖ ❖

1년 뒤, 여전히 혜리에게 아기 소식은 없었고 아기를 포기하자는 선우의 설득 끝에 다시 작품 활동을 하기로 했다. 소속사에 들러 혜리는 지선을 만나 이런 이야기 저런 이야기를 했다.

"이제 몸은 괜찮은 거야?"

"그럼요."

"영화랑 드라마 제의 들어온 것들이야. 한번 보고 마음에 드는 걸로 골라."

"액션도 있네?"

"할 수 있겠어? 시나리오 보니까 와이어 달고 뛰어내리고, 불 있는 데도 넘나들고 하던데. 감독이 전에 할리우드에서 일했던 사람인가 봐."

"해 볼까요?"

농담 삼아 웃으며 혜리가 말했다. 생각보다 작품은 많았다. 액션도 있고, 멜로도 있고, 코믹도 있고, 사극도 있었다. 하나하나 의미 없이 넘기던 혜리는 받은 작품들을 한곳으로 모았다.

"확인해 보고 연락드릴게요."

자리에서 일어선 혜리가 사무실을 나와 시간을 확인했다. 저녁에 선우와 함께 영화를 보고 밥을 먹기로 했는데, 조금의 여유가 있을 것 같았다.

정류장을 향해 길을 걸어가다 보니, 아기 옷을 파는 가게가 보였다. 유리창 너머로 보이는 작고 귀여운 옷을 본 혜리가 희미하게 웃어 보였다.

선우가 포기하자고 놓으라고 해서 놓긴 했지만, 왠지 막상 놓으려니 마음 한편이 텅 비어 버린 것 같았다. 한참을 넋 놓고 아기 옷을 구경하고 있는데 선우에게서 전화가 왔다.

"응. 여보세요?"

— 사무실로 전화하니까 너 나갔다고 하던데. 어디야?

"아, 지금 나와서 가고 있어."

— 데리러 갈까?

"아니야. 금방 가."

선우의 전화에 정신을 차린 혜리가 빠른 걸음으로 버스정류장으로 향했다.

영화관 앞에서 기다리던 선우와 함께 영화를 보고, 근사한 레스토랑에 가서 저녁을 먹고 집으로 돌아왔다.

"잘 거야?"

"응. 하루 종일 돌아다녔더니 피곤해."

집으로 가자마자 씻고 침대로 간 혜리가 이불을 끌어안고 잠을 청했다. 선우도 하던 일을 정리하고, 혜리의 옆으로 와 나란히 누워 팔베개를 해 주며 그녀를 끌어안았다. 정말로 피곤했는지 혜리는 금세 잠에 취해 빠져들었다.

그리고 그날 밤, 혜리는 꿈에서 아주 탐스럽고 예쁜 복숭아를 따는 꿈을 꾸었다.

작가 후기

안녕하세요. 지니안입니다.

어느새 쓰다 보니, 벌써 다섯 번째 책이 되었네요. 이 글을 쓰는 데 반년 이상 걸렸어요.

야근도 많았고, 게다가 건강상의 빨간불까지 들어와서 이래저래 참 힘든 글이었습니다(또르르).

제 취향은 자상남. 그래서 늘 자상한 남자를 그렸는데, 이번엔 조금 무심한 남자를 그려 보고 싶었어요. 이렇게 천하의 썩을 놈이 될 줄은 몰랐지만.

시작은 로코였으나, 점점 잔잔하게 가더니 이렇게 끝이 났네요.

사실, 재회물을 좋아하지 않아요. 실제 연애도 인연이 여기까지다, 생각되면 뒤도 안 돌아보는 성격이라(그러나 재회물 시놉이 또 있다는……) 중간에 너무 몸도 마음도 처져서 목표는 완결이다, 라는 마음이었는데 완결도 내고 출간도 하니 이보다 기쁠 수가 없네요.

사실, 에필로그에서 고민을 했어요. 전 입양을 하고 싶었는데. 입양보다는 혜리와 같은 분들에게 희망을 보여 주고 싶기도 했고, 고민하다가 태몽으로 마무리 했습니다.

힘든 시기에 도움 주셨던, 설이나 작가님, 사란 작가님 정말 감사드려요. 옆에 있다는 것만으로 힘이 되어 준 진이 작가님, 김우연 작가님, 노혜인 작가님, 한희연 작가님을 비롯해서 연향카페 작가님들, 정기모임에서 뵙는 작가님들도 감사합니다.

그동안 부족한 글 사랑해 주신 독자분들 감사드립니다.

선우와 혜리의 이야기를 써 내려가면서 저도 사랑한다는 이야기를 주변 사람들과 지금은 솔로지만, 후에 남자 친구에게도 많이 해 줘야겠구나 싶었어요. 사랑싸움은 칼로 물 베기, 서로 잘잘못 따질 필요 없는 사랑싸움이겠죠?

마지막으로 뿔미디어 스칼렛 편집부 여러분께 진심으로 감사드립니다. 덕분에 예쁜 글, 예쁜 작품이 나오게 되었어요.

2015년 여름의 시작에서
지니안(강선애)

1판 1쇄 찍음 2015년 6월 17일
1판 1쇄 펴냄 2015년 6월 23일

지은이 | 강선애
펴낸이 | 정 필
펴낸곳 | (주)뿔미디어

편집장 | 이재권
기획 · 편집 | 이은정

출판등록 | 2002년 9월 11일 (제1081-1-132호)
주소 | 경기도 부천시 원미구 소향로 17, 303(두성프라자)
전화 | 032)651-6513 / 팩스 032)651-6094
E-mail | scarlets2012@hanmail.net
블로그 | http://blog.naver.com/dahyangs
홈페이지 | http://bbulmedia.com

값 9,000원

ISBN 979-11-315-6510-0 03810